KB068424

MYSTERY WRITERS OF AMERICA PRESENTS

IN THE SHADOW
OF THE MASTER

에 드 거 앨 런 포 의 그 림 자

더   레   이   븐

에드거 앨런 포 지음 | 마이클 코넬리 엮음 | 조영학 옮김

RHK
알에이치코리아

에드거 앨런 포에 대하여   7

미국 미스터리 작가 협회의 에드거 상에 대하여   11

삽화가에 대하여   13

포가 이룬 일들   15

말스트룀에 휘말리다 *A Descent into the Maelström*   19

에드거 앨런 포에 대하여 **T. 제퍼슨 파커**   42

아몬틸라도의 술통 *The Cask of Amontillado*   47

포르투나토, 몬트레소와 함께 지하 무덤에 갇혀 보기 **잰 버크**   59

아몬틸라도의 저주 **로렌스 블록**   63

검은 고양이 *The Black Cat*   69

플루토의 유산 **P. J. 패리시**   84

윌리엄 윌슨 *William Wilson*   91

정체성 위기 **리사 스코토라인**   118

병 속에 든 편지 *Manuscript Found in a Bottle*   127

낯선 도시에서: 볼티모어와 포 토스터 **로라 리프먼**   142

어셔 가의 몰락 *The Fall of the House of Usher*   149

옛날 옛적 어느 음산한 밤에 **마이클 코넬리**   174

M. 발데마 사건의 진실 *The Facts in the Case of M. Valdemar*   179

절도 **로리 R. 킹**   193

리지아 *Ligeia*   199

영화에서의 포와 나 **테스 게리첸**   221

고발하는 심장 *The Tell-Tale Heart*   225

〈고발하는 심장〉의 천재성 **스티븐 킹**   235

첫 경험 **스티브 해밀턴**   238

합정과 진자 *The Pit and the Pendulum*   243

함정, 진자, 그리고 완벽 **에드워드 호크**   265

고성(固城)의 함정과 진자 **피터 로빈슨**   268

붉은 죽음의 가면 *The Masque of the Red Death*   273

에드거 앨런 포, 마크 트웨인, 그리고 나 **S. J. 로잔**   283

모르그 가의 살인 *The Murders in the Rue Morgue*   287

지름길과 불사귀 **넬슨 드밀**   332

황금 벌레 *The Gold-Bug*   343

에드거 앨런 포 그리기 **새러 패러츠키**   391

까마귀 *The Raven*   397

길길이 날뛰기 **조지프 윔보**   405

포에 대한 단상 **토머스 H. 쿡**   408

종소리 *The Bells*   411

G 마이너의 포 **제프리 디버**   419

낸터킷의 아서 고든 핌 이야기(발췌) *The Narrative of Arthur Gordon Pym of Nantucket*   427

나는 어떻게 에드거 앨런 포 광신자가 되었나 **수 그래프턴**   454

옮긴이의 말   460

에드거 앨런 포에
대하여

About Edgar Allan Poe

✖

에드거 앨런 포(1809~1849)는 현대 문학의 주류이자 근대 호러 및 미스터리 장르의 공인된 창시자이나, 당시만 해도 대중적, 문학적 갈채에 목말라하며 평생을 보냈다.

　　에드거는 데이비드와 엘리자베스 포의 아들로 태어나 어릴 때부터 수많은 역경을 겪었다. 부친은 에드거가 태어나기 1년 전에 가족을 버리고 모친은 1년 후 폐병으로 세상을 떠났다. 그는 존과 프랜시스 앨런에게 입양된 후(법적 입양은 아니다) 새 가족과 함께 1815년 잉글랜드로 여행했다가 혼자 남아 잠시 스코틀랜드 어빈에서 공부했다. 그 후에도 1817년까지 첼시와 런던 교외에서 수학했으며 1820년에는 버지니아로 돌아와 다시 신설된 버지니아 대학에 등록해 언어학을 연구했다. 대학 시절, 양부 존 앨런이 생활비를 충분히 보내지 않는다며 갈라서는데, 사실은 노름에서 돈을 잃었기 때문이었다.

1827년, 에드거는 22세로 속여 18세의 나이에 미군에 입대했다. 그가 "보스턴 시민 A Bostonian"이라는 익명으로 초기작 〈태멀레인, 기타 시편들 Tamerlane and Other Poems〉을 포함해 시를 출판하기 시작한 것도 이 즈음이었다. 그 후 포병 원사 계급을 얻고 장교 교육을 위해 웨스트포인트에 입학을 신청했다. 당시 실제로 군사 학교에 들어가기도 했으나 수업과 훈련을 게을리한 탓에 퇴학당했다.

1831년 형 헨리가 사망한 후 에드거는 작가로서 생계를 이어갈 결심을 했다. 그런 시도를 한 최초의 유명인이기는 하나 국제 저작권법이 없는 데다 1837년 공황의 경제적 여파로, 기껏 이따금 못 받은 빚을 청구하거나 아니면 다른 곳에 손을 벌리는 신세였다. 단편 〈병 속에 든 편지〉로 문학상을 수상한 후 〈남부 문예통신 Southern Literary Messenger〉의 부편집인으로 들어갔다가 음주벽으로 인해 몇 주 후에 해고되었다. 그리고 이런 식의 방탕한 생활은 평생 포를 괴롭히게 된다.

1835년 사촌 버지니아 클렘과 결혼하고 〈문예통신〉에 복귀해 2년 동안 잡지 판매부수를 700부에서 3,500부까지 끌어올렸다. 최초의 장편소설 《낸터킷의 아서 고든 핌 이야기》가 1838년에 발표되어 폭넓은 리뷰와 갈채를 받았다. 불행히도 경제적 이익은 거의 없었다. 이듬해 첫 번째 단편선, 《그로테스크하고 아라베스크한 이야기들 Tales of the Grotesque and Arabesque》이 출간되었지만 이번엔 찬반이 엇갈린 논평과 초라한 판매에 그쳤다. 그는 〈문예통신〉을 떠나 〈버튼스 젠틀맨스 매거진 Burton's

Gentleman's Magazine〉과 〈그래엄즈 매거진Graham's Magazine〉으로 옮겼다가 얼마 후 자신이 직접 문학지 〈펜The Penn〉을 출판하겠다고 선언하였다. 〈펜〉은 후에 〈스타일러스The Stylus〉로 이름을 바꾸지만 슬프게도 세상에 나오지는 못했다.

버지니아는 1842년 폐결핵 징후를 보인 후 5년간 지속적으로 악화되었으며, 이로 인해 에드거의 음주벽도 점점 심해졌다. 그 시기에 유일한 낙이 있다면 1845년 생애 최고 걸작 중 하나인 〈까마귀〉를 발표한 것이었다. 그는 그 시로 대단한 갈채를 받았으나 불행하게도 벌어들인 금액은 9달러에 불과했다.

얼마 후 포 부부는 뉴욕 브롱크스의 포드햄 지구로 이사했다. 버지니아는 1847년 그곳 작은 집에서 세상을 떠났다. 에드거의 생활은 점점 불안정해져 정부에 자리를 마련하려 했으나 실패했다. 그 후 시인 새러 헬렌 휘트먼에게 구애도 실패하고 결국 버지니아 리치먼드로 돌아와 어릴 적 애인 새러 로이스터와의 관계를 회복했다.

포의 죽음을 둘러싼 상황은 여전히 미스터리에 싸여 있다. 그는 메릴랜드 볼티모어 거리에 남의 옷차림으로 쓰러져 있었다. 발견 당시 정신착란 상태에서 워싱턴 대학 병원으로 옮겨졌다가 1849년 10월 7일 숨을 거두었다. 그의 마지막 유언이 "신이여, 내 불쌍한 영혼을 도우소서."라는 얘기가 있었지만 그의 죽음을 둘러싼 기록이 모두 소실된 탓에 증명은 불가능하다. 에드거 앨런 포의 사망 원인에 대해서도 음주섬망, 심장질환, 간질, 수막염 등 해석이 분분하다. 그는 볼티모어 공동묘지에 묻혔다. 그리고 1949년 이후 지금까지 계속 어느 미지의 인물이 그의 묘석에 코냑과 장미 세 송이를 바치는 식으로 그의 탄생을 기념하고 있다.

생전에는 주로 문학 비평가로 알려졌으나, 사후 찰스 보들레르가 그의 단편과 시를 번역함으로써 유럽에서부터 큰 인기를 끌었다. 아서 코넌 도일은 그를 오귀스트 뒤팽 미스터리 단편의 작가로 소개하며, "포가 삶을 불어넣을 때까지 추리소설이 어디 있었느냐?"며 반문했다. 포의 작품은 또한 쥘 베른과 H. G. 웰스 같은 후기 SF와 판타지 작가들에게 영감을 주었으며, 오늘날 새로운 장르를 창조하고 옛 장르를 부활시킨 동시에, 이야기와 문체를 교묘히 결합한 대가로 알려져 있다.

미국 미스터리 작가 협회의
에드거 상에 대하여

About the Mystery Writers of America's Edgar Award

✕

1945년 미국 미스터리 작가 협회가 태동할 때, 창립자들은 그해 최우수 및 최악의 미스터리 리뷰는 물론 최우수 미스터리 데뷔 소설까지 수상하기로 결정했다. 처음에 그들은 그 상을 (미스터리 장르를 경멸하는 윌슨에게 복수하기 위해) 에드먼드 윌슨[01] 상이라 부르기로 했지만 온건파들의 반대로 성사되지는 못했다. "추리소설의 아버지"를 기리는 상 이름을 누가 제안했는지는 정확히 알려지지 않았으나 그 이름은 대성공이었다. 바로 '에드거 상'이다.

최초의 에드거 상은 1946년 줄리안 패스트의 데뷔 소설, 《경야(經夜)Watchful at Night》에 돌아갔다. 그 후 60여 년의 세

01 —— 모더니즘 계열의 평론가

월이 흐르면서 위대한 작가의 세라믹 흉상은 점점 영역을 확장해, 최우수 소설, 최우수 데뷔작, 최우수 단편, 최우수 페이퍼백, 최우수 영어덜트 소설, 최우수 청소년 소설, 최우수 실화 범죄, 최우수 비평 및 전기, 최우수 희곡, 최우수 TV 드라마, 최우수 영화 등을 포괄하게 되었다. 에드거 상 또한 그 분야의 유명 작가들에게 수여된 바, 스튜어트 카민스키, 마이클 코넬리, T. 제퍼슨 파커, 잰 버크, 리사 스코토라인, 로라 리프먼, 로리 R. 킹, 토머스 H. 쿡, 조지프 웜보, 제프리 디버, 루퍼트 홈스, 앤 페리, 퍼트리샤 콘웰, 아이라 레빈, 토머스 해리스, 딕 프랜시스, 루스 렌델, 로렌스 블록, 엘모어 레너드, 켄 폴릿, 프레더릭 포사이스, 할런 엘리슨 등 수없이 많다.

삽화가에
대하여

✱

해리 클라크(Harry Clarke, 1889~1931)는 20세기 초에 잘 알려진 스테인드글라스 예술가이다. 몇몇 작품은 지금도 남아 있는데 특히 아일랜드, 코크의 호난 성당이 유명하다. 그가 삽화에 관심을 가진 건 더블린 미술 학교에서 공부할 때였으며, 1910년 교육위원회 주최 전국 경연 대회 스테인드글라스 부문에서 금메달을 수상한 후 런던으로 옮겨 삽화가로 일을 시작했다.

　　그의 첫 번째 과제는 《한스 크리스티안 안데르센의 동화 Fairy Tales by Hans Christian Andersen》 보급판 및 고급판 삽화로, 1913년 조지 해럽 출판사에서 나왔다. 그 후 6년간 그는 에드거 앨런 포의 선집 《미스터리와 상상의 이야기 Tales of Mystery and Imagination》 삽화 작업을 했다. 클라크는 스테인드글라스에서 배운 기술들을 활용하여 포의 암울한 이야기들에 섬뜩한 삽화를 덧씌웠다. 그 결과 포의 어두운 상상력은 클라크의 정교한 심상으로 되살아나 1919년 10월 초판이 발간되었을 때 큰 선풍을 일으킨 바 있다. 클라크가 삽화를 그린 다른 도서는 《샘에서 보낸 세월 The Years at the Spring》, 《샤를 페로의 동화 Fairy Tales by Charles Perrault》, 괴테의 《파우스트》, 그리고 《찰스 스윈번 시선집 Selected Poems of Algernon Charles Swinburne》 등이 있다. 그는 또한 130여 곳 이상의 스테인드글라스 윈도를 제작했는데 그중 〈성 패트릭의 세례 The Baptism of St. Patrick〉가 파리 루브르 박물관에 전시되었다.

불행하게도 쉴 새 없이 밀려드는 격무에, 스테인드글라스 공정에 쓰는 약품의 유해 성분으로 인해 해리 클라크는 무척이나 단명했다. 1931년 스위스에서 폐결핵으로 고생하다 숨을 거두었을 때 나이가 겨우 마흔하나였다.

포가
이룬 일들

마이클 코넬리

What poe Hath Wrought

✕

생일 축하해요, 에드거 앨런 포. 그의 이름과 '축하'라는 단어를 한 문장에 쓰고 보니 어딘가 어색하다. 비극적이고 암울한 단명의 삶을 살았건만 생후 200년이 지난 지금에서야 미스터리 픽션 장르의 모든 것을 일구어 낸 천재 광인으로 추앙받다니. 문학뿐 아니라, 시, 음악, 영화에 이르기까지 그가 다른 장르와 분야에 미친 영향은 무궁무진하다. 에드거 앨런 포의 작품은 2세기 동안 크게 메아리쳤으며, 장담컨대, 향후 2세기 동안은 더 울려 퍼지리라. 그는 전대미문의 원시의 잔디밭을 가로질렀다. 그리고 오늘날 그 길은 깊은 수로가 되어 전 세계의 상상력을 이어 주고 있다. 베스트셀러 목록, 영화 순위, TV 차트 등을 보라. 그 모두가 미스터리 장르와 그 분파에 지배당하고 있으며 이들 현대 작품 이면을 구성하는 상상력의 덩굴손이 바로 포까지 이어져 있음을 알게 될 것이다.

이 선집은 미스터리 작가 협회에서 독자 여러분께 드리는 선물이다. 이 조직은 처음부터 에드거 앨런 포를 최고의 상징으로 여겼다. 매년 협회에서 훌륭한 도서, TV 프로그램, 영화 작가들에게 수여하는 상이 바로 에드거 앨런 포의 흉상이다. 흉상은 캐리커처로 되어 있는데 주목할 만한 사실은 머리가 어깨 넓이에 이를 정도로 크다는 사실이다. 이번 에세이 선집 객원 편집자의 영예를 얻은 지금, 나는 비로소 에드거의 머리가 왜 저렇게 큰지를 깨닫게 되었다.

이 선집에서 포의 생애나 작품을 분석할 생각은 없다. 그건 전문 학자들의 몫이겠다. 그의 걸작과 함께 모아 둔 이야기들은, 포를 따르는 사람들, 직간접적으로 그로부터 영감을 얻은 작가들의 길고도 짧은 상념들이다. 모두 에드거 상 수상자들이며 베스트셀러 작가이자 단편 작가들이다. 언제나 자신과 포와의 관계를 웅변적으로 밝혀온 스티븐 킹, 쭈뼛쭈뼛 감사 인사를 전하는 수 그래프턴, 그리고 무려 975편의 단편 소설을 발표한 고(故) 에드워드 호크까지, 이들 작가들은 포가 창조한 세계의 대가들이다. 이 선집의 아이디어는 단순하다…. 생일 파티. 미스터리 작가 협회가 초대한 20인의 손님들은 에드거 앨런 포의 200회 생일을 축하하기 위해 이곳에 모였다. 우리는 그의 작품을 찬양하고 그가 이루어 놓은 모든 결실을 축복할 것이다.

포가 이런 파티를 상상이나 해 봤을까? 그야 아니겠지만 이 선집으로 그 커다란 머리만큼 큰 자부심을 갖기를 기대해 본다.

IN THE
SHADOW
OF THE
MASTER

말스트룀에
휘말리다

A Descent into the Maelström

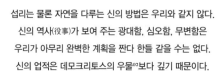

섭리는 물론 자연을 다루는 신의 방법은 우리와 같지 않다.
신의 역사(役事)가 보여 주는 광대함, 심오함, 무변함은
우리가 아무리 완벽한 계획을 짠다 한들 같을 수는 없다.
신의 업적은 데모크리토스의 우물[02]보다 깊기 때문이다.

조지프 글랜빌 Joseph Glanvill

02 —— 데모크리토스는 우주의 무한함을 무저갱, 즉 바닥이 없는 우물로 비유했다.

✳

드디어 가장 높은 꼭대기에 다다랐다. 노인은 너무 지쳐 아무 말
도 하지 못했다. 그가 입을 연 건 한참 후였다.

"얼마 전만 해도 이 정도 등산로는 막내아들 놈처럼 날아다녔
는데… 3년 전쯤 누구도 상상 못할 일을 겪었어. 글쎄, 다른 이가
겪었다 한들 누가 살아남아 얘기해 줄 수 있겠나. 그때 겪은 여섯
시간의 공포에 나 또한 심신을 다치고 말았다네. 어때, 자네 눈엔
내가 꼬부랑 노인네로 보이지? 아니, 그렇지 않아. 이 머리카락이
칠흑에서 백발로 변하는 데는 불과 하루도 걸리지 않더구먼. 게
다가 수족이 풀리고 신경까지 늘어진 덕에 조금만 힘을 써도 이
렇게 맥을 못 춘다네. 그림자에 놀랄 정도로 겁도 많아지고… 아,
글쎄, 이 별 볼 일 없는 바위를 내다보는 것만으로도 현기증이 난
다니까."

그는 그 "별 볼 일 없는" 바위 끝에 아무렇게나 드러눕더니 아
예 그 너머로 체중의 대부분을 내밀었다. 팔꿈치만 조금 삐끗해
도 아슬아슬한 벼랑 너머로 곤두박질칠 것만 같았다. 더군다나
"별 볼 일 없는" 바위란 다름 아닌 검은 빛의 깎아지른 벼랑인 바,
발밑의 바위산에서부터도 무려 450~500미터나 되는 높이였다.

나라면 절대 그 끄트머리 5미터 이내로는 들어가지 않을 것이다. 사실 동행의 무모한 행동에 잔뜩 겁을 집어먹은 터라, 나는 바닥에 완전히 엎드린 채로 바로 옆 관목에 찰싹 달라붙었다. 하늘을 올려다볼 엄두도 내지 못했다. 게다가 바람도 장난이 아니었다. 이 지독한 바람이라면 정말로 산 뿌리라도 뽑힐 것만 같았다. 간신히 정신을 차린 후, 일어나 앉아 먼 곳을 바라볼 용기를 추스른 건 그로부터도 한참이나 지나서였다.

"쓸데없는 공상은 집어치우게나. 자네를 여기 데려온 이유는 아까 얘기한 사건 현장을 제대로 보여 주고 또 그 장소를 보면서 얘기를 들려주기 위해서가 아닌가."

노인은 상당히 구체적인 말버릇의 소유자였다.

"이곳은 노르웨이 해안에 아주 가까워. 위도 상으로는 68도, 노를란 군의 황량한 로포덴 지구에 속해 있지. 그리고 우리가 앉아 있는 이 산은 구름봉 헬세겐이라고 한다네. 자, 이제 조금 일어나 보라고. 어지러우면 풀이라도 잡고. 그래, 그렇게… 저 아래 구름 띠 너머 바다를 내다보란 말이야."

나는 어지럼증을 참으며 넓은 바다를 내다보았다. 해수면이 어찌나 새까만지 보는 순간 얼핏 누비아 지리학자의 "그림자 바다"라는 말이 떠올랐다. 인간의 상상력으로 이보다 황량한 풍경을 상상하는 건 불가능하리라. 좌우로 눈이 맞닿는 곳까지, 세상의 누벽 같은 어둡고 딱딱한 벼랑들이 끝도 없이 이어졌다. 어둠은 울부짖고 비명을 지르며, 창백한 암벽을 미친 듯이 때려대는 파도에 따라 더욱더 깊어지는 듯 보였다. 우리가 있는 산정의 융기 바로 맞은편, 약 9~10킬로미터 거리에 작고 황량해 보이는 섬 하나가 보였다. 아니, 정확히 말한다면, 섬은 주변을 에워싼 거친 파도 사이사이로 간신히 보일락 말락 했다. 본토에서 3킬로미터 정도 더 가까운 곳에도 섬 하나가 서 있었다. 크기는 보다 작았으나 끔찍할 정도로 험하고 황량한 데다 여기저기 검은 암초들이 수도 없이 에워쌌다.

먼 곳의 섬과 해안 사이를 채운 바다 또한 험악하기가 그지없었다. 거친 해풍에 먼 바다의 범선 한 척이 세로돛을 두 겹으로 접고도 끊임없이 파도 속으로 곤두박질쳤다. 그나마 이곳엔 커다란 놀 없이 사방에서(다른 쪽에서는 물론 바람을 등지고서까지) 짧고 빠르고 거친 역류만 밀어닥쳤다. 암초 주변이 아니면 거의 물보라도 없었다. 노인이 다시 얘기를 이어 갔다.

"노르웨이 사람들은 저기 먼 곳의 섬을 부르그라고 부르네. 중간은 모스코에, 북쪽으로 2킬로미터 밖이 암보렌이야. 저쪽은 홋홀름, 케일헬름, 수아르벤, 북홀름, 그리고 저 멀리 모스코에와 부르그 사이가 오테르홀름, 플리멘, 산플레센, 스톡홀름이라네. 다들 진짜 지명이라지만 도대체 왜 그렇게 부르는지는 도통 모르겠어. 바다가 이름 부르는 소리라도 들었나? 바닷물에 무슨 차이라도 있다는 거야?"

벌써 헬세겐 정상에 오른 지 10분이 지났다. 로포텐 내륙에서 올라왔기에 우리는 꼭대기에 올라와서야 탁 트인 바다를 볼 수 있었다. 노인의 말대로, 내가 처음 받은 인상은 마치 미국 대평원에 풀어 놓은 거대한 물소 떼 울음소리였다. 그와 동시에 뱃사람들의 소위 역랑(逆浪)이 발아래 펼쳐졌다. 파도는 끊임없이 해류로 바뀌어 동쪽으로 이동했다. 그렇게 보고 있는 동안에도, 해류는 시시각각 엄청난 힘과 가속을 얻어 격렬하게 요동쳤으며 5분 후에는 부르그까지의 바다 전체가 미친 듯이 들끓었다. 격랑이 제일 극심한 곳은 아무래도 모스코에와 해안 사이였다. 그곳에서는 광활한 바다가 수천의 물길로 갈라지고 찢기다가 갑자기 경련과 발작을 일으키고는, 다시 넘실대고 들끓고 위협하며 거대한 소용돌이를 수도 없이 만들어 냈다. 파도는 미친 듯이 휘몰아치다가 동쪽으로 곤두박질쳤는데, 아스라한 폭포가 아니라면 그 어디에서도 저런 속도를 만들어 내지는 못할 것이다.

다시 몇 분 후 상황이 급변했다. 해수면이 전체적으로 부드러워지며 소용돌이가 하나씩 사라지고, 대신 지금껏 잠잠하던 지역에서 거대한 물보라들이 일기 시작했다. 이윽고 물보라들은 멀리까지 퍼져 나가 한데 뭉친 다음, 스스로 소용돌이로 변신해 깔때기처럼 푹 꺼져 들더니 점점 더 위력을 더해 가기 시작했다. 그리고 어느 순간 직경이 1.5킬로미터가 넘는 진짜 동심원이 모습을 드러냈다. 소용돌이의 가장자리로는 번득이는 물보라 띠가 넓게 드리웠는데 그 띠는 조금도 저 깔때기의 끔찍한 아가리로 빨려 들지 않았다. 이곳에서 볼 때 동심원의 안쪽은 부드럽게 빛나는 칠흑의 물벽으로 45도 정도 수평선을 향해 기울어졌으며, 현란한 속도로 들끓고 빙글빙글 돌며 끔찍한 굉음을 바람에 실려 보냈다. 비명과 울부짖음을 반반씩 섞어 놓은 듯한 굉음은, 웅대한 나이아가라 폭포가 하늘을 향해 토해내는 고통의 비탄마저 삼켜버릴 듯했다.

산이 뿌리부터 흔들리고 암초가 춤을 추었다. 나는 얼굴을 땅에 박은 채 풀뿌리를 잡고 늘어졌다. 너무 무서워 미칠 것만 같았다.

"여… 여기가 바로 말스트룀[03]이 틀림없겠군요." 내가 간신히 입을 떼었다.

"그렇게도 부르더군. 하지만 우리 노르웨이 사람들은 모스코에스트룀이라고 불러. 모스코에를 딴 이름이지." 노인의 대답이었다.

이곳 소용돌이에 대해 대략적인 정보를 챙기기는 했지만 사실 이런 건 상상도 못했다. 가장 정교한 요나 라무스의 책조차, 규모나 압도적인 광경은커녕, 목격자를 당혹케 만드는 이 엄청난 신비감을 조금도 설명해 주지 못했다. 솔직히 말해 작가가 언제 어느 곳에서 보았는지는 모르겠으나 결코 헬세겐의 정상에서, 그것도 폭풍의 와중에 본 것은 아닐 것이다. 물론 그 책의 구체적인 묘사 때문에라도 인용할 구문이 없지는 않았으나, 효과에 관해서라면 이런 충격을 전달하기엔 너무도 미약했다. 예를 들면 이런 식이다.

"로포덴과 모스코에 사이의 수심은 36에서 40길이나 되지만, 그와 반대편, 즉 부르그로 가면 수심이 크게 낮아져 아무리 잔잔한 날이라 해도 배가 통과할 경우 암초에 부딪칠 각오를 해야 할 것이다. 만조 때면 조류가 로포덴과 모스코에 사이를 질주하는데 그 엄청난 소음은 수십 킬로미터 밖에서까지 들리고 가장 요란하고 지독한 폭포조차 견줄 바가 아니다. 게다가 소용돌이들이 너무도 넓고 깊어 행여 배가 사정권 내에 들기라도 하면 끝내 바닥까지 빨려 들어가 암초에 부딪쳐 산산조각 날 수밖에 없으리라. 파도가 잠잠해지면 난파선의 잔해를 토해 내기도 하는데 그 주기가 너무도 짧아 조수의 간만이 바뀔 때와 일기가 좋은 날 불과 15분에 불과하다. 그때가 지나면 파도는 여지없이 격렬해진다. 조류가 가장 격렬하고 때마침 폭풍까지 불려 하면 선박이 소용돌이의 10킬로미터 반경에 들어오는 것조차 위험하다. 보트, 요트, 범선 정도는 반경에 들기 전부터 부지불식간에 끌려들어가기 때문이다. 이는 고래들이 조류 가까이 접근해 그 기세에 휩쓸릴 때도 마찬가지다. 그 경우 급류와 싸우는 고래들의 울부짖음과 노호는 일설로 표현할 수 없을 정도다. 언젠가 곰 한 마리가 로포덴과 모스코에 사이를 헤엄치다가 급류에 빨려들었을 때에는 끔찍한 비명 소리가 해안까지 들린 바 있었다. 소용돌이에 휩쓸린 전나무, 소나무 뭉치들은 완전히 찢기고 박살 난 채로 떠올라 흡사 물 위에 수염이라도 자란 것 같다. 이로써 분명해진 사실은, 해저가 험한 암초들로 이루어져 있으며 희생양들이 그 사이에서 이리저리 휘둘린다는 것이다. 이 조류는 조수의 간만에 따라 주기적으로 일어나고 간만의 주기는 여섯 시간이다. 1645년의 육순주일[04] 새벽, 소용돌이의 굉음과 격렬한 진동에 해변의 돌집들이 붕괴된 바 있었다."

수심도 그렇다. 도대체 소용돌이 바로 옆에서 어찌 수심을 확인한다는 말인가? "40길"이라는 측정치도 필경 모스코에나 로포덴 인근의 수로를 언급한 데 지나지 않으며, 모스코에스트룀의

04 ── 사순절(四旬節) 2주일 전 일요일, 또는 부활절 전 60일째 되는 날

중심은 그보다 무한히 깊을 것이다. 행여 그 증거를 원한다면 헬
세겐의 최정상에 올라와 소용돌이의 심연을 슬쩍 들여다보라. 이
정상부에서 저 아래 용솟음치는 플레게톤[05]을 내려다보노라면
요나 라무스의 단순무지한 기록에 실소를 흘리지 않을 수 없으
리라. 하물며 무슨 거창한 기적이라도 된다는 듯 서술한 고래와
곰의 일화 또한 너무나 당연한 일일 수밖에 없다. 아무리 현존 최
대의 정기선이라 한들, 저 치명적 사정권 내에 드는 날이면 태풍
앞의 깃털처럼 순식간에 사라질 게 너무도 뻔하기 때문이다.

　그전만 해도 현상을 설명하려는 시도가 어느 정도 그럴싸해
보였건만, 지금은 양상이 너무나 다르고 또 미흡하기만 했다. 소
용돌이에 일반적인 통념은 다음과 같다. 페로 제도에 위치한 세
개의 소규모 소용돌이와 더불어 이곳 역시, "간만 교체기의 거친
파도가 암초와 충돌하면서 발생한다는 것 이외의 다른 원인이
있을 수 없다. 암초들에 갇힌 바닷물이 폭포처럼 떨어지는데, 조
수가 높을수록 낙하 또한 깊을 수밖에 없으며, 그로써 소용돌이
가 발생한다. 소용돌이의 엄청난 흡인력 또한 가벼운 실험으로
충분히 설명될 것이다."

　이는 브리태니커 대사전에서 발췌한 내용이다. 키르헤를 비롯
한 학자들은 소용돌이의 중심에 지구를 관통하는 심연이 있다고
믿는 것 같다. 아예 심연의 기원을 저 멀리 보스니아 만으로 예시
해 둔 곳도 있다. 이러한 견해는 그 자체로 무책임하지만 저 소용
돌이를 보노라면 자꾸 마음이 쏠리기는 한다. 내가 그 얘기를 했

05 —— 명계(冥界)에 있는 것으로 알려진 불의 강

을 때 가이드 영감의 대답은 다소 의외였다. 노르웨이 사람들이 대부분 그렇게 여기는 모양이다만 적어도 자기 생각은 다르다는 것이다. 그는 솔직하게 대사전의 내용을 이해하지 못한다고 고백했는데 그 점에서는 나도 인정하는 바다. 이론적으로 아무리 논쟁의 여지가 없다 해도, 심연의 노도 한가운데 있자면 그런 건 완전히 헛소리에 개소리가 되기 때문이다.

"이제 소용돌이는 실컷 봤지? 자, 이 바위 뒤로 기어오라고. 바람도 피하고 또 물소리도 들리지 않으니까. 그런 다음에 모스코에스트룀에 대해 얘기해 주겠네. 그럼 내가 소용돌이 전문가라는 사실을 자네도 인정해야 할 거야."

내가 자리를 잡자 그가 얘기를 이어 갔다.

우리 삼형제는 한때 70톤 규모의 스쿠너 소형 어선을 보유했다. 우리는 그 배를 타고 모스코에 너머 부르그 인근 섬들을 누비며 고기를 잡았다. 때만 잘 맞추면 격렬한 소용돌이가 고기도 많이 몰아오는 법이다. 문제는 용기인데 로포텐 어부 중에서 정기적으로 군도 앞바다에 나가는 건 맹세코 우리 셋뿐이었다. 물론 대개는 남쪽 훨씬 아래쪽으로 내려간다. 고기도 많고 큰 위험도 없기 때문인데 사실 그 너머 암초 인근의 명당자리들에 고급 어종과 어획량이 훨씬 많았다. 덕분에 겁쟁이 어부들이 일주일에도 잡지 못할 양을 종종 단 하루에 채우곤 했다. 우리에겐 도박이나 다를 바 없었다. 노동 대신 목숨을 판돈으로 걸고 용기로 돈을 바꾸는 도박.

우리는 8킬로미터 위쪽의 소만에 배를 보관했는데 그건 전술적인 선택이었다. 날씨가 좋을 경우 15분의 평화를 틈타 모스코에스트룀의 주 수로를 가로질러 소용돌이 위쪽으로 가기 위해서다. 오테르홀름이나 산플레셴 인근에 닻을 내린 후 게조(憩潮) 때까지 고기를 잡으며 기다렸다가 집으로 돌아오기 위해서라지만, 실제로 이런 식의 왕복을 감행하는 건 옆바람이 꾸준히 불 때뿐이었다. 또한 돌아오기 전에 날씨의 변화가 없어야 했지만 그 점에서라면 오판은 거의 없었다. 밤새 닻을 내리고 대기한 경우는 6년 동안 딱 두 번 있었다. 무풍 덕분인데 이 근방에서는 거의 없는 현상이다. 그 밖에 일주일 가까이 아사 직전까지 꼼짝도 못한 경우도 한 번 있었다. 도착하자마자 돌풍이 불어 수로를 완전히 뒤집어 놓았기 때문인데 그때 표류하던 도중 운 좋게 역류를 만나지 않았던들(조류의 방향은 매일매일 바뀐다) 먼 바다로 떠내려가고 말았을 것이다. 소용돌이가 격렬하게 배를 흔드는 바람에 닻이 엉켜 질질 끌려다녔던 것이다. 조류는 우리를 안전한 플리멘으로 데려다 주었다. 운 좋게도 우리가 자란 곳이다.

어장에서 만난 수십여 개의 난관을 모두 얘기할 수는 없다. 어차피 좋은 날씨에조차 위험한 곳이 아닌가. 모스코에스트룀 손아귀를 무사히 벗어나기 위해 끊임없이 자리를 이동했건만 계조에 조금이라도 빠르거나 늦을 때면 심장이 멎을 것만 같았다. 바람이 생각만큼 강하지 않으면 빠져나가는 속도가 더딜 때도 있고 또 조류에 휩쓸려 배가 제멋대로 요동칠 때도 있었다. 당시 형한테도 열여덟 살짜리 아들이 있고 나도 건강한 아들 둘이 있었다. 노를 젓고 어망도 능숙히 다루는 아이들이니 그럴 때 큰 도움이 될 수도 있었다. 하지만 아무리 우리 목숨을 걸지언정 어린애들까지 위험에 끌어들일 수는 없었다. 누가 뭐라 해도 끔찍한 위험이 아닌가.

내가 말하고자 하는 사건이 일어난 지도 며칠이면 만 3년이다. 18○○년 7월 10일, 역사상 가장 강력한 허리케인이 불어 닥친 날이기에 이곳 사람이라면 누구도 잊을 수 없는 날이다. 하지만 그날 오전 내내… 아니, 오후 늦게까지도 부드러운 남서풍만 꾸준히 이어졌고 태양도 환히 빛났다. 가장 노련한 뱃사람조차 상황을 짐작하지 못한 것도 그 때문이었다.

우리 삼형제는 오후 2시경 군도 지역으로 넘어가 금세 값비싼 어종으로 만선했다. 지금도 똑똑히 기억하지만 그날은 그 어느 때보다도 풍어였다. 우리가 닻을 올리고 집으로 출발한 건 내 시계로 정각 7시였다. 그래야 8시에 있을 게조에 최악의 소용돌이를 건널 수 있었다.

배는 우현 고물에 시원한 바람을 받으며 출발해 한동안 쾌속으로 이동했다. 위험 따위는 꿈도 못 꾼 것이 실제로 그럴 이유가 전혀 없었기 때문이다. 그런데 어느 순간 우리는 헬세겐에서 불어오는 바람에 기겁하고 말았다. 너무나 기이했다. 이런 일이 한 번도 없었건만… 이유는 모르겠지만 불안해지기 시작했다. 역풍이었기에 소용돌이 쪽으로는 전혀 진항이 이루어지지 않았다. 그래서 막 회항을 제안하려는데 고물 쪽을 보니 납빛의 먹구름이 엄청난 속도로 일어나 수평선을 가득 채우고 있었다.

그러는 사이 배를 가로막았던 바람이 떨어져 나가고 우리는 옴짝달싹 못한 채 사방으로 표류하기 시작했다. 그런 상황에서조차 우리에겐 생각할 여유가 없었다. 2분도 채 안 되어 하늘이 완전히 뒤덮이고 물보라도 일기 시작했다. 갑자기 어두워진 탓에 서로의 얼굴조차 보이지 않았다.

그런 허리케인을 형언한다는 자체가 어불성설이다. 노르웨이에서 가장 노련한 뱃놈이라도 그런 건 상상도 못했을 것이다. 태풍에 휩싸이기 전에 황급히 돛을 풀었으나, 최초의 타격에 마스트 두 개가 톱으로 썰어 낸 듯 배 밖으로 날아가 버렸다. 큰 돛대에 제 몸을 묶고 있던 막내도 그때 함께 실종되었다.

우리 배는 그야말로 태풍 속의 일엽편주에 불과했다. 남은 거라곤 평갑판뿐이었다. 뱃머리 쪽에 작은 해치가 하나 있기는 해도 소용돌이를 지날 때면 항상 꽁꽁 잠가 두었다. 바닷물 유입을 막기 위해서이지만 이런 상황이라면 지금 당장 익사할 수밖에 없었다. 이미 한참 동안 물속에 완전히 잠겨 있지 않았던가. 형이 어떻게 참사를 면했는지는 모르겠다. 확인할 여유 따위가 있을 리 없었다. 내 경우엔 앞돛을 풀자마자 갑판에 납작 엎드린 다음 두 발을 좁은 거널뱃전에 붙이고 두 손으로 앞돛대 뿌리의 고리볼트를 움켜잡았다. 당혹감에 생각 자체가 불가능했으니 당연히 본능적인 행동이었으나, 솔직히 그보다 잘할 수는 없었을 것이다.

얘기했듯, 우리는 완전히 물에 잠겼다. 그동안 내내 숨을 참고 고리에 매달렸다. 도저히 숨을 참을 수가 없게 된 후에는 두 손으로 버티곤 무릎으로 일어나 물 밖으로 머리를 내밀었다. 잠시 후 개가 물에서 나와 푸드득 몸을 털어내듯 배가 요동을 치며 바닷물을 갑판 밖으로 밀어내기 시작했다. 나도 간신히 전신을 뒤덮는 마비 상태를 벗어날 수 있었다. 그리고 정신을 차려 대책을 세

우려는데 누군가 갑자기 내 팔을 잡았다. 형이었다. 지금껏 바다에 빠졌다고 생각했기에 기쁨은 말할 것도 없었다. 허나, 그 기쁨도 이내 공포로 바뀌고 말았다. 형이 내 귀에 대고 단어 하나를 내뱉었기 때문이다. "모스코에스트룀!"

그 순간 내 기분이 어땠는지 상상도 못 할 것이다. 흡사 지독한 학질에라도 걸린 듯 머리에서 발끝까지 전신이 오들오들 떨렸다. 그 단어가 어떤 의미인지는 너무나 잘 알았다. 물론 형이 무슨 말을 하고 싶은 건지도 이해했다. 지금 바람이 이끄는 대로 가다가는 소용돌이에 휘말릴 수밖에 없으며, 그렇게 되면 신도 우리를 구할 수 없게 된다!

아무리 잔잔한 바다라 해도 소용돌이 수로를 지날 때면 언제나 한참 위쪽으로 올라갔다가 신중하게 게조를 기다리고 지켜보아야 한다. 하지만 지금은 곧바로 고깔 위를 향해 중이었다. 그것도 이런 날씨에! "그래, 저기 빠지기 전에 게조가 시작될 거야. 아직은 희망이 있어!" 머릿속으로 그런 생각을 했으나 다음 순간 희망 따위를 기대한 내 자신이 너무도 한심하기만 했다. 90포 공격함의 열 배 규모라도 파멸을 피할 수 없다는 건 자명했다.

그때쯤 최초의 폭풍이 기세를 잃었다. 아니, 우리가 그 앞에서 질주했기에 크게 못 느꼈을 수도 있다. 아무튼 조금 전까지만 해도 가벼운 물보라만 뿜던 바다는 이제 산더미 같은 파도를 쌓아 내기 시작했다. 하늘에서도 격변이 일어났다. 여전히 사방이 칠흑처럼 어두웠으나, 머리 바로 위쪽이 개벽을 하더니 그 틈으로 너무도 밝고 청명한 군청색 하늘이 빼꼼 얼굴을 내미는 것이 아닌가! 그리고 그 어느 때보다 밝은 보름달이 말 그대로 휘영청 떠올랐다. 달은 주변을 너무도 선명하게 비춰 주었다. 하지만, 오, 신이여, 어찌하여 이런 참상을 밝히나이까!

형과 한두 번 대화를 시도했지만 기이하게도 소음이 점점 커졌다. 아무리 귀에 대고 소리쳐도 형은 한 마디도 듣지 못하는 것 같았다. 고개를 젓는 형의 얼굴이 말 그대로 송장처럼 창백했다. 그가 손가락 하나를 들어 "잘 들어 보라"는 뜻을 전했다.

처음에는 무슨 뜻인지 이해하지 못했다. 그러다가 문득 끔찍한 생각이 뇌리를 스쳤다. 나는 줄에 매달린 시계를 끄집어내 달빛에 비춰 보았다. 그 순간 나는 울분을 터뜨리며 시계를 바다 저 멀리 집어던졌다. 시간이 7시에 멈춰 있는 것이 아닌가! 이미 게조 시간은 지나고 소용돌이는 절정을 향해 치달았다!

균형이 완벽하고 튼튼한 배에 적하물이 많지만 않다면, 아무리 바람이 거세고 파도가 높아도 배는 부드럽게 파도 위를 스쳐 지날 수 있다. 육지인들에겐 이상하게 보일지 몰라도, 우리 뱃놈 사이에선 '파도타기'라고 부르는 현상이다.

음, 지금까지 우리는 아주 노련하게 파도를 탔다. 하지만 이내 거대한 파도가 선미를 끌어내리는가 싶더니 우리 배를 태우고는 높이… 높이… 저 하늘 끝까지 솟구쳤다. 파도가 그렇게 높이 치솟아 오를 수 있다고는 상상도 못했다. 이윽고 배가 떨어지기 시작했다. 넘어지고 쓰러지고 곤두박질치고… 낭떠러지에서 끝없이 떨어지는 꿈을 꾸듯 현기증과 욕지기가 치밀었다. 배가 파도의 정상에 올랐을 때, 재빨리 주변을 돌아보았는데… 그것만으로 충분했다. 나는 한순간에 정확한 위치를 파악했다. 모스코에 스트룀은 불과 500미터 거리였다. 당시에 비하면, 지금 자네가 보는 소용돌이는 기껏 하수구 물 빠지는 수준에 불과하다네. 우리가 어디쯤 있고 또 앞으로 어떻게 될지 몰랐더라면 소용돌이를 알아보지도 못했을 것이다. 나는 무의식적으로 두 눈을 질끈 감았다. 눈꺼풀이 경련을 일으키며 굳게 닫혔다.

파도가 곤두박질치고 배가 거품에 휩싸인 건 불과 2분도 되지 않았을 것이다. 배는 급격히 좌현으로 절반쯤 기울다가 번개처럼 반대 방향으로 튕겨 나갔다. 동시에 파도가 우르릉거리는 울부짖음도 날카로운 비명에 완전히 묻히고 말았다. 수천 년을 버려 둔 증기선 배기관이 다시 증기를 뱉어 내면 그런 소리가 날까? 우리는 소용돌이를 둘러싼 파도 띠에 휩쓸렸다. 한순간이면 심연으로 떨어질 참이었다. 이런 가공할 속도에 휩쓸려 추락하면 모든 것이 뿌옇게만 보이겠지? 배는 전혀 가라앉는 것 같지 않았다. 그보다는 파도 끝에 매달린 거품처럼 물 위를 미끄러지는 느낌이었다. 우현은 소용돌이의 무저갱을 향하고 좌현으로는 우리가 떠나온 바다세계가 보였다. 바다가 꿈틀거리며 배와 수평선 사이에 거대한 벽을 만들었다.

이상하게 들릴지 몰라도 막상 우물 턱받이에 걸리자 오히려 소용돌이를 향해 끌려갈 때보다 마음이 편했다. 삶의 희망을 버리면서 최초에 내 기를 꺾었던 공포도 대부분 걷힌 것이다. 그때 내 신경을 옭아맨 건 바로 절망감이었을 것이다.

자랑처럼 들릴지 몰라도(내 말은 모두 사실이라네), 당당한 죽음이야말로 사내대장부의 본분이며, 또 이렇듯 놀라운 신의 위력 앞에서 사사로운 목숨 따위에 얽매인다면, 그야말로 바보짓이라는 생각이 들었다. 지금 기억으로도 그 생각이 뇌리를 스치자 수치심에 얼굴까지 붉어졌었다. 잠시 후, 나는 소용돌이 자체에 대한 순수한 호기심에 몰두했다. 비록 이제 죽을 목숨이라 마을친구들에게 내가 목격한 기적을 자랑할 수야 없겠으나, 어떠한 희생을 치르더라도 저 무저갱 속을 탐험하고 싶었다. 극단적 상황에서 하기엔 물론 말도 안 되는 바람이었다. 지금도 종종 생각하지만, 필경 배가 소용돌이를 따라 빙빙 돌면서 머리가 살짝 돌았을 수도 있겠다.

평온을 되찾게 된 이유는 또 있었다. 바람이 정지한 것이다. 현 상황이라면 바람이 우리에게 미치는 건 불가능했다. 지금 보다시피, 파도의 띠가 해수면보다 낮기에 파도가 머리 위로 검은 산처럼 높이 솟구쳤기 때문이다. 강풍이 휘몰아치는 바다에 나가 보지 않고 바람과 물보라가 만들어 내는 혼란을 짐작할 수는 없다. 혼란은 눈과 귀를 멀게 하고 목을 졸라 사고와 생각 자체를 불가능하게 만든다. 하지만 사형수가 처형되기 전 약간의 관용을 허락받듯이, 우리도 그런 식의 고통에서 대부분 해방된 터였다.

파도 띠를 얼마나 여러 번 돌았는지는 알 수 없다. 거의 한 시간은 돌고 또 돌았던 것 같은데 실상은 물에 뜬 것이 아니라 물 위를 날아다니는 격이었다. 배는 조금씩 격동의 중심으로 내려가고 동시에 바다 속 치명적인 위기를 향해 접근 중이었다. 나는 고리볼트를 놓지 않았다. 형은 선미의 작은 물통에 매달렸는데 그때만 해도 돌출부의 어살(魚箭)에 단단히 묶여 있었다. 최초의 강풍이 덮쳤을 때 휩쓸리지 않은 유일한 물건이었다. 배가 소용돌이 끄트머리에 다다를 때쯤, 형은 물통을 놓고 고리를 향해 달려들었다. 문제는 우리 둘이 잡기엔 고리가 턱없이 작았다. 형은 겁에 질린 채 내 손을 강제로 뜯어내려 했다. 물론 제정신이 아니었겠지만 형의 그런 모습은 더할 나위 없는 충격이었다. 공포에 질려 미쳐 날뛰는 짐승… 그렇다고 그와 드잡이할 생각은 없었다. 사실 누가 고리를 잡으나 결과는 마찬가지였기에 나는 형에게 고리를 양보하고 뒤쪽의 물통으로 건너갔다.

어려울 것도 없었다. 배는 소용돌이의 요동에 따라 앞뒤로 조금 흔들리는 것 외에는 매우 안정적으로 날아다녔다. 그리고 새로 자리를 잡는 순간 우현이 갑자기 기울더니 우리는 무저갱 안으로 그대로 곤두박질쳤다. 나는 모든 것을 체념하고 황급히 기도를 중얼거렸다.

나는 추락으로 인한 욕지기를 억누르며 본능적으로 물통을 끌어안고 두 눈을 꼭 감았다. 두려움에 눈을 뜰 수가 없었다. 그런데 곧바로 파멸로 이어질 줄 알았건만 난 물에 빠져 허우적대지도 않고 암초에 박살 나지도 않았다. 무엇보다 여전히 살아 있었다! 아니, 이제 추락의 느낌도 멎었다. 배도 조금 더 옆으로 기울어졌을 뿐 파도 띠에 있었을 때와 별반 다르지 않았다. 나는 용기를 내어 다시 한 번 상황을 살피기로 했다.

그때의 경외감, 두려움, 그리고 놀라움은 영원히 잊지 못할 것이다. 배는 마술처럼 엄청난 넓이와 깊이의 고깔 내면에 걸려 있는 듯 보였다. 소용돌이의 표면은 흑단처럼 부드러웠으나 그건 상상을 초월한 회전 속도와 수면이 뿜어 대는 섬뜩한 광휘 때문이었다. 짙은 먹구름 사이로 균열이 벌어지더니, 보름달이 검은 벽을 찬란한 황금빛으로 수놓으며 심연의 가장 안쪽으로 흘러내려갔다.

처음에는 너무 놀라 제대로 볼 수가 없었다. 눈에 비친 광경도 전반적으로 기가 막힌 장관 이상은 아니었다. 하지만 어느 정도 정신을 차린 후 내 눈은 본능적으로 아래쪽을 향했다. 배가 고깔의 표면에 비스듬히 걸려 있는 탓에 그쪽은 시야가 훤히 열려 있었다. 배는 거의 안정적이었다. 그러니까 갑판이 수면과 평행을 이루었는데 고깔의 기울기가 45도 이상이었으므로 배는 옆으로 누운 것처럼 보였다. 그럼에도 불구하고 빈 통을 붙들거나 중심을 잡는 일이 수평으로 있을 때보다 어렵거나 하지는 않았다. 당연히 가공할 속도의 회전력 때문일 것이다.

달빛은 심연의 바닥까지 훑는 듯했지만 두터운 안개 때문에 잘 보이지는 않았다. 안개는 모든 것을 에워쌌으며 그 위엔 거대한 무지개가 걸려 있었다. 모르긴 몰라도, 이슬람교도들이 시간에서 영원으로 이어지는 유일한 통로라고 부르는 좁은 구름다리가 저럴 것이다. 안개(물보라?)는 분명 거대한 고깔 벽이 해저에서 충돌함으로써 생겼을 것이다. 안개가 토해내는 굉음이 어쩌나 큰지 일설로 표현이 불가능할 정도였다.

파도 띠에서 처음 심연 안쪽으로 미끄러졌을 때는 상당한 거리였으나 그때부터의 하강은 불규칙했다. 배는 계속 고깔을 회전했는데, 가끔은 갑작스러운 요동과 함께 수백 미터를 떨어지는가 하면 거의 수평으로 소용돌이를 돌기도 했다. 어쨌든 우리는 회전할수록 아래로 내려갔다. 속도는 느리지만 충분히 느낄 정도였다.

광활한 흑단의 바다를 돌아보니 소용돌이의 품안에 든 게 우리 배만은 아니었다. 위아래로 다른 배들의 잔해, 거대한 목재와 통나무 무더기는 물론, 가구조각, 깨진 상자, 통, 널빤지 같은 자잘한 물건들도 많았다. 최초의 두려움을 대체한 비정상적 호기심에 대해서라면 이미 언급한 바 있으나, 호기심은 처절한 최후와 가까워지면서 더욱 커지는 것만 같았다. 나는 우리와 동행 중인 잔해들을 지켜보기 시작했다. 필경 제정신이 아니었으리라. 저 아래 물보라를 향해 떨어지는 잔해들의 속도를 비교하고 즐거워하며 이렇게 중얼거리기까지 했으니 말이다. "저 전나무가 제일 먼저 곤두박질치고 말겠군." 하지만 실망스럽게도 네덜란드 난파 상선이 전나무를 앞질러 떨어졌다. 몇 번 그런 식으로 시도를 해 봤으나 내 계산은 모두 어긋났다. 나는 수차례 오판이 이어지자 다시 상황을 돌아보기로 했다. 그리고 잠시 후 다시 손발이 떨리고 심장이 쿵쾅거리기 시작했다.

하지만 이번의 흥분은, 새로운 두려움이 아니라 실낱같은 희망의 빛 때문이었다. 부분적으로 기억에 의존한 희망에 불과했으나 그래도 지금 상황이 완전히 비관적이지만은 않았다. 나는 로포덴 해변에 널브러진 갖가지 부유물들을 떠올렸다. 모스코에스트룀이 삼켰다가 뱉어 낸 잔해들이다. 물론 흉측할 정도로 박살난 잔재들이 대부분이기는 했다. 부딪치고 찢어져 지저깨비만 남은 파편들… 하지만 그중 일부는 거의 그 모습 그대로였다. 지금 당장 그 차이를 설명할 수는 없으나, 산산조각 난 파편들은 완전히 빨려든 제물들이리라. 그리고 그렇지 않은 경우는 게조기 직전에 소용돌이에 휩싸이거나, 아니면 하강 속도가 더딘 덕에 미처 바다에 닿기 전에 조류가 바뀐 물건들일 것이다. 두 경우 모두, 먼저 빨려들거나 빠른 속도로 하강한 제물과 달리, 별 피해

없이 수면으로 떠오를 수 있던 것만은 분명했다. 나는 그로써 세 가지 중요한 사실을 알아냈다. 첫 번째는 일반적으로 부피가 클수록 하강 속도도 빨랐다. 두 번째, 부피가 같다 해도 구형에 가까울수록 다른 형체에 비해 하강 속도가 빨랐다. 세 번째, 길이가 같은 경우엔 원통형이 다른 형체에 비해 하강 속도가 늦었다. 소용돌이를 탈출한 후 마을 교장 선생님과 여러 번 그 문제를 상의했는데, '구형', '원통형'이라는 개념은 그에게서 배웠다. 그의 설명은 거의 잊었으나, 내가 목격한 현상이 사실은 부유물 형태에 따른 자연스러운 결과라는 얘기만은 지금도 기억한다. 소용돌이에 휩쓸린 원통형 물체가 흡인력 대비 저항력이 상대적으로 큰 탓에 동일한 부피와 형체에 비해 하강 속도가 느릴 수밖에 없다는 얘기였다.

내게 그런 식의 관측을 강요하고 또 그 상황에 대한 설명을 갈망하게 만든 기막힌 상황이 있기는 했다. 배가 회전할 때마다 물통이나 배의 돛대 따위를 지나쳤는데, 처음 눈을 뜨고 이 기적 같은 소용돌이를 목격했을 때, 우리와 같은 높이에 있던 대부분의 부유물들이 지금은 머리 위에 있거나, 아니면 거의 내려오지 않은 것처럼 보였다.

나는 더 이상 망설이지 않았다. 지금 붙들고 있는 물통에 내 몸을 단단히 묶은 다음 배에서 끊고 물속으로 뛰어들기로 결심한 것이다. 나는 손짓으로 형의 시선을 잡아 근처를 떠도는 물통들을 가리키며 있는 힘을 다해 계획을 설명했다. 마침내 그도 내 의도를 짐작한 듯 했으나, 이해 여부와 상관없이 절박하게 고개를 내젓기만 했다. 절대 고리볼트를 놓지 않겠다는 얘기였다. 형에게 다가갈 시간은 없었다. 드디어 절체절명의 순간이었다. 나는 형의 운명을 하늘에 맡기고, 통에 묶인 로프를 이용해 단단히 내 몸을 묶은 후 지체 없이 바다로 뛰어들었다.

"결과는 정확히 내 바람대로였네. 그러니 자네한테 얘기를 들려줄 수 있겠지. 그리고 내가 탈출했다는 것도 알고 어떤 식으로 성공했는지도 알고 있으니, 앞으로 어떤 얘기를 하려는 건지도 충분히 짐작할 걸세. 그러니 이제 얘기를 마무리하세나. 배에서 뛰어내리고 한 시간 정도 되었을 거야. 배는 한참을 내려간 후 갑자기 서너 번 회전하더니 그대로 저 물보라 지옥 속으로 곤두박질쳤다네. 사랑하는 형님을 태운 채였지. 내 몸을 묶은 물통도, 뛰어내린 곳에서 절반쯤 더 내려갔는데 어느덧 소용돌이에 급격한 변화가 보이더군. 고깔의 경사가 시시각각 이완되고 소용돌이의 회전 속도도 줄기 시작했네. 물보라와 무지개가 차츰 잦아들면서 심연의 바닥이 천천히 솟아올랐지. 하늘은 맑게 개고 바람은 잦아들었으며 서쪽 하늘에선 보름달이 휘영청 밝았다네. 그리고 나는 어느새 바닷물 위에 떠 있었네. 로포텐의 해안이 훤히 보였는데 바로 모스코에스트룀의 소용돌이가 있던 바로 그 자리였어. 마침내 계조였지만 그래도 허리케인의 여파로 파도는 여전히 집채만 하더군. 나는 순식간에 수로에 휘말려 어부들의 '어장'이 있는 해안으로 떠내려갔다가 어느 선박에 구조되었지. 완전히 탈진한 데다 끔찍한 기억 때문에 처음엔 아무 말도 할 수가 없었어. 나를 구해 준 이들은 친구이자 동료였지만, 나를 전혀 알아보지 못했다네. 처음엔 저승사자쯤으로 생각했다더군. 전날만 해도 까마귀처럼 새까맸던 머리가 이렇게 백발로 변한 데다, 표정도 완전히 변했으니 당연한 노릇이겠지. 아, 그 친구들한테도 이 얘기를 했지만 전혀 믿지 않았다네. 물론 자네한테도 얘기하고 있네만 자네가 로포덴의 선한 뱃사람들보다 더 잘 믿으리라는 기대는 솔직히 없네."

T. 제퍼슨 파커 T. Jefferson Parker

T. 제퍼슨 파커는 LA에서 태어나 캘리포니아 오렌지카운티에서 자랐으며, 지금껏 작가, 동물 병원 야간 경비, 신문 기자 일을 했다. 1985년 처녀작 《래구나의 열기 Laguna Heat》를 발표한 후 열네 편의 소설을 출간했는데 기이하게도 에드거 최우수 미스터리 상을 두 번이나 수상했다. 현재 뉴욕 에드거 앨런 포의 마지막 숙소에서 나온 벽돌을 가족실 난로 위 영예의 전당에 소중히 전시해 두고 있다.

에드거 앨런 포에 대하여

———— ◆◇◆◇◆ ————

T. 제퍼슨 파커

1966년, 캘리포니아 오렌지카운티에 있는 내 거실을 그려 보자. 오렌지색 카펫, 여린 청록색 벽지, 흰색 나우가 소파, 흰색 방음 천장, 토끼 귀 모양의 흑백 TV, 그리고 책으로 가득 찬 2미터 높이의 대형 책장.

책장은 대개 역사와 정치, 모험과 여행 등의 비소설들이 차지했으나, 그래도 로버트 루이스 스티븐슨과 잭 런던은 있었다. 그리고 에드거 앨런 포도 있었다.

"엄마, 포는 왜 있어?" 내가 6학년 때 이렇게 물었다.

"죄의식이 뭔지 아는 작가란다. 〈고발하는 심장〉을 읽어 보렴. 그럼 내 말이 무슨 뜻인지 알 게야."

그래서 어느 날 저녁, 숙제와 30분간의 TV 시청을 마친 후 나는 독서 등을 켜고 하얀 나우가 소파에 기대《에드거 앨런 포 전

집 Complete Stories of Edgar Allan Poe》을 펼쳐들었다.

나는 〈고발하는 심장〉을 읽고 어머니 말씀을 이해했다. 포가 광기와 살인에 대해서도 잘 안다는 생각도 했다. 그렇지 않으면 어떻게, "머리와 팔과 다리를 자르고" 욕조를 이용해 피와 살덩어리를 처리하는 광인의 목소리로 글을 쓸 수 있겠는가?

나는 그에게 매료되었다. 내가 읽는 건 나와는 전혀 다른 정신 세계였다. 그러니 빠져들 수밖에.

다음 날 밤에는 〈검은 고양이〉를 읽었다. 그다음 날은 〈아몬틸라도의 술통〉을 읽었는데 그곳에서 나는 지금까지 읽은 최고의 도입부와 만나게 된다.

포르투나토의 수많은 무례야 어떻게든 참아왔으나,

모욕까지 당할 때는 나도 복수를 다짐했다.

그 후 6개월 동안 전집을 모두 읽었다. 맘에 드는 것도 있고 당혹스러운 것도 있었으며, 내 어린 머리로 도저히 이해가 불가능한 단편도 있었다.

하지만 그 이야기 모두를 내 어린 가슴에 담았다. 내가 그의 이야기들로부터 배운 건 이렇다. 사람들의 마음엔 어둠이 있다. 그 어둠의 결과도 있다. 그 결과들이 여기 이 생애에 우리 머리 위로 무너져 내릴 것이다. 또한 어휘가 아름답고 신비로우며 진실로 가득할 수 있음도 배웠다.

열두 살 시절 오렌지카운티의 거실 소파에 앉아 포에게 배운 얘기들이 있다. 그리고 지금 내가 쓰는 얘기들도 있다.

그 책은 지금 내 옆에 놓여 있다. 첫 번째 달에 읽은 이야기들 옆엔 지금도 작고 붉은 점들이 남아 있다. 〈리지아〉, 〈말스트룀에 휘말리다〉, 〈붉은 죽음의 가면〉.

책을 펼치면 당시 40년 전의 방이 보인다. 〈어셔 가의 몰락〉 첫 행을 읽는 순간 서서히 불안과 흥분이 고조되던 기억도 난다.

나는 지금도 그 이야기들을 읽는다. 여전히 사랑하며, 여전히 당혹스러운 얘기들. 그중 일부는 이 늙어 버린 머리로도 여전히 이해가 어렵다.

T. Jefferson Parker

Jan Burke

Lawrence Block

P. J. Parrish

Lisa Scottoline

Laura Lippman

Michael Connelly

Laurie R. King

Tess Gerritsen

Stephen King

Steve Hamilton

Edward D. Hoch

Peter Robinson

S. J. Rozan

Nelson Demille

Sara Paretsky

Joseph Wambaugh

Thomas H. Cook

Jeffery Deaver

Sue Grafton

아몬틸라도의
술통

The Cask of Amontillado

✳

포르투나토의 수많은 무례야 어떻게든 참아 왔으나, 모욕까지 당할 때는 나도 복수를 다짐했다. 하지만 내 성격을 잘 알다시피 내가 어디 말로만 협박할 사람인가? 분명 보복은 할 것이다. 그건 의심의 여지가 없다. 문제는 보복하되 보복당하지 않아야 한다는 것이다. 응징자에게 보복이 따르면 복수는 무의미해지며, 또한 잘못을 저지른 자가 보복을 당하고 있다는 사실을 깨닫지 못할 때에도 복수는 실패일 수밖에 없다.

반드시 이해해야 할 점은, 말로든 행동이든 포르투나토에게 선의를 의심할 빌미를 주지 않아야 한다. 물론 언제나처럼 면전에서 웃어 주었으므로 이제 내 미소가 그의 무례를 향해 칼을 벼리고 있음을 알 리는 없을 것이다.

포르투나토라는 자. 존경할 점도 경외할 점도 많지만 약점도 없지는 않다. 특히 그는 자신의 와인 감식 능력을 뻐긴다. 솔직히 이태리인에게 대가의 혼이 있는 경우는 거의 없다. 대부분 시간과 기회를 노리는 데 열정을 쏟기 때문이다. 말인즉슨 영국과 호주의 백만장자들을 등쳐 먹는다는 얘기다. 그림과 보석의 경우라면 이태리인답게 포르투나토 역시 돌팔이에 불과하지만, 그래도 해묵은 숙성 와인에 대해서만큼은 꽤나 진지했다. 그런 점에서 나도 크게 다르지 않았다. 나 자신이 이태리 빈티지 와인에 매료되어 손 가는 대로 사들이지 않았던가.

우연히 그 친구를 만난 건, 카니발의 광기가 절정에 이르던 어느 날 저녁 무렵이었다. 그는 호들갑스럽게 나를 반겨 주었는데 이미 술이 거나했다. 의상도 어릿광대였다. 꼭 끼는 얼룩무늬 드레스에 방울 달린 고깔모자. 나 또한 그를 만나 무척이나 기쁜 터라 나도 모르게 그의 손을 쥐어짜고 말았다.

내가 인사를 했다.

"이 친구, 포르투나토, 마침 잘 만났네. 오늘 정말 기가 막힌 의상을 골랐군그래! 이보게, 오늘 내가 126갤런짜리 술통을 하나 받았네. 그런데 이게 아몬틸라도라는데 아무래도 미심쩍어서 말이야."

"뭐라고? 아몬틸라도? 126갤런? 말도 안 돼! 그것도 이 카니발 와중에?"

"그러니 미심쩍다지 않은가? 게다가 멍청하게도 자네한테 물어보지도 않고 아몬틸라도 값을 모두 지불했지 뭔가? 자네를 도무지 만날 수가 있어야지. 기회를 놓칠까 봐 불안했다네."

"아몬틸라도!"

"아닐지도 모른다잖나."

"아몬틸라도!"

"자네가 확인 좀 해 주게나."

"아몬틸라도!"

"좋아, 자네가 바쁘다면야… 어차피 루케시한테 가는 중이었으니까. 그나마 감식 능력이 있는 친구니까 그 술이 진짜인지 아니면….”

“루케시는 셰리가 아몬틸라도인 줄 알아.”

“아, 세상엔 자네 못지않은 감식력을 자랑하는 얼간이들도 있다네.”

“자, 가자고.”

“어디?”

“자네 저장고. 아니면 어디겠나?”

“이런, 이 친구, 그럴 수는 없네. 선한 자네를 괴롭힐 수야 없지. 보아하니 약속도 있는 듯하니, 이번에는 루케시한테….”

“약속 같은 것 없어. 그러니 어서 가자고.”

“그래도 그럴 수는 없지. 약속이 아니라 독감 때문에라도 불가하네. 보아하니 단단히 걸린 듯한데 저장고야 원래 지독히 습한 곳 아닌가. 주석산염이 덕지덕지 붙어 있을 정도이니.”

“그래도 가야 해! 독감이 대수인가? 아몬틸라도! 자넨 바가지 쓴 거야. 게다가 루케시는 셰리를 아몬틸라도라고 우길 놈이라잖나!”

그렇게 말하며 포르투나토는 내 팔을 잡았다. 나로 말하자면, 검은 비단 가면을 쓰고 망토도 단단히 여민 다음 짐짓 그에게 끌려가는 척 내 집으로 향했다.

집에는 아무도 없었다. 모두 축제를 즐기기 위해 나간 것이다. 하인들에게는 내일 아침에 돌아올 테니 그때까지 절대 집 밖으로 나가지 말라고 엄명을 내렸지만, 사실 그런 지시를 내린 까닭도 내가 등을 돌리자마자 모두 뛰쳐나갈 것임을 너무나 잘 알기 때문이었다.

나는 하인들의 방에서 호롱불 두 개를 꺼내 하나를 포르투나 토에게 건네고, 고갯짓으로 따라오게 한 다음 일련의 방을 지나 지하실 입구로 데려갔다. 나는 그에게 조심하라고 경고하고는 기다란 나선형의 계단을 내려가 마침내 몬트레소 가의 축축한 지하 무덤에 섰다.

그는 걸음걸이가 불안한지라 걸을 때마다 모자 방울이 딸랑거렸다.

"술통은?" 그가 물었다.

"더 가야 하네. 그런데 저 반짝이는 거미줄 좀 보게나. 기막히지 않나?"

그가 나를 돌아보았다. 두 개의 흐리멍덩한 두 눈이 시큼한 술기를 뿜어냈다.

"주석산염?" 그가 되물었다.

"그렇다니까. 그런데 언제부터 그렇게 기침을 한 건가?" 내가 물었다.

"콜록! 콜록! 콜록! …콜록! 콜록! 콜록! …콜록! 콜록! 콜록! …콜록! 콜록! 콜록! …콜록! 콜록! 콜록!"

불쌍한 인간. 그는 몇 분 동안이나 대답을 하지 못했다.

"이건 아무것도 아니야." 그가 간신히 대답했다.

"자, 돌아가자고. 중요한 건 자네 건강일세. 자네는 존경과 사랑을 받는 부자인데다 과거의 나만큼이나 행복한 인물 아닌가. 나 같은 놈이야 누가 신경이나 쓰겠나만 사람들은 자네를 안타까워할 걸세. 그러니 돌아가세나. 그러다 큰 병에 걸리면 나도 감당할 재간이 없어. 이 문제는 루케시가 있으니…."

"그만. 감기는 상관없어. 그렇다고 죽지는 않으니까. 기침 때문에 죽을 일도 없네." 그가 항변했다.

"좋아, 좋아. 쓸데없이 겁주자는 게 아니라 최대한 조심하라는 뜻이라네. 그래, 이 메독주 한 잔이면 습기 정도는 막아 주겠군."

이쯤에서 나는 와인랙에 길게 놓인 와인들 중에서 하나를 꺼내 뚜껑을 땄다.

"마시게나." 내가 그에게 와인을 건넸다.

그가 곁눈질을 하며 술을 입술로 가져갔다. 그리고 잠시 멈추고 고맙다는 듯 고갯짓을 했는데 머리 위에서 방울이 딸랑거렸다.

"이곳에서 안식을 취하는 고인들을 위해."

"그리고 자네의 만수무강을 위해."

그가 내 팔을 끌어 우리는 다시 걷기 시작했다.

"이 저장고는 굉장히 넓구먼." 그가 말했다.

"몬트레소 가문은 대가족이었다네." 내가 대답했다.

"그런데 자네 문장이 어떤 건지 잘 기억이 안는군."

"청색 배경에 황금 발. 똬리를 튼 채 뒤꿈치를 물고 있는 독사를 짓밟고 있지."

"그럼 제명(題銘)은?"

"네모 메 임푸네 라케시트[06]. 나를 건드리면 결코 무사하지 못하리니."

"멋지군!" 그가 감탄했다.

그의 눈 속에서 와인이 찰랑거리고 머리에선 방울이 딸랑딸랑 울었다. 메독주를 마신 터라 나도 붕 뜬 기분이었다. 우리는 인골 무더기와 술통이 섞인 벽을 따라 지하 무덤 깊숙이 들어갔다. 이윽고 내가 다시 걸음을 멈추고 포르투나토의 위팔을 와락 움켜잡았다.

"주석산염! 보게나, 점점 늘어나고 있어. 저장고 위에 이끼처럼 매달려 있군. 이곳은 강바닥이라네. 물방울이 뼈다귀 사이로 똑똑 떨어지는 곳이지. 가세나, 너무 늦기 전에 돌아가야겠어. 자네 기침이…."

"상관없다잖나! 계속 가자고. 그전에 우선 메독 한 잔만 더 주겠나?"

내가 드그라베 병을 따서 내밀자 그가 한 번에 모두 비워 버렸다. 그의 두 눈이 이글거리며 타올랐다. 그가 웃으며 병을 위로 내던졌는데 나로서는 이해하기 어려운 행동이었다.

내가 놀라서 바라보자 그가 그 기이한 동작을 되풀이했다.

"이해 못 하겠지?" 그가 물었다.

"솔직히 말하면." 내가 대답했다.

"그럼 자네는 형제가 아니로군."

"형제라니?"

"메이슨."

"아니, 아니. 나도 메이슨이라네."

"자네가? 말도 안 돼! 자네가 정말 메이슨이라고?"

"메이슨." 내가 대답했다.

"그럼 표식은?" 그가 물었다.

"여기." 나는 망토 주름에서 흙손 하나를 꺼내 보여주었다.[07]

그가 깜짝 놀라며 몇 걸음 물러났다.

"이런, 농담도… 아무튼 아몬틸라도가 있는 곳으로 가 보지."

"그래야지." 나는 연장을 망토 안에 집어넣고 그에게 팔을 내밀었다. 그는 내 팔에 기댄 채 우리는 아몬틸라도를 찾아 걸음을 재촉했다. 낮은 아치문들을 지나고 계단을 내려가고 통로를 지났다가 다시 내려가자 마침내 땅속 깊이 납골당이 나왔다. 역한 공기에 촛불이 갑자기 들끓는 듯했다.

납골당의 제일 안쪽에 보다 작은 공간이 하나 있었다. 파리의 대형 지하 무덤처럼, 사방 벽에 인간의 유해를 지붕까지 쌓아 놓았던 곳이다. 내부 납골당의 삼면은 여전히 그런 식으로 장식되어 있으나, 네 번째 벽의 유골은 무너져 내려 바닥 한쪽에 작고 난삽한 무덤을 만들어놓았다. 인골이 무너지면서 벽 안쪽으로 더 깊은 공간이 드러났는데, 깊이는 1미터 조금 넘고, 너비는 1미터, 높이는 2미터 내외의 크기였다. 그 자체로 특별한 용도가 있는 게 아니라, 지하 무덤의 지붕을 받치는 두 개의 대형 기둥이 빚어낸 공간인지라 그 안쪽은 기둥의 단단한 화강암 벽으로 막혀 있었다.

포르투나토가 호롱불을 들어 벽감 안쪽을 살피려 했으나 소용이 없었다. 흐린 불빛이 구석까지 닿지 못했던 것이다.

"들어가지. 저 안에 아몬틸라도가 있다네. 루케시라면…."

54

07 —— 포르투나토는 (프리)메이슨의 멤버인지 묻고 있으나, "나"는 메이슨의 동음이의(석공)를 이용해 조롱하고 있다.

"그자는 멍청이야." 그가 말을 끊고 비틀비틀 안으로 들어갔다. 나도 그의 뒤를 바짝 쫓았다. 그는 곧바로 벽감 끝에 닿고는 바위에 길이 막히자 걸음을 멈추고 어쩔 줄 몰라 했다. 순간 나는 그를 화강암 벽에 밀어붙였다. 벽면에는 두 개의 꺾쇠가 60센티미터 간격으로 박혀 있었는데, 그중 하나엔 짧은 사슬이, 그리고 다른 하나엔 맹꽁이자물쇠가 부착되어 있었다. 나는 사슬로 재빨리 그의 허리를 감았다. 일을 처리하는 데에는 몇 초밖에 걸리지 않았지만 그 역시 너무 놀라 저항 한 번 하지 못했다. 나는 열쇠를 빼내며 뒤로 물러났다.

"손으로 벽을 더듬어 봐. 그럼 주석산염이 만져질 게다. 물론 지독하게 축축하지. 어디 다시 한 번 돌아가자고 사정해 볼까? 싫어? 그럼 어쩔 수 없이 이곳에 두고 떠날 수밖에. 아, 그전에 먼저 사소한 주의 사항들부터 알려 주지."

"아몬틸라도!" 포르투나토가 외쳤다. 아직 충격에서 벗어나지 못한 것이다.

"그래, 아몬틸라도." 내가 대답했다.

나는 대답을 하면서 열심히 뼈 무덤을 헤친 끝에 상당량의 건축용 석재와 모르타르를 찾아냈다. 나는 이들 자재와 흙손으로 벽감의 입구에 부지런히 벽을 쌓기 시작했다.

벽돌을 채 한 층도 쌓기 전에 포르투나토의 취기도 상당히 가신 듯했다. 그 사실을 알게 된 건 벽감 안쪽에서 낮은 신음 소리가 들렸기 때문인데, 분명 술 취한 자의 신음은 아니었다. 그리고 다시 길고도 집요한 정적이 이어졌다. 두 번째 줄을 쌓고, 세 번째, 네 번째를 쌓을 때쯤 사슬을 격렬하게 흔드는 소음이 들려왔다. 소리는 몇 분 동안 이어졌으며 그동안은 나도 소음을 즐기기 위해 일손을 멈추고 뼈 위에 주저앉았다. 마침내 찔그렁거리는 소리도 잦아들었다. 나는 다시 흙손을 놀렸고 아무 방해 없이 다섯, 여섯, 일곱 번째 줄을 쌓았다. 벽은 거의 내 가슴 높이였다. 나는 잠시 멈추고 호롱불을 벽 위로 들어 올린 다음 안쪽의 그림자를 향해 흐린 빛을 비추었다.

그 순간 사슬에 묶인 형체가 토해 낸 크고도 날카로운 비명이 나를 거칠게 밀어내는 듯 했다. 나는 잠시 몸을 부르르 떨며 망설였다. 이윽고 래피어[08]를 꺼내 벽감 주변을 여기저기 찔러 보았지만 곧바로 마음을 가다듬었다. 지하 무덤의 단단한 벽에 손을 얹으니 다소 마음도 놓였다. 나는 다시 벽으로 다가가 쩌렁쩌렁한 비명 소리에 고함으로 맞서 주었다. 내 성량과 힘이 더 풍부하고 강했다. 마침내 그자도 조용해졌다.

벌써 한밤중이었다. 일도 마무리 단계였다. 나는 여덟, 아홉, 열 번째 층을 쌓고 마침내 열한 번째 층까지 채웠다. 이제 마지막 벽돌 하나만 끼워 넣고 모르타르만 바르면 끝이다. 나는 끙 하고 벽돌을 들어 정해진 위치에 반쯤 걸쳐 놓았다. 그런데 그때 벽감 안쪽에서 나지막이 웃음소리가 흘러나오는 게 아닌가! 순간 모골이 송연해졌다. 웃음소리는 곧바로 슬픈 목소리로 이어졌는데, 귀족 포르투나토의 목소리와는 사뭇 달랐다.

"하! 하! 하! …흐흐! 아주 재미있는 장난이야! 기막힌 농담이

08 ── 16~17세기에 유럽에서 사용된 가는 검

라고! 집에 가서 얘기하면 다들 뒤집어지겠지? 하하하! 세상에,
술이라니! 호호호!"

"아몬틸라도!" 내가 외쳤다.

"하하하! 호호호! 그래, 아몬틸라도. 하지만 너무 늦었잖아? 집
에서 식구들이 기다리지 않을까? 포르투나토 부인이랑 애새끼들
이랑? 자, 이제 가자고."

"그래, 잘 가게나." 내가 대답했다.

"신의 축복을 비네, 몬트레소!"

"물론, 나도 신의 축복을 빌어 주지."

그게 끝이었다. 아무리 귀를 기울여도 반응이 없었다. 초조했
다. 내가 그를 불러 보았다.

"포르투나토!"

조용. 다시 불렀다.

"포르투나토!"

여전히 조용. 나는 구멍으로 호롱불을 집어넣고 벽감 안쪽에
떨어뜨렸다. 대답 대신 딸랑거리는 방울 소리만 들렸다. 가슴이
답답했다. 무덤의 습기 때문일 것이다. 나는 서둘러 일을 마무리
짓기로 하고 마지막 돌을 끼워 넣고 모르타르를 발랐다. 이미 새
벽. 나는 옛 뼛조각들을 다시 쌓아 올렸다. 그 후 50년⋯ 그동안
아무도 그들을 괴롭힌 사람은 없었다. 편히 잠들기를!

잰
버
크
Jan Burke

잰 버크는 《뼈 Bones》, 《비행 Flight》, 《혈선 Bloodlines》, 《납치 Kidnapped》를 비롯한 소설 열두
편의 저자이자 에드거 상 수상자다. 그의 최신작은 초현실 스릴러 《메신저 The Messenger》이
며, 지금은 아이린 켈리 시리즈 후속편을 작업 중이다.

포르투나토, 몬트레소와 함께
지하 무덤에 갇혀 보기

잰 버크

몇 년 전, 아이들이 그 연령대를 위해 쓴 공포 시리즈를 좋아한다며 우려를 표하는 목소리를 들은 적이 있다. 최근에도 《해리 포터》가 자신의 5학년 아이에게 "너무 격렬하다"고 걱정하는 어머니를 만났다. 나는 아이가 없기에 요즘 어린이들이 어떤 책을 읽어야 할지 왈가왈부할 생각은 없지만 내가 열 살 때 혼 줄을 빼놓은 사람이 누군지는 기억하고 있다. 에드거 앨런 포.

내가 〈고발하는 심장〉을 읽고 얼마나 신나고 겁이 났는지 얘기하자 아버지는 〈아몬틸라도의 술통〉도 읽어 볼 것을 권유했다. 아버지는 무척 오래전에 읽었음에도 불구하고 제목을 언급하며 옛 생각에 가볍게 몸을 떨기까지 했다. 나는 후닥닥 달려가 그 이야기를 찾은 다음, 어린 책벌레들이 다 그렇듯, 침대 시트 속에 플래시를 켠 채 취침 시간을 한참 넘기면서까지 읽었다. 여러분도 그랬겠지만, 내가 〈아몬틸라도의 술통〉을 읽을 때에도 저 표지들이 실제로 휙 하고 뛰쳐나올 것만 같았다. 그리고 단편을 읽고 몇 주가 지나도록 잠들 때 문을 닫지 않겠다고 고집부리는 식으로 나는 아버지의 추천에 대한 감사를 대신했다.

어른이 되어 〈아몬틸라도의 술통〉을 다시 읽었지만, 그때마다 그 이야기가 폐소 공포증을 자극할 만큼 섬뜩하다는 사실을 확인해야 했다. 아무튼 지금은 포가 그 이야기를 얼마나 기술적으로 풀어 냈는지 감상해 볼 참이다. 〈아몬틸라도의 술통〉은 이야기 서술에 대한 거장의 가르침이다. 내레이터의 목소리, 무대, 인물들 간의 상호 작용, 심지어 희생자의 옷까지 모든 요소들이 분위기와 긴장의 창출에 기여하며 결말까지 가차 없는 추진력을 제공한다.

포르투나토가 유혹당하듯, 우리가 어떤 식으로 살인자와 동행하게 되는지 상상해 보라. 처음에 우리는 몬트레소에게 공감한다. 주변에 포르투나토 같은 사람이 있다면 그 누가 복수를 꿈꾸지 않겠는가? 허풍쟁이 와인 감식가는 우리 생활에서 흔히 마주치는 "내가 다 해 봐서 아는데…." 식의 위선자를 대변한다. 필경 우리 주변에도 "수많은 무례"를 범하거나, 냉가슴으로 모욕을 감내하게 만든 누군가가 있을 것이다.

하지만 우리는 이내 몬트레소가 신뢰할 만한 인물이기는커녕 광인에 다름 아님을 알게 된다. 그는 사소한 일들을 크게 불리고 떠벌리고 복수심을 불태우는 병자다. 오히려 바보처럼 옷을 입고 바보처럼 행동하는 포르투나토에게 동정심이 가기도 한다. 자, 우리는 사육제가 한창인 거리에서부터 두 사람을 따라 몬트레소

성의 지하 감옥으로 내려간다. 한 걸음, 한 걸음, 돌이킬 수 없는 발걸음을 내디딜 때마다 우리도 축제의 방탕과 비행의 지상에서 멀어져, 어둡고 으스스한 지하로 들어가게 된다. 어릿광대 모자의 종소리마저 악몽의 재료가 되는 곳. 요즘이라면야 소설 속 살인자의 마음을 드러내는 상징을 더욱 실감나는 그래픽을 통해 보았겠으나, 피해자의 기도와 자신의 비명을 동시에 비웃는 몬트레소는 그 어느 그래픽보다 냉혹하기만 하다.

포는 마법사처럼 정확하게 우리의 공포를 소환해 내는 방법을 알고 있다. 〈아몬틸라도의 술통〉을 읽어 보라. 그 후에는 불을 켜고 방문을 열어 두어야 간신히 잠자리에 들 수 있으리라.

로
렌
스
블
록

Lawrence Block

로렌스 블록은 브롱크스의 포 하우스에서 개최된 뉴욕 파크스 백화점 행사에서 〈종소리 The Bells〉를 낭독했으며, 1~2년 후 대중의 요구에 따라 비슷한 행사에서 같은 시를 낭송한 바 있다. 《맨해튼 느와르 2: 클래식》의 편집자로서, 그는 그 책에 〈까마귀〉를 포함하기로 결정했다. 그보다 더 느와르적인 게 없다고 판단한 것이다. 에드거 앨런 포와의 인연이라면, 이 선집의 에세이에서 밝혔듯, 혼인에 의한 것뿐이다. 하지만 그는 위대한 대가의 흉상들을 모아 선반에 진열해 두었으며 이 글을 타이핑 하는 동안에도 들여다보곤 했다. 흉상은 벌써 다섯 개나 된다.

아몬틸라도의 저주

로렌스 블록

내가 에드거 상을 받고 싶어 했던 때는 1961년이었다. 그해 친구던 웨스트레이크가 수상에 실패한 게 계기였다.

그는 시상직 직전에 《용병들The Mercenaries》을 발표해 최우수 미스터리 데뷔 부문에 후보로 선정되었다. 하지만 다른 누군가 작은 흉상을 집으로 가져갔고(수상작은 사실 베테랑 SF 작가에 의한 첫 번째 미스터리였기에, 규칙의 정신보다 형식적인 측면에서 적절한 경우였다) 우리는 모두 후보가 되는 것만으로도 영광이라며 던을 위로했고 그도 그 말을 믿는 척했다. 하기야 처음부터 아쉬워할 필요도 없었다. 지금 그의 집에는 선반 가득 에드거의 흉상과 후보 지명 증서로 가득하기 때문이다. 게다가 지금 그의 얘기를 하자는 것도 아니다.

이 글은 내 얘기다.

나는 1961년에 페이퍼백 오리지널 범죄 소설을 출간하기 시작해 몇 년 후 하드커버도 발표했다. 에드거 상 수상에 대한 집착까지는 아니더라도 기대는 분명 있었다. 70년대 중반에 필명이자 소설의 화자 이름(칩 해리슨)으로 출간한 소설 하나는 "바버라 본 햄, 뉴게이트 캘린더, 존 딕슨 카, 그리고 미국 미스터리 작가 협회 에드거 상 위원회"에 헌정까지 했다.

바버라 본 햄은 〈퍼블리셔스 위클리〉의 픽션 부문 주요 리뷰어이며, 뉴게이트 캘린더는 음악 비평가 해럴드 쇤베르그가 〈뉴욕 타임스 북 리뷰〉에 범죄 칼럼을 기고할 때 쓰는 필명이었다. 그리고 밀실 미스터리의 대가 존 딕슨 카는 〈엘러리 퀸의 미스터리 매거진〉 미스터리 소설들을 리뷰했다.

후안무치하기가 이를 데 없었지만 그마저 소용은 없었다. 음, 반응이 아예 없지는 않았다. 그 소설은 캘린더의 칼럼에 언급되었는데, 헌정만 인용되고 문학적 가치는 무시되었다. 카와 본햄은 아예 관심조차 없었다. 그리고 에드거 상 시즌이 돌아왔을 때 칩 해리슨은 냉담하기만 했다.

1년쯤 후 매튜 스커더 시리즈 중,《살인과 창조의 시간 Time to Murder and Create》이 최우수 페이퍼백 오리지널 후보에 올랐다. 시상식에 갔을 때 수상을 확신했지만 흉상을 가져간 건 다른 사람이었다. 나는 당혹스러웠다. 솔직히 후보에 오른 것만으로도 대단한 영광이 되는지 확신도 없었다.

2년 후, 다시 최종 선발 후보까지 올랐다. 이번엔《800만 가지 죽는 방법》이었는데 결국 "후보에 오른 것만으로도 영광이야."라고 중얼거리며 집으로 돌아가야 했다.

내 발목을 잡는 게 뭔지 깨닫기까지는 그로부터도 몇 년이 걸렸다. 간단히 말해서 그건 저주였다.

아몬틸라도의 저주.

저주의 정확한 차원을 이해한 건 최근에, 찰스 아데이Charles Ardai가 그의 "하드케이스 범죄" 임프린트를 위해 내 초기 필명 소설을 편집하고 있을 때였다. 그는 내가 〈아몬틸라도의 저주〉의 작가를 로버스 루이스 스티븐슨으로 오기하고 있음을 지적했다. 등장 인물의 미묘한 성격을 드러내기 위해 의도적으로 포의 단편을 스티븐슨 작으로 바꾸었는지 조심스럽게 물어온 것이다.

나는 등장 인물이 아니라 내 실수였다고 대답했다. 물론 그는 오류를 바로잡아야 했다.

그리 짧지 않은 시간이었다. 왜냐하면 그 실수야말로 오랜 불행의 원흉이 분명했기 때문이다.

솔직히 고백컨대, 이번의 작가 오기는 별 볼 일 없는 책 한 권에 국한된 별개의 오타는 아니었다. 포의 고전 단편을 공식적으로 스티븐슨에게 돌린 경우야 그때가 유일했을지 몰라도, 그 이야기를 읽은 이후 저자에 대해 늘 그렇게 혼동했기 때문이다. 내 기억이 맞는다면(여러분도 아시다시피 그다지 신통치 못하다) 7학년, 그러니까 약 50년 전의 일이다.

영어 수업 교재 중 하나가 파란색의 작은 단편집이었는데 그 중 하나가 〈아몬틸라도의 저주〉였고 또 하나는 스티븐슨의 작품이었다. (스티븐슨의 단편 제목을 《발란트래 경[卿]The Master of Ballantrae》이라고 기억했는데 그건 불가능하다. 그 작품은 장편 소설이기

때문이다. 유감이긴 하지만 지금은 상관없다)

　7학년 시절에서 기억해야 할 일이 또 있는지는 모르겠지만 내가 잊지 않은 것 하나가 바로 그 이야기, 〈아몬틸라도의 저주〉이다.

　"신의 축복을 비네, 몬트레소!"
　"물론, 나도 신의 축복을 빌어 주지."

　지금이야 그런 식으로 쓰는 사람은 없다. 물론 당시에도 마찬가지였지만, 어쩐 연고인지 내 머릿속에 각인된 작가의 이니셜은 E.A.P.가 아니라 R.L.S였다. 그리고 그 이후로 대화 중에 잘못된 이름이 툭툭 튀어나오곤 했다. 그러면 누군가가 포 얘기지, 응? 하고 되물었고 나도 아, 물론이라는 대답으로 오류를 바로잡기는 했다. 문제는 그런 일이 반복되었다는 데 있었다. 내 기억은 완전히 스티븐슨에 묶여 있었다.

　음, 이런, 에드거 상 수상을 갈망한다면서 도대체 무슨 짓을 했단 말인가? 얼치기 구단주가 베이브 루스를 방출했다는 이유만으로 레드 삭스가 그렇게 오랫동안 월드 시리즈 우승을 놓쳤건만, 도대체 뭘 기대한 건지….

　그리고 모든 것이 달라졌다.
　내가 린 우드라는 젊은 여인과 가까이 지내면서부터였다.
　여러분은 그런다고 아몬틸라도의 저주가 씻긴다는 게 말이 되느냐고 반문할 것이다. 내가 우드 양의 모친 에밀리의 처녀 시절 성을 얘기하면 대답이 될 것이다. 그녀의 성이 바로 포였다.

내가 만난 포 가문이 그녀가 처음은 아니었다. 8학년 시절, 몬트레소와 불운한 포르투나토의 이야기를 읽은 지 불과 1년 만에 나는 윌리엄 포라는 아이와 한 반이 되었다. 얼마 전 앨라배마에서 북쪽으로 이사 온 가족인데, 그 사실 때문에라도 뉴욕 버팔로 66 초등학교에서 그 아이는 특이한 종족일 수밖에 없었다. 우리는 그의 억양에 대해 집요하게 놀려 댔다. 지금 생각해 보면 그 때문에 저주가 강화되었을 수도 있겠다. 그가 작가 포와 어떤 관계인지는 모르겠지만 누군가 물었다면 그 애는 그렇다고 대답했을 것이다. 그들, 그러니까 포 가문은 하나이기 때문이다.

그들 중 누구도 에드거 앨런의 직계는 아니다. 불쌍한 대가에게 생존한 후손이 없었다. 그래도 방계는 많았고 그중 한 사람이 에밀리였다. 그녀에게는 린이라는 이름의 따님이 있었다.

그리고 나는 그녀와 결혼했다.

바로 그해 단편 〈먼동이 틀 때By the Dawn's Early Light〉가 에드거 상 후보에 올랐다. 린과 나는 내가 "평생 들러리 시상식"이라고 부르는 디너 파티에 참석했다. 그래도 이번에는 내 신부의 고-고-고-고 당숙쯤 되는 분의 흉상을 들고 집으로 돌아갈 수 있었다.

쑥스러운 얘기지만, 바로 이듬해 나는 다른 분야의 에드거 상을 복수로 수상했다. 그런데 우연의 일치라고?

아니, 내 생각은 다르다.

검은 고양이

The Black Cat

·

※

지금부터 쓰고자 하는 내용은 매우 난삽하지만 그래도 가장 진솔한 이야기가 될 것이다. 솔직히 여러분이 믿지도 못하겠지만 믿어 달라고 애원할 생각도 없다. 내 자신이 그 증거조차 믿지 못하는 판에, 미치지 않고서야 어찌 그런 생각을 하겠는가. 아니 나는 미치지 않았다. 꿈을 꾼 것도 아니다…. 내일 나는 죽는다. 그리하여 오늘 내 영혼의 짐을 벗고자 한다. 가장 우선적인 목표는, 솔직하고 간결하고 객관적으로 일련의 가정사를 세상에 알리는 데 있다. 결국 그 사건들이 나를 위협하고 고문하고… 파괴했으니까. 그렇다고 그 얘기를 주저리주저리 늘어놓으려는 것도 아니다. 나한테야 더할 나위 없이 두려운 사건들이나 다른 사람들한테는 기껏 기담이나 괴담에 불과할 것이기 때문이다. 어쩌면 향후 어느 지자가 나타나 이 얘기마저 진부하게 만들어 버릴지 모르겠다. 보다 침착하고 논리적이고 냉정한 지자라면, 내가 떨리는 마음으로 설명한 상황들조차 너무도 지당한 인과응보의 귀결로 볼 것이다.

어렸을 적 나는 남들보다 유순하고 인정이 많았다. 어찌나 마음이 여렸던지 친구들도 놀려 댈 정도였다. 특히 동물을 좋아해

부모님들은 내가 이런저런 가축들을 키우도록 허락해 주었다. 나는 대부분의 시간을 동물들과 지냈다. 그들을 먹이고 쓰다듬을 때가 제일 행복했다. 이런 성격은 세월과 함께 자라, 어른이 되어서도 애완동물은 내 즐거움의 원천에 속했다. 충실하고 영리한 개를 사랑해 본 사람이라면, 그로 인한 행복의 본성이나 정도에 대해 굳이 설명할 필요도 없을 것이다. 짐승의 이타적이고 자기 희생적인 사랑엔 뭔가 특별한 게 있다. 당연히 인간의 무가치한 우정과 덧없는 신뢰를 자주 겪어 본 사람들일수록 심금을 건드릴 수밖에 없다.

나는 일찍 결혼했다. 다행히 아내 역시 나와 비슷한 성격이었다. 내가 애완동물을 좋아한다는 사실을 알고는, 그녀는 기회가 닿는 대로 가장 온순한 동물들을 구해 왔다. 새, 금붕어, 순한 강아지, 토끼, 작은 원숭이. 그리고 고양이 한 마리.

고양이는 상대적으로 크고 아름다웠는데, 온통 검은색에 놀라울 정도로 영리했다. 내심 적잖게 미신을 신봉하는 아내는 고양이의 지능에 대해 말할 때마다, 검은 고양이가 위장한 마녀라는 식의 옛 통념을 인용하곤 했다. 그렇다고 아내가 정말로 심각하게 얘기한 건 아니다. 내가 그 얘기를 하는 것도 그저 지금 막 떠올랐기 때문이다.

플루토… 고양이는 내가 제일 좋아하는 애완동물이자 친구였다. 먹이도 내가 주고 집 주변을 돌아다닐 때도 늘 데리고 다녔다. 사실 길거리까지 쫓아오려고 하는 바람에 애를 먹은 적도 여러 번이었다.

몇 년간 우리의 애정도 이런 식으로 이어졌다. 그리고 그 사이

내 성격과 기질은(부끄러운 얘기이지만) 무절제한 음주로 철저하게 붕괴되고 만다. 나는 매일매일 우울해했고 자주 화를 내고 또 타인의 감정에 무감해졌다. 아내한테도 몹쓸 욕설을 하는가 하면, 급기야는 폭력을 쓰기도 했다. 물론 애완동물들도 내 성격 변화를 감지했다. 나는 놈들을 무시했을 뿐 아니라 학대까지 했다. 그래도 플루토에게만은 되도록 학대를 자제했다. 토끼, 원숭이, 심지어 개도 마찬가지였다. 우연히든, 아니면 주인이 반가워서든, 곁에 다가오기만 하면 나는 가차 없이 놈들을 괴롭히기 시작했다. 하지만 병이 깊어가면서(아, 알코올보다 무서운 질병이 또 어디 있단 말이더냐!) 결국 고양이도 이 성질머리의 희생자가 되고 말았다. 이제 늙을 만큼 늙어 나름대로 성깔이 있는 짐승이건만.

어느 날 여느 때처럼 마을 주변을 순례한 후 고주망태가 되어 돌아왔는데, 어쩐지 고양이가 나를 피한다는 생각이 들었다. 나는 놈을 붙잡았다. 그런데 그때 폭력에 놀란 고양이가 이빨로 내 손에 가벼운 생채기를 냈다. 악귀 같은 분노가 순식간에 나를 사로잡았다. 더 이상 나는 없었다. 본연의 영혼은 내 몸을 떠나 버리고, 술기운에 더욱 악랄해진 마성이 내 온몸을 훑고 지나갔다. 나는 조끼 주머니에서 주머니칼을 꺼내 펼치고는 고양이 목덜미를 잡고 한쪽 눈을 파냈다! 아, 이토록 잔인한 행위를 묘사하자니, 이 얼마나 부끄럽고 치욕스러운지! 다음 날 아침, 지난밤의 폭음을 잠으로 소진하고 제정신으로 돌아왔을 때, 내가 저지른 죄에 대해 두려움과 참회의 염이 일기는 했으나, 기껏해야 미미하고 모호한 감정에 불과했다. 영혼의 고통 따위는 없었다. 나는 다시 폭음에 빠져들고 악행의 기억 또한 와인 속에 모두 익사하고 말았다.

느리나마 고양이도 회복되었다. 눈을 빼앗긴 눈구멍이야 끔찍했지만 더 이상 고통스러운 것 같지는 않았다. 놈은 언제나처럼 집 안을 돌아다녔으나 내가 접근하면 잔뜩 겁에 질려 달아났다. 뭐, 예상했던 바다. 내게도 옛 감정이 아예 소멸된 것은 아닌지라, 그렇게 나를 사랑했던 짐승이 노골적인 혐오감을 드러내자 살짝 슬프기도 했다. 하지만 그런 감정 또한 곧바로 울분으로 바뀌고 내 멸망에 최후통첩이라도 하듯, 기어이 사악한 영혼에 정복당하고 말았다. 영혼에 대해 철학적으로 설명할 수는 없으나, 내 영혼이 실재한다는 사실을 지금보다 더 확신할 수는 없다. 사악함은 인간 영혼의 가장 원초적인 충동이자 기본적인 기능 및 감성에 속하며, 따라서 인간의 성격을 규정한다. 단지 해서는 안 된다는 사실을 안다는 이유만으로, 야비하거나 어리석은 행동을 수도 없이 저지르지 않는 사람이 어디 있단 말이던가? 법이 법이라는 이유를 들어 법을 어기고 싶은 욕망에 끊임없이 시달리지 않던가? 그것도 우리 나름의 판단을 빌미로 말이다. 조금 전 언급한 사악함, 즉 극단적 악의는 내 멸망의 종착역을 뜻했다. 무해한 짐승에의 폭력을 재개하여, 궁극적으로 완성하도록 부추긴 것은, 다름 아닌 영혼 자체를 혼란스럽게 만들고 영혼의 본성을 공격하고 오직 악을 위해 악을 행하고자 하는 영혼의 불가해한 갈망이었다. 어느 날 아침 나는 지독한 냉혈한으로 변신해 고양이 목에 올가미를 걸어 나뭇가지에 매달았다. 눈물을 흘리고 진심으로 혹독한 참회를 하면서 그 일을 했고, 또 그놈이 나를 사랑했으며 따라서 내가 해칠 이유가 전혀 없다는 사실을 잘 알기 때문에 그 일을 했고, 그렇게 함으로써 내가 죄를 지을 수 있다고 믿기 때문에 고양이를 매달았다. (그런 게 존재하는지는 모르겠지만) 가장 자애로운 동시에 가장 두려운 신의 무한한 자비의 손조차 다다를 수 없는 곳으로 내 불후의 영혼을 내몰기 위해 기어이 죽음의 죄를 범한 것이다.

이 악독하기 짝이 없는 행위를 저지른 바로 그날 밤, 나는 "불이야!" 하는 비명 소리에 잠에서 깨어났다. 내 침실 커튼에 불꽃이 붙고 집 전체가 활활 타올랐다. 아내와 하인과 나 자신은 간신히 화재를 빠져나왔으나, 집은 완전히 붕괴되고 평생을 모은 세속의 부는 불길과 함께 타 버리고 말았다. 나는 그 후로 절망에 내 모든 것을 내맡겼다.

재앙과 폭력 사이에서 일련의 인과 관계를 찾으려 할 만큼 나약한 존재는 못 되지만, 어쨌든 지금부터 일련의 사실들을 상세히 기술하려 한다. 부디 인과가 가능하다면 하나도 빠뜨리지 않기를! 화재가 있던 다음 날 폐허를 찾아보았다. 벽은 하나를 제외하고 모두 무너졌는데 그 예외가 바로 격벽이었다. 건물 중앙에 별로 두껍지 못한 벽에 내 침대머리가 붙어 있었다. 이곳의 벽토 또한 화재의 열기를 잘 견뎌 냈다. 나는 최근에 새로 발랐기 때문일 거라고 생각했다. 그 벽 주변에 사람들이 많이 모여 있었는데 대부분이 그 특정 부위를 열심히 조사하는 모양이었다. "이상해!" "특이하군!" 같은 단어들이 역시 내 호기심을 자극했다. 다가가서 보니, 하얀 표면에 부조를 새기기라도 한 듯 커다란 고양이 모양이 박혀 있었다. 놀랍도록 정교한 이미지였다. 게다가 짐승의 목 둘레엔 로프까지 매달려 있지 않는가!

처음에 유령을 보았을 때(내 눈엔 분명 유령이었다!) 나는 너무도 놀랍고 두려웠다. 하지만 어떻게든 상황을 되짚어 봐야 했다. 고양이는 분명 집 근처의 정원에 매달았다. 그리고 화재 경보가 있자마자 정원은 곧바로 사람들로 가득 찼다. 그래, 그들 중 누군가 고양이를 나무에서 끌어내려 내 방 열린 창을 통해 집어던졌을 것이다. 물론 나를 잠에서 깨울 목적이었겠지만 바로 그때 다른 벽이 무너지면서 내 심술의 희생양을 새로 바른 벽토에 짓누르고, 석회와 시체의 암모니아에 화염이 가해져 저런 모양의 초상화를 만들었을 것이다.

양심까지는 아니더라도, 이성적으로는 기꺼이 그 충격적 사실에 대한 추론을 받아들였다. 하지만 그렇다고 정신적 충격까지 상쇄된 것은 아니었다. 그 후로 수개월 동안 난 고양이의 환영에서 벗어날 수가 없었다. 그리고 그러는 동안 내 영혼엔 감상도 후회도 아닌 어정쩡한 감정이 자리를 잡았다. 급기야는 고양이에 대한 상실감이 스멀거리더니, 단골 술집을 전전하면서 종류가 같고 외모가 비슷한 고양이를 눈여겨보기까지 했다. 고양이의 빈자리를 채울 참이었다.

어느 날 반쯤 술에 취한 채 타락의 소굴에 앉아 있다가 갑자기 어느 검은 물체에 시선이 끌렸다. 그림자는 술집의 대표적 장식쯤으로 보이는 거대한 진(또는 럼) 통 꼭대기에 누워 있었다. 나는 한참 동안 술통 위를 노려보았다. 그리고 놀랍게도 그 위의 물체를 인식하고는 그곳으로 다가가 손으로 만져 보기까지 했다. 검은 고양이. 아주 큰 놈이었다. 플루토만큼이나. 게다가 모든 면에서 닮기까지 했다. 단 하나를 제외하고… 플루토는 몸 어디에도 흰털이 없었으나 이 고양이는 모호한 반점 같은 게 거의 가슴 전부를 덮고 있었다.

내 손이 닿자 그가 곧바로 일어나더니 큰 소리로 가르릉거리며 몸을 비벼 댔다. 내 관심이 기쁘다는 뜻이다. 그래, 분명 내가 찾던 바로 그놈이었다. 나는 곧바로 술집 주인에게 고양이를 사겠다고 제안했다. 그런데 집주인이 고양이 주인은 아니었다. 아예 알지도 못하고 전에 본 적도 없다는 대답이었다. 나는 계속 고양이를 쓰다듬었다. 그리고 집에 돌아갈 때가 되자 놈도 일어나 따라오기 시작했다. 나는 내버려 두었다. 걸으면서는 이따금 걸음을 멈추고 허리를 굽혀 목덜미를 다독여 주기도 했다. 고양이는 집에 들어가자마자 곧바로 길들여졌다. 아내도 무척 좋아했다.

나로 말하자면, 금세 싫증이 난 쪽이다. 처음 기대와는 완전히 딴판이었다. 어떻게 왜 그렇게 되었는지는 모르겠으나 놈이 나를 좋아하는 모습이 오히려 역겹고 화만 돋우는 게 아닌가. 이런 식의 혐오감과 성가심은 조금씩 끔찍한 증오로 무르익기 시작했다. 나는 애써 놈을 피했다. 과거의 잔혹한 행위에 대한 기억과 수치심 때문에라도 물리적 학대까지는 원치 않았다. 지금껏 몇 주 동안은 때리지도, 학대하지도 않았다. 그런데 조금씩, 아주 조금씩 놈을 볼 때마다 형언할 수 없는 증오심이 이는 통에, 역병을 피하듯, 저 역겨운 존재로부터 조용히 달아나기만 했던 것이다.

저 짐승을 싫어하게 된 이유는 또 있었다. 집으로 데려온 다음날에야 겨우 알았지만 놈은 플루토처럼 눈 하나가 없었다. 당연한 얘기지만 그 때문에라도 아내는 놈을 더욱 애지중지했다. 전에도 얘기했듯, 한때 내 성품이자, 가장 단순하고도 순수한 기쁨의 원천이었던 감성, 즉 인정이 너무도 많은 여자가 아니던가.

하지만 내 반감과 더불어 나를 향한 고양이의 편애는 더욱 심해지는 듯했다. 놈은 이해하기 어려울 정도로 고집스럽게 내 뒤를 따라왔다. 내가 앉을 때면 의자 아래 쪼그려 앉거나 무릎 위로 뛰어올라 불쾌한 입술로 나를 핥아 댔다. 일어나 걸을라치면 발 사이로 끼어들어와 자칫 넘어질 뻔한 적도 여러 번이고, 또 길고 날카로운 발톱으로 옷에 매달리고 가슴으로 기어오르려 했다. 그럴 때마다 한 방에 죽여 버리고 싶었으나 아직은 가까스로 참아 내는 쪽이었다. 물론 과거의 죄도 있지만 그보다는… 솔직히 고백하건데, 그 짐승이 너무나 무서웠다.

딱히 두려움의 실체가 있는 것은 아니었다. 게다가 어떻게 설명해야 할지도 난감하다. 부끄럽다. 지금 이렇게 중죄인의 감옥에 갇혀 있음에도 불구하고, 그놈에게서 비롯된 공포와 전율, 그놈이 그려 냈을 단순한 망상으로 고조된 공포와 전율에 시달렸다는 사실이 너무도 부끄럽다. 고양이의 흰 털… 그건 옛 고양이와의 유일한 차이였고 그 얘기는 아내도 여러 번 지적했다. 전술했듯이, 흔적이 넓기는 해도 기본적으로 매우 흐릿했다. 그런데 조금씩 조금씩, 거의 눈치채기 어려울 정도의 속도로나마, 표식은 점점 또렷한 윤곽을 드러내기 시작했다. 처음엔 내 판단을 믿을 수가 없었다. 그 괴물을 싫어하고 두려워하고 용기만 있다면 없애 버리려 했을 이유도 그 때문이다. 틀림없이 섬뜩하고 두려운 단두대의 모습이 아닌가! 오, 공포와 범죄, 고통과 죽음의 암울하고 끔찍한 기계!

나는 이 세상 누구보다도 처참해졌다. 미천한 금수! 내 뒤나

졸졸 쫓아다니는 주제에! 그와 똑같은 놈을 가차 없이 죽인 나이건만! 고귀한 신의 이미지로 창조된 내게 이렇게 견디기 힘든 고통을 가하다니! 아아! 밤낮을 막론하고 더 이상 안식의 축복을 받을 수도 없노라! 지난번 고양이는 한순간도 나를 내버려 두지 않았다. 그런데 지금은 지독한 악몽에서 깨어날 때마다 내 얼굴을 향해 내뿜는 뜨거운 입김은 물론, 가슴을 짓누르는 끔찍한 무게에 시달려야 했다. 영원히 떨어지지 않은 채 심장을 옥죄는 이 현실 속의 악몽이여!

이런 식의 고통 하에서 드디어 미미하나마 내 안의 선의도 굴복하고 말았다. 남은 것은 오직 악의뿐이었다. 가장 어둡고 치명적인 악의. 평소의 우울증은 만물과 인류를 향한 증오로 발전했다. 그리고 시도 때도 없이 터져 나오기 시작한 통제 불능의 맹목적인 분노에 가장 빈번하게 노출된 희생양은 단연 아내였다.

어느 날, 그녀와 함께 지하실로 내려갈 일이 생겼다. 화재로 빈털터리가 된 후 이사 온 낡은 건물이다. 그런데 고양이도 쫓아오다가 가파른 계단에서 발을 거는 바람에 난 그대로 고꾸라질 뻔했다. 나는 당연히 길길이 날뛰었다. 그리고 그때까지 억지력으로 남아 있던 유치한 두려움도 잊은 채, 도끼를 집어 들고 놈을 향해 휘둘렀다. 물론 내 의지대로 내리꽂혔다면 분명 치명타였을 터이나 회심의 일격은 아내의 손에 막히고 말았다. 나는 악마보다 더한 분노에 휩싸여 그만 아내의 손을 뿌리치고 그녀의 머리에 도끼를 박아 넣었다. 그녀는 신음 한 번 내뱉지 못하고 그 자리에서 즉사했다.

끔찍한 살상을 저지른 후, 나는 최대한 신중을 기해 시체를 감추는 작업에 착수했다. 집에서 내보내는 건 불가능했다. 낮이든 밤이든 이웃 사람들한테 들킬 가능성 때문이었다. 수많은 계획이 머리를 헤집었다. 시체를 토막 낸 다음 불속에 던져 넣을까? 아니면 지하실 바닥에 무덤을 파? 시체를 마당의 우물에 넣고 봉하거나, 상품 포장한 다음 짐꾼을 불러 집에서 빼내는 방안도 고민했다. 그리고 마침내 훨씬 더 편리한 방법을 떠올렸다. 시체를 지하실 벽에 넣기로 한 것이다. 중세의 수사들이 희생자들을 벽에 넣고 봉했다는 기록을 어디선가 본 적이 있었다.

그런 계획이라면 지하실이야말로 최적지였다. 지하실 벽이 허술한 데다, 최근에 덧칠한 싸구려 석회가 습한 날씨 때문에 양생이 제대로 되지 않았기 때문이다. 게다가 한쪽 벽에는 개구리 배처럼 툭 불거진 곳까지 있었다. 잘못된 굴뚝이나 벽로를 뜯어 내고 다시 벽돌을 채운 모양인데, 그곳이라면 어렵지 않게 벽돌을 빼내고 시체를 넣을 수 있다. 그리고 난 후 전처럼 벽을 마무리하면 아무도 의심할 수 없을 것이다.

계산은 틀리지 않았다. 나는 쇠지레를 이용해 쉽사리 벽돌을 해체했다. 그리고 시체를 조심스럽게 내벽에 기대 세우고 어렵지 않게 원래대로 벽을 다시 쌓을 수 있었다. 석회와 모래와 종려털도 신중에 신중을 기해 모은 터라 옛 벽과 완전히 똑같은 반죽을 만들기도 했다. 나는 아주 조심스럽게 회벽을 발랐다. 작업은 만족할 만했고 벽은 손 댄 흔적은 전혀 드러나지 않았다. 나는 바닥에 떨어진 쓰레기들을 꼼꼼히 정리한 다음 의기양양하게 주변을 둘러보며 이렇게 혼잣말을 했다.

"그래, 적어도 헛수고는 아니었어."

다음 단계는 이 지독한 참상의 원흉을 찾는 일이었다. 이번에 야말로 놈을 죽이겠다고 굳게 결심한 터였다. 그 순간 행여 내 눈에 띄었다면 결코 돌이킬 수 없는 운명이었으련만, 불행히도 교활한 짐승은 크게 겁을 먹었던지 지금으로서는 내 앞에 나타날 생각이 없는 듯했다. 역겨운 고양이의 부재가 내 마음에 던져 놓은 안도감이 얼마나 크고 깊었는지는 형언할 수도, 상상할 수도 없을 정도였다. 그날 밤 고양이는 끝내 나타나지 않았다. 덕분에 놈이 집 안에 발을 들인 후 처음으로 나는 깊고도 평온한 잠을 만끽했다. 내 영혼에 살인의 멍에가 걸려 있음에도 불구하고!

이틀이 지나고 사흘이 지났지만 영혼의 고문자는 나타나지 않았다. 나는 다시 한 번 자유롭게 숨을 쉬었다. 필경 겁을 먹고 영원히 집을 떠난 거야! 더 이상 놈을 보지 않아도 된다고! 나는 너무도 행복했다. 끔찍한 살인이 마음에 걸리기는 했지만 그뿐이었다. 수사 또한 아무것도 찾지 못한 채 어물쩍 넘어가고 말았다. 이제 미래의 행복은 따 놓은 당상이었다.

나흘째 되는 날, 예기치 않게 경찰이 들이닥쳐 집을 샅샅이 수색하기 시작했다. 어쨌거나 시신 매장 위치가 워낙에 철옹성이라 내가 당황할 이유는 전혀 없었다. 경찰관들은 나도 수색에 동참하게 했다. 그들은 구석과 틈새까지 서너 번씩 뒤진 끝에 마침내 지하실로 내려갔다. 내가 불안해할 이유는 전혀 없었다. 내 심장은 세상모르고 깊은 잠에 빠진 사람만큼이나 차분했다. 나는 가슴에 팔짱까지 한 채 느긋하게 지하실 끝에서 끝까지, 앞에서 뒤까지 쫓아다녔다. 이윽고 경찰도 포기하고 떠날 채비를 했다. 나는 말 그대로 뛸 듯이 기뻤다. 승리를 자축하는 의미에서라도 한 마디 해 주고 싶었다. 내 무죄를 공고히 다져줄 말이라면 더 좋으리라.

나는 끝내 계단을 오르는 경찰관들을 불러 세웠다.

"여러분, 여러분의 의심을 해소할 수 있어 다행입니다. 모두의 건강과 안녕을 비는 바입니다. 이 집은 아주 잘 지은 건물이랍니다. (여유를 보이려는 광적인 집착에 사실 무슨 말을 했는지도 거의 기억나지 않는다) 아니, 최고의 건축물이라고 해야겠군요. 아, 벌써 가시게요? 예, 이 벽도 그렇죠. 아주 튼튼하게 쌓았거든요." 그리고 이시점에서 무모한 영웅심이 발동해, 나는 그만 손에 들고 있던 지팡이로 벽을 쾅쾅 두드렸다. 안쪽에 사랑하는 아내의 시신이 서 있는 바로 그 위치였다.

오, 신이여, 나를 마왕의 아가리로부터 구해 주소서! 순간 지팡이의 반향이 미처 가라앉기도 전에 무덤에서 기이한 소리가 들리는 것이 아닌가! 울음소리. 처음에 아이가 흐느끼듯 잔뜩 잠기고 갈라진 목소리는, 곧바로 크고 기다란 비명 소리로 바뀌더니, 급기야는 기이하고 비인간적인 울부짖음으로 이어졌다. 두려움과 승리감이 복잡하게 어우러진 비명 소리… 그건 지옥에 떨어진 자들이 고통스럽게 내지르는 절규이자 동시에 저주를 기뻐하는 악마들의 환호였다.

당시의 내 생각을 표현하는 건 바보짓이다. 나는 쓰러질 듯 비틀비틀 맞은편 벽으로 달아났다. 계단 위의 경찰관들도 지독한 공포와 두려움에 그 자리에 우뚝 멈춰 서고 말았다. 그리고 다음 순간 십여 개의 건장한 팔이 벽을 허물기 시작했다. 벽이 무너지고, 이미 크게 부패해 핏덩이가 잔뜩 엉킨 시체가 똑바로 선 자세로 목격자들 앞에 모습을 드러냈다. 시체의 머리 위에는, 저주의 괴물이 붉은 입을 벌리고 외눈에 지옥의 불을 담은 채 앉아 있었다. 나를 도발해 살인을 저지르게 하더니, 기어이 교수대의 죄수로 고발해 버린 괴물! 그런 괴물을 무덤 안에 넣고 벽을 쌓아 올리다니!

P. J. 패리시

P.J. Parrish

P. J. 패리시 또는 크리스티 몬티는, 혼혈 사립 탐정 루이스 킨케이드와 여성 강력계 형사 조 프라이를 주인공으로 하는 범죄 시리즈를 쓴 작가다. (여동생 켈리 니콜라스와 공저) 이 작품은 뉴욕 타임스 베스트셀러이며 미국 및 국제 스릴러 작가 협회 사립 탐정 작가 상을 수상했다. 두 주인공의 단편은 〈엘러리 퀸의 미스터리 매거진〉, 《미국 미스터리 작가 선집》, 그리고 아카식 출판사의 《디트로이트 느와르》에서 볼 수 있다. 포와 마찬가지로 크리스티는 와인과 고양이를 사랑하며, 기이하고 암울한 모든 것을 이해하며, (한때 자신도 그 일로 생계를 꾸리긴 했으나) 비평가들을 불신한다. 불행히도 포와 그녀의 관계는 그게 전부다. 하나 더 있다면… 그녀의 두 번째 소설이 에드거 상 후보로 오른 바 있다.

플루토의 유산

P. J. 패리시

슈퍼마켓 밖의 노숙자가 우리 앞을 막아섰다.

"쓰레기통에서 주운 겁니다요." 그가 자신의 더러운 격자무늬 셔츠를 가리키며 말했다.

그의 주머니 밖으로 고양이 머리가 삐죽 나와 있었다.

"이놈한테 줄 집이 있어야죠. 혹시 댁에서 키우실 생각 없습니까?"

작은 동물은 피에 젖은 채였다. 죽어 가는 게 분명했다.

남편은 고양이를 받고 사내에게 20달러를 건넸다. 토요일 늦은 밤이었지만 우리는 응급 동물 병원으로 차를 몰았다. 소중한 한 시간과 200달러를 챙긴 후, 수의사는 우리에게 고양이를 들려 집으로 돌려보냈다. 아이는 괜찮습니다. 다만 많이 굶은 데다 한쪽 눈을 잃었네요. 그의 진단이었다.

깨끗이 씻고 나니 그렇게 나빠 보이지도 않았다. 고양이는 금세 살이 붙고 우리가 키우는 다른 고양이 여덟 마리와도 잘 어울렸다.

"뭐라고 부르지?" 남편이 물었다.

"플루토." 내가 대답했다.

물론 에드거 앨런 포의 〈검은 고양이〉에 나오는 고양이 이름이다. 나는 포 전문가가 아니다. 아예 전문가 따위와는 거리가 멀다. 대부분의 사람들처럼, 포와의 첫 번째 인연은 B급 영화감독로저 코먼이었고(〈중단된 매장 The Premature Burial〉에서 와인잔으로 구더기를 마시는 레이 밀런드!) 두 번째는 슈나이더 박사였다. 그의 미국 문학 입문 강좌는 포의 단편들을 트웨인과 호손 사이에 끼워 넣게 만들었다.

당시 〈검은 고양이〉는 복잡하고 난해하기만 했다. 부지런히 어휘를 찾아도 상황은 짐작도 쉽지 않았다. 저자는 실컷 사랑한다고 해 놓고는 왜 고양이 눈을 파내고 아내의 머리에 도끼를 박은 거람? 거짓말쟁이라서? 혼란스럽거나 술에 취해서? 아니면 그냥 개자식인건가?

포 시대의 대부분 비평가들처럼(예이츠는 그를 저속하다고 했다) 나 역시 크게 실망한 쪽이었다.

사실 수십 년 동안 〈검은 고양이〉를 만난 적이 없었다. 작가와 글을 싸잡아 낡고 저속하다 생각하기도 했다. 그에게 두 번째 기회를 준 것은 직접 소설을 쓰기 시작하면서였다. 그동안 범죄 소설을 몇 편 출간했음에도 불구하고, 기껏 첫 번째 단편을 붙들고 씨름 중이었다. 그러던 어느 날, 내가 텅 빈 모니터를 멍하니 바라보고 있을 때 플루토는 내 무릎의 컴퓨터 위에 앉아 있었다. 그렇다고 그가 〈검은 고양이〉를 구글로 검색하지는 않았다… 쳇, 그랬다면 포 스타일의 위대한 반전이 되었을까?

나는 내 단편에 낙담한 채 다른 이야기들을 읽기 시작했다. 포는 최고였다. 나야 그저 나잇살만 처먹은 꼴이다. 어린 시절 혼을 쏙 빼놓았던 토요 연극 포는, 어른이 된 후 완전히 다른 방식으로 나를 무섭게 해 주었다. 이제 나는 약속과 실망이 백짓장 차이임을 이해할 수 있다. 악귀나 음주가 빚어 내는 정신적 공포를 상상할 수도 있다. 복잡 미묘한 감정의 흐름을 보기도 하고, 낭만적인 것과 섬뜩한 것은 물론, 현실과 초현실의 미묘한 차이도 안다. 작가로서 포의 복잡한 퍼즐식 구조를 만끽하고, 독자의 감정을 사로잡기 위한 소위 "생생한 효과" 활용도 감상할 수 있다. 현대 작가라면 어느 누가 그런 능력을 마다하겠는가?

범죄, 호러, 로맨스, 심지어 본격 문학 작가들까지도 그에게 빚진 바가 적지 않다. 내가 좋아하는 작가, 조이스 캐럴 오츠는 자신의 단편선《출몰Haunted》 후기에서 "포의 영향을 받지 않은 이가 어디 있겠는가?"라고 묻는다. 오츠 자신이 포 헌정작 〈하얀 고양이〉를 쓰기도 했는데 남편이 아내의 페르시아산 고양이를 죽도록 질투하는 내용이었다.

작가들은 지금도 그에게서 많은 것을 배울 수 있다.

독자들 또한 이 은밀한 단편에 맛난 과육이 많이 있음을 알아야 한다.

우선, 〈검은 고양이〉는 매우 현대적인 추리 소설이다. 물론 독자들은 실마리로 뿌려 놓은 빵 조각을 쫓아가야 할 것이다. 사내가 왜 아내를 죽였지?《양들의 침묵》에서 그림자를 지워 내듯, 그렇게 살인자의 행동에서 심리 층을 하나하나 벗겨 내 (전혀 존재하지 않을 것 같은) 야만적 살인의 의미를 찾아내야 하는 것이다.

두 번째. 〈검은 고양이〉는 가정 폭력, 아집, 범죄에 대한 섬뜩한 연구 보고서이다. 이란성 쌍둥이이자 이 선집의 또 다른 걸작인 〈고발하는 심장〉과 비교해 보라. 두 이야기의 화자들은 공히 자신들이 미쳤음을 부인한다…. 그런데, 정말 미친 걸까?

세 번째. 〈검은 고양이〉는 "신뢰할 수 없는 화자"(선입견, 불안정, 제한된 정보, 또는 의도적 거짓말 등으로 화자를 의심하게 만드는 기술)를 최초로 선보인 단편들 중 하나이다. "솔직히 여러분이 믿지도 못하겠지만 믿어 달라고 애원할 생각도 없다." 포는 이 한 줄로《위대한 개츠비》의 닉 캐러웨이, 헨리 제임스의《나사의 회전》에 등장하는 가정 교사, 애거서 크리스티의《로저 애크로이드의 살인》에서 셰퍼드 박사, 딘 쿤츠의《오드 토머스》의 요리사, 그리고 데니스 루헤인의《살인자들의 섬》에 나오는 테디 대니얼즈를 위한 길을 열어 주었다.

네 번째. 〈검은 고양이〉는 혼합 장르의 초기 예이다. 포는 호러로 유명하나 이 단편은 사실주의와 초현실의 경계를 흩뜨려 놓는다. 반과학, 화신(化身), 공포, 미스터리… 그 모든 것, 그리고 그 이상이 이야기에 담겨 있다.

얘기 끝났나? 음, 물론 최초의 고양이 미스터리이기도 하다.

다시 플루토 얘기를 해 보자. 내 고양이는 열네 살이지만 여전히 건강하다. 물론 허구의 플루토는 끔찍하게 죽는다. 솔직히 그 사실에 께름칙한 적은 없다…. 적어도 소설을 쓰기 전까지는. 그래, 미스터리 작가들 사이엔 공식이 하나 있다. 동물을 죽여라. 그러면 독자들이 달려들 것이다.

포는 실제로 고양이를 좋아했다. 그의 애묘 얼룩 고양이 카타리나는 그가 과학 에세이 〈본능 대 이성: 검은 고양이〉를 쓰도록 영감을 주기도 했다.

그럼에도 불구하고 종이에 펜을 대면서 그는 거리낌 없이 고양이를 죽였다. 위험을 두려워 않는 작가를 어찌 존경하지 않겠는가.

T. Jefferson Parker

Jan Burke

Lawrence Block

P. J. Parrish

Lisa Scottoline

Laura Lippman

Michael Connelly

Laurie R. King

Tess Gerritsen

Stephen King

Steve Hamilton

Edward D. Hoch

Peter Robinson

S. J. Rozan

Nelson Demille

Sara Paretsky

Joseph Wambaugh

Thomas H. Cook

Jeffery Deaver

Sue Grafton

IN THE SHADOW
OF THE MASTER

윌리엄 윌슨

William Wilson

무슨 말을 하겠는가? 무자비한 양심에 대해,
내 길을 막아선 저 망령에 대해 무슨 말을 한다는 말인가?

《파로니다》, 챔벌레인Chamberlain

✳

당분간 내 이름을 윌리엄 윌슨이라고 하자. 앞에 놓인 무고한 종이를 내 실명으로 더럽힐 필요는 없다. 이미 가문을 크게 욕보이고 두려움으로 내몬 이름이 아니던가. 분노의 강풍에 실려, 이 비길 데 없는 오명이 세상 구석구석까지 번지지 않았던가? 오, 그 누구보다 처절하게 버려진 이여! 그대의 세상은 이미 죽은 것이 아니던가? 이 땅의 명예와 꽃과 황금빛 열망을 또 어찌 바란다는 말인가? 그대의 바람과 하늘 사이에 영원히 암울한 먹구름이 이렇듯 가없이 이어져 있건만.

아무리 능력이 있다한들 내 말년의 참혹한 불행과 용서받지 못할 죄를 어이 글로 남기려 한단 말인가. 최근 몇 년간 갑자기 악행의 지수가 치솟았는데 지금 글을 쓰는 이유는 오직 그 이유를 밝히기 위함이다. 대부분의 남자들은 조금씩 비열해진다. 한순간 내 모든 장점이 망토처럼 벗겨지고, 가벼운 악행들은 거인의 보폭으로 성큼성큼 엘리가발루스[09]의 극악한 행위를 넘어서고 말았다. 어떤 우연… 어떤 단 하나의 사건으로 이런 악행이

가능했는지 얘기할 생각이니 부디 참고 들어주길 바라 마지않는다. 죽음이 다가온다. 아니, 그보다 먼저 죽음의 그림자가 내 영혼을 가볍게 흔들고 있다. 부디 이 어두운 협곡을 지날 수 있도록, 그네들의 이해가 있기를! (아아, 내 어찌 동정을 바란단 말인가!) 어떤 식으로든, 내 자신이 인간의 능력을 벗어난 환경의 노예였다고 자위하고 싶다. 이야기를 적어 내려가는 동안 이 광활한 과오의 사막에서 작은 운명의 오아시스라도 찾고 싶다. 과거의 유혹이 아무리 컸다고 한들, 적어도 이렇듯 엄청난 유혹을 받은 바가 없으며 그로 인해 이렇게 처참하게 영락한 사람은 없었다고 하소연이라도 하고 싶다. 그들도 그것만은 부인하지 못하리라. 더욱이 이렇게 고통받은 이도 없지 않았을까? 사실은 내가 지금껏 꿈속에서 살았던 게 아닐까? 이 세상에서 가장 극악한 환상의 공포와 미스터리로 인해 희생자로 죽어 가는 게 정녕 아니라는 말인가?

우리 조상은 상상력이 풍부하고 쉽게 흥분하는 기질로 유명했는데, 내가 가문의 특성을 그대로 물려받았다는 증거는 얼마든지 있다. 나이가 들면서 그런 경향은 더욱 심해져, 지난 몇 년간 친구들과의 심각한 불화와 자해의 원인이 되기도 했다. 나는 고집불통에 변덕이 죽 끓듯 했으며 광적인 열정의 노예였다. 내 부모 또한 심성이 유약한 데다 나와 비슷한 유전적 결함에 묶여 있던 탓에 내 사악한 성향을 무기력하게 지켜볼 수밖에 없었다. 이따금의 설익은 시도마저 완전한 실패로 끝나 결국 내 기만 살려 준 꼴이 되고 말았다. 내 목소리는 집안의 법으로 굳어지고, 다른 아이들이 걸음마도 채 익히지 못했을 나이에, 이미 제멋대로 모든 것을 결정하고 또 제멋대로 행동했다.

학창 시절에 대한 초기의 기억들은, 잉글랜드의 어느 안개 같은 마을, 엘리자베스풍의 덩굴장미 우거진 대형 건물과 연결되어 있다. 옹이진 거목들이 수도 없이 서 있고 집들은 모두 고색창연했다. 실제로 요정이라도 나올 법한 몽환의 마을이자 유서 깊은 고장이었다. 이 순간 상상으로나마 그림자 깊은 가로수 길의 신선함을 느끼고 수천 그루 나무 향을 호흡하며, 저 격자무늬 뾰족탑이 느긋한 잠에 빠져 있는 어스름의 고즈넉한 대기를 느낀다. 매시간 암울한 노호로 정적을 깨뜨리는 교회종의 깊은 공명음을 들으면서는 충만한 기쁨에 가슴이 벅차기까지 하다.

이렇게 학교와 관련된 사소한 추억에 젖는 기쁨도, 지금이야 여느 경험과 다를 바 없을 것이다. 하지만 처참하게 영락한 마당에(아아, 이토록 처절할 수 있다니!) 몇 가지 감상적인 이야기나마 잠시 사사로운 위안을 찾는다고 나무랄 이 그 누구란 말인가? 게다가 아무리 사사롭고 엉뚱한 얘기처럼 들릴지 몰라도, 그 이야기에는 부차적인 중요성이 있다. 내가 최초로 운명의 소환을 어렴풋이 깨달은 후, 온전히 내 모든 것을 내맡기게 된 시기 및 장소와 관계있기 때문이다.

전술하였듯, 학교는 매우 낡고 볼품없었다. 교정은 넓었으나 깨진 유리 조각들을 박아 넣은 단단한 벽돌담이 학교 전체를 에둘렀다. 바로 이 감옥 같은 성벽이 바로 우리 활동 영역의 한계였다. 감옥을 벗어나는 건 일주일에 단 세 번이었다. 매주 토요일, 우리는 두 명의 선도원 인솔에 따라 인근 들판을 잠시 산책할 수 있었다. 나머지 두 번은 일요일이었다. 아침과 저녁 아주 예절 바른 태도로 마을 교회의 예배를 위해 행군했던 것이다. 그런데 우리 학교 교장이 그 교회의 교구 목사였다. 저 멀리 신도석에서 그가 멀리 설교단을 향해 경건한 발걸음을 옮기는 모습을 볼 때마다 얼마나 놀랍고 황당했던지! 저렇게 번드르르하고 화려한 사제복을 입고, 엄정하고 풍성한 가발에 분까지 잔뜩 발라 쓰고는, 가없이 점잖고 자애로운 표정을 짓는 저 목사가, 조금 전까지 지린내 나는 옷에 인상만 잔뜩 쓴 채, 손에 몽둥이를 들고 가혹한 학교 규칙을 휘두르던 바로 그 사람이란 말이더냐? 오, 이 끔찍한 이율배반이여! 그야말로 도저히 접점을 찾을 수 없는 괴변이 아닐 수 없었다.

꼴불견의 벽 모서리엔 더 볼썽사나운 교문이 있었다. 문은 고강도 볼트를 박아 고정하고 위에는 뾰족뾰족한 쇠못들을 세웠다. 그런 문이 아이들의 마음에 어떤 인상을 새겼을지 상상해 보라! 문은 오로지 조금 전에 언급한 세 번의 정기 출입 때만 열렸다. 그리고 우리는 난공불락의 빗장이 삐걱이며 열릴 때마다 수많은 기적을 엿보았다. 진지한 관찰과 보다 진지한 생각을 강요하는 물질세계.

넓은 교정은 불규칙한 형태라 여기저기 외진 곳이 많았는데 그중 가장 넓은 서너 곳이 운동장으로 이용되었다. 교정은 평평하고 매끄러운 자갈로 덮여 있었다. 내 기억으로는 나무는 물론, 벤치나 그 비슷한 것도 없었다. 교사 앞 작은 화단에 회양목 등의 관목을 심기는 했으나 이 신성한 구역을 통과하는 건 정말로 가뭄에 콩 날 정도였다. 처음 학교에 입학할 때 아니면 마지막에 떠날 때. 그리고 크리스마스나 여름 방학 때 부모나 친척이 찾아와

신이 나서 집으로 떠날 때가 전부였다.

하지만 교사(校舍)라면 얘기가 다르다. 이 기이하고도 낡은 건물은, 내게는 진정한 마법의 성이었다! 건물 내부엔 나선형 계단과 정체 모를 공간이 끝도 없었다. 이층 건물 중 내가 실제로 어느 공간에 위치해 있는지는 판단조차 쉽지 않았다. 한 공간에서 다른 공간으로 이동하려면, 그곳이 어디이든, 계단 서너 곳은 오르내려야 했다. 건물 옆에 곁가지로 지은 공간이 무수·무한하고 툭하면 제자리로 돌아오기 때문에, 건물 전체에 대한 대부분의 생각도, 우리가 무한이라고 배운 공간과 크게 다르지 않았다. 5년 동안이나 그곳에서 지냈건만, 18~20명의 학생들은 물론 내 자신의 작은 침실이 어느 구석에 처박혀 있는지도 아리송하기만 하다.

건물 내부에선 교실이 제일 넓었다. 아니, 당시만 해도 세상에서 제일 넓어 보였다. 교실엔 뾰족한 고딕 창과 오크나무 천장이 있었고 아주 길고 좁았으며 참담할 정도로 낮았다. 제일 안쪽 모퉁이에 2.5~3미터 정도의 정사각형 공간이 따로 있었는데, 바로 교장, 닥터 브랜즈비 목사의 교장실이었다. 교장실에는 단단한 구조의 육중한 문이 달렸다. 하지만 목사 부재중에 그 문을 여느니, 우리는 차라리 펜 포르트 에 뒤르peine forte et dure, 즉 압살형을 택했을 것이다. 다른 쪽 모퉁이에도 비슷한 방이 두 개 있었는데, 훨씬 만만하기는 했으나 그래도 두렵기는 마찬가지였다. 각각 고전 선생님과 영수 선생님의 교무실이기 때문이다. 교실 안은 수많은 걸상과 책상들이 아무렇게나 갈지자로 놓여 있었다. 검은색의 낡은 고물 책상들마다 다 헤진 책들이 어지럽게 쌓여 있었다. 나이프로 파 놓은 머리글자, 이름, 기이한 숫자, 그림들로 상판이 뒤덮인 터라, 오래전 원래의 낙서들은 거의 형체조차 남아 있지 않았다. 교실 한 끝에 커다란 물통이 있고 다른 쪽엔 엄청난 크기의 괘종시계가 서 있었다.

이 낡은 학교의 울타리에 갇혀 내 삶의 중요한 5년을 지냈지만 그래도 지루하거나 괴로운 적은 없었다. 어린 시절의 왕성한 상상력을 채우기 위해 굳이 외부 세계의 자극이 필요한 건 아니다. 실제로 지극히 단조로운 학교 생활이었지만, 청년기의 방탕이나 성인이 된 후의 범죄에 비하더라도 훨씬 강렬한 재미로 가득했다. 내 최초의 정신적 성장기는 남다른 정도를 넘어 기이한 차원이었다. 대개의 경우 어린 시절의 사건이 어른이 된 후에도 큰 영향을 미치는 경우는 거의 없다. 모든 것이 모호한 그림자이자 들쭉날쭉한 편린이며, 아련한 쾌락과 고통에 대한 향수에 불과하기 때문이다. 내 경우는 다르다. 어린 시절 감수성이 성인처럼 강렬했기에, 당시의 기억들은 여전히 카르타고 메달의 조각만큼이나 깊고 생생하고 지속적이다.

하기야 세상의 통념에 비추어 볼 때 기억할 게 도대체 뭐가 있었겠는가? 아침 조회, 저녁 점호, 독해와 암기, 정기적인 반공일, 소풍, 운동장에서의 폭염과 놀이와 음모 등등… 이런 기억들은, 오래전에 잊힌 정신의 연금술을 거치며, 감각의 황무지와 획기적인 사건의 세계, 다양한 감정과 영혼을 휘젓는 환희와 열정의 우주를 포함해야 했다. "오, 르 봉 탕, 크 스 시에클 드 페르Oh, le bon temps, que ce siecle de fer!" [10]

솔직히 말해서, 내 천성적인 열정과 열의, 추진력 덕분에 나는 곧 급우들의 눈에 띄었으며, 느리지만 자연스럽게 또래 그룹의 우두머리 격이 되었다. 한 명은 예외였다. 그것도 혈연관계는 아니나 나와 성과 이름이 같은 학생이었다. 사실 동명이인이 특별할 건 없었다. 귀족 가문이긴 해도, 우리 이름은 아주 오래전부터 하층민의 공동 재산이 될 정도로 흔한 이름이 되었으니 말이다. 이 글에서 이름을 윌리엄 윌슨으로 바꾼 이유도 그 때문이다. 실명과 별로 다르지 않은 가명. 어쨌든 우리 또래 무리에서, 교실 수업은 물론, 운동장 경기와 드잡이질에서 나와 맞서고, 내 권위와 의지에 대항했으며, 내가 독단을 행하려 할 때마다 딴죽을 걸고 나선 건 그뿐이었다. 이 세상에 절대적이고 무한한 독재가 가능하다면, 어린 시절, 자기보다 힘없는 또래를 지배하는 골목대장의 독재일 것이다.

윌슨의 반란에 나는 너무도 당혹스러웠다. 아이들 앞에서야 큰소리까지 쳐 가며 그의 주장을 짓밟아 주곤 했지만, 그럼에도 내심 그를 두려워했으며, 그가 너무도 쉽게 내 자신과 대등한 위치를 차지했음을 인정하지 않을 수 없었다. 사실, 그건 그가 나보다 우월하다는 증거이기도 했다. 내 편에서는 권좌를 빼앗기지 않기 위해 죽을힘을 다해야 했기 때문이지만, 그 덕분인지 그가 나보다 낫다거나 동등하다고 인정하는 사람도 사실 나 혼자뿐이었다. 아이들이야 완전히 맹목적이었기에 추호의 의심도 있을 수 없었다. 더욱이 그의 경쟁과 저항, 그리고 무엇보다 내 권위에 대

10 —— 볼테르의 시 1736년 시 〈세속인 Le Mondain〉에서 발췌한 구절로, 오래전 로마신이 다스리던 황금기를 찬양하는 내용을 담고있다. 해석하면 "아, 옛날이여! 찬란한 철의 시대여!"라는 뜻이다.

한 집요한 도발은 은밀한 쪽에 가까웠다. 그에게는 나를 권좌에 오르게 한 추진력은 물론 열정마저 결여된 듯 보였다. 어쩌면 그의 도발도 다만 나를 훼방 놓고 당혹케 하고 약 올리려는 변덕이 었을지도 모르겠다. 이따금 그의 오만하고 무례한 태도에서, 정말로 얼토당토않게 (또한 너무나 소름끼치게) 애정이 배어 있음을 보고는 놀랍고 창피하고 심지어 불쾌하기까지 했다. 내가 판단한 한에서는, 이런 기이한 행동은 분명 지독한 자기기만에서 비롯되었으며, 더욱이 나를 배려하고 비호하겠다는 황당한 오만까지 드러냈다.

학교 선배들 사이에서 우리가 형제라는 오해를 불러일으킨 이유도 그의 황당한 오만 때문이었을 것이다. 아, 물론 이름이 같고 우연하게도 같은 날 학교에 입학하기는 했다. 선배들이야 어차피 후배들 문제를 꼬치꼬치 따지는 법이 없지 않은가. 내가 얘기했는지 잘 모르겠지만, 윌슨은 우리 가문과 전혀 관계가 없다. 하지만 우리가 형제였다면 분명 쌍둥이였을 것이다. 닥터 브랜즈비의 학교를 떠난 후, 윌슨이 1813년 1월 19일 생이라는 사실을 우연히 알게 되었는데 솔직히 놀라운 일이 아닐 수 없었다. 바로 내 생일이기 때문이다.

이상한 일이지만, 윌슨의 도발과 굴욕적인 반발 때문에 불안했음에도 불구하고 그를 온전히 미워할 수는 없었다. 우리는 분명 거의 매일 다투었으며 그럴 때마다 그는 공개적으로 패배를 자인했다. 그리고 그럴 때마다 묘하게도 진정한 승리자가 바로 그라는 기분이 들었다. 나는 자존심을 챙기고 그도 존엄성을 지킨 덕에, 우리는 사실 "나쁘지 않은 관계"를 유지했다. 기질적으로도 통하는 점이 많기는 했으나 어쩌면 바로 그 점 때문에 우정으로 발전하지 못했을지도 모르겠다. 그를 향한 내 진심을 정의하는 것은 물론, 이해하는 것조차 쉬운 일이 아니다. 온갖 잡다한 감정들이 섞인 탓이다. 어느 정도는 적의(증오까지는 아니다)도 있고 약간의 인정과 어느 정도의 존중, 그리고 적잖은 두려움. 한마디로 불편한 호기심의 세계였다. 덧붙여 말한다면, (도덕군자들에게야 말할 필요도 없겠지만) 윌과 나는 떼려야 뗄 수 없는 천적임에 분명했다.

우리는 분명 이질적인 관계였다. 내 공격이 모두(공개적이든 은밀하든 난 툭하면 그를 건드렸다) 전적으로 심각한 적의가 아니라 일련의 조롱과 조소(이를테면 농담하는 척하면서 공격하는 식)로 변질된 것도 그 때문이었다. 하지만 아무리 교묘하게 계획을 짠다 해도 그런 식의 공격이 항상 성공적인 건 아니었다. 그의 점잖으면서도 차분한 성품 때문이었다. 통렬한 농담을 받아들이면서도 절대 약점을 드러내지 않았기에 그를 조롱거리로 만드는 것은 불가능했다. 실제로 내가 찾아낸 약점은 단 하나였다. 하지만 체질적 질환에서 비롯된 특이성이었기에, 행여 궁지에 몰리지 않았던들 나를 포함해 그 누구도 물고 늘어지지 말아야 할 장애였다. 내 천적은 구강 또는 인후 조직에 문제가 있어 아무리 소리쳐도 속삭임 이상의 목소리를 낼 수가 없었다. 나는 가차 없이 약점을 물고 늘어졌다.

윌슨의 보복도 다양했는데, 정말로 나를 미치게 만든 것은 좋은 머리에서 나온 부류였다. 내가 그런 사소한 일에 휘둘릴 수 있다는 사실을 애초에 어떻게 알았는지부터가 풀리지 않는 수수께끼였다. 어쨌든 그는 약점을 잡자 툭 하면 나를 괴롭혔다. 나는 귀족답지 못한 성은 물론, (천민까지는 아니더라도) 너무나 평민스러운 이름도 싫어했다. 실제로 발음 자체가 독약처럼 내 귀를 긁어 댔다. 그런데 같은 날 또 한 명의 윌리엄 윌슨이 입학했다. 동명이인이 있다는 사실도 화가 났지만 이방인이 쓰니까 그 이름이 두 배로 싫어졌다. 가뜩이나 지겨운 이름을 두 배로 들어야 할 뿐 아니라 당사자도 끊임없이 면전에 나타나곤 했다. 더군다나 그 역겨운 우연의 일치 때문에, 일상적인 학교 생활을 하는 동안 그의 용건이 내 용건과 얽히는 경우마저 비일비재했다.

이렇게 야기된 당혹감은, 나와 천적이 정신적, 물리적으로 닮았다는 징후가 드러날수록 점점 더 심해지기만 했다. 그때까지 우리가 동갑이라는 기막힌 사실은 몰랐으나, 키가 같고 얼굴 윤곽과 체형 또한 기이할 정도로 비슷하다는 생각은 했었다. 주로 상급반을 중심으로, 관계를 의심하는 소문이 퍼져 나가는 것도 울화통이 났다. 요컨대, 우리 둘의 성격이나 인물, 아니면 신분이라도 뭔가 비슷하다는 얘기만큼 나를 열받게 만드는 건 어디에도 없었다. 애써 태연한 척하기는 했다. 사실, (친척이라는 문제와 윌슨 자신이 떠벌린 경우를 예외로 한다면) 동급생들이 우리 관계를 화제로 삼거나 의식하는 것 같지는 않았다. 그가 나만큼이나 서로의 관계를 의식한다는 것만큼은 분명했지만, 그런 상황에서 내 불쾌감을 이용하려 든 것은, 아까 말한 것처럼 그의 비범한 통찰력에서 비롯되었다.

그의 작전은 언어와 행동 모두에서 나를 완벽하게 흉내 내는 것이었다. 그는 아주 훌륭하게 그 일을 해냈다. 의상이야 식은 죽

먹기고 걸음걸이와 행동거지도 어렵지 않게 복제했다. 게다가 체질적인 한계에도 불구하고 그는 내 목소리마저 빼앗았다. 우렁찬 성량을 포기하는 대신 특징을 기가 막히게 잡아낸 것이다. 그리하여 그의 독특한 속삭임은 내 목소리의 메아리로 굳어져 갔다.

캐리커처 수준의 절묘한 모사 덕분에 내가 얼마나 괴로웠는지 다시 떠벌릴 생각은 없다. 나한테도 한 가지 위안은 있었다. 그의 모사를 알아보는 게 오직 나뿐인지라, 그 교활하고 묘하게 빈정거리는 미소를 그냥 감내하면 그만이었다. 하지만 나를 혼란스럽게 만든 후 자신의 성취를 바라보며 몰래 키득거릴 걸 생각하니 그 일도 만만치가 않았다. 그런 식의 교활한 음모를 기반으로 동급생들의 환호를 이끌어 낼 수도 있었지만 기이하게도 또 그런 일에는 관심이 없었다. 학생들이 그의 음모에 무감하고 그 성취를 눈치 못 채고 또 조롱에 동참하지 않았다는 사실은, 그 때문에 수개월간 두려워했던 나로서는 도저히 이해 못할 수수께끼였다. 그의 모방이 쉽게 눈치 못 챌 만큼 점차적으로 이루어진 덕도 있겠지만, 그보다는 모방자의 지배적인 성향 때문일 것 같다. 윌슨은 외면을 포기하는 대신(멍청이들은 겉모습밖에 보지 못한다) 오직 원본의 본질만을 완벽히 재현해 나 혼자만 알고 분노하도록 만들었다.

내 보호자연(然)하는 태도뿐 아니라 내 뜻에 대한 빈번한 참견에 대해서는 이미 여러 번 얘기한 바 있다. 이런 식의 간섭은 종종 탐탁찮은 충고의 형태로 드러났는데, 그 역시 노골적이 아니라 은근히 암시하거나 에둘러 말하는 식이었다. 그럴 때마다 난 질색을 했으나 그런 경향은 해가 갈수록 더욱 심해졌다. 아무튼 지금 와서 생각해 보면, 몇 가지는 인정해 주고 싶다. 어린 나이에 당연히 경험도 부족했을 터이건만 그럼에도 불구하고 천적의 충고가 잘못되었거나 어리석은 적은 한 번도 없었다. 일반적 재능과 세속적 지혜까지는 아니더라도, 최소한 도덕관념이라면 나보다 훨씬 예리했다. 솔직히 말한다면, 그를 그렇듯 철저히 증오하거나 경멸하는 대신, 특유의 속삭임 속에 구현된 충고들을 조금이나마 받아들였던들, 오늘날 나는 더 훌륭하고 행복한 사람이 되어 있었을 것이다.

그 반대로 나는 그의 역겨운 감시에 극도의 거부감만 키우고 그의 참기 어려운 오만에 대해서도 점점 더 노골적으로 화를 내기 시작했다. 앞서 말한 것처럼 처음 동급생이 된 후 몇 년간 두 사람의 관계는 충분히 우정으로 발전할 수 있었다. 하지만 몇 개월 기숙사 생활을 하는 동안, 그의 주제 넘는 행동이 상당히 줄어든 데 반해 그에 대한 악감정은 거의 정비례로 커져 갔다. 그도 어느 순간 그 사실을 깨달았는지 그 후로는 나를 피하거나 피하는 시늉을 했다.

내 기억이 맞는다면, 그와 심한 언쟁을 벌인 것도 그 무렵이었다. 그때 그는 평소와 달리 크게 흥분해 거침없이 얘기하고 행동했는데, 오히려 그런 그의 억양과 분위기와 전반적인 태도에서 의외의 모습을 발견하고(아니, 그것도 내 착각이었을까?) 크게 호감을 갖기 시작했다. 아주 어린 시절의 아련한 모습들을 떠올리게 한 것이다. 기억이 움을 트지도 않았을 시절의 거칠고 혼란스러운 미분의 기억들. 당시의 답답한 마음을 설명하기란 쉬운 일이 아니다. 다만 아주 오래전, 멀고도 먼 태곳적에 내 앞에 서 있는 윌슨이라는 존재를 알고 있었다는 생각이 불쑥 들었다. 물론 그런 식의 미망은 왔을 때만큼이나 번개처럼 사라졌다. 내가 그 얘기를 꺼낸 이유는 다만 내 기이한 모조품과 마지막 대화를 나눴던 날을 설명하기 위해서였다.

크고 낡은 교사엔 무수한 소구획뿐 아니라 서로 연결된 큰 방들도 여러 개 있었다. 주로 학생들이 모여 자는 곳이다. 이런 마구잡이식 건물에서야 당연한 일이겠지만 구석진 자투리 공간들도 여기저기 많았다. 구두쇠 브랜즈비 박사는 그 자투리 공간마저 기숙사 침실로 만들어 버렸으나, 기실은 한 사람 겨우 들어갈 정도의 벽장 같은 공간에 불과했다. 윌슨의 방도 이 작은 자투리 공간 중 하나였다.

5학년이 끝나갈 무렵, 그와 말다툼을 벌인 직후의 어느 날 밤이었다. 모두 잠에 빠진 것을 확인한 후, 나는 자리에서 일어나 손에 호롱불을 들고는 좁고 황량한 복도를 지나 천적이 잠들어 있는 침실로 향했다. 오래전부터 짓궂은 장난을 꾸몄으나 아직 한 번도 성공해 본 적은 없었다. 드디어 그간의 계획을 실행에 옮겨 놈에게 내가 얼마나 악랄한지를 느끼게 해 줄 참이었다. 나는 벽장에 다다른 후, 호롱불은 덮개를 씌워 밖에 두었다. 그리고 한 발을 안으로 들여놓고 그의 차분한 숨소리를 확인했다. 잠든 게 분명했다. 나는 곧바로 밖으로 나와 호롱불을 들고 다시 침대로 다가갔다. 침대는 커튼이 드리워 있었다. 계획대로 조심스럽게 커튼을 걷자 밝은 햇살이 잠든 이를 비추었다. 나는 그의 얼굴을 보았다. 그리고 그 순간 얼음 같은 한기가 전신을 꿰뚫고 지났다. 나는 숨을 몰아쉬며 호롱불을 낮추어 그의 얼굴로 가져갔다. 맙소사, 이게 정녕 윌리엄 윌슨의 얼굴이란 말인가? 물론 그의 얼굴이었다. 그럼에도 불구하고 내 몸은 학질에라도 걸린 듯 하염없이 떨렸다. 아냐, 그럴 리가 없어. 이 얼굴 때문에 내가 지금껏 혼란을 겪어야 했다고? 나는 그를 가만히 바라보았다. 머릿속이 복잡했다. 아니, 다르다. 그가 깨어 있을 때는 분명히 다른 모습이었다. 이름도 같고 체형도 같지 않았는가! 입학 날짜도 똑같아! 게다가 걸음걸이, 목소리, 습관과 태도까지 집요하게 따라했었다! 그런데 어찌 인간의 능력으로 이럴 수 있다는 말인가? 진정 이 얼굴이 저 정신 나간 모사의 결과라고? 나는 온몸에 소름을 느끼며 호롱불을 끄고 조용히 방을 빠져나왔다. 그리고 그대로 학교를 떠나 다시는 돌아가지 않았다.

몇 개월 집에서 빈둥거리다가 나는 다시 이튼에 들어갔다. 그 짧은 동안 브랜즈비 목사의 학교도 기억에서 무뎌져 갔다. 적어도 내 기억의 느낌은 근본적으로 변해 그곳엔 더 이상 진실도 비극도 존재하지 않았다. 내 감각이 제시한 증거도 의심해 볼 여력이 생겨, 행여 그 일을 떠올리기라도 하면, 인간의 감각이 너무도 불완전하다는 생각에 새삼 놀라거나, 아니면 내가 유전적으로 물려받은 생생한 상상력에 실소를 흘리곤 했다. 그렇다고 타고난 기질이 이튼에서의 생활로 변할 것 같지는 않았다. 나는 곧바로 무지와 무모의 격랑 속으로 뛰어들었고 과거의 앙금도 거의 씻어 냈다. 머지않아 또렷한 인상들마저 모두 지워지고 기억 속에 남은 건 과거의 철없던 행동에 대한 아련한 추억뿐이었다.

내 처참한 방탕을 이곳에 꼬치꼬치 옮겨 적을 생각은 없다. 교칙을 어기고 학교 사감의 눈을 피해 다녔던 3년의 세월도 결국 소득 없이 지나갔다. 그동안 나쁜 습관은 더 심해지고 키는 다소 비정상적으로 자랐다. 마지막 무렵 극도로 방탕한 일주일을 보낸 후, 최고의 난봉꾼들 몇을 내 집으로 불러 비밀 연회를 열었다. 이미 한밤중이었으나 유흥은 아침까지 이어질 것이기에 상관없었다. 술이 흥청거리며 오가고 더 위험한 유혹들도 거침이 없었다. 그리하여 새벽 여명이 동녘을 물들일 즈음엔 우리의 광란도 절정에 달했다. 나도 카드와 술에 흠뻑 젖은 채, 버릇처럼 욕설을 퍼붓고 건배를 고집했다. 그런데 그때 갑자기 큰 소리와 함께 문이 열리더니 밖에서 하인의 애절한 목소리가 들려왔다. 문이 반쯤 열린 탓에 보이지는 않았지만, 누군가 급하게 나를 만나야겠다고 고집을 부리는 모양이었다.

술기운에 잔뜩 흥분한 터라 불청객의 방해는 놀랍다기보다 흥겨운 쪽이었다. 나는 비틀거리며 밖으로 나갔다. 현관 객실까지는 불과 몇 걸음이었다. 좁고 지붕도 낮은 방이었다. 호롱불도 없어 빛이라고는 반원형의 창을 통해 들어오는 희미한 새벽 여명이 전부였다. 문지방을 넘어서자 내 키 정도의 젊은 남자가 보였다. 최신 유행의 하얀 캐시미어 모닝코트 차림이었는데, 당시 내가 입고 있던 옷과 똑같았다. 희미한 조명으로 그 정도는 확인 가능했으나 얼굴은 그렇지 못했다. 내가 들어가자 그가 성큼 나서더니 무례하게 내 팔을 잡으며 내 귀에 이렇게 속삭였다.

"윌리엄 윌슨!"

순간 술기운이 확 달아났다.

이방인의 태도와 손가락 하나를 눈앞으로 들어 올려 가볍게 흔드는 방식만으로도 아연할 지경이었으나 정작 나를 경악케 한 건 그게 아니었다. 저 기이할 정도로 낮은 쉿소리와 그 목소리에 담긴 진지한 충고조의 말투! 저 단순하면서도 낯익은 속삭임! 순간 그 짧은 이름 속에, 지나간 날의 무수한 편린들이 한꺼번에 쇄도하면서 내 영혼을 벼락처럼 강타했다. 그리고 미처 정신을 차리기도 전에 그가 사라졌다.

그 사건이 내 혼란스러운 상상력에 어느 정도 생생한 영향을 미쳤으나 사실 생생한 만큼이나 순간적이었다. 그 후 몇 주간은, 열심히 조사를 하지 않으면, 심각한 고민에 빠져 살았다. 그자의 정체를 모른다고 할 생각은 없다. 집요하게 내 일에 간섭하고 은근한 충고로 괴롭혔던 미친놈이 아니던가. 하지만 저 윌슨이라는 자의 정체가 도대체 뭐지? 어디에서 왔고 또 목적이 뭐란 말인가? 이 의문에 대한 어떤 해답도 만족스럽지 못했다. 내가 알아낸 바로는, 내가 도망 나온 그날 오후, 그 또한 갑작스러운 가족 문제로 브랜즈비 박사의 학교를 떠났다. 그리고 머지않아 나는 그 문제에 대한 고민도 포기하고 말았다. 옥스퍼드 진학 문제가 코앞에 닥친 터라 바빴기 때문이다. 나는 곧 대학으로 떠났다. 이번에도 부모님의 대책 없는 허영심 덕에 가구들은 화려하고 매년 생활비는 풍족했다. 이미 사치와 방탕에 중독된 나로서는 더없이 고마운 일이다. 사실 내 씀씀이는 영국 최고 갑부의 건방진 상속자에 견줄 정도였다.

악덕에 편의까지 더해지자 체질적인 기질 또한 두 배로 폭발했다. 나는 광적인 주연에 중독되어 최소한의 버젓함마저 외면해버렸다. 물론 그런 식의 방탕함을 시시콜콜 늘어놓아야 어리석은 시간 낭비일 것이다. 다만 방탕으로는 헤롯 왕을 능가했으며, 기발한 악행들을 수도 없이 저지름으로써 유럽 최고의 난봉 대학의 기다란 악행 목록에 내가 덧붙인 행이 도를 넘었다는 정도만 언급해 두자.

그런데 내가 신사의 도의마저 완전히 저버리고 가장 비열한 사기도박 기술을 직업으로 익힌 후, 툭하면 멍청한 대학 동기들을 끌어들여 엄청난 재산을 불리는 수단으로 활용했다면 믿을 수 있겠는가? 하지만 사실이다. 더욱이 사기도박이야말로 인간적, 신사적 감수성을 철저히 부정하는 극악무도한 행위라는 바로 그 사실 덕분에, 오히려 버젓하게 그 일을 저지를 수 있었다. 아무리 방탕한 친구라 한들 그런 말도 안 되는 짓거리를 했다고 믿느니 차라리 자신이 목격한 가장 확실한 증거를 부정하는 쪽을 택했기 때문이다. 쾌활하고, 솔직하고, 돈 잘 쓰는 윌리엄 윌슨, 옥스퍼드 최고의 한량이자 자비생 윌리엄 윌슨…. 그에게 난봉질이란 고삐 풀린 망아지의 일탈이며 과오는 조금 과한 기행에 불과했다. 그런데 가장 비열한 사기질이라고 해 봐야 철없는 젊은이의 방종 수준이 아니겠는가?

2년 정도 사기도박을 성공적으로 이끌 때쯤 한 젊은 벼락부자 귀족이 들어왔다. 글렌디닝… 소문에 의하면 헤로데스 아티쿠스만큼이나 재산이 많고 또 그만큼 쉽게 재물을 모았단다. 나는 이내 그가 아둔하다는 사실을 알아냈다. 사냥감으로 점찍은 것은 말할 필요 없겠다. 나는 그를 종종 끌어들여 상당한 액수를 잃어 주었다. 물론 보다 효과적으로 옭아매기 위한 도박사들의 기본적인 전술이다. 마침내 음모가 무르익을 때쯤, 나는 최후의 일격을 준비하고 동료 자비생인 프레스턴 군의 집으로 그를 불렀다. 둘

다 친하기는 하나, 내 계획을 눈곱만치도 의심하지 못하는 친구
다. 나는 좀 더 만전을 기해 여덟에서 열 명의 인원을 동원하고
먹잇감이 직접 카드를 고른 것처럼 보이도록 갖은 애를 다했다.
이 추악한 과정을 요약하자면 나는 저급한 술책을 하나도 빼놓
지 않았다. 이런 상황에서 늘 써먹는 기술들인지라 아직 속아 넘
어가는 자들이 있다는 사실 자체가 놀라울 따름이었다.

　도박은 밤늦게까지 이어졌다. 나는 마침내 글렌디닝을 내 유
일한 상대로 만드는 데 성공했다. 게임도 내가 선호하는 에카르
테[11]였다. 나머지 사람들도 우리의 열띤 게임에 빠져 시합을 모두
중지하고 주변으로 몰려들었다. 벼락부자는 초저녁부터 내 술책
에 말려 술까지 많이 마신 터라, 지금은 무척 초조한 모습으로 패
를 섞고 돌리고 내놓았다. 아니, 부분적으로야 취기에서 비롯된
조바심이겠지만 다른 이유도 있었다. 순식간에 내게 거액의 빚을
지고 만 것이다. 그는 포트와인을 거나하게 들이켠 이후로 정확
히 내가 유도하는 대로 따라왔다. 엄청난 액수의 판돈을 걸고 다
시 배로 올리자고 제안한 것이다. 나는 교묘하게 난색을 표했다.
내가 거듭 거절하자 그가 신경질을 냈고, 그의 욕설을 빌미로 나
도 못 이기는 척 응해 주었다. 당연한 얘기겠지만 결과는 먹잇감
이 얼마나 완전히 올가미에 걸려들었는지만 확인해 주었다. 한
시간도 채 못 되어 그의 빚은 네 배로 늘어났다. 그러자 술이 과
했음에도 불구하고 한순간 그의 얼굴에서 핏기가 가셨다. 아니,
그건 끔찍할 정도로 창백한 수준이었다. 사실 의외였다. 치밀한

†

109

†

조사에 따르면 글렌디닝은 엄청난 부자였다. 지금껏 잃은 돈이 엄청난 거액이기는 했지만 그 정도의 부자가 크게 걱정하거나 심각한 타격을 입을 정도는 아니었다. 제일 먼저 떠오른 생각은 그가 지금 마신 와인에 취했다는 쪽이었다. 그래서 이해타산보다는 동료들 앞에서 체면을 유지해야겠다는 의도로, 단호히 게임 중지를 선언할 참이었다. 그런데 몇몇 동료들의 표정과 글레디닝이 내뱉는 처절한 절망감을 보면서 느낀 건 내가 그를 완전히 파멸로 몰아갔다는 사실이었다. 어쨌든 모두가 그를 동정하는 터라 아무리 끔찍한 악마의 손이라도 한발 물러서야 할 상황이기도 했다.

지금으로서야 당시 내가 어떻게 처신해야 했는지 말하기가 쉽지 않다. 희생양의 불행한 처지 때문에 모두가 난감한 분위기였다. 한동안 깊은 정적이 이어졌다. 그동안 무리 중에서 조금이나마 도덕적인 사람들이 비난과 꾸지람의 눈총을 보내는 통에 내 두 뺨이 화끈거렸다. 솔직히 말해 나도 불안하기가 짝이 없었다. 그런데 때마침 불의의 사건이 일어나 잠시나마 마음의 짐을 덜기는 했다. 육중한 문이 갑자기 활짝 열리더니 마술처럼 방 안의 촛불을 모두 꺼 버린 것이다. 그리고 우리는 꺼져 가는 불빛 속에서 집 안에 이방인이 들어왔다는 사실을 깨달았다. 이방인은 나와 키가 비슷하고 외투로 몸을 단단히 감싸고 있었으나, 실내가 어두운 탓에 방 안에 서 있다는 정도만 간신히 알 수 있었다. 이윽고 우리가 극도의 당혹감에서 벗어나기도 전에 침입자의 목소리가 들렸다.

"여러분." 나지막하면서도 또렷한 목소리. 영원히 잊을 수 없는 그 속삭임에 난 뼛속까지 얼어붙고 말았다. "신사 여러분, 제 행동에 대해 먼저 사죄의 말씀부터 드립니다. 하지만 의무를 수행해야 하기 때문에 어쩔 수가 없었답니다. 여러분들은 오늘 밤 에카르테에서 글렌디닝 경의 거액을 딴 사람의 정체를 모르실 겁니다. 때문에 저는 이 중요한 정보에 대해 결정적인 단서를 알려 드리고자 합니다. 부디, 그의 왼쪽 소맷단 안감과 모닝 가운의 큼직한 주머니들을 확인해 보시기 바랍니다. 분명 작은 꾸러미가 몇 개 들어 있을 것입니다."

그가 얘기하는 동안 실내는 바닥에 핀 떨어지는 소리까지 들릴 정도로 고요했다. 그는 할 말을 마치자마자 들어왔을 때만큼이나 홀연히 떠나 버렸다. 내가 그때의 기분을 이곳에 적을 수 있겠는가? 저주받은 자 모두를 더한 공포를 한순간에 느꼈다고 되새길 필요가 있을까? 물론 생각할 여유도 허락되지 않았다. 순식간에 수많은 손이 나를 거칠게 붙잡고 촛불에도 즉시 불빛이 돌아왔다. 결국 조사가 시작되었다. 소매 안감에서 에카르테에 필요한 그림패[12]가 모두 발견되었으며 가운 주머니에서는 게임에 사용된 것과 똑같이 복제한 카드가 여러 벌 나왔다. 차이가 있다면 내 카드는 속칭 "목카드"로 J, Q, K, A는 가로면이 볼록하고, 나머지는 세로면이 살짝 볼록하도록 제작한 종류였다. 이런 카드라면 통상적으로 세로로 패를 뗄 경우 상대방이 높은 수를 잡을 수밖에 없다. 반면에 도박사는 가로로 떼기 때문에 희생양에게 좋은 패가 갈 확률이 거의 없게 된다.

___

12 — 숫자가 아니라 얼굴이 나오는 J, Q, K패를 말함.

차라리 화를 냈다면 견디기 쉬웠겠다. 하지만 그들은 일언반구 없이 경멸과 냉소로 나를 대했다.

집주인이 상체를 숙이더니 발밑에서 고급 모피 외투를 집어 들었다. 추운 날씨라 집을 나설 때 실내복 위에 걸쳤다가 이곳에 와서 벗어 둔 옷이었다. 그가 씁쓸한 미소를 흘리며 옷 주름을 훑어보았다.

"윌슨, 자네 옷 맞지? 자네 속임수 증거를 찾겠다고 이 옷을 뒤질 필요도 없을 것 같구먼. 증거는 이미 충분하니까. 바라건대 옥스퍼드를 떠나리라 믿겠네. 무엇보다 당장 내 집에서 나가."

아, 얼마나 창피하고 굴욕스러웠던지! 차라리 주먹이라도 휘둘러 저 모욕적인 발언에 대항해야 했겠으나 그 순간 내 관심은 너무도 놀라운 사실에 완전히 마비된 터였다. 내가 입은 외투는 아주 진귀한 모피였다. 얼마나 진귀하고 고가인지 굳이 밝히지 않겠으나 패션 또한 내가 직접 고안한 종류였다. 당시만 해도 나는 이런 시시껄렁한 종류의 멋 부림에 쓸데없이 집착했다. 때문에 프레스턴이 문 옆의 바닥에서 집은 옷을 내게 내밀었을 때 놀라움은 거의 공포에 가까웠다. 내 외투야 이미 내 팔에 걸려 있지 않은가! 필경 얼떨결에 옷부터 챙긴 모양인데 그가 내민 옷은 어느 모로 보나 그 옷과 완전히 똑같았다. 가장 세세한 부분까지! 기억이 맞는다면, 비밀을 폭로해 나를 이렇게 비참하게 만든 자도 외투를 입었지만 나 외에 외투 착용자는 더 이상 없었다. 나는 간신히 정신을 가다듬고, 프레스턴이 내민 옷을 받아 아무도 모르게 내 옷 위에 걸친 다음 당당하게 도발적인 인상까지 쓰며 그

집을 빠져나왔다. 그리고 다음 날 새벽 두려움과 수치심의 처절한 고통을 추스르며 옥스퍼드에서 대륙으로 달아났다.

도피도 소용이 없었다. 사악한 운명은 신이라도 들린 듯 뒤를 쫓아와 기상천외의 고문이 아직 시작되지도 않았음을 여실히 증명했다. 파리에 도착하자마자 나를 겨냥한 윌슨의 역겨운 관심과 또다시 맞닥뜨려야 했다. 그 후 오랜 세월이 흘렀건만 위안 따위는 그 어디에도 없었다. 지독한 놈! 로마에서도 기막힌 순간에 나타나 유령처럼 내 야심을 방해하더니, 비엔나, 베를린, 모스크바에서도 마찬가지였다! 도대체 혹독한 손아귀가 이르지 못할 곳이 어디란 말이더냐! 그의 역병 같은 간섭을 피해 지구 끝까지 달아나도 보았으나, 결국 허사였다.

나는 끊임없이 영혼과의 은밀한 대화를 통해, "도대체 누구지? 어디에서 온 거야? 그리고 목적은?" 등의 질문을 퍼부었다. 물론 어디에도 대답은 없었다. 그의 가증스러운 감시의 형식과 수단과 특징을 면밀히 연구했지만 추론을 이끌어 낼 근거 또한 찾을 길이 없었다. 주목할 만한 사실은, 최근에 나를 방해한 무수한 예들은, 그대로 방치했을 경우 예외 없이 끔찍한 불행을 낳았을 법한 종류들이었다. 하지만 그렇다고 오만한 권위를 내세울 근거가 어디 있단 말인가? 개인의 자율권을 그렇듯 집요하게 짓밟아 놓고 어찌 책임이 없다 하겠는가!

또 하나 깨달은 게 있다. 그자는 오랫동안(믿을 수 없을 정도로 교활하면서도 치밀하게 나와 똑같이 옷을 맞춰 입었다) 다각적으로 나를 괴롭히고 앞길을 방해하면서도 신기하게도 한 번도 얼굴을 보여 주지 않았다. 윌슨의 정체가 뭐든, 그것만은 더없이 가식적이고 어리석은 행동이 아닐 수 없었다. 어떻게 내가 모를 거라고 생각하지? 이튼의 참견꾼이자 내 명예를 짓밟은 옥스퍼드의 원수! 로마에서는 야심을 방해하고, 파리에서는 복수를, 나폴리에서는 열정적인 사랑을 좌절로 몰아넣은 자! 더욱이 이집트에서는 나를 탐욕꾼으로 몰아가지 않았던가? 내 천적이자 사악한 천재 윌리엄 윌슨을 내가 어찌 몰라본다는 말인가. 브랜즈비 학교 시절의 모조품 동기이자 역겹고도 끔찍한 라이벌을? 아니, 그건 불가능해! 아무튼 지금은 드라마의 마지막 절정부터 얘기하련다.

지금까지 나는 그의 절대적 지배에 맥없이 굴복했었다. 윌슨의 거대한 존재감, 위대한 지혜, 전지전능함을 바라볼 때의 뼈저린 경외감에는 심지어 두려움까지 더해졌다. 그리고 두려움과 더불어, 그의 다른 기질과 충고들마저 나를 흔들고 통제하는 통에, 지금껏 내가 나약하고 무기력한 존재이며 따라서 마지못하나마 그의 독단적 언사에 암묵적으로 굴복해 왔었다. 최근 며칠간 난 완전히 술독에 빠져 지냈다. 그리고 그 바람에 유전적 기질이 알코올의 가차 없는 지배력에 점점 더 통제 불능의 상태로 휘둘리기 시작했다. 나는 조금씩 중얼거리고 머뭇머뭇 저항했다. 그런데 원래의 고집을 회복하면서 고문자 윌슨의 지배력이 줄어든다고 느낀 건 단순한 착각이었을까? 아니, 착각이든 아니든, 이제 희망의 불씨를 조심스레 어루만질 수도 있었다. 그리고 남 몰래 더 이상 노예로 지내지 않겠다는 절박하면서도 단호한 결심까지 키워 냈다.

18○○년 로마 나폴리에서의 일이었다. 사육제 기간 중 나는 브롤리오 공작의 저택에서 열린 가면무도회에 참석했다. 평소보

다 와인에 깊이 빠진 터라 혼잡한 집 안 공기가 참을 수 없이 답답하고 불안했다. 사람들 사이를 어렵사리 비집고 나가는 동안 짜증도 더욱 배가되었다. 그도 그럴 것이 브롤리오 부인을 간절히 찾고 있었기 때문이었다. (이유에 대해서는 묻지 말기로 하자) 그녀는 늙고 망령든 공작의 젊고 명랑하고 아름다운 부인이었다. 그런데 내게 은밀한 미소를 던지며 자신이 입을 의상의 비밀에 대해 넌지시 귀띔까지 하지 않았던가! 그래서 언뜻 그녀의 모습을 보고 그쪽으로 접근 중인데, 그 순간 누군가가 슬쩍 내 어깨에 손을 얹었다. 그리고 그 빌어먹을 저음의 속삭임이 들려왔다.

나는 걷잡을 수 없는 분노에 당장 돌아서서는 방해자의 멱살을 와락 움켜잡았다. 예상대로 나와 비슷한 의상이었다. 청색 벨벳의 스페인풍 외투 허리에 진홍색 벨트를 두르고 래피어를 찼다. 얼굴은 검은 비단 가면으로 완전히 가린 채였다.

"이 나쁜 놈!" 걷잡을 수 없는 분노에 목소리마저 잔뜩 갈라졌으나 내뱉는 음절 하나하나가 분노에 기름을 붓는 듯했다. "악마! 사기꾼! 더러운 놈! …나를 무덤까지 따라오겠다고? 그래, 어디 따라와 봐라! 어서, 오지 않으면 지금 당장 죽여 주마!" 나는 그를 끌고 무도회장을 빠져나와 작은 전실로 들어갔다. 그도 저항 없이 순순히 따라왔다.

나는 전실에 들어가자마자 그를 거칠게 밀어냈다. 그는 비틀비틀 벽에 기댔다. 나는 욕설을 퍼부으며 문을 닫은 후 그에게 칼을 뽑을 것을 명했다. 그는 잠시 머뭇거리다가 결국 가벼운 한숨을 내쉬고는 칼을 뽑아 방어 태세를 취했다.

사실 승부는 간단했다. 나는 미쳐 날뛰는 수준이라, 칼을 휘두르는 팔에는 몇 사람을 합한 에너지와 힘이 샘솟았다. 결국 몇 초도 되지 않아 힘으로 그를 벽에 밀어붙이고는, 저항을 포기한 상대의 가슴에 광기 어린 검을 찌르고 또 찔러 넣었다.

그때 누군가 문을 마구 흔들었다. 나는 재빨리 침입을 봉쇄하고 곧바로 죽어 가는 상대에게 돌아갔다. 하지만 아아, 그 충격을 어찌 인간의 언어로 다할 수 있으리오! 그 경악의 순간 나를 사로잡은 처절한 공포를! 잠시 눈을 돌린 사이에 전실의 위쪽 모퉁이 구조가 달라졌다. 조금 전만 해도 없던 대형 거울 하나가 서 있는 것이 아닌가! 처음에는 내가 환각을 본다고 생각했다. 내가 극도의 공포를 안고 다가서자 거울 속으로 내 자신의 모습이 드러났다. 너무도 창백한 안색에 피까지 뒤집어쓴 자가 비틀거리며 나를 맞이하기 위해 다가왔다.

처음엔 그런 줄 알았으나, 사실은 환각이었다. 거울이 아니라 내 적수 윌슨이었던 것이다. 그가 자신의 죽음에 고통스러워하며 내 앞에 서 있었다. 가면과 망토는 바닥에 던져 놓은 채로 널브러져 있었다. 의상의 실마리 하나, 얼굴 특징과 주름살 하나하나, 나와 다른 점이라고는 티끌만큼도 보이지 않았다!

윌슨. 그는 더 이상 속삭이지 않았다. 하지만 그가 입을 열자 마치 내 자신이 떠드는 착각까지 일 정도였다.

"그래, 네가 이기고 내가 졌다. 하지만 이제부터는 너도 죽은 목숨이다. 세상으로부터, 천국으로부터, 희망으로부터… 모두 말이야! 너는 내 안에 존재하므로 또한 내 죽음 속에 존재한다. 이 모습이 곧 네 모습일지니 네 자신을 얼마나 완벽히 살해했는지 똑똑히 보라!"

리사 스코토라인 Lisa Scottoline

리사 스코토라인이 에드거 앨런 포에 관심을 갖기 시작한 때는 그가 그녀의 사회생활 및 그
녀가 두 번 이혼한 이유 등에 관심을 기울인 이후였다. 그건 그녀도 인정할 것이다. 에드거 상
을 수상한 후 그녀는 포의 단편들을 집어 들었고, 이중 정체성에 대한 멋진 걸작 〈윌리엄 윌
슨〉과 사랑에 빠졌다. 그녀는 그 주제를 파고들어 열다섯 권이 넘는 베스트셀러 중 많은 작품
으로 승화시킨 바 그건 최고의 작품을 훔쳤다고 실토하는 최고의 방법이기도 하다. 그녀는 미
국 미스터리 작가 협회의 위원이며, 자신의 모교 펜실베이니아 대학 로스쿨에서 정의와 픽션
을 강의한다. 또한 〈필라델피아 인콰이어러〉에 매주 칼럼을 기고하는데, 그 이유는 900단어
가 9만 단어보다 훨씬 쉽기 때문이다. 그녀는 지금도 고향이자 에드거 앨런 포의 생가인 필라
델피아에서 살고 있다. 하지만 그 이유까지 따지지는 말자.

정체성 위기

리사 스코토라인

고등학교 때 에드거 앨런 포를 처음 배웠을 때 아마도 여러분과 같은 감상이었을 것이다.

브로콜리 같은 작가.

무슨 말인지 이해하리라 믿는다. 몸에 좋으니 먹어야 하는 채소. 프렌치프라이와 치즈버거를 좋아하는 열다섯 살이건만 영어 수업에서 먹을 거라곤 온통 브로콜리뿐이다. 선생님들은 우리에게 그의 작품을 읽히며 독서가 재미와 교양을 가져다 줄 거라고 주장한다.

물론 먹힐 리가 없다.

불행하게도 고등학교 브로콜리는 대부분의 걸작을 소개하는 방식이며, 더욱 안타까운 건 그곳 어딘가에 프렌치프라이가 있음에도 불구하고 알 도리가 없다는 사실이다. 우리가 항상 브로콜리에 도전하는 건 아니다. 팝 퀴즈가 없는 한 맛보려고도 하지 않는다.

10대들이란 까다로운 문학 편식자들이 아닌가.

거기에 젊음의 반항기를 더해 보자. 특히 나 같은 소녀의 반항기. 마약을 하거나 술을 마시지는 않았다. 오히려 졸업반까지 치아 교정기를 했고, 라틴 클럽 회장이었으니, 여기가 동양이라면 사리라도 나올 법했겠다. 내가 반항할 수 있는 유일한 방법은 포를 외면하는 것뿐이었다.

그리고 그렇게 했다.

내가 사랑하는 협회의 가장 존경하는 작가분들이 꾸민 이 멋들어진 선집에서 고백컨대 사실 나는 어른이 될 때까지 포를 읽지 않았다. 자라고 자라, 이혼까지 하고 마침내 반항할 상대가 아무도 없어질 때까지. 그리고 에드거 상을 받았을 때 그의 작품을 한 번도 읽지 않은 사실에 협잡꾼이라도 된 기분이었다. 나는 비밀을 더 이상 참을 수 없기에 당장 그의 선집 하나를 골라 단편 몇 편을 읽어 내려갔다. 모두 굉장한 작품이지만 특히 내 마음을 끈 작품은 〈윌리엄 윌슨〉이었다. 그리고 이제 그 이유를 말하련다.

단편은 어느 남학생의 이야기다. 그런데 시작부터 정체성이 모호하다. 포는 이야기를 아예 이렇게 시작한다. "당분간 내 이름을 윌리엄 윌슨이라고 하자. 앞에 놓인 무고한 종이를 내 실명으로 더럽힐 필요는 없다."

"나를 이스마엘이라 불러다오"[13]가 연상되지만 보다 복잡하

13 ── 허먼 멜빌의 《모비 딕》의 첫 대목

다. 포 또한 흰색에 강박증이 있는 것으로 알려져 있다 해도 이곳에서 그와 멜빌을 비교할 생각은 없다. 다만 〈윌리엄 윌슨〉의 사건이 어느 백경과의 싸움만큼이나 서사적이라고만 얘기해 두자. 차이가 있다면 포의 단편에서는 보복의 여신 자신이 주인공이다.

조금 더 설명해 보자.

이 이야기에서 윌리엄 윌슨은 자신과 매우 흡사하게 생긴 급우를 만난다. 상대 소년은 이름은 물론 생년월일까지 같다. (윌리엄은 두 사람의 생일이 1월 19일이라고 했는데, 바로 포 자신의 생일이다) 키도 비슷하고 입학 날짜도 같다. 그런데 그 모두가 우연에 불과하다. 두 사람의 유일한 차이는, 상대(그를 윌슨 B라고 부르기로 하자)의 목에 결함이 있어 목소리를 "속삭임 이상"으로 높일 수가 없다는 것뿐이다. 요컨대, 윌슨 B는 윌리엄 윌슨의 원령(怨靈)이거나 아니면 쌍둥이다.

소년들은 불편한 친구로 시작한다. 윌슨 B는 윌슨을 닮기 위해 모든 노력을 경주하나 목소리만은 완전히 모방할 수 없었다. 윌리엄은 이렇게 말한다. "그의 작전은 언어와 행동 모두에서 나를 완벽하게 흉내 내는 것이었다. 그는 아주 훌륭하게 그 일을 해냈다. 의상이야 식은 죽 먹고 걸음걸이와 행동거지도 어렵지 않게 복제했다. 게다가 체질적인 한계에도 불구하고 그는 내 목소리마저 빼앗았다. 우렁찬 성량을 포기하는 대신 특징을 기가 막히게 잡아낸 것이다. 그리하여 그의 독특한 속삭임은 내 목소리의 메아리로 굳어져 갔다."

그는 "단 하나의 백인 여성"이었다. 소년들에게 둘러싸여 있는. 물론 대단한 반전이다. 주인공이 좋은 사람이고 상대가 나쁜 대신, 〈윌리엄 윌슨〉은 화자가 악인이고 오히려 상대가 선하다. 그런 점이 훨씬 더 흥미롭고 또 무모하기까지 하다. 구퍼스와 갤런트[14] 중 구퍼스가 화자라고 생각해 보라. 착해 빠진 갤런트보다 그의 얘기가 더 재미있지 않겠는가? (〈리플리 시리즈〉의 패트리시아 하이스미스, 〈덱스터 시리즈〉의 제프 린세이도 좋은 선택이 될 것이나, 그보다 먼저 대학 브로콜리라는 악명을 지닌 존 밀턴일지도 모르겠다.《실락원》에서의 사탄이 볼드모트보다 흥미롭지 않겠는가?)

본론으로 돌아가 〈윌리엄 윌슨〉에서 주인공은 재치 있고 오만하고 방탕한 건달이다. 폭주를 즐기고 입이 더러우며 사기 카드를 치기도 한다. 그의 상대는 더 다감하고 친절하며 모든 면에서 신중하다. 주인공은 그를 피해 이튼으로 전학하는데, 어느 날 "비밀 연회"를 위해 "최고의 난봉꾼들 몇"을 그의 집에 초대한다. 짜잔! 그때 윌슨 B가 들어와 파티를 망친다. 윌리엄 윌슨은 "순간 술기운이 확 달아났다."

윌슨 B는 금세기 최고의 폭탄, 아니 찬물인 셈이다.

윌리엄 윌슨은 옥스퍼드로 달아나지만 머릿속은 도플갱어 생각으로 어지럽다. 그는 이렇게 말한다. "나는 끊임없이 영혼과의 은밀한 대화를 통해, 도대체 누구지? 어디에서 온 거야? 그리고 목적은? 등의 질문을 퍼부었다. 물론 어디에도 대답은 없었다." 윌슨의 영혼은 그 자체와의 싸움에서 붕괴되기 시작해, 만성 음주, 도락에 빠지게 되고, 어느덧 다시 카드 게임에 빠져 귀족 "봉" 과 사기 카드를 벌이고 있다. 윌슨은 "봉"을 쉽게 속이기 위해 술

14 —— 미국에 살고 있는 아이들이 겪은 이야기를 짧막한 소재로 구성한 4컷 만화

을 잔뜩 먹이기까지 했는데, 갑자기 윌슨 B가 나타나 윌리엄의 사기를 고발하고 숨긴 카드를 폭로한다. 그리고 이렇게 말한다. "부디, 그의 왼쪽 소매 소맷단의 안감과 모닝 가운의 큼직한 주머니들을 확인해 보시기 바랍니다. 분명 작은 꾸러미가 몇 개 들어 있을 것입니다."

게임 끝.

윌리엄은 더욱 타락한 채 부랴부랴 파리로, 로마로 달아난다. 그리고 사육제 무도회에서 그의 음탕한 눈이 아름다운 공작부인에게 꽂히나, 이번에도 느닷없이 윌슨 B가 등장한다. 이번에는 마스크와 망토까지 차려입고 나타나 주인공의 비행을 방해한다. 그리하여 둘은 칼싸움을 벌이는데….

음, 이곳에서 그 놀라운 결말을 누설할 수는 없겠다.

어쩌면 여러분들은 결말을 예측할 수 있다고 생각하겠지만 사실 보기보다 애매하다. 나도 어느 정도 짐작을 하기는 했으나 여러분의 재미를 빼앗을 생각도 없거니와 또 솔직히 내 추측이 옳은지 잘 모르겠다. 온라인에서 이야기 결말에 대한 비평을 읽어 보았으나 내가 찾은 웹이라고는 wiki.answers.com뿐이었다. 그곳에서는 페이지 하나를 온전히 〈윌리엄 윌슨〉의 결말에 배정하고 있지만 기껏 "에드거 앨런 포의 이야기 〈윌리엄 윌슨〉의 의미는 무엇입니까? 여러분들의 멋진 대답을 보여 주세요! 이 질문에 대답하도록 도와주세요!"뿐이었다.

내 멋진 대답을 보여 줄 생각은 없다.

다른 웹에는 이야기 결말에 당혹스러운 사람들의 질문이 있는데 내가 제일 맘에 든 포스팅은 웨일즈, 카디프의 mister_noel_ y2k의 것이었다. "이 이야기를 읽은 분들께 문의 드립니다. 의미를 설명해 주실 수 있나요? 두 명의 윌리엄 윌슨이 동일인물인지, 지킬과 하이드 류의 이야기인지, 아니면 화자가 윌리엄 윌슨에 강박관념을 갖고 있는지 도무지 알 길이 없네요. http://www.online-literature.com/forums/showthread.php?t=12581

그래서 내가 왜 이 단편을 대단한 걸작으로 평가하고, 포 자신을 위대한 작가로 평가하는 이유가 뭐냐고? 내 생각에 그 이유는 멋진 전제, 즉 윌리엄 윌슨과 윌슨 B의 분리에 들어 있다. mister_noel_y2k가 얘기하듯, 두 윌리엄 윌슨이 동일인물의 두 반쪽인지, 실제로 별개의 존재인지 불분명하지만 그래도 효과는 동일하다. 그의 분열된(또는 분리된) 정체성은 우리에게 심각한 공포를 야기한다. 그리고 정체성 위기를 겪는 대상이 주인공이라면 우리 또한 곧바로 그의 흔들리는 자아에 편입되고 만다. 때문에 〈윌리엄 윌슨〉을 읽는 동안 우리 자신이 윌리엄과 동일시되므로, 그의 고통과 악의를 느끼지 않는 건 불가능하다.

이런 식의 심리 호러라면 내부에서 비롯된 위협이 훨씬 더 심각하다. 그 점에서 위험이 외부에서 가해지는 전통적인 귀신 이야기와는 다르다. 포는 그 어떤 괴물도 우리 내부의 악마에 비하면 두려움이 절반에도 미치지 못한다는 사실을 알았음에 틀림없다. 그리고 그 자신의 불행은 물론, 그가 윌리엄 윌슨에게 자신의 생일을 부여했다는 사실만으로도 그가 "실제 경험"을 기록했다는 건 너무도 분명해진다. 그리고 그런 식으로 읽어야 이야기도 더없이 신랄해진다.

또 하나, 포가 악한 쌍둥이를 창안해 낸 것은 아니겠지만, 예상한 것만은 분명하다. 그 점에선 자아의 분리 및 분열, 그리고 정체성의 파괴에서 오는 섬뜩함도 마찬가지다. 1919년 지그문트 프로이트는 자신의 논문 〈초자연The Uncanny〉에서 이 단편에 작용하는 심리를 분석했지만, 그 개념이 〈윌리엄 윌슨〉에 극적 충격을 주는 것만은 분명하다. 정신 분열이 우리의 집단 심리에 가하는 지배력은, 보다 최근의 대중문화의 예로 강조되는데, 예를 들면 〈패티 듀크 쇼 The Patty Duke Show〉처럼 부드러운 시트콤에서 스파이더맨과 그의 악당 상대 베놈의 만화 같은 갈등을 들 수 있다. 또한 생김새는 남편과 똑같아도 남편이 아닌 〈신체 강탈자의 침입 Invasion of the Body Snatchers〉, 그와 반대로 겁에 질린 아내가 자신의 복제와 만나게 되는 〈스텝포드 와이프 The Stepford Wives〉에 대해서도 생각해 보라.

로버트 러들럼의 제이슨 본 소설들도 자아 분열 개념을 따르고 있다. 주인공은 순간순간 자신도 모르는 자아로 회귀하고 기억하고 마침내 인지한다. 자신의 정체성은 물론, 자신이 근본적으로 선한지, 악한지에 대한 본의 혼란은 〈윌리엄 윌슨〉에도 메아리치고 있다. 스티븐 킹의 고전 《샤이닝 The Shining》에도 이중 정체성, 또는 자아 분열의 암시가 존재한다. 잘 알다시피 좌절에 빠진 작가가 호텔 관리인 일을 맡은 후 제정신을 잃고 가족을 살해하려 드는 내용이다. 그 이야기에서 우리는 똑같은 정신 이상의 길을 답보한 전임 관리인의 대리인뿐 아니라, 호텔과 백지뿐인 원고에 미치게 되면 좋은 아빠가 얼마나 순식간에 나쁜 아빠로 타락할 수 있는지 보게 된다.

백지 원고라면 나도 너무 잘 알고 있다.

사실 내 소설 《어긋난 신분 Mistaken Identity》과 《닮은꼴 Dead Ringer》을 집필할 때에도 〈윌리엄 윌슨〉을 생각했다. 두 소설의 주인공 베니 로사토는 강인하고 독립적이며 영리한 여인으로, 감옥에서 똑같이 생긴 수감자(그녀는 오래전에 헤어진 쌍둥이라고 주장한다)를 만나면서 삶이 요동치게 된다. 아이디어를 포에게서 얻은 건 아니다. 그건 내 자신의 삶 때문이었다. 어느 해인가 나도 모르는 배다른 여동생이 있다는 사실을 알게 되었는데, 그녀는 기이할 정도로 나와 닮았다. 아버지한테서 물려받은 푸른 눈까지 똑같아 처음에는 그 때문에 무척 충격을 받기도 했다. 그리고 우리가 서로를 알게 될 즈음, 그 경험을 글로 써야 한다고 생각했다. 이런 직업으로 그런 경험을 외면할 수는 없다. 그렇게 되면 모든 것을 잃는 것과 마찬가지이기 때문이다.

내가 〈윌리엄 윌슨〉을 다시 읽은 이유는 내 삶을 픽션으로 전환하기 위한 영감을 얻기 위해서다. 이복동생이 착한 사람이기는 하지만 나는 그녀를 (허락을 받고) 악한 쌍둥이로 바꾸었다. 내 소설에서 베니 로사토가 겪는 심리 여행은 나 자신의 당혹감뿐 아니라 완전한 허구인 윌리엄 윌슨의 감정으로 채워지는데, 두 감정 모두 내 소설들에 정서적 진실을 부여했다고 믿고 싶다.

그러니 나는 에드거 앨런 포에 많은 빚을 진 셈이다.

감사합니다, 선생님. 그리고 생일 축하해요.

그런데 이 글의 교훈이 무엇이냐고?

채소를 잘 먹어야 한다는 말씀.

병 속에 든 편지

Manuscript Found in a Bottle

죽음이 임박한 자에겐
아무것도 감출 게 없다.

《아티스》, 필립 퀴노 Quinault

✳

내 조국과 가족에 대해선 할 말이 없다. 오랜 방종의 세월을 거치면서 조국을 등지고 가족과도 소원해졌기 때문이다. 상속 재산 덕분에 고등 교육을 받았으며, 명상을 즐기는 성격이라 어린 시절에 열심히 배운 학문들을 체계화할 수는 있었다. 무엇보다도 독일 도학자들의 저술이 흥미로웠는데 그들의 유려한 광기에 매료되어서가 아니라 나 자신의 엄격한 사고방식 덕분에 그들의 오류를 쉽게 간파해 냈기 때문이다. 독창성이 부족하다는 이유로 종종 비난을 받았으나 사실 무미건조한 상상력은 내게 천형과도 같았다. 또한 융통성 없는 주장으로 내내 악명을 얻기도 했다. 아마도 물리철학에 집착한 탓에 이 시대의 매우 일반적인 오류에 감염된 듯싶다. 요컨대, 비교 근거도 거의 없는 사항을 그 학문의 원칙에 자꾸 끼워 맞추려는 습관이다. 어느 모로 보나, 미신에 홀려 심오한 진실을 외면할 성격과는 거리가 멀어도 너무 멀었다. 서두가 길기는 했지만 나로서도 도리가 없다. 지금부터 전하려는 불가사의한 이야기가 허튼 공상에서 비롯된 헛소리가 아니라, 오히려 공상 자체를 수취 불능 우편이자 무효 증서쯤으로 여기는 사람의 실제 경험으로 받아들였으면 하기 때문이다.

오랜 세월 외국을 돌아다니다가 18○○년 자바의 풍요롭고 번잡한 섬 바타비아 항구에서 아키펠라고 군도로 향하는 배에 올라탔다. 승객 신분이었으며, 악귀처럼 쫓아다니는 조바심증 말고는 여행의 별다른 이유는 없었다.

우리 배는 말라바르 티크나무 소재의 봄베이 산 4백 톤급으로, 라카디브 군도에서 원면과 원유를 실었다. 그 외에는 야자 섬유, 야자즙 조당, 버터기름, 코코넛, 그리고 아편 몇 상자 정도였다. 선적을 체계 없이 한 덕에 배가 심하게 흔들렸다.

바람은 잔잔했다. 배는 여러 날 동안 자바의 동해안을 따라 순항했다. 목적지인 아키펠라고의 모습을 가끔 만나는 것 외에는 너무도 단조롭기만 한 여행이었다.

어느 날 저녁, 고물 난간에 기대 있다가 북서쪽에서 아주 기이한 구름 한 조각을 보았다. 색조도 이상했지만 바타비아를 떠난 이후 첫 번째 구름이라는 점도 특별했다. 나는 구름을 주의 깊게 살폈다. 저녁 무렵이 되자 구름은 바타비아로부터 동서로 넓게 퍼져 좁은 띠처럼 수평선을 에워쌌는데 흡사 백사장이 길게 이어져 있는 듯 보였다. 내 관심은 잠시 후 붉은 빛의 어스레한 달과 바다의 독특한 변화에 빼앗겼다. 바다는 격변을 일으키고 있었다. 수면은 평소보다 훨씬 투명해져 해저까지 또렷하게 보였으나 측연(測鉛)을 던져 보니 열다섯 길 정도였다. 바람은 참기 어려울 정도로 뜨거워지고 달군 쇳덩어리의 아지랑이 같은 열기로 가득했다. 밤이 다가오면서는 바람도 완전히 잦아들어 숨 막힐 듯한 정적이 그 자리를 메웠다. 이보다 더한 정적이 가능한 걸까? 선미의 촛불은 미동 하나 없이 타올랐으며, 머리카락을 손가락으로 잡아도 떨림 하나 감지되지 않았다. 선장의 말에 의하면 위험의 징후는 전혀 없었다. 배가 해변으로 흘러들면서 그는 돛을 거두고 닻을 내리라는 지시를 내렸다. 보초도 세우지 않았다. 주로 말레이시아인으로 구성된 선원들도 갑판 위에서 여유롭게 기지개를 켰다. 나는 선실로 내려갔다. 재앙에 대한 예감이 아주 없지는 않았다. 사실, 모든 징후가 시뭄simoom, 즉 아라비아 사막의 열풍을 예고했다. 선장에게 우려를 전했지만 아예 내 말을 무시하고 대답조차 하지 않았다. 불안 때문에 잠을 이룰 수도 없어 한밤중엔 기어이 갑판으로 나가 보기로 했다. 그리고 승강구 계단 윗단에 발을 올리는데 갑자기 윙윙 하는 굉음에 깜짝 놀라고 말았다. 마치 물레방아가 빠른 속도로 회전하는 소리였지만, 내가 미처 의미를 깨닫기도 전 선박의 중심이 부르르 떨리기 시작했다. 다음 순간 거친 파도가 가로들보를 때리고 갑판을 완전히 휩쓸었다.

최악의 돌풍이기는 했으나 다행히 배는 무사했다. 비록 침수가 되고 돛대가 바다로 날아가기는 했으되 잠시 후 배는 가까스로 일어나 한동안 비틀거리다가 마침내 중심을 잡을 수 있었다.

어떤 기적 덕분에 파국을 면했는지는 모르겠다. 갑작스러운 물보라에 놀란 후 가까스로 정신을 차려 보니 난 선미재(船尾材)와 방향타 사이에 끼어 있었다. 나는 간신히 두 발로 일어나 주변을 둘러보았다. 놀랍게도 배는 암초 사이의 거대한 파도에 휩쓸리고 말았다. 아니, 그보다 끔찍한 사실은 집채만 한 소용돌이가 물보라를 토해 내며 우리를 빨아들이고 있는 것이 아닌가! 한참 후 스웨덴 영감의 목소리가 들렸다. 항구를 떠날 때 함께 승선한 영감이었다. 내가 목청껏 고함을 지르자 그가 갈지자걸음으로 선미로 다가왔다. 우리는 이내 생존자가 우리뿐임을 알게 되었다. 갑판 위는 우리만 빼고 모두 선체 밖으로 쓸려나갔다. 선장과 선원들도 선실이 범람하는 바람에 자다가 봉변을 당한 게 분명했다. 우리 힘만으로 배를 구출하는 것도 불가능했지만 배가 침몰할 거라는 불안감에 처음엔 아무것도 할 수가 없었다. 물론 허리케인 초반에 닻줄은 노끈처럼 동강난 터였다. 그렇지 않았다면 우리는 그 즉시 침몰하고 말았을 것이다. 배는 엄청난 속도로 파도 속을 질주하고 바닷물은 바로 눈앞에서 갑판을 휩쓸고 다녔다. 선미 뼈대가 심각하게 훼손된 것을 비롯해, 배는 어느 모로 보나 상당한 손상을 입은 게 분명했다. 정말로 다행스러운 건, 펌프들이 막히지 않았고 또 모래주머니를 많이 덜어 낼 필요도 없었다. 돌풍도 이미 한 고비를 넘은 터라 강풍의 위험은 거의 없는 듯했다. 그래도 바람이 멎기를 바라는 심정은 암담하기만 했다. 이런 상태라면, 곧이어 용솟음칠 엄청난 파도에 종말을 맞을 거라고 생각했기 때문인데, 다행히 금세 실현되지는 않을 모양이었다. 우리는 닷새 밤낮을 앞갑판에서 어렵사리 수습한 약간의 조당으로 연명했다. 바람은 거세고 배는 여전히 계산이 불가능할 정도의 속도로 질주했다. 시뭄 최초의 충격에 비할 바는 아니었으나 그럼에도 불구하고 과거 겪어 본 어느 질풍보다도 훨씬 끔찍했다. 처음 나흘간, 사소한 변화를 예외로 한다면 항로는 늘 남동쪽 아니면 남쪽이었다. 아무래도 뉴홀랜드 해안을 따라 내려가는 모양이었다. 닷새째, 기온이 급강하했다. 바람도 조금 북쪽으로 방향을 바꾸었다. 태양은 황달처럼 누렇게 뜬 데다 수평선을 간신히 넘어온 터라 온기는 미미하기 짝이 없었다. 구름이 있는 것 같지는 않았는데도 바람은 점점 거세져 이따금 발작적이고 불규칙한 분노를 토해 냈다. 정오로 짐작될 때쯤 우리 관심은 다시 태양의 외관을 향했다. 희한하게도 빛이 아니라 흐리고 침울한 백열만 내뿜는 듯했다. 빛이 모두 편광되어 주변엔 그림자 하나 만들지 않았다. 태양이 저 용솟음치는 바다 너머 가라앉기 직전, 갑자기 중심의 불길이 꺼져 버렸는데, 마치 불가해한 힘이 황급히 불어 끈 것만 같았다. 태양은 어두운 은빛의 테두리만 남아 무저갱의 바다 밑으로 침몰해 가고 있었다.

여섯 번째 날은 오지 않았다. 내게도, 스웨덴 영감한테도. 그 이후로 우리는 스무 걸음 앞도 보이지 않은 늘쩍지근한 어둠에 싸여 지내야 했다. 영원의 밤이 계속해서 우리를 포위했다. 적도 특유의 인광이 바다를 은은히 비춰 주었다. 돌풍은 폭력적인 기세를 꺾지 않고 휘몰아쳤지만 지금까지 우리를 쫓아왔던 연안 쇄파(碎波)나 파도 거품 등은 더 이상 보이지 않았다. 사위가 온통 공포와 두터운 암광과 무더운 흑단의 사막뿐이었다. 미신에서 비롯된 두려움이 조금씩 노인의 영혼을 갉아먹고, 내 영혼을 적막한 경이로 휘감았다. 배를 돌보는 건 무의미했다. 그래 봐야 상황만 악화될 것이다. 우리는 부러져 나간 뒷돛대에 죽어라 매달린 채 고통스럽게 바다를 내다보았다. 시간을 재기는커녕, 현 상황을 짐작할 방법도 없었다. 그나마 과거 어느 선원보다 남쪽으로 훨씬 많이 내려왔다는 정도는 알 수 있었는데 아직 빙산에 갇히지 않은 게 놀라울 따름이었다. 그동안 매순간이 우리의 최후였다. 산더미 같은 파도가 우리를 삼켜 버릴 듯 끝없이 달려들었다. 상상을 초월한 파도였기에 아직 살아 있다는 사실 자체가 기적이었다. 내 동료는 화물이 적고 선박이 아주 튼튼하기 때문이라고 했다. 나는 모든 희망을 접고 암울한 죽음을 맞을 준비를 했다. 기껏 한 시간도 버티기 어려울 것이다. 배가 내려갈수록 검은 산만 한 파도는 더욱더 끔찍해졌다. 이따금 신천옹을 넘는 높이에 올라가면 숨을 삼키고, 바다의 지옥으로 떨어져 내리는 속도엔 아찔한 현기증을 느끼는 일이 반복되었다. 파도 아래쪽은 바람이 멎고 아무 소리도 들리지 않았다.

한 번은 그런 식으로 파도 밑바닥으로 떨어졌을 때 영감의 비명 소리가 어두운 밤하늘을 찢었다.

"아, 저기! 맙소사! 저쪽을 봐! 저기!" 우리가 위치한 거대한 구렁 양쪽으로 음침한 붉은 빛이 흘러내리며 갑판 위에 발작적인 광휘를 쏟아 냈다. 기막힌 장관에 피가 얼어붙을 것만 같았다. 그리고 저 멀리 까마득한 위쪽, 그러니까 깎아지른 파도의 벼랑의 끄트머리에 거대한 배가 떠 있었다! 그것도 4,000톤급의 대형 선박이었다. 선체의 높이보다 백 배도 넘는 파도 꼭대기에 서 있건만 분명 현존하는 어느 정기선이나 동인도회사 선박보다도 큰 규모였다. 거대한 선체는 짙은 암회색으로, 통상적인 조각들에도 불구하고 특유의 암울함은 전혀 가시지 않았다. 개방된 총안(銃眼)의 놋쇠 대포들은 일렬로 돌출된 채였는데, 삭구 주변으로 수많은 비상등이 이리저리 흔들리며 잘 닦은 포신을 비춰 주었다. 하지만 무엇보다 두렵고 놀라운 것은, 저 가공할 바다의 위협과 통제 불능의 허리케인 앞에서 돛을 활짝 펴고 있다는 사실이었다. 우리가 처음 목격했을 때는, 저 어둑한 심연 너머 서서히 떠오르는 뱃머리뿐이었다. 배는 한순간 아찔한 파도 위에서 자신의 숭고함을 과시하려는 듯 잠시 머물다가 잠시 기우뚱거리더니… 그대로 곤두박질치기 시작했다.

　그때 순간적으로 영혼이 차분해지는 기분이었다. 나는 비틀거리며 최대한 배 끄트머리로 다가가 곧이어 닥칠 파멸을 기다렸다. 두려움 따위는 없었다. 우리 배도 저항을 포기하고 머리부터 바다 속으로 침몰하는 참이었다. 결국 대형 선박의 낙하 충격이 배를 휩쓸었다. 특히 물속에 잠긴 뱃머리에 가해진 가공할 위력에 나는 낯선 배의 삭구 위로 튕겨 올라가고 말았다.

　내가 떨어지자 배가 이리저리 흔들리며 침로를 바꾸었다. 선원들의 눈에 띄지 않은 건 잇단 당혹감 때문이겠다. 나는 들키지 않은 채 쉽사리 주승강구를 찾았다. 해치는 살짝 열려 있었다. 나는 살금살금 화물창으로 들어갔는데 왜 그랬는지는 지금도 모르겠다. 아마도 선원들을 처음 보았을 때의 모호한 두려움 때문일 것이다. 비록 얼핏 스친 데 불과했으나 그렇게 기이하고 모호하고 음울한 존재들에게 운명을 맡기고 싶지 않았다. 나는 화물창에 숨을 곳을 마련하기로 했다. 화물 동요 방지판의 일부를 제거하자 거대한 늑재(肋材) 사이에 편리한 은둔처가 하나 마련되었다.

　그리고 작업을 마치자마자 화물창으로 다가오는 발소리가 들렸다. 나는 불가불 은신처를 실험할 수밖에 없었다. 누군가의 발소리가 바로 앞으로 지나갔다. 불안하고 기운 없는 발소리. 그나마 얼굴까지는 아니지만 전체적인 외모를 언뜻 볼 수는 있었다. 두 무릎은 세월의 무게로 흔들리고 온몸이 무거운 짐이라도 진

듯 부들부들 떨렸다. 그가 작고 갈라진 목소리로 중얼거렸으나 내가 모르는 언어였다. 그는 모퉁이에 쌓아 둔 이상한 모양의 도구들과 다 낡은 항해 차트들을 더듬었다. 노망난 영감의 신경질과 신의 엄정한 기품이 묘하게 결합된 태도였다. 마침내 그는 갑판으로 돌아가고 다시 나타나지는 않았다.

정체를 알 수 없는 불안감이 와락 영혼을 움켜잡았다. 도무지 분석을 불허하는 이 기분… 지난날의 어떤 가르침도 부적절했으며 미래에 대한 어떠한 억측도 불가능했다. 나 같은 사람들이라면 사실 후자를 고려한다는 자체가 죄악이다. 내 판단의 본성 때문에라도 (절대로) 만족하지 못하겠지만 판단 자체가 불명확하다는 것도 달갑지 않을 것이다. 상황 자체가 완전히 새로운 차원에 근거하고 있지 않은가. 어느 순간 새로운 감각, 새로운 실재가 내 영혼에 덧씌워지고 있었다.

이 끔찍한 선박의 갑판에 첫발을 내디딘 지 한참이 지났다. 내 운명의 방향도 비로소 초점이 맞춰지는 듯하다. 이해 불가의 존재들! 그들은 도무지 정체 모를 명상에 열중한 모습으로 내 앞을 지나친다. 은신도 부질없는 짓이다. 나를 볼 생각조차 없는 자들이다! 내가 선원의 코앞을 지나간 것이 조금 전이다. 선장 방으로 들어가 필기도구를 훔쳐 왔지만 앞으로도 이따금 이런 식의 모험을 하게 될 것이다. 이 글을 세상에 전할 기회는 없겠으나 노력까지 포기할 생각은 없다. 마지막 순간 병 속에 이 수기를 넣어 바다에 던질 수도 있다.

새로운 고민거리가 될 만한 사고가 있었다. 그 역시 고삐 풀린 우연의 일부일까? 나는 갑판에 올라가, 줄사다리와 낡은 돛 무더기 사이의 소형 함재선 바닥에 납작 엎드렸다. 아무한테도 들키지는 않았다. 나는 망연히 기이한 운명을 곱씹다가 그만 타르 붓으로 바로 옆 포신 위에 깔끔하게 접어 둔 보조 돛 끄트머리를 문질렀는데, 보조 돛이 배 아래로 굽으면서 물감이 '디스커버리'라는 단어까지 흘러내리고 말았다.

최근 선박의 구조를 수차례 관찰한 바 있다. 중무장이기는 해도, 이 배가 전함은 아니다. 삭구, 구조, 전체적인 장비, 그 어느 것도 전함의 성격과 거리가 멀다. 문제는 도무지 배의 정체를 알 수가 없다는 것이다. 이유는 모르겠으나, 배의 기이한 형태와 돛대, 활대 등 원재(圓材)들의 독특한 배열, 거대한 규모와 지나치게 큰 범포(帆布), 단순하기 짝이 없는 뱃머리와 노후한 선미까지… 이따금 익숙한 느낌이 뇌리를 스치기는 했으되, 그 느낌마저 항상 모호하고 아련한 기억의 그림자는 물론, 아주 오래전 이질적인 과거의 기억이 혼재되어 나타나곤 한다.

선박의 늑재들도 확인했지만 역시 처음 보는 자재들이다. 재목들도 원래의 사용 목적과 완전히 이질적이라는 생각을 떨칠 수가 없다. 선체에 구멍이 너무도 많았는데, 세월의 흐름에 따른 부식은 차치하고, 이런 바다 항해에 필연적인 벌레 쏠림조차 고려하지 않았다는 얘기다. 다소 지나친 억측인지는 모르겠으나, 어느 모로 보나 대왕참나무 같았지만 그것도 비정상적인 방법으로 팽창시켰을 것이다.

위에 적은 문장을 읽으면서, 어느 백전노장 선원의 재미있는 얘기를 떠올렸다. 그는 상식에 반하는 상황이 발생할 때마다 이렇게 말하곤 했다.

"살아 있는 어부의 몸처럼 배 자체가 자라는 바다도 분명 있지 않겠나?"

한 시간 전쯤, 다시 한 번 선원들에게 모습을 드러내보았다. 한가운데 서 있어도 그들은 전혀 관심이 없었다. 아예 내 존재를 의식조차 하지 못했다. 화물창의 노인처럼, 모두들 백발노인처럼 보이는 것도 특이했다. 무릎은 하릴없이 떨리고 어깨는 굽을 대로 굽은 데다 쪼글거리는 피부는 바람에 펄럭거릴 정도였다. 목소리도 작고 떨리고 잔뜩 갈라졌으며 잿빛 머리카락은 돌풍에 걷잡을 수 없이 헝클어졌다. 갑판 여기저기 기이하고 낡아 빠진 측정 도구들이 아무렇게나 널브러져 있었다.

얼마 전, 보조돛이 굽었다는 얘기를 했다. 그때부터 배는 바람을 벗어나 남쪽으로의 끔찍한 항해를 이어왔다. 돛대 꼭대기에서 아래쪽 활대까지 돛을 완전히 펴 올린 터라 윗돛대의 활대 양끝이 상상 불가의 엄청난 바람을 받아 이리저리 흔들린다. 나는 조금 전 갑판을 빠져나왔다. 선원들을 방해하고 싶지 않아서가 아니라 제대로 서 있기가 불가능하기 때문이다. 이 커다란 배가 지금 당장 침몰하지 않는 건 분명 기적 중의 기적이다. 필경 저 심연 속으로 곤두박질치는 대신 영원의 가장자리를 이렇게 떠다니도록 저주를 받은 모양이다. 내가 지금껏 본 어느 파도보다 수천 배나 거대한 격랑을 뚫고 배는 바다갈매기처럼 유연하게 미끄러져 내려간다. 산더미만 한 물기둥이 바다의 악귀라도 되는 양 뒤를 쫓고 있으나 배는 절대 파괴하지 말고 위협만 가하라는 지시라도 받은 듯하다. 나로서는 아무리 거듭되는 기적의 탈출이나마, 설명 가능한 물리적 원인을 갖다 붙일 수밖에 없다. 이 배는 필경 강한 조류나 격렬한 암류의 영향을 받고 있으리라.

선장과 직접 맞닥뜨렸다. 그것도 선장실이었지만 예상대로 그는 전혀 개의치 않았다. 언뜻 본다면 그의 외모에 비인간적인 특징은 아무것도 없었다. 하지만 그를 보면서 나는 경의와 경외와 경이의 염을 어찌할 수가 없었다. 키는 나와 비슷한 175센티미터 정도이며 튼튼하고 다부진 체격이었다. 특별히 근육질은 아니었다. 나로부터 형언 불가의 감정을 자극하는 건, 너무도 절대적이고 극단적인 노쇠의 증거들이다. 그의 이마는 주름이 거의 없음에도 불구하고 만세의 노고를 새긴 듯하다. 회색 머리는 머나먼 태고를 기록하고 여린 두 눈은 미래의 예언을 담고 있다. 선장실 바닥은 금속 걸쇠를 장착한 이상한 이절판 장부들, 썩어 가는 측정기구들, 오래전에 못 쓰게 된 차트들이 두텁게 깔려 있다. 선장은 고개를 숙이고 두 손으로 턱을 괸 자세로, 두 눈을 이글거리며 서류를 노려보았다. 무슨 임명장처럼 보이는데 어느 군주의 사인이 들어 있었다. 첫날 본 노인처럼 혼자서 무언가 중얼거렸지만 역시 낯선 언어에 작고 성마른 말투였다. 게다가 바로 옆인데도 불구하고 목소리가 수 킬로미터 밖에서 들려오는 것만 같았다.

배와 그 안의 모든 것이 태고의 영혼에 물들어 있다. 선원들은 몇백 년 전에 묻힌 귀신처럼 이리저리 미끄러진다. 두 눈은 간절하면서도 불편한 의미를 담고 있다. 이윽고 비상등의 거친 불빛 속에서 그들의 손가락이 비스듬히 내 길을 가리킬 때 나는 영혼이 몰락할 때까지 한 번도 겪어 보지 못한 충격에 휩싸인다. 내 평생 골동품 중개상으로 살아, 발벡, 다드몰, 페르세폴리스의 붕괴된 열주 그림자까지도 마셨건만….

주변을 둘러보면 과거의 지식이 부질없기만 하다. 이제껏 우
리를 뒤흔든 돌풍에 놀랐으나 다시는 바람과 바다의 심술에 겁
먹을 일은 없으리라. 토네이도와 시품의 개념은 너무도 하찮고
무의미하기 때문이다. 선박의 주변은 온통 영원한 밤의 암흑이자
거품 없는 파도뿐이다. 그리고 그 너머, 비록 모호하고 간헐적이
나마, 선박의 양쪽으로 엄청난 빙벽이 보이기 시작한다. 빙벽은
마치 우주의 벽처럼 저 황량한 하늘을 꿰뚫고 있다.

짐작대로 배는 조류를 타고 있다. 아니, 조류라는 개념도 가당
치가 않다. 하얀 빙벽 옆으로 폭포가 울부짖으며 곤두박질치듯
엄청난 속도로 질주하는 이 물줄기라니!

지금 내 공포를 이해하는 건 불가능하다. 하지만 이 장엄한 영
역의 신비를 확인하고 싶은 갈망이 가공할 절망을 압도하고 만
다. 이제 가장 처참한 죽음인들 기꺼이 맞이하리라. 이 배가 어떤
가공할 지식을 향해 질주하고 있는 것만은 분명하다. 죽음과 파
멸이 아니라면 일견조차 불가능한 비밀. 어쩌면 조류가 이 배를
남극으로 데려갈 수도 있겠으나, 어차피 막연한 가정일 뿐이고,
행여 그렇다 해도 변수는 얼마든지 존재할 것이다.

선원들은 불안하고 불길한 발걸음으로 갑판을 오간다. 허나
표정만은 절망과 좌절보다는 희망과 열망에 더 가깝다.

바람이 배의 고물을 때린다. 돛을 활짝 펼친 터라 이따금 선체
가 통째로 바다에서 떠오르기도 한다! 오, 두렵고도 두렵도다!
갑자기 오른쪽의 빙벽이 열리고… 아, 다시 왼쪽이 열리는구나!
이제 배는 거대한 동심원을 그리며 미친 듯이 소용돌이친다. 원

형 경기장 같은 거대한 소용돌이가 저 멀리 어둠 속으로 솟구쳐
오른다. 더 이상 운명을 고민할 시간이 없구나! 동심원이 급속도
로 줄어들고 있다! 배는 소용돌이 중심으로 곤두박질치고 바다
와 돌풍의 포효 속에 요동을 친다! 오, 신이여! 드디어 침몰하나
이다!

로라 리프먼
Laura Lippman

로라 리프먼은 장편 열세 편과 단편선 한 권을 출간한 뉴욕 타임스 베스트셀러 작가다. 에드
거 상에 5회 후보로 올라 1998년 《마력의 도시 Charm City》로 수상하는데, 등장 인물 한 명이
포 화이트 트레시라는 이름의 밴드와 마주친다.

낯선 도시에서:
볼티모어와 포 토스터

로라 리프먼

보라, 죽음이 낯선 도시에서

왕좌를 일으켜 홀로 누웠도다.

〈해변 도시 The City by the Sea〉, 에드거 앨런 포

나도 솔직히 이름이 맘에 안 든다. 포 토스터라니. 그 이름을 듣고 그 옛날 화면 보호기를 떠올리지 않을 사람이 있을까? 날개 달린 토스터들이 우주를 떠다니는 화면 보호기. 차이가 있다면 포 토스터에는 작은 콧수염에 특유의 우울한 눈이 달렸을까? 하지만 여러분들이 먼저 알아야 할 일은, 포 토스터는 가전제품이 아니라 사람이다. 매년 웨스트민스터 공동묘지 포의 무덤을 찾는, 성스러운 의무를 수행하는 사람.

볼티모어가 포에게 바치는 헌정은 대부분 다소… 멋쩍어 보

인다. 포의 원래 무덤은 몇 년간 표식도 없었다. 그러다가 우리에게 '레이븐스(까마귀)'가 생겼다. 아, 클리블랜드에서 훔쳐 온 내셔널리그 축구 팀 얘기다. 그리고 당시엔 꽤 그럴듯했으나 문 닫은 지 오래되는 피자집 '텔테일허스(고발하는 심지)'도 있고, 볼티모어 스카이워크엔 에드거 클럽이라는 당구장도 있다. 볼티모어 스카이워크의 수준에 맞는 딱 그 정도의 당구장이다. 포 하우스 밖에 전지전능한 순찰차가 자리를 잡고는 길 잃은 관광객을 안내해준다. 아, 포 홈스Poe Homes라는 주택 계획도 있긴 하지만 그곳엔 관광객들을 도와줄 순찰차가 없다. 포가 사망한 병원을 철거하면서도 폐품 하나 건져 내지 못한 사실도 있다. 그리고 1875년엔 포의 기념비도 세웠다. 거의 사후 30년 만인데 그나마 포의 생일이 잘못 기재되어 하루가 빨라지고 말았다.

포 토스터는 이 기념비에 오지 않는다. 여러분이 두 번째로 알아야 할 내용이 바로 그거다. 포 토스터는 원래의 무덤, 그러니까 볼티모어 다운타운의 옛 공동묘지 뒷 열에 있는 무덤만 찾아온다. 포의 생일을 헷갈릴 리 없기에 그는 정월 19일 정오와 새벽 6시 사이에 찾아오는데, 항상 붉은 장미 세 송이와 코냑 반 병을 두고 간다. 코냑… 건배. 그래서 포 토스터라는 이름이 붙은 것이다. 하지만 그가 왜 그 일을 하는지, 그 물건들의 의미가 무엇인지 아는 사람은 아무도 없다. 심지어 볼티모어에서 포가 의문의 죽음을 당한 지 정확히 100년이 지난 1949년 그 행사가 시작된 후로 얼마나 많은 사람들이 포 토스터의 역할을 자임했는지조차 알수 없다.

2007년 여름, 요양소에 수용된 바 있는 사내가 찾아와 모든 일을 시작한 장본인이라고 주장하기는 했다. 하지만 그의 설명에는 구멍이나 모순이 너무 많은지라 차라리 완전히 무시해 버리는 게 보다 공손한 대응이었을 것이다. (그때 지방 신문만 동조했어도 그렇게 했을 것이다) 여기까지가 우리가 아는 내용이다. 성묘는 1949년에 시작되었으며 1999년에 남긴 쪽지엔, 바통이 최소한 한 번은 넘겨졌다는 암시가 담겨 있었다. 2001년에도 쪽지가 있었으나… 개소리였다. 슈퍼볼에서 뉴욕 자이언츠가 제발 레이븐스를 이겨 달라는 기원이었으니 말이다. 흠, 솔직히 그게 가능한 얘긴가?

서기 2000년, 나도 그곳에 있었다. 정확히 어떤 일이 있었는지 설명할 수도 있다. 하지만… 그만두련다. 포 하우스의 큐레이터 제프 제롬에게 한 약속의 일부이기 때문이다. 그가 연례 구경 파티에 초대했는데 교회가 매릴랜드 대학 소유의 콘서트홀로 바뀌면서 이루어진 일이다. 오, 꽁꽁 어는 혹한의 밤에 미지의 방문자 뒷모습이라도 보고 싶다면, 파예트와 그린의 길모퉁이에 가서 죽치고 기다리면 된다. 부디 그렇게 해 보기 바란다. 장담하건대, 그렇게 해 봐야 관람 한계선이 조정되었다는 사실만 확인할 것이다. 특히 묘지 뒤로 새 건물이 세워진 탓에, 포의 두 번째 무덤은 얼마든지 볼 수 있어도 원래 무덤은 절대 불가능하다.

2001년 포 토스터를 최초로 목격한 사람이 바로 나였다. 물론 그날 밤 그곳에 있던 사람은 누구나 자신이라고 주장할 터이나 무엇보다 나는 자리를 잘 잡았다. 무덤이 환히 내다보이는 2층 창문. 그가 접근할 때 마치 꿈같은 순간이었다. 정말로 허공에서 내려오는 것처럼 보였다. 그의 옷, 그의 외모, 동작, 그가 떠난

길… 제롬과의 약속을 깨뜨리지 않더라도 그 정도는 얘기할 수 있겠다. 하지만, 역시 그만두련다. 그 기억은 내 것이고 또 그곳에 있던 다른 사람들의 것이니까.

토스터의 정체를 밝히는 일을 대단한 놀이로 여기는 사람들도 있을 것이다. 흡사 어린 아이들에게 산타클로스는 존재하지 않으며, 나중에 자라 소방관이나 발레리나가 되지 못할 거라는 충고를 재미로 여기는 사람들처럼 말이다. 하지만 솔직히 말해, 요양원의 영감을 제외하면, 진짜 볼티모어 사람 중 누군가 성묘객의 정체를 밝히려 들었다는 얘기는 들어 본 적도 없다. 그 일이 특별한 건 신비롭기 때문이다. 매년 정월 20일 나는 깨어날 때마다 궁금하다. 그가 왔을까? 무사히 끝냈을까? 지금까지는… 아무 문제없다.

볼티모어는 포와 기이한 관계가 있다. 1838년 이곳 판정단은 고생하는 젊은 작가의 〈병 속에 든 편지〉를 시상함으로써 상당한 지원을 해 준 바 있었다. 사실 아미티 가에서 살았던 짧은 시기에 집필한 걸작은 한 편도 없다. 볼티모어가 포와의 인연을 굳이 따진다면, 그가 이곳에서 죽었다는 사실 정도겠다. 그것도 기이한 상황에서. 최근에 확인해 본 결과, 포의 사망 원인에 대해 스무 건 이상의 가설이 존재한다. 그중 일부는 완전한 개소리였다(광견병). 다른 얘기들도 그럴듯하지만 실제 가능성에는 의심의 여지가 많다(매표. 술을 대가로 볼티모어 선거에 중복 투표하다가 폭력을 당했다). 상식을 벗어난 얘기들도 있다(성불구? 그로 인한 당혹감으로 죽었다면 또 모르겠다).

여기 가설 중의 가설이 있다. 포의 시신이 무덤 안에 있지 않고 기념비가 세워지기 오래전 송장을 필요로 한 의대생이 파내 갔다는 주장이다. 역시 개소리로 치부되는 분위기이기는 한데, 마치 살상이 불가능한 괴물처럼 그가 계속 살아나는 것만은 분명한 사실이다.

1999년, 포의 150주기 주말에 리치먼드의 심포지엄에 참석했다. 포의 소유권을 주장할 자격이 충분하며 또 주장하는 도시다. "누구나 포의 일부를 원한다." 내 기사 수첩에 긁적거린 글이다. 포 학자들은 논쟁을 즐기는 부류들이라, 실제로 거의 모든 가설에 반대하기로 합의한 듯 보였다. 10년 후쯤, 심포지엄의 내용 대부분이 내 구멍투성이 기억력에서 새어 나갔다. 내가 간직한 유일한 기억은 〈까마귀〉를 이탈리아어로 번역하는 문제에 대한 강연("네버모어"의 정확한 번역은 세련되지 못한 발음이라 대안이 필요하다), 그리고 문학 비평 용어에 대한 처절한 당혹감 정도였다. 사실 어휘들이 내 머리 위를 휙휙 날아다니는 통에 강연 내내 한 일이라곤 이런 낙서들뿐이었다. "엑스파일이 어쨌다고?" 그리고 "비트겐슈타인? 그건 또 웬 헛소리?"

내가 무식하다고 해서 포가 전혀 없으리라는 법은 없다. 달빛 하나 없는 밤, 낡은 교회 창문을 통해 무덤이 보인다. 그때 그림자가 하나 접근한다. 여러분이라면 포 토스터에 대해 어떤 상상을 하겠는가? 젊을까? 아니면 노인? 현대 도시에서 시선을 끌지 않을 법한 옷을 입고 망토를 썼을까? 키가 클까, 작을까? 말랐을까, 뚱뚱할까? 남자? 아니면 여자? 어떻게 움직이지? 몰래? 곰처럼 성큼성큼? 젊은이들처럼 날렵하게 움직일까? 아니면 노인처럼 뻣뻣하게? 정문을 통해 느긋하게 나갈까? 보다 은밀한 길을 선택할까?

그 정도라면 여러분에게 얘기해 줄 수 있다. 물론이다.

어셔 가의 몰락

The Fall of the House of Usher

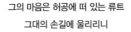

그의 마음은 허공에 떠 있는 류트
그대의 손길에 울리리니

드 베랑제 De Béranger

✳

따분하고 어둡고 고요한 어느 가을날, 구름이 하늘을 무겁게 내
리눌렀다. 나는 말을 타고 황량하기 그지없는 시골길을 지나고
있었다. 이윽고 저녁 어스름이 짙어질 때쯤 음산한 어셔 가가 보
이기 시작했다. 저택을 처음 보는 순간 불현듯 견딜 수 없는 슬픔
이 내 영혼을 파고들었다. 견딜 수 없다고 한 이유는, 시적인 까
닭에 어느 정도 기쁠 수밖에 없건만, 그런 기분으로도 슬픔을 떨
쳐 낼 수 없었기 때문이다. 아무리 황량하고 섬뜩하기 짝이 없는
자연 경관이라도 어느 정도는 아름답기 마련인데…. 나는 처절하
게 영혼을 짓누르는 슬픔으로 눈앞에 펼쳐진 광경을 바라보았다.
집 한 채, 너무도 단조로운 주변 풍광, 황폐한 담벼락, 텅 빈 눈 같
은 창문들, 무성하게 자란 사초밭, 하얗게 변색된 고사목 몇 그
루… 현실보다는 약기운이 떨어진 아편쟁이의 악몽에나 어울릴
법한 장면이었다. 혹독한 환멸 속에 일상으로 곤두박질치거나,
꿈의 장막이 가혹하게 벗겨져 나갈 때처럼. 나는 가슴이 아리고
무겁고 답답했다. 그 어떤 자극으로 이 적막한 가슴을 조금이나
마 씻어 낼 수 있을는지. 그런데… 어셔 가를 바라보는 데 왜 이
다지도 불안한 거람? 왜?

정말 불가사의한 미스터리였다. 머릿속을 가득 채운 이 어두운 망상들이라니… 나는 결국 불만족스러운 결론에 만족해야 했다. 저 단순하기 짝이 없는 자연물들 몇 가지가 결합해 이런 식의 파장을 내뿜는 거야. 물론 그 파장을 분석하는 것 또한 우리의 능력을 넘어설 것이다. 반면에 그 장면에서 특정한 물건들의 배열을 일부 바꾸기만 해도 암울한 분위기를 완화하거나 완전히 뒤바꾸는 것도 가능하리라. 나는 그런 생각을 하면서 검은 빛의 호수가로 말을 몰고 내려가, 잔잔한 수면에 거꾸로 비친 잿빛 사초, 창백한 고사목, 그리고 공허한 눈 모양의 창문들을 다시 바라보았다. 섬뜩한 전율은 조금 전보다 더 강렬해진 것 같았다.

그럼에도 불구하고, 나는 이 암울한 저택에서 몇 주를 머물기로 마음을 정했다. 저택 주인인 로데릭 어셔와는 어린 시절 단짝이다. 마지막 만난 후로 오랜 세월이 흘렀건만 최근에 나라 반대편에 살고 있는 내 앞으로 편지 한 통이 도착했다. 그가 직접 쓴 편지였다. 내게 직접 와 줄 것을 청했는데 절박한 말투였다. 편지는 불안과 동요로 가득했다. 그는 자신을 괴롭히는 심신의 질환에 대해 설명하고 절친이자 유일한 벗인 내가 찾아와 준다면 병세도 나아질 것 같다며 하소연했다. 내게서 선택의 여지조차 빼앗아 버린 건 그의 어투였다. 그는 진심으로 나를 원했다. 그래서 나는 아주 기이한 초청이라고 생각하면서도 즉시 여장을 꾸리기로 했었다.

어릴 적 가까운 사이였다고는 하나 실제로 그에 대해 아는 건 거의 없었다. 그가 극도로 내성적인 성격이었기 때문이다. 그의 조상이 아주 오래전부터 특별한 감수성으로 유명했다는 사실은 알고 있었다. 오랜 세월 수많은 예술 작품으로도 증명된 바 있지 않은가. 최근에도 그는 남모르게 자선 단체들에 통 큰 기부를 꾸준히 이어 왔으며, 음악 분야에서도 공헌도가 적지 않았다. 정통적이고 통속적인 장르보다는 보다 복잡하고 정교한 음악 쪽이었다. 그 밖에도 매우 특별한 사실도 있었다. 어셔 가가 유서 깊은 가문이기는 하나, 단 한 번도 지속적인 분가를 이룬 적이 없었다. 다시 말해 전 가문이 직계뿐이라는 뜻이다. 아주 사소하고 일시적인 예외가 아니라면 항상 그런 식이었다. 이 저택의 성격과 사람들의 성격이 완벽하게 일치하며, 또한 수 세기가 흐르는 동안 저택이 사람들에게 적잖은 영향을 미쳤겠다는 데 생각이 미치자, '어셔 가(家)'라는 기이하고 애매한 호칭으로 원래의 저택 이름을 대체하고 동일시한 것도, 바로 이 방계 친척의 결핍 때문이겠다는 생각도 들었다. 소작인들 또한 그 이름으로 가족과 가문의 저택을 동시에 지칭하지 않았던가.

　이미 언급했듯, 내 유치한 실험, 즉 호수의 반영을 들여다본 결과는 섬뜩한 첫인상을 악화시켰을 뿐이다. 미신에 홀렸다는 생각도 했지만(그게 미신이 아니면 뭐란 말인가?) 그래 봐야 불안감만 커질 뿐이었다. 바로 그 점이 공포를 기반으로 하는 모든 감정의 역설이라는 사실은 오래전부터 알고 있었다. 호수의 반영에서 눈을 들어 다시 저택을 보았을 때 기이한 공상이 떠오른 것도 그 이유 때문일 것이다. 지극히 우스꽝스러운 공상에 불과하나 나를 억누르던 기분이 얼마나 생생한지 설명하기 위해 이곳에 언급하는 바이다. 내 상상력은 더욱 나래를 펼쳐, 저택과 그 주변에 그 자체로 독특한 기운이 서려 있다는 확신까지 들었다. 하늘의 대기가 아니라, 썩은 나무들, 잿빛 벽, 잠잠한 호수 등이 뿜어 내는, 늘쩍지근하면서도 아스라한 납빛의 사악한 기운이었다.

나는 백일몽 같은 환각을 떨쳐 내고 실제 건물을 조금 더 자세히 훑어보았다. 기본적으로 무척이나 오래되었다는 느낌이었다. 세월이 빚어 낸 탈색도 확연했으며 미세 곰팡이들이 건물 전체를 뒤덮고 거미줄처럼 처마에 엉킨 채 매달렸다. 그렇다고 완전한 폐가랄 수도 없었다. 부서져 가는 벽돌들에 비해 전체적인 구조는 대체로 완벽하고, 석재가 떨어져 나간 곳도 없었다. 바깥바람의 영향을 받지 않은 채 오랜 세월 썩어 들어간 돔 천장의 말짱한 외관을 보는 듯했지만, 전반적인 부식 현상만 아니라면 구조 자체는 그다지 위태로워 보이지 않았다. 물론 눈썰미가 좋은 사람이라면 아주 미세한 균열 정도는 찾아낼 수 있을 것이다. 균열은 정면 지붕에서 지그재그로 벽을 타고 내려와 탁한 호수 안으로 들어갔다.

나는 이런저런 상황들을 살피며 짧은 둑길을 따라 저택으로 향했다. 그리고 기다리던 하인에게 말을 맡기고 고딕풍의 아치문으로 들어갔다. 시종은 아무 말 없이 나를 데리고는 조심조심 어둡고 복잡한 통로를 지나 주인의 작업실로 안내했다. 통로에서 마주친 장식들도 대부분 이미 언급한 이상야릇한 기분을 더욱 자극했다. 천장의 조각, 벽에 걸린 칙칙한 태피스트리, 흑단처럼 새까만 바닥, 걸을 때마다 달그락거리는 기념품들은 분명 어린 시절에 자주 본 물건들이었다. 그 모든 것이 너무도 익숙하건만, 그 익숙한 심상들이 불러일으키는 환상은 왜 이렇게 낯설기만 한지 도무지 이해가 가지 않았다. 계단을 오르다가 어셔 가의 주치의와 마주쳤다. 의사는 저급한 간계와 당혹감이 얽힌 표정의 사내였는데 그저 떨리는 목소리로 인사만 건네고 그냥 달아나듯 지나쳐 갔다. 하인이 문을 열고 나를 주인 방으로 들게 했다.

방은 아주 넓고 천장도 높았다. 창문은 모두 길고 좁고 뾰족했는데 바닥에서 너무 높은 탓에 밖을 내다보는 건 불가능했다. 격자창을 통해 심홍색의 여린 불빛이 들어와 주변의 고급스러운 가구들을 비춰 주었으나, 방 모퉁이나 돔 형 우물지붕의 후미까지는 아무리 눈을 부라려도 보이지 않았다. 벽에는 검은 휘장이 걸려 있었다. 가구들은 대개 크고 안락하고 낡고 헤졌다. 책과 악기들이 사방에 어지럽게 흩어져 있지만 그마저 방에 생기를 불어넣지는 못했다. 방 공기에서도 슬픔이 배어 나왔다. 황량하고 무거운 회복 불능의 어둠이 방 전체를 짓누르고 또 가구마다 스며들었다.

내가 들어가자, 어셔가 길게 누워 있던 소파에서 일어나 밝고 따뜻하게 맞아 주었다. 처음에는 권태에 찌든 속물의 과장이자 가식으로 보았으나 그의 얼굴을 힐끗 보고는 진심임을 믿을 수 있었다. 우리는 자리에 앉았다. 그리고 그가 아무 말도 없기에 나는 잠시 동정 반, 두려움 반의 심정으로 그를 살펴보았다. 로데릭 어셔만큼 그렇게 단시간에 이렇듯 끔찍하게 변한 사람이 또 있을까? 눈앞의 병자가 어린 시절의 단짝이었다는 사실을 받아들이기가 쉽지 않을 정도였다. 그나마 얼굴 특징은 여전했다. 송장만큼이나 수척한 얼굴. 크고 투명하며 너무도 초롱초롱한 눈. 다소 얇고 매우 창백한 반면 무척이나 아름다운 곡선의 입술, 유대인답게 섬세하면서도 콧구멍이 유난히 넓은 코, 선은 고우나 끝이 무딘 탓에 정신력 부족이 드러나는 턱, 거미줄보다 부드럽고 가는 머리카락… 이런 특성들은 터무니없이 넓은 이마와 더불어 쉽게 잊지 못할 인상을 만들어 냈다. 하지만 어서 특유의 특징들과 그 특징이 드러내는 표정이 더 부각되는 데다 그간의 변화 또한 심각해 내가 누구와 함께 있는지조차 의심스러울 정도였다. 무엇보다 송장처럼 창백한 피부와 신비스러울 정도로 반짝이는 두 눈은 신기한 차원을 넘어 두렵기까지 했다. 비단결 같은 머리카락은 제멋대로 자라 완전히 산발이었다. 머리카락이 워낙에 가늘다보니 얼굴로 흘러내린다기보다 붕 떠 있는 것처럼 보이기도 했다. 아무리 애를 써도 저 아라베스크풍의 표정에서 인간미를 읽어 내는 건 불가능했다.

친구의 태도도 어딘가 이질적이었는데, 그 이유가 습관적인 경련과 신경증을 억누르려는 무기력하고 무익한 노력에서 비롯되었음을 깨닫는 데는 오래 걸리지 않았다. 물론 이런 식의 태도는 이미 예견된 바였다. 그의 편지와 어린 시절의 기억, 독특한 신체 구조와 기질 등에서 얼마든지 추론이 가능했기 때문이다. 그의 행동은 생생한 동시에 음울했다. 목소리는 (야성이 완전히 결여된 듯) 파르르 불안하게 떨리는가 하면 금세 열정적으로 뱉어 내는 과정을 반복했다. 그런 식의 갑작스럽고 무겁고 느긋한 공명음과, 답답하고 자기 통제적이며 완벽하게 변조된 인후음이라면, 만취한 취객이나 환각의 절정에 이른 아편 중독자에게서나 들을 법하겠다.

그는 그런 식으로 나를 부른 이유에 대해 언급했다. 나를 간절히 원했던 이유는 그에게 위안을 주리라 기대했기 때문이었다.

자신의 병에 대해서도 꽤 자세하게 설명해 주었다. 그의 말에 의하면 선천적인 유전병이며 치유 방법은 찾지 못했다… 아니, 단순한 신경증이므로 금세 나을 거라는 얘기를 곧바로 덧붙이기는 했다. 증세는 온갖 기이한 느낌으로 나타나는데 일부는 크게 흥미롭기도 하고 당혹스럽기도 했다. 하기야 용어들과 전반적인 말투가 특이했기 때문일 수도 있겠다. 그는 예민한 감각으로 크게 고통 받았다. 아주 싱거운 음식조차 버거울 만큼 병적인 감각. 때문에 의복도 특정한 직물로만 만들어 입어야 했다. 꽃향기는 어느 것이나 치명적이었으며, 두 눈은 아무리 흐린 빛에도 고통스러워했고 현악기를 제외한 악기 음은 말 그대로 고문이자 공포였다.

그는 이례적인 공포에 묶인 노예였다.

"나는 죽어 가네. 이 애처로운 대저택에서 이런 식으로 사라지는 거야. 미래에 닥칠 일들이 두렵네만 그 자체보다는 결과가 더 무섭다네. 아무리 사소한 사건인들 이렇게 영혼을 뒤흔들어 놓을 테니 그 생각만으로도 어찌 두렵지 않겠는가. 위험이야 아무래도 좋네만 공포라는 이름의 필연적인 결과만큼은 나도 참을 수가 없군그래. 이렇듯 처절하고 무기력한 상태에서 두려움이라는 허깨비와 싸우다가 결국 목숨과 이성을 모두 포기할 때가 머지않아 오겠지."

그 밖에도 이따금의 단편적이고 모호한 암시를 통해 또 다른 이상 징후를 눈치챌 수 있었다. 그는 자신의 집과 관련해 어떤 미신에 사로잡혀 있었다. 몇 년간 한 번도 나가 본 적이 없는 집임에도 불구하고 그에게 일정한 영향력을 미친다는 얘기였다. 너무

모호한 개념으로 설명한 탓에 이곳에 다시 언급하지는 못해도, 오랫동안 살아오는 동안 이 저택의 독특한 형식과 내용이 그의 영혼을 장악하고, 잿빛 담벼락과 탑, 저 아래 내려다보이는 호수의 물성이 그의 존재 혼을 멋대로 규정했다는 의미 같았다.

하지만 비록 머뭇거리기는 했어도, 그의 지독한 우울증 대부분에 보다 객관적이고 개연성 있는 근거가 있음을 인정하기는 했다. 오랜 세월 유일한 말벗이자, 이 세상에 남은 유일한 피붙이인 사랑하는 여동생이 죽음을 앞두고 있다는 것이다. "그 애가 죽으면 이 무력하고 병약한 내가 어서 가문의 마지막 생존자가 되는 거야." 이 말을 하는 목소리가 어찌나 비통한지 나로서는 영원히 잊지 못할 것 같았다. 그런데 그가 얘기하는 동안 당사자인 매들린 부인이 방 반대편에 나타나더니 나를 보지도 않고 곧바로 사라졌다. 나는 깜짝 놀라 그녀를 돌아보았다. 갑자기 두려워졌는데 왜 그런 기분이었는지는 알 길이 없었다. 나는 문이 닫히자마자 본능적으로 시선을 돌려 오빠의 안색을 살폈다. 그는 두 손으로 얼굴을 묻고 있었다. 때문에 내가 볼 수 있는 건 훨씬 더 시퍼렇게 질린 야윈 두 손, 그리고 그 사이로 삐져나오는 격한 눈물뿐이었다.

의사들이 매들린 부인의 질병을 포기한 것도 오래전이었다. 만성 우울증, 점진적 신체 위축증, 그리고 짧지만 빈번한 부분 강직증은 희귀 질환이 분명했다. 지금까지 그녀는 병상을 거부하며 질병과 싸웠지만 (그날 밤 오빠가 목소리까지 떨며 전한 바에 따르면) 내가 오는 날 저녁 무렵 결국 가공할 위력에 무릎을 꿇고 말았다. 그러니까 그때 언뜻 본 게 내게는 마지막 모습으로, 그다음에 봤을 때는 이미 이 세상 사람이 아니었다.

그 후 며칠간 어서도 나도 동생의 이름을 입에 올리지 않았다. 나는 친구의 우울증을 덜어 주기 위해 최선을 다했다. 우리는 함께 그림을 그리고 책을 읽었으며, 마치 꿈을 꾸는 듯한 그의 은은한 즉흥 기타 연주를 듣기도 했다. 그러는 사이 조금씩 가까워지기도 했다. 나는 자연스럽게 그의 내면 깊이 들여다보았으나, 그럴수록 그의 마음을 풀어 주려는 노력이 완전히 무의미함을 절감했다. 그의 정신은 도덕적, 물리적 우주의 삼라만상 위에 끊임없이 암흑의 빛을 토해 냈다. 마치 암흑이 타고난 자신의 색이기라도 하듯.

어서 가의 주인과 단둘이 보낸 시간들은 결코 잊지 못할 것이다. 하지만 나를 끌어들이거나 유도해 낸 사색과 고민들이라면 아무리 노력해도 이해하기가 어려웠다. 흥분과 혼란에 찌든 관념성이 모든 현상에 유해한 빛을 뿌렸기 때문이다. 그의 즉흥 비가들은 영원히 내 귀를 울릴 것이다. 무엇보다도 폰 베버의 거친 마지막 왈츠곡을 기이하게 비틀고 늘린 변주곡은 지금도 내 마음을 고통스럽게 흔들고 있다. 그는 고양된 상상력을 그림에 덧칠해 잔뜩 모호한 심상으로 만들어 버렸는데, 이유를 모르기에 더욱더 두려운 전율을 느껴야 했다. 지금도 눈앞에 선명한 심상의 그림들이지만, 글이라는 협소한 능력으로 모든 것을 풀어내기엔 아무래도 역부족이리라. 그의 그림들은 철저한 단순미와 진솔함으로 관심을 끌어내고 두려움을 자아냈다. 관념을 그림으로 그려낸 이가 있다면 바로 로데릭 어서일 것이다. 물론 당시의 주변 상황 때문일 수도 있겠으나, 적어도 나는 이 우울증 환자가 화폭에

뿌려 댄 순수 추상화들을 보며 형언 불가의 강렬한 두려움을 느껴야 했다. 푸젤리의 강렬하지만 지나치게 구체적인 몽상에서도 결코 느껴 보지 못한 감정들이었다.

어셔의 환상화 한 편 정도는 어렴풋이나마 글로 나타낼 수 있겠다. 추상적인 성격이 그나마 덜하기 때문인데 엄청나게 기다란 사각의 지하 갱도, 또는 터널을 그린 그림이었다. 낮은 벽은 은은한 흰색이었으며 설비 하나 없이 완전히 밋밋했다. 그는 부수적인 구도를 통해, 동굴이 지상에서 아주 깊은 곳임을 분명하게 보여 주었다. 넓은 화폭 어디에도 출구는 보이지 않고 횃불이나 인공 조명도 없었으나 그래도 강렬한 빛줄기들이 공간 전체를 창백하고 기이한 광휘로 물들였다.

아주 예외적인 현악기 운율 외에는, 어떠한 음악도 견딜 수 없다는 얘기는 했다. 기타 연주는 그런 한계 속에서 이루어진 터라 음악은 상당히 환상적인 느낌일 수밖에 없다. 하지만 그의 열정적인 즉흥 연주는 또 다른 얘기다. 선율은 물론 몽상적이고 거침없는 가사에서 모두(그는 종종 곡에 즉흥시를 붙이기도 했다) 강렬한 정신력과 집중력의 산물임을 명백히 드러내는 곡들이었다. 전에 언급했듯 예술적으로 가장 고조된 순간에만 들을 수 있던 것도 그 때문이었다. 나는 당시의 광시곡 한 편의 가사를 지금도 기억한다. 그가 노래를 부를 때 크게 감동하기도 했지만, 그 숨은 (또는 모호한) 의미를 통해, 처음으로 어셔의 의식 세계를 완전히 이해했다고 느낀 것이다. 죽음의 왕좌에 앉은 채 비틀거리는 그의 고귀한 이성을. 〈유령 성〉이라는 제목의 가사는 대충 이런 식으로 이어졌다.

I.

우리의 계곡 가장 짙푸른 곳에
　착한 천사들이 사는 성 하나,
한때 아름답고 장엄하며
　찬란했던 궁전 하나 고개 들고 서 있었네.
'사유' 대왕의 왕국,
　성은 바로 그곳에 서 있었네.
치품천사조차 그렇게 아름다운 궁전 위를
　날아 본 적 없을지니.

II.

황금빛에 물든 노란 영광의 깃발들,
　지붕 위에서 펄럭이고 퍼덕이네.
(아아, 그러나 이 모든 건
　멀고도 먼 태곳적 얘기)
달콤했던 그 시절
　천사들을 희롱하던 산들바람도,
깃털 장식의 창백한 누벽을 따라 떠돌던
　천사들의 향기도 떠나 갔네.

III.

행복한 계곡의 방랑자들은
　두 개의 빛나는 창문을 통해,
류트의 잘 조율된 리듬에 맞춰

(오, 포피로제니투스[15]여!)

그대가 앉아 있는 옥좌를 돌며

　　춤을 추듯 움직이는 정령들을 보았네.

영광에 어울리는 위엄으로

　　옥좌에 앉은 지배자도 보았네.

IV.

아름다운 성문은 온통

　　반짝이는 진주와 루비로 장식했네.

성문을 통해 달리고, 달리고,

　　영원히 빛을 발하며 달리나니,

그대 메아리의 군대여,

　　그대들의 감미로운 임무는 오직 노래뿐이로다.

그러니, 노래하라,

　　주군의 기지와 지혜를 능가하는 목소리로.

V.

아아, 슬픔의 갑옷으로 무장한 악귀들이

　　군주의 드높은 궁전을 공격했네.

(아, 통곡하라. 내일은 결코

　　그대에게 없을 지어다, 불쌍한 왕이여!)

한때 궁전을 온통 장식하며

15 ── 콘스탄티노플을 지배한 라틴 왕. 1261년에 퇴위함.

찬란한 붉은 꽃을 피우던 영광이여,

지금은 무덤 속에 묻힌 옛 시절의

아련한 향수에 불과할지니.

VI.

이제 계곡의 여행자들은

　붉은 빛의 창문을 통해

거대한 그림자들을 보네.

　불협화음에 맞추어 기이하게 움직이는 존재들.

한편 어슴푸레한 문을 통해

　빠르게 흘러가는 흙빛의 강물처럼

공포의 무리가 영원히 쏟아져 나오네.

　그리고 웃네… 허나 더 이상 미소는 없으리니.

　지금도 정확히 기억하지만, 우리는 이 담시의 암시들을 따라
사유의 동굴 속으로 들어갔으며, 그 속에서 어셔의 견해도 분명
하게 드러났다. 하지만 내가 그의 견해를 언급하는 이유는 견해
가 새로워서가 아니라(그렇게 생각하는 사람도 있다) 그가 집요하게
주장하고 나섰기 때문이다. 그는 식물에도 감성이 있다고 주장했
지만 그 생각은 일탈된 상상력을 거치며 점점 대담해져 때때로
무기물의 영역까지 침범했다. 그 주장을 전부 기록하는 것은 물
론, 그 열정과 무모함을 표현할 능력도 내게도 없다. 다만 전에도
지적했듯, 그러한 신념이 조상 대대로 물려 내려온 이 잿빛 돌집
과 관계있는 것만은 분명하다. 이 경우 감성의 조건들은 석재의

배치 방법 및 배열 순서, 벽을 뒤덮고 있는 곰팡이와 주변 고사목의 배치와 배열을 통해 구현되며, 또한 그 배열이 오랫동안 변함없이 지속되고 고요한 호수면을 통해 복제되었다는 사실로 강화되었다. 그 증거, 그러니까 감성의 증거는, (그의 말을 그대로 인용한다면) 호수와 벽 주변에 자체의 대기가 점차적으로 농축되었다는 사실로 알 수 있다. 그리고 그 결과는 몇 세기 동안 가문의 운명을 규정했을 뿐 아니라, 자신을 이런 꼴로 만들어 버린 집요하고도 끔찍한 영향력에서 볼 수 있다. 물론 그런 견해에 논평이 필요한 건 아니기에, 나도 이 지면에 언급할 마음은 없다.

환자의 정신세계에 영향을 미친 책들은, 짐작하다시피, 이런 성격의 공상과 밀접하게 연결되어 있다. 우리가 함께 탐독한 책들은 다음과 같다. 그레세의 《앵무새와 수도원》, 마키아벨리의 《벨파고》, 스웨덴보리의 《천국과 지옥》, 홀베르그의 《니콜라스 클림의 지하 여행》, 로레르 플뤼, 장 댕다지네, 드 라 샹브르 공저의 《수상학(手相學)》, 티크의 《머나먼 창공으로의 여행》, 마지막으로 캄파넬라의 《태양의 도시》. 특히 애독한 책은 에이메릭 데 히로네의 8절판 《디렉토리움 인퀴지토리움》이었다. 폼포니우스 멜라의 챕터에, 아프리카의 반인반수와 염소인간에 대한 구문이 있는데 어셔는 몇 시간이나 그들에 대한 꿈을 꾸며 앉아 있곤 했다. 하지만 그가 제일 좋아하는 책은 고딕 4절판으로, 대단한 희귀서이자 사라진 교회의 전례집 《마군티나 교회 성가대의 경야》였다.

어느 날 저녁 매들린 부인이 죽었으며 그녀의 시신을 매장하기 전 지하실 어느 방에 2주간 안치해 두어야겠다는 얘기를 들었다. 그로 인해 그 책의 빗나간 의식(儀式)은 물론, 그 책이 우울증 환자 친구에게 미쳤을 영향에 대해서도 생각하지 않을 수 없었다. 하지만 역시 이 독특한 절차에 대해 내가 왈가왈부할 입장은 못 되었다. 그의 주장에 의하면 그런 결정을 내린 이유는, 희귀질환으로 세상을 떠난 죽은 누이에 대해 의사들의 무례한 질문 공세가 따를 것을 우려해서였다. 그밖에도 가족 묘지가 멀리 있는 데다 바깥에 노출되어 있는 것도 한 이유였다. 처음 이곳에 도착한 날, 계단에서 만난 의사의 심각한 표정을 보았기에 나 또한 그다지 반대할 생각은 없었다. 무해한 데다 그다지 이상할 것도 없지 않은가?

어셔의 부탁에 나도 그를 도와 가매장을 준비했다. 관에 넣고 가매장지까지 운반한 것도 우리 둘이었다. 지하실 방은 좁고 습했으며 빛이 들어올 여지도 전혀 없었다. 게다가 오랫동안 닫아둔 터라 횃불까지 질식할 정도로 답답했다. 조사 따위는 생각할 겨를도 없었다. 내 침실 아래로 깊은 곳에 위치한 방은, 과거 봉건 시대에는 악랄한 지하 감옥으로, 그리고 후일에는 화약 등 고연소 물질의 저장고로 쓰였다. 바닥 일부와 그곳까지의 긴 통로를 치밀하게 동판으로 덧씌운 것도 그 때문이었다. 두터운 철문도 비슷한 안전장치가 되어 있었는데, 가공할 무게 탓에 문이 열릴 때마다 경첩이 엄청나게 큰 소리로 삐걱거렸다.

우리는 비극의 짐을 지하방 가대(架臺)에 안치한 후, 관 뚜껑을 조금 빗겨 주인의 얼굴을 내려다보았다. 오빠와 누이가 너무도 닮았다는 사실에 나는 가벼운 충격을 받았다. 어셔는 내 생각을 읽기라도 한 듯, 두 사람이 쌍둥이였으며 그 때문에 둘 사이에 언제나 일종의 초현실적인 교감이 있었다는 말들을 중얼거렸다. 우리 둘 다 시신을 오랫동안 볼 수는 없었다. 알지 못할 두려움 때문이었다. 질병은 젊은 나이의 여인을 무덤으로 보냈을 뿐 아니라, 심한 강직증이 다 그렇듯, 가슴과 얼굴에 희미한 홍조 비슷한 흔적을 남기고 입술에도 기괴한 미소를 그려 놓았다. 송장으로 보기엔 너무도 섬뜩한 표정이었다. 우리는 뚜껑을 닫고 나사를 조였다. 그리고 철문을 안전하게 닫은 후 낑낑거리며 지상으로 올라왔다. 하기야 지상 역시 암울하기는 마찬가지였다.

그리고 이제, 혹독한 비애의 며칠이 지난 후, 내 친구의 정신 질환에도 현저한 변화가 일기 시작했다. 평소 태도는 사라지고 해오던 일도 그만두거나 잊은 듯 보였다. 특별한 목적 없이 이 방 저 방을 어슬렁거리곤 했는데 발걸음이 무척이나 다급하고 불안했다. 창백한 안색에 섬뜩한 기운이 더해진 반면 두 눈의 광휘는 완전히 꺼졌으며, 이따금의 거친 음성도 극단적인 공포에 질리기라도 한 듯 떨리는 목소리로 바뀌었다. 사실 잠시 동안은 그의 부단한 심적 동요가 어떤 지독한 비밀과 싸우기 때문이며, 그 비밀을 밝히기 위해 용기를 끌어 모으는 중이라고 생각하기도 했다. 지금은 광기에 따른 불가해한 기행에 불과하다는 쪽이다. 그는 가상의 소리에 귀를 기울이기라도 하는 듯, 잔뜩 인상까지 써 가며 오랜 시간 허공을 노려보곤 했는데, 그 모습이 내게까지 불길한 영향을 미친 것은 분명했다. 나는 조금씩 두려워지기 시작했다. 마냥 부인할 수만은 없는 기괴한 미신에 무차별적으로 노출된 탓이리라.

그런 기분을 가장 충격적으로 느낀 건, 매들린 부인을 지하 감옥에 옮겨놓은 지 7~8일째 되는 날이다. 긴 의자에 누워 있었건 만 잠은 오지 않고 시간은 하릴없이 흘러갔다. 이 숨 막히는 불안감은 도대체 어디에서 비롯된 것일까? 사실, 비록 합당한 이유야 못 되겠지만 고민 끝에 저 암울한 가구들 때문일 거라 믿으려 애쓰던 참이었다. 낡고 어두침침한 태피스트리들까지 점점 거세지는 태풍에 불안한 듯, 벽 위를 서성대거나 침대 장식 주변에서 바스락댔다. 저항 불가의 한기가 조금씩 내 몸을 침투하더니 급기야 뜬금없는 공포가 몽마처럼 심장을 타고 앉았다. 나는 깊은 심호흡으로 두려움을 떨쳐 내고는, 자리에서 일어나 방 안의 칠흑 같은 어둠을 노려보고 귀를 기울였다. 이유는 모르겠지만 필경 일종의 본능 때문이리라. 그리고 그때 순간적으로 폭풍이 잦아들면서, 어딘가에서 나지막하고도 모호한 소리가 들려왔다. 나는 치명적인 공포에 휩싸인 채 황급히 옷을 걸쳐 입고 자리에서 일어났다. 더 이상 잠을 청하는 건 불가능했다. 방 안을 이리저리 어슬렁거리다 보면 이 끔찍한 상황에서 벗어날 수 있겠지?

그런 식으로 잠시 어슬렁거리는데 바로 옆 계단에서 가벼운 발소리가 들렸다. 어셔의 발소리였다. 잠시 후 그가 가볍게 노크하고는 호롱불을 들고 들어왔다. 여전히 송장처럼 창백한 안색이었으나, 지금은 두 눈에 번뜩이는 광휘가 더해지고 전반적인 태도에서도 강한 히스테리가 배어 나왔다. 그 모습에 소름이 끼치기는 했으나, 혼자서 괴로워하는 것보다 낫다는 생각에 그의 등장을 진심으로 환영했다.

"그런데 자네는 보지 못한 건가? 정말로 못 봤어? 좋아, 그럼 기다리자고. 곧 보게 될 테니." 말없이 주변을 둘러보던 그가 갑자기 그렇게 소리쳤다. 그러고는 조심스레 호롱불 조도를 낮추더니, 황급히 여닫이창으로 다가가 양쪽 모두 활짝 열어젖혔다.

순간 우리까지 날릴 정도로 거센 강풍이 쇄도해 들어왔다. 그럼에도 불구하고 무척이나 아름다운 밤이었다. 공포와 아름다움이 묘하게 어울린 밤. 회오리바람은 특히 저택 부근에서 위세가 강한 듯 보였다. 바람의 방향이 자주 거세게 바뀌면서, 첨탑을 짓누를 만큼 낮은 먹구름들이 사방에서 몰려들었다. 구름은 다른 곳으로 떠나지 않고 빠른 속도로 주변을 맴돌며 서로 부딪쳤다. 그러니까 구름의 엄청난 밀도에도 불구하고 지독한 혼란을 볼 수 있었다는 뜻이다. 달이나 별은 없었으며 번개 한 번 번쩍이지 않았다. 하지만 미친 듯이 들끓는 대형 구름 아래 어서 가의 건물 주변은, 수의처럼 저택을 감싼 채 은은한 빛을 발하는 불안한 영기 속에서 이글거렸다.

"이런 건 보지 않는 게 좋겠네. 자네야 혼란스럽겠지만 기껏 흔한 전기 현상일 뿐이야. 아니면 저 썩은 호수 때문에 뭔가 잘못되었겠지. 자, 그러니 창문을 닫겠네. 찬바람은 자네 몸에도 좋지 않아. 여기 자네가 좋아하는 로맨스가 있으니 읽어 주겠네. 이 끔찍한 밤을 우리가 함께 지새우는 것도 좋겠군그래." 나는 몸서리를 치고는 창가의 어셔를 조심스레 의자로 이끌었다.

내가 어셔 가에 갖고 간 고서는 랜슬럿 캐닝 경의 《공포의 은신처》였다. 하지만 그 로맨스가 어셔의 애독서라고 말한 건 진심보다는 슬픈 농담에 가까웠다. 상상력 결핍의 이 조잡하고 장황한 책에는 친구의 고고한 영적 이상을 충족시켜 줄 거리가 하나도 없었다. 어쨌든 그 순간 당장 손에 닿은 책은 그 책이 다였다.

더욱이 내가 읽으려는 이 터무니없는 헛소리 덕에, 우울증 환자를 크게 흔들어 놓은 흥분이 가라앉을지 모른다는 기대감도 없지 않았다. 실제로 정신 질환의 역사에도 비슷한 예가 얼마든지 있는 데다, 그가 크게 긴장한 표정으로 귀를 기울이는 것으로 보아 어쩌면 의도가 맞아떨어졌다는 생각도 들었다.

얘기는 마침내 유명한 장면에 다다랐다. 주인공 에셀레드가 공손히 은자의 집에 들게 해 줄 것을 청했으나 거절당하자 결국 무력을 이용해 침입하는 장면이다. 이해를 위해 그 장면을 이곳에 옮겨 적기로 한다.

"그리하여 타고난 용기에 조금 전 강한 독주의 기운까지 더한 에셀레드는, 은자와의 지루한 담판을 참을 수가 없었도다. 실로 고집스럽고 악랄한 주인이 아니던가! 때마침 어깨에 비까지 내리는 터라, 그는 태풍이 불어 닥칠 것까지 걱정해 당장 철퇴를 여러 차례 휘둘렀노라. 그리하여 대문에 기사 장갑이 들어갈 정도의 틈이 생겼으니, 그는 있는 힘껏 고리를 잡아챘노라. 결국 대문이 뜯기고 무너져 내리며 마른 나무의 공명음이 숲 전체로 울려 퍼지는도다."

여기까지 읽은 후 나는 깜짝 놀라 잠시 귀를 기울였다. (나도 들뜬 탓에 헛소리를 들었다고 결론을 내리기는 했지만) 저택 반대편 끝에서 아련하게 비슷한 소리가 들려왔기 때문이다. 그러니까 랜슬럿 경이 세세하게 묘사한 것처럼 분명 나무가 뜯기고 찢기는 소리였다. (벽에 막혀 탁하게 들리기는 했다) 당연히 단순한 우연의 일치에 불과했다. 여닫이창틀이 달그락거린 데다 폭풍의 위세가 점점 거세졌던 것이다. 내가 신경을 쓰거나 두려워할 문제는 전혀 없었다. 나는 계속 읽어 내려갔다.

"허나, 용자 에셀레드가 문을 부수고 들어갔으나, 놀랍게도 사악한 은자는 간데없고 그 대신 비늘로 덮인 거대한 용이 한 마리가 긴 혀를 날름거리며, 황금의 궁전과 은의 바닥을 지키고 앉았던 것이 아니더냐! 게다가 성벽 위에 빛나는 놋쇠 방패가 걸렸는바, 그 위에 다음과 같은 명(銘)이 새겨 있도다.

이 안에 들어온 이는 이미 승자로다.
용을 죽여 방패를 차지할 지어다.

이에 에셀레드가 철퇴를 들어 용의 머리를 내리치니 용이 독기를 내뿜고 쓰러지며 너무도 끔찍하고 거칠고 날카로운 비명을 내질렀도다. 에셀레드가 황급히 두 손으로 귀를 막았으나 그렇게 두려운 소음은 한 번도 들은 바가 없구나."

나는 또다시 낭독을 멈추었다. 이번에는 크게 놀라기도 했다. 소리의 기원이 어디였는지는 알 수 없으나, 아련하나마 길고도 거친 비명 소리를 들었던 것이다. 아니, 실제로 경첩의 마찰음인지는 모르겠으나, 로맨스 작가가 용의 초월적인 비명을 묘사했을 때 머릿속으로 상상했던 것과 완전히 똑같은 소리인 것만은 분명했다.

기이한 우연의 일치가 이어지자, 더없는 놀라움과 두려움이 수천의 상념을 불러일으켰다. 허나 크게 두렵기는 했으되 그렇다고 예민한 친구를 자극할 논급을 할 만큼 자제력을 잃지는 않았다. 그런데 그도 문제의 소음을 들은 걸까? 지난 몇 분간 태도가 이상해진 것만은 확실했다. 이제껏 나와 마주 보고 있었는데 지금은 조금씩 몸을 돌려 방문을 마주하기까지 했다. 그의 표정을 살피는 것도 여의치 않아, 뭔가 중얼거리듯 입술을 오무락거리는 정도만 알 수 있었다. 고개를 푹 숙이기는 했지만 크게 부릅뜬 눈으로 보아 잠든 것은 당연히 아니었다. 몸 동작도 잠든 사람과 사뭇 달랐다. 그는 느리지만 지속적으로 상체를 양옆으로 흔들고 있었다. 나는 그런 상황들을 모두 살피며 랜슬릿 경의 로맨스를 계속 읽어 내려갔다.

"드디어 용자는 용의 가공할 분노를 꺾고 저 놋쇠 방패를 고민하는구나. 아, 방패에 새긴 주문을 어찌 푼단 말이더냐. 그는 쓰러진 시체를 치운 후 성의 은바닥을 지나 방패가 놓인 벽으로 다가가는도다. 이에 방패는 실로 기다리지 아니하고 그의 발밑에 떨어져 땡그랑거리며 끔찍한 굉음을 토해 냈도다."

내가 마지막 음절을 내뱉자마자, 정말로 놋쇠 방패가 은으로 된 바닥에 떨어지기라도 한 듯, 땡그렁 하는 금속성이 아련하게 들려왔다. 어딘가 막혔을 때의 답답한 공명음이었다. 나는 완전히 겁을 집어먹고 벌떡 일어났으나, 어셔는 변함없이 몸을 좌우로 흔들 뿐이었다. 나는 그가 앉은 의자로 달려갔다. 그는 시선을 눈앞에 고정한 채 미동도 하지 않았다. 안색은 말 그대로 돌처럼 굳었다. 그런데 내가 어깨를 짚자, 그가 전신에 경련을 일으켰다. 입가에서는 병적인 미소가 파르르 떨려 나왔다. 심지어 내 존재를 의식하지 못한 채 헛소리까지 중얼거렸는데, 한쪽 귀를 바짝 갖다 댄 후에야 그 끔찍한 말을 알아들을 수 있었다.

"안 들려? 아니 난 들려. 전에도 들은 적이 있었지. 아주, 아주,

오랫동안, 수도 없이 들은걸! 하지만 내가 어찌 그런 얘기를 하겠나? 오, 내 어쩌다 이 지경이 되었는지! 세상에, 이렇게 비참할 데가! 말할 수가 없었네. 절대로! 우린 그 애를 산 채로 매장한 거야! 감각이 예민하다고 말하지 않았던가? 이제 고백하네만, 처음엔 저 횅한 관 속에 아주 미미한 소리뿐이었어. 난 들었지, 아주 아주 오래전에. 하지만 말할 수가 없더군. 감히 어떻게 얘기하겠나? 그런데 오늘 밤 …에셀레드가… 하하! …은자의 집을 부수는 소리. 용의 비명 소리. 방패 떨어지는 소리! …이건 또 뭐지? 관이 열리고, 지하 감옥의 경첩이 삐걱거리고, 지하 통로를 비틀비틀 걸어오는 소리? 오, 어디로 달아나지? 이제 곧 들이닥칠 텐데? 내가 성급하게 묻었다고 비난하러 올 텐데? 지금은 계단 오르는 소리 아닌가? 내가 동생의 끔찍한 심장 박동도 구분하지 못할 것 같나? 멍청한 놈!" 그가 갑자기 일어나며 비명을 질렀다. 마치 영혼이라도 토해 내는 사람 같았다. "멍청한 놈! 그 애가 바로 문밖에 서 있단 말이야!"

순간 그의 열변에 초자연적 마법이 깃들기라도 한 듯 낡고 육중한 문이 천천히 뒤로 밀려나며 어두운 아가리를 벌리기 시작했다. 당연히 돌풍의 위력이겠으나, 맙소사, 그런데 그 밖에 어셔가의 매들린 부인이 수의 차림으로 서 있는 것이 아닌가! 새하얀 수의는 피로 범벅이고, 여윈 체구 여기저기 혹독한 악전고투의 흔적이 역력했다. 그녀는 한동안 문지방에서 부들부들 떨고 몸을 앞뒤로 흔들더니, 이윽고 나지막한 신음을 흘리며 오빠의 몸 위로 그대로 허물어졌다. 그리고 그는 동생의 격렬한 최후의 고통을 끌어안고 그대로 숨을 거두었다. 기어이 자신이 예견한 공포에 희생되고 만 것이다.

　나는 완전히 사색이 된 채 그 방과 저택에서 도망쳐 나왔다. 정신없이 낡은 둑길을 가로지를 때에도 폭풍은 여전히 천지를 뒤흔들었다. 그러던 어느 순간 너무도 거친 빛이 길을 덮었다. 나는 그 기이한 빛이 어디에서 비롯되었는지 보기 위해 뒤로 돌아섰다. 등 뒤로는 거대한 저택과 검은 그림자뿐이었다. 빛의 주인은 서쪽으로 저물어 가는 핏빛의 보름달이었다. 달빛은 얼마 전까지만 해도 거의 드러나지 않던 균열을 생생하게 비춰 주었다. 며칠 전 지붕에서 기초까지 갈지자로 이어진 균열에 대해 언급했었다. 이제 균열은 바로 눈앞에서 급격히 벌어지기 시작했다. 이윽고 격렬한 회오리바람이 일고 보름달이 두 눈을 가득 채웠다. 거대한 성벽이 산산조각 나고 있었다! 문득 현기증이 일었다. 이윽고 수천의 바다가 울부짖듯 굉음이 길게 이어지며, 깊고 습한 늪이 천천히, 묵묵히 어셔 가의 잔해를 덮어 버렸다.

마이클 코넬리
Michael Connelly

마이클 코넬리는 필라델피아에서 태어나 캘리포니아와 플로리다의 다양한 도시에서 살았다. 과거 돌팔이 기자와 미국 미스터리 작가 협회의 회장을 역임하고, 1992년 처녀작 《블랙 에코》로 최우수 에드거 데뷔 소설 상을 수상하였다. 그 후 열여덟 편의 소설을 썼으나 에드거 상과는 인연이 없었다. 이 선집을 마지막으로 선집의 편집에서 은퇴할 것임을 선언한 바이다.

옛날 옛적
어느 음산한 밤에

마이클 코넬리

계획은 간단했다. 나는 전국을 누비는 살인자 소설을 쓸 생각이다. 살인마는 자기 명함 대신 에드거 앨런 포의 작품에 나오는 모호한 문구들을 현장에 남긴다. 거기에 거장의 암울한 분위기까지 빌어 와 소설을 살짝 물들이면 완벽한 범죄 소설이 되고도 남으리라. 교활한 문학 절도야 경의로 위장해 꿀꺽해 버리면 그만이다.

나는 여행 가방을 챙겼다. 살인자가 공격할 지역을 탐구하기 위해 여행에 나설 참이다. 두 권짜리 포 걸작선도 잊지 말고 챙겨 가자. 낮에는 피닉스, 덴버, 시카고, 사라소타, 볼티모어 등 소설의 살인 현장을 돌아보고, 밤이면 호텔 방에 앉아 에드거 앨런 포의 걸작들에 다시 한 번 흠뻑 심취했다. 포에 관해서라면 나는 대체로 단편 광이었다. 시도 유명하고 또 중요하다는 건 알지만(어떤 고교 졸업생이 〈까마귀〉를 모르겠는가?) 난 한 번도 운율에 관심을 가져 본 적이 없다. 나는 피가 튀고 내장이 쏟아지는 스릴러가 좋았다. 하지만 이렇게 여행을 다니면서 시를 읽는 이유는, 죽음과 고독의 은유로 무장한 짧고 단단한 행들이 내 소설에 어울리기 때문이었다. 그 오랜 세월이 흐른 뒤에도 나는 한 연을 외우고 있다.

나는 비탄의 땅에 홀로 머무네.
그리하여 내 영혼은 잔잔한 물결이 되었네.

어두운 심연 바닥에 떨어진 존재를 이보다 더 아름답고 간결하게 표현한 글이 있었던가? 1997년의 전국을 어슬렁거리는 살인자가 자신을 묘사하는데 이보다 더 멋진 시가 어디 있겠는가? 절대 불가능하다. 그래서 내 살인자에게 그 연을 선물하기로 결심했다.

탐사 여행은 워싱턴 D.C.까지 이어졌다. 그곳에서 FBI 본부 견학 허가를 따내기 위해 하루 종일 분주히 정부청사들을 드나들었다. (입장 거부) 그날 늦게 나는 듀퐁 광장 인근의 힐튼에 묵었다. 특별히 힐튼을 선택한 까닭은 그곳에 나름대로의 스릴러 요소가 있기 때문이다. 15년 전, 로널드 레이건 대통령이 연설을 마치고 옆문으로 나오던 중, 영화배우가 되기 위해 악명을 노리던 사이비 살인자에게 총격을 당한 곳이 아닌가. 나는 그에 대한 언급도 소설에 포함하기로 했다.

암살 시도 현장을 확인하고 약간의 메모를 한 다음 객실로 올라가 저녁을 주문하고 다시 포를 읽기 시작했다. 식사를 하고 집에 전화를 걸고는 아예 침대에 길게 뻗어 그 시가 담긴 책을 열었다. 독서는 음울하고 음산했다. 포가 쓴 거의 모든 연마다 죽음이 스며 있었다. 내가 섬뜩했다고 말한다 해도 과소평가에 불과할 것이다. 나는 방 불을 모두 켜고 문을 이중으로 잠갔다.

밤이 깊어지면서 문득 복도에서 목소리도 들려왔다. 호텔 손님들이 엘리베이터를 오가며 두런두런 대화를 나누고 있었다. 방문 앞을 지나가는 발소리도 들렸다. 늦은 밤인 지라 비몽사몽간의 회색 지대 어딘가를 헤매기는 했지만 그래도 계속 읽어 내려가 드디어 〈유령 성〉과 만났다. 기이하게도 익숙한 시지만 〈까마귀〉 말고 내가 아는 포의 시가 없다는 건 나도 잘 알고 있다. 주석 부분을 확인해 보니 포의 기념비적인 단편 〈어셔 가의 몰락〉에 포함된 담시란다.

〈어셔 가의 몰락〉은 오래전 어딘가에서 읽은 적이 있다. 학교 숙제거나, 아니면 포의 작품에 푹 빠져 있을 때였으리라. 나는 다시 읽기 시작했다. 이야기는 금세 나를 특유의 폐소 공포증으로 휘감았다. 이렇듯 강력하고 완벽하게, 독자를 미지의 세계로 끌어내리는 글은 포는 물론 다른 작가의 글에도 없을 것이다. 이 단편은 미스터리와 공포, 그리고 예기치 못한 반전 그 자체. 바로 첫 번째 단어부터 암흑 속으로 곤두박질치지 않는가.

로데릭 어셔의 이야기와 정신과 집의 섬뜩한 질병에 완전히 빠져든 터에, 갑자기 복도에서 커다란 총성이 들렸다. 나는 책을 집어던지며 벌떡 일어나, 입 밖으로 새어나오는 비명을 후다닥 두 손으로 틀어막았다. 나는 나무토막처럼 서서 기다렸다. 또 다른 총성이 들리는지 귀를 쫑긋거리는데 한 여성의 웃음소리와 두런거리는 대화, 그리고 엘리베이터가 멈췄음을 알리는 경쾌한 종소리가 이어졌다. 나는 몸을 부르르 떨며 침대에 털썩 주저앉았다. 내가 들은 건 총소리가 아니었다. 복도 맞은편의 방문이 쾅하고 닫힌 것이다. 결국 에드거 앨런 포의 마법에 홀렸다는 얘기겠다. 나는 그에게 이끌려 어두운 상상력의 세계로 들어갔다. 평범한 사건들이 초현실이 되고, 일상이 으스스한 탈선이 되며, 쾅하고 문 닫는 소리가 한밤의 총성이 되는 세계.

지금까지 내 소설 《시인》 얘기였다. 신문 매체가 범죄 현장에 남긴 포의 싯구를 범인에게 돌림으로써 붙여진 범인의 별명. 나는 힐튼 호텔 장면도 책에 넣었는데, 그것도 내 허구의 대리인을 내가 있던 침대에 눕히고는 최대한 상세하게 묘사했다. 그 장면은 내가 좋아하는 책들에서도 가장 좋아하는 순간에 속한다. 당시의 상황을 기록해 둔 게 다행이긴 하지만 사실 그럴 필요도 없었다. 에드거 앨런 포가 거의 200년을 거슬러 올라와, 내 완벽한 문학적 절도를 단죄한 음산한 밤을 어찌 잊을 수 있단 말인가.

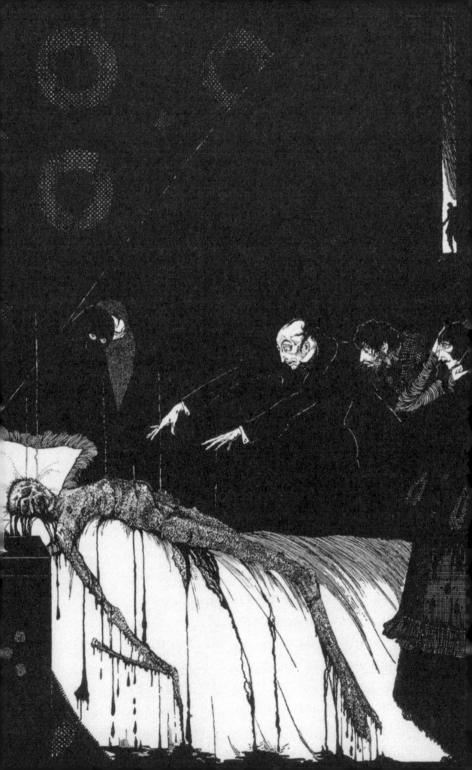

M. 발데마 사건의
진실

The Facts in the Case of M. Valdemar

✳

물론 M. 발데마의 사건에 뭔가 놀랄 만한 문제가 있기에 이렇듯 논란을 일으킨다고 말할 생각은 없다. 사실 그런 상황 하에서 논란이 되지 않았다면 그야말로 기적이었을 것이다. 적어도 조금 더 조사가 이루어질 때까지만이라도 사건을 비밀에 부치자는 관련인들의 바람과 그 조처를 위한 우리 노력 탓에, 와전되고 과장된 소문들이 떠돌고 불쾌한 오해와 불신을 초래한 것도 틀림없는 사실이다.

이제 진실을 밝힐 때가 되었다. 적어도 내가 이해하는 한에서만이라도… 요컨대, 다음과 같은 얘기들이다.

지난 3년간 내 관심은 계속 최면술로 회귀했다. 그러다가 9개월 전쯤, 갑자기 이런 생각이 들었다. 이제껏 행한 일련의 실험에 분명 무언가 빠져 있었다는… 아직까지 죽음의 순간에 최면을 받은 사람은 아무도 없지 않은가. 우선적으로 확인해야 할 사항들이 있다. 첫 번째, 그런 상황에서 환자가 최면의 영향 하에 놓일 가능성. 두 번째로, 만일 가능할 경우 죽음이 그 영향을 약화 혹은 강화할지의 여부, 그리고 마지막으로 최면 과정으로 죽음이 어느 정도까지, 또는 얼마나 오랫동안 유보될 것인가의 결과였다. 확인이 필요한 사항들은 그 밖에도 남아 있으나 이 셋이 제일 크게 호기심을 자극했다. 특히 마지막 조항은 결과라는 측면에서 엄청나게 중요했다.

이 사항들의 실험 방법을 제공해 줄 피실험자를 찾던 중 나는 문득 M. 어니스트 발데마를 떠올렸었다. 《비블리오테카 포렌시카(법의학 도서관)》의 유명 편집자이자 (이사카르 마르크스라는 필명으로) 《발렌슈타인》과 《가르강튀아》를 폴란드어로 번역한 작가. 그는 1839년 이후 대부분 뉴욕 할렘에서 거주했다. 특히 극도로 마른 체형으로 유명한(했는)데, 팔다리가 거의 버지니아의 존 랜돌프 의원 수준이었다. 새까만 머리와 극단적으로 대비되는 새하얀 콧수염으로도 잘 알려져 그로 인해 가발로 오해받기도 했다. 기질이 신경질적이라 최면 실험엔 최적격이었다. 덕분에 두세 차례 어렵지 않게 그를 잠재운 적은 있으나 그의 특이성 체질에서 기대했던 것과 다른 결과들에 대해선 자못 실망스러웠다. 그가 자신의 의지를 긍정적/전적으로 통제에 내맡긴 적은 없었다. 투시력과 관련해서도 믿을 만한 결과를 끌어내지 못했지만 이제껏 이런저런 실패의 원인을 그의 건강 질환 탓으로 돌렸었다. 그를 알기 몇 개월 전, 의사들은 만성 폐결핵 진단을 내렸고 실제로도 자신의 임박한 죽음에 대해 차분하게 얘기하곤 했다. 죽음을 피할 생각도 두려워할 생각도 없다며.

임종 최면 아이디어를 처음 떠올렸을 때 당연히 M. 발데마를 염두에 두었다. 그의 확고한 철학을 잘 알고 있으니 그가 거부할 염려 같은 것도 없고, 미국엔 그의 결심을 말릴 만한 친척 따위도 없었다. 그 아이디어에 대해 솔직히 털어놓자 그는 놀랍게도 대단한 관심까지 보였다. 놀랐다고 말한 이유는, 지금껏 내 일에 공감을 표시한 적이 한 번도 없었기 때문이다. 그의 죽음에 대해 말하자면, 요행히도 사망 시점을 정확히 계산해 낼 수 있는 종류였다. 그리하여 의사가 사망 시간을 정해 주면, 임종 24시간 전에 내게 사람을 보내기로 합의까지 마쳤다.

M. 발데마 본인으로부터 다음과 같은 쪽지를 받은 지 벌써 7개월 이상이 지났다.

친애하는 P —

이제 오시죠. D — 와 F — 선생님 말씀이 내일 자정을 넘기지 못한다는군요. 아무래도 두 분이 시간을 너무 촉박하게 정해 주신 모양입니다.

발데마

내가 편지를 받은 건, 작성 후 30분이 채 안 된 시간이고 15분 후에는 죽어 가는 환자의 방에 도착했다. 불과 열흘 만의 재회인데도 그 짧은 시간 그는 끔찍하게 변해 있었다. 얼굴은 납빛이고 두 눈에는 빛이 하나도 없었다. 게다가 어찌나 여위었던지 살갗이 갈라져 광대뼈가 드러날 지경이었다. 가래도 많이 뱉어 내고 맥박은 거의 없었다. 그럼에도 불구하고 정신력은 물론 체력에서조차 여전히 경이로운 의지를 보였다. 그때까지 말도 또박또박했고 진통제도 도움 없이 복용했을 뿐 아니라, 내가 방에 들어갔을 땐 수첩에 뭔가를 열심히 기록하기까지 했다. 그는 베개에 기댄 채 앉아 있었다. D — 박사와 F — 박사가 환자를 돌봤다.

나는 발데마의 손을 잡아 준 후, 의사들을 옆으로 불러 환자의 정확한 상태에 대해 물었다. 왼쪽 허파는 18개월간 반골질화 및 연골화 상태라 생명 유지 목적으로는 완전히 무용지물이었다. 오른쪽도 상부는 부분적으로 골질화되고 하부 또한 화농성 결절로 서로를 공격 중이었다. 이미 천공 현상이 광범위하게 진행 중인데다 영구적인 늑골유착도 보였다. 우측 폐엽의 상태는 상대적으로 최근의 문제임에도 골질화는 급속도로 번져 나갔다. 한 달 전만 해도 징후조차 없던 증세들이다. 유착은 불과 사흘 전부터 관측되었다고 했다. 폐결핵과 별개로 대동맥 동맥류도 의심되었으나 이 시점에서 골질화 증후군의 정확한 진단은 불가능했다. M. 발데마가 익일(일요일) 자정경에 숨을 거둔다는 게 두 의사의 공통된 진단이었다. 지금은 토요일 저녁 7시였다.

나와의 상담을 위해 환자의 침대를 떠나기 전, D — 박사와 F — 박사는 이미 작별 인사까지 한 터였다. 그 집으로 돌아올 생각이 없다는 뜻이었으나 내 요청에 두 사람은 다음 날 10시경 다시 들여다보겠다고 약속했다.

의사들이 떠난 후, 나는 M. 발데마와 함께 임박한 임종은 물론 예정된 실험에 대해서도 구체적인 대화를 나누었다. 그는 여전히 실험에 적극적이었다. 심지어 기대가 크다며 당장 시작할 것을 재촉하기도 했다.

남녀 간호사가 병실을 지켰지만 이들만을 증인으로 두고 이런 성격의 실험에 함부로 뛰어들 수는 없었다. 우발적인 사고는 언제든 가능한 법이다. 때문에 나는 실험을 익일 8시경으로 연기했다. 그때 나와 안면이 있는 의대생 시어도어 L — 군이 오기로 했으니 그렇게 되면 내가 난감해할 일도 없을 것이다. 원래는 두 의사를 기다릴 생각이었으나, 우선 M. 발데마의 호소도 있었고 또 더 이상 시간이 없다는 판단도 한 몫 했다. 그가 빠른 속도로 허물어지고 있었던 것이다.

L— 군은 내 지시에 따라 발생하는 모든 일을 기록하기로 했다. 지금부터 내가 하고자 하는 이야기도 대부분 그의 기록을 요약하거나 그대로 옮겨 적은 것이다.

8시 5분경. 나는 환자의 손을 잡고, 그(M. 발데마)가 현 상태에서 최면 실험의 피험자가 되는 데 기꺼이 동의하는지, L— 군이 들을 수 있게 분명히 대답해 줄 것을 요청했다.

"예, 최면 실험에 동의합니다. 그나저나 너무 지체된 게 아니면 좋겠군요." 그가 미력하지만 분명한 목소리로 대답한 후 황급히 뒷말까지 덧붙였다.

그가 대답하는 동안 최면 절차를 시작했다. 그를 최면에 빠뜨리는 데 가장 효과적인 방법은 이미 알고 있었다. 그는 분명 내가 눈앞에서 흔든 첫 번째 시도에 최면에 빠져들었다. 문제는, 아무리 애를 써도 10시가 넘도록 그 이상의 가시적 효과는 나타나지 않았다. 마침내 D— 박사와 F— 박사가 약속대로 돌아왔다. 내가 계획을 간단하게 설명하자, 그들은 환자가 이미 단말마에 접어들었다며 굳이 반대하지 않았다. 나는 즉시 실험을 이어 갔다. 이번엔 손을 좌우가 아닌 상하 동작으로 변형하고 시선을 환자의 오른 눈에 맞추었다. 그때쯤 맥박은 거의 감지되지 않았으며 호흡도 30초 간격으로 컥컥거리는 수준이었다.

이런 상황이 15분가량 이어졌지만 (죽어 가는 가슴에서 터져 나오는 심호흡에도 불구하고) 호흡은 상대적으로 자연스러웠다. 이윽고 컥컥 하는 숨소리가 멎었다. 그러니까 더 이상 소리가 들리지 않았다는 뜻이다. 호흡이 빨라진 것은 아니다. 환자의 수족은 얼음처럼 차가웠다.

11시 5분 전, 뚜렷한 최면 효과가 나타났다. 밋밋하게 구르던 안구가 흡사 내면을 살피듯 불편한 표정으로 바뀌었는데, 몽유병의 경우에만 나타나는 현상인지라 잘못 볼 리는 없었다. 내가 손을 좌우로 빠르게 몇 번 젓자 가수면 상태에 든 듯 눈썹을 파르르 떨더니 잠시 후엔 그마저 조용해졌다. 나는 이에 만족하지 않고 있는 힘껏 실험 절차를 이어 가, 마침내 피험자의 팔다리를 편안하게 뻗은 상태로 고정할 수 있었다. 이제 그는 두 발과 다리를 길게 펴고, 두 팔은 가볍게 벌려 침대 위에 가지런히 놓았다. 머리는 높지 않은 베개에 기댄 채였다.

절차가 끝났을 때는 이미 한밤중이었다. 나는 의사들에게 부탁해 M. 발데마의 상태를 점검했고, 몇 가지 검사 후에는 그가 완벽한 최면 상태임을 확인했다. 두 의사도 크게 들뜬 모습이었다. D— 박사는 당장 환자와 함께 밤을 지새우겠다고 했으며 F— 박사 또한 새벽에 다시 오겠다는 말을 남긴 후에야 돌아갔다. L— 군과 나와 간호사들은 자리를 지켰다.

그때부터는 M. 발데마를 괴롭히지 않고 그대로 두었다. 새벽 3시경 가까이 다가가 살펴보았지만 F— 박사가 떠났을 때와 완전히 동일한 상태였다. 말인즉슨, 자세도 그대로였고, 맥박은 감지 불가였으며 호흡은 가지런했다…. 사실 입술에 거울을 갖다 대야 겨우 확인이 가능한 수준이었다. 두 눈은 자연스레 감고 있었으며, 팔다리는 대리석처럼 뻣뻣하고 차가웠다. 어쨌든 전체적으로 보아 죽은 사람 같지는 않았다.

나는 그가 내 동작을 따라하는지 실험해 보기로 하고 그의 눈앞에서 오른손을 가볍게 앞뒤로 흔들었다. 과거에도 시도했던 실험이나 제대로 성공한 적이 없기에 사실 기대도 거의 없었다. 그런데 놀랍게도 그의 팔이 내 동작을 따라 움직이는 게 아닌가! 힘이 없기는 했지만 아주 기꺼운 팔놀림이었다. 나는 몇 마디 대화를 시도해 보기로 했다.

"M. 발데마, 지금 수면 중인가요?" 내가 물었다. 대답은 없었으나 그래도 입술이 파르르 떨리기는 했다. 나는 그 질문을 반복했다. 세 번째 질문에 그의 전신이 아주 미미하게 요동을 치기 시작했다. 두 눈이 살짝 열리며 눈동자의 흰 선을 드러내고 입술이 느릿느릿 움직이더니 마침내 그 사이로 들릴락 말락 대답이 흘러나왔다.

"그래요. 자는 중입니다. 그러니 깨우지 말아요. 이대로 죽고 싶군요!"

그의 팔다리를 만져 보았지만 여전히 뻣뻣했다. 내 손동작에 복종하는 건 그의 오른팔뿐이었다. 나는 다시 질문을 던졌다.

"아직 가슴에 통증이 남아 있습니까. M. 발데마?"

대답은 보다 빨리 나왔으나 훨씬 작아 거의 들리지 않았다.

"안 아파요…. 죽어 가는 중이니까!"

그 당시엔 더 이상 괴롭히는 게 옳지 않을 듯싶어 F— 박사가 올 때까지 아무 말도, 행동도 하지 않았다. 박사는 동트기 직전에 도착해 환자가 아직 살아 있다는 사실에 경악부터 했다. 그는 거울로 호흡을 확인한 후 내게 다시 말을 시켜 보라고 주문했다. 나는 시키는 대로 했다.

"M. 발데마, 아직 주무십니까?"

대답은 전과 마찬가지로 몇 분이 지난 후에 나왔는데 환자는 그동안 대답에 필요한 힘을 끌어모으는 듯했다. 그가 입을 연 건 네 번째 질문 때였다. 여전히 거의 들리지 않을 정도로 미약한 목소리였다.

"예, 아직 잡니다. 죽어 가기도 하고."

죽음이 개입할 때까지 환자를 현재의 안정 상태로 내버려 두어야 한다는 의견/바람이 다시 나왔는데 이번엔 내가 아니라 의사들 쪽이었다. 몇 분이면 끝난다는 게 공통된 견해였으나 다만 나는 한 번만 더 대화를 시도해 보기로 하고 이전의 질문을 반복했다.

내가 말을 거는 동안 피실험자의 표정에 뚜렷한 변화가 일어났다. 두 눈이 느린 속도로 벌어지고 동공이 위쪽으로 말려 올라갔다. 피부도 전체적으로 송장 빛을 띠었는데 양피지보다는 백지에 가까워졌다. 지금껏 양 볼의 중앙에 뚜렷하게 피었던 열꽃들이 순식간에 꺼져 버렸다. 내가 "꺼졌다"고 한 이유는, 그 순간 훅하고 입김을 불어 촛불을 끄는 장면이 머릿속에 떠올랐기 때문이다. 동시에 윗입술이 말려 올라가며 잇몸이 완전히 드러났다. 이제 아래턱이 쩍 소리를 내며 벌어지더니 검게 부어오른 혀가 툭 불거져 나오기도 했다. 실험에 참여한 사람 중 임종의 두려움에 익숙지 않은 사람은 없었겠으나 그 순간 M. 발데마의 외관이 상상 이상으로 끔찍한 터라, 다들 움찔하며 침대에서 뒷걸음질치는 분위기였다. 드디어 이 이야기의 정점에 다다른 모양이다. 너무도 놀라운 얘기라 아무도 믿지 않겠지만 어쨌든 해야 할 일이다.

이제 M. 발데마에게서 생명의 징후는 완전히 사라졌다. 우리는 그가 사망했다고 결론짓고 간호사에게 뒷일을 맡겼다. 그런데 그 순간 그의 혀가 심하게 요동치는 게 아닌가! 그 현상은 거의 1분간 이어졌다. 그리고 요동이 잦아들 때쯤 벌어진 턱에서 목소리가 흘러나왔는데(하지만 턱은 미동도 하지 않았다!) 묘사하려는 시도 자체가 미친 짓일 수밖에 없는 그런 목소리였다. 부분적으로야 그 소리에 적용 가능한 형용사가 두세 가지 있기는 하다. 예를 들어, 소리가 거칠고 갈라지고 공허하다고 말할 수 있다. 하지만 그 섬뜩함은 도저히 설명이 불가능한데, 그 이유는 그 비슷한 소리조차 지금껏 인간의 귀를 고문해 본 적이 없기 때문이다. 그렇다 해도 두 가지 분명한 특징은 있었다. 그 생각은 그때도 지금도 마찬가지지만, 목소리가 이계의 독특한 사상을 전하기 위해 특이한 억양으로 개조된 듯 들렸던 것이다. 우선 (적어도 내게는) 아득히 먼 곳 아니면, 지상의 깊은 토굴 속에서 들리는 목소리 같았다. 두 번째로, 역시 이해는 불가능했으나, 아교질 또는 점액질 같은 물질이 촉감을 건드리는 듯한 느낌을 받았다.

나는 "소리"와 "목소리"라는 개념을 번갈아 사용했는데, 이유는 명확한 동시에 놀랍도록(섬뜩할 정도로) 모호한 음절화 때문이었다. M. 발데마는 "말"을 했다. 분명 몇 분 전 내가 던진 질문에 대한 답변이었다. 기억하겠지만, 아직 주무시는지 물었었다.

그의 대답은 이랬다.

"그래요…. 아니, 잠자고 있기는 했는데, 지금은… 지금은… 죽었군요."

참석자 누구도 부인할 수 없었다. 아니, 그 몇 마디 말에 너무도 분명하게 담긴, 형언불가의 끔찍한 공포를 떨쳐 낼 생각조차 하지 못했다. L― 군은 기절했고 두 간호사는 곧바로 달아나 돌아오지 않았다. 나 또한 당시의 느낌을 여러분께 전하려는 시도를 포기하련다. 우리는 거의 한 시간 동안 아무 말 없이 L― 군을 회복시키느라 바빴다. M. 발데마의 상태를 재점검하기 시작한 건 그가 정신을 차린 후였다.

상황은 모든 면에서 조금 전 설명한 그대로였다. 다만 거울도 더 이상 호흡의 증거를 담지 못했다. 팔에서 피를 뽑으려 했지만 실패였으며 또한 팔다리도 내 의지에 따르지 않았다. 실제로 그가 여전히 최면 상태라는 증거는 내가 질문을 할 때마다 요동치는 혀뿐이었다. 그도 대답하려 애를 쓰기는 했으되 의지는 없는 듯 보였다. 그리고 참석자 모두에게 그와 최면을 통한 호응을 시도하도록 해 보았으나 나 외에 다른 사람의 질문에는 전혀 반응을 보이지 않았다. 이제 발데마의 상황을 이해하는 데 필요한 얘기는 모두 다 한 모양이다. 그 후 다른 간호사 둘을 수배했고 나는 의사와 L― 군과 함께 그 집을 나섰다.

오후에 우리는 다시 그 집을 방문했다. 환자의 상태는 정확히 그대로였다. 최면을 푸는 게 타당하거나 옳은지에 대해 논의했으나, 어렵지 않게 그래 봐야 얻을 게 없다는 데 동의했다. 최면 시술로 죽음(죽음이든 뭐든)이 유보되었다는 것만은 분명했다. 따라서 최면을 풀어 줄 경우 즉각적이거나 신속한 사멸이 불가피하다는 게 우리 모두의 판단이었다.

그때부터 지난 주말까지 거의 7개월에 걸쳐, 우리는 매일 발데마의 집을 찾았다. 이따금 의사들이나 다른 친구들을 대동하기도 했다. 피실험자의 상태는 마지막으로 설명한 그대로였다. 간호사들도 꾸준히 상황을 확인했다.

우리가 각성 실험을 시도하기로 결정한 건 지난 금요일이었다. 그리고 지금껏 이 비밀 그룹 내에 너무나 많은 논란, 다시 말해 (내 판단에) 검증되지 않은 값싼 감수성을 초래한 것은 바로 이 마지막 실험에 따른 (어쩌면) 불행한 결과 때문이다.

M. 발데마를 최면에서 깨우기 위해 나는 전처럼 손동작을 활용했다. 한동안 반응이 없었지만 잠시 후 홍채가 조금 내려오는 것을 시작으로 그가 돌아온다는 사실을 알 수 있었다. 특히 주목할 점은, 홍채가 내려온 후, 눈썹 안쪽에서 매우 자극적인 악취의 누런 영액(靈液)이 꽤 많이 흘러내렸다는 사실이다.

전과 마찬가지로 피실험자의 팔부터 시험해 보기로 했으나 시도는 실패했다. 그러자 F— 박사가 질문을 해 보자고 제안해, 내가 다음과 같이 질문을 던져 보았다.

"M. 발데마, 지금 기분이나 바람을 얘기해 주겠습니까?"

그러자 두 뺨에 곧바로 열꽃이 돌아오고 혀가 파르르 떨렸다. 아니, 그보다는 (턱과 입술이 전처럼 경직 상태임에도 불구하고) 혀가 입속에서 격렬하게 말렸다는 표현이 맞겠다. 그리고 전에 언급한 바 있는 섬뜩한 음향이 터져 나왔다.

"제발! 어서, 잠들게 해 줘! 아니면… 최면이라도 풀어 주든지! 어서! …난 죽었다고 했잖아!"

나는 너무나 놀라 한동안 멍하니 서 있기만 했다. 처음에는 피실험자를 진정시키려 했으나 의지가 완전히 정지된 상태인지라 전혀 소용이 없었다. 그다음엔 예전의 방법으로 돌아가 그의 최면을 풀어 주기 위해 안간힘을 썼다. 시도는 먹히는 것처럼 보였다. 비록 착각이긴 했지만 당장이라도 최면이 풀릴 것만 같았다. 방 안에 있는 사람들도 모두 피실험자의 각성에 대비하기 시작했다.

M. 발데마의 혀에서(입술이 아니다) "죽었어! 죽었단 말이야!"라는 괴성이 연이어 터지는 와중에, 나도 황급히 최면 절차를 거슬러 올라갔다. 그리고 어느 순간, 1분도 채 되지 않는 사이에, 그의 전신이 오그라들고 무너지고 급기야는 썩어 문드러졌다. 그리고 사람들이 모두 지켜보는 가운데, 침대 위에는 액체와 다름없는 더럽고 역겨운 오물만이 고여 있었다.

로리 R. 킹

Laurie R. King

로리 킹은 에드거 앨런 포의 이름을 딴 상을 받았으며, 또 보관까지 하고 있음을 마지못해 인
정한다. 1993년의 빌어먹을 데뷔작 때문이었다. 그 이후로 열여덟 권의 소설과 수많은 단편을
써 냈지만 물론 그중 다른 작가의 작품을 표절한 작품은 단 하나도 없다. (혹시나 궁금해하는 사
람들을 위해 덧붙이자면, 윗글에 언급한 로리 킹의 작품들은 다음과 같다. 《셜록의 제자》, 《메리에게 보낸 편
지 A Letter of Mary》, 《저스티스홀 Justice Hall》, 그리고 《바보놀이 To Play the Fool》).

절도

로리 R. 킹

셰익스피어가 신선한 독창성으로 널리 알려져 있음에도 불구하고, 어느 유명한 비평은 그의 작품이 기본적으로 진부한 표현의 나열에 불과하다고 한 바 있다. 실제로도 그의 희곡과 시를 훑다 보면 가장 진부한 표현들과 만나게 된다. 온 세상은 하나의 무대다. 사느냐 죽느냐. 이름이 대수인가요? 에이번의 시인 셰익스피어께서 어째서 보다 독창적인 문구들을 긁어모으지 않으셨는지 궁금하기는 하다. 하지만 사실인즉슨, 윌리엄 셰익스피어는 우리 범인들이 여전히 끙끙거리는 바로 그 진부한 표현들을 만들어 내신 분이다. 그러니까 그런 표현들을 최초로 인쇄한, 아주아주 운 좋은 분이시라는 얘기다. 그렇다, 이유는 그뿐이다.

같은 비평이 우리의 에드거 앨런 포께도 적용되어야 할 것이다. 그는 범죄 소설의 창시자로 알려져 있으나, 좀 더 자세히 들여다보면, 포는 기껏 우리 모두가 의존하는 낡디 낡은 생각을 재탕하시고 계심을 알게 된다.

예를 들라고? 좋다. 몇 년 전, 어떤 젊은 여성에 대한 단편을 집필하고 있었다. 더 정확히는 셜록 홈스의 여성 버전이었다. 자, 여러분도 알다시피, 홈스는 기이한 사건들을 해결하고, 그다지 똑똑하지 못한 파트너와 사건에 대해 토론도 하는 매우 총명하면서도 분석적인 인물이다. 에드거 앨런 포가 (〈모르그 가의 살인〉에서처럼) 기이한 사건들을 해결하고, 그다지 똑똑하지 못한 파트너와 사건에 대해 토론도 하는 매우 총명하면서도 분석적인 인물에 대해 썼다 한들 무슨 문제이겠는가? 내 말은, 그렇지 않으면 여러분들이 이런 종류의 이야기를 어떻게 분류하겠느냐는 뜻이다. 물론 그렇다고 아서 코넌 도일이 표절가라는 얘기는 아니다. 나도 아니다.

그래서 나는 스스로 그렇게 다독이며 계속 글을 써내려 간다. 그리하여, 난해한 암호를 중심으로 벌어지는 한 범죄 양상에 대한 해결책을 만들어 낸다. 그건 좋다. 도로시 세이어스조차 암호를 다루는 책을 썼으니까. 다만 후에 자리에 앉아 〈황금 벌레〉를 읽으며 그 단편이 난해한 암호를 다루고 있음을 확인할 때는 조금 다르다. 흠.

그렇게 몇 년 후 나는 다른 소설을 작업 중이다. 주인공은 최면을 이용해 사건을 해결하는데, 소설을 마무리한 후 등장 인물들이(당연히 그들을 만들어 낸 작가까지) 기막히게 영리한 데 만족한다. 그러다 결국 포 역시 최면을 이용했음을 알게 된다. 〈M. 발데마 사건의 진실〉에서.

이때쯤, 나도 E. A. P. 영감이 조금 신경 쓰이기 시작한다. 그의 머리와 내 랩톱 컴퓨터 사이에 기이한 케이블이라도 연결되어 있는 걸까? 200년을 뛰어넘어서? 그렇다면 많은 수수께끼가 풀릴 것 같다. 아니, 그럴 리는 없다. 내가 신경과민을 보이는 것뿐이다. 그건 우연의 일치에 불과하다.

그래서 나는 자리에 앉아 귀족 가문과 그들의 소름끼치는 영지 저택에 대한 책을 써 보지만, 기껏 포가 〈어셔 가의 몰락〉에서 똑같은 종류의 무대를 마련했다는 사실만 확인한다. 그래서? 망할, 그게 어때서? 인간은 누구나 도둑이다. 난들 어쩌겠는가?

그가 뭘 했든, 나는 독특한 주인공이 등장하는 소설을 쓰는 식으로 그를 에둘러 가기로 한다. 오직 로리 킹만이 생각해 낼 수 있는 인물이지만, 이번엔 혹시나 하는 마음에 아예 랩톱이 아니라 펜으로 쓸 것이다. 이런 시도에 어떤 편집광적인 요소가 들어 있다고 생각한다면, 꿈 깨기 바란다. 단지 만약에 대비했을 뿐이니… 어쨌거나 그리하여 에라스무스 수사가 탄생한다. 현대 도시의 성스러운 바보. 분명 픽션 역사상 가장 기괴하고 비현실적이고 독특한 인물이리라. 절대로, 아무도 그를 복제할 수 없다.

그리고 〈아몬틸라도의 술통〉을 펼쳐 보니… 오, 빌어먹을! 저 비열한 도둑 영감이 또 그 짓을 하다니! 광대 복장의 사내!

장담하지만 에드거 앨런 포는 최고의 아이디어를 모조리 절도한 뻔뻔스럽고 악랄한 도둑이다. 그가 죽지 않았다면 우리 미스터리 작가들은 한데 뭉쳐 소송 절차를 시작해야 했으리라.

솔직히 말해서, 자신이 쓴 모든 작품이 누군가의 흔적으로 얼룩져 있다면 의기소침해질 수밖에 없다. 한동안 범죄 소설을 포

기할까도 싶다. 포가 이 바닥에 있는 한 너무 북적거리는 느낌이
다. 어쩌면 시를 써 볼 수도 있겠다. 실제로 어느 음울한 새와 죽
은 애인에 대한 아주 기발한 주제를 만지작거리기까지 하는 참
이다….

T. Jefferson Parker

Jan Burke

Lawrence Block

P. J. Parrish

Lisa Scottoline

Laura Lippman

Michael Connelly

Laurie R. King

Tess Gerritsen

Stephen King

Steve Hamilton

Edward D. Hoch

Peter Robinson

S. J. Rozan

Nelson Demille

Sara Paretsky

Joseph Wambaugh

Thomas H. Cook

Jeffery Deaver

Sue Grafton

IN THE SHADOW
OF THE MASTER

리지아

Ligeia

그리하여 의지는 존재하되 소멸하지 않느니라.
누가 있어 의지의 신비와 위력을 안다더냐? 신은 다만 섭리의 본성으로
만물에 임재하는 원의지에 다름 아니로다.
인간이 천사와 죽음에 철저히 굴복하는 이유는 오로지
그의 의지가 나약하기 때문이리니.

조지프 글랜빌 Joseph Glanvill

✕

리지아라는 숙녀를 처음 알게 된 때가 언제인지는 고사하고 어디서 만났는지도 정확히 기억나지 않는다. 그 이후 오랜 세월이 흐르기도 했지만 고생을 많이 해서인지 기억도 가물가물하다. 아니, 어쩌면 내가 기억 못 하는 이유는 따로 있겠다. 연인 리지아의 성격, 보기 드문 학식, 독특하면서도 평온한 아름다움, 저음의 음악적인 목소리가 들려주는 매혹적인 화술 등이 너무도 은밀하고 은근하게 마음을 파고든 탓에 미처 깨닫지도 눈치채지도 못한 것이다. 그녀를 처음 만나 데이트를 시작한 곳은 분명 라인강 근처의 영락해 가는 옛 도시였을 것이다. 그녀의 가족에 대해서도 분명 듣기는 했겠지만 어차피 아주 오래전 얘기다. 리지아! 리지아! 외부 세계의 자극에서 벗어나기 위해 오로지 자연의 연구에 일생을 묻은 내 눈앞에, 지금은 존재조차 없는 그녀의 모습을 떠올리게 하는 건 오직 그 감미로운 단어, 리지아뿐이라는 얘기다.

그리고 이 글을 쓰는 지금 그녀의 성을 한 번도 들어 보지 못했다는 생각이 뇌리를 스쳤다. 친구이자 약혼녀이며 연구 동료이자 마침내 사랑하는 아내까지 되었건만! 나의 리지아가 장난을

친 걸까? 아니면 내 사랑이 그만큼 부족했다는 뜻일까? 그래서 그녀의 성을 묻지 않은 걸까? 이도 저도 아니면… 내 자신이 만들어 낸 공상? 열정적인 애정의 사당에 조잡한 로맨스라도 바치고 싶었기 때문에? 사실조차 모호하기만 한데 그 사실을 낳고 키운 상황을 잊은들 무슨 대수란 말인가? 게다가 로맨스라는 이름의 정령이 존재한다면, 그리하여 소문대로 저 우상 숭배국 이집트의 안개 날개를 매단 말라깽이 아슈토펫[16]이 불운의 결혼을 관장한다면, 내 결혼을 주무른 것도 분명 그 신의 짓이리라.

하지만 도저히 잊지 못할 소중한 기억이 하나 있다. 리지아의 모습. 그녀는 키가 크고 여윈 편이었으며 나중엔 크게 쇠약해졌다. 당당하고 차분한 여유는 물론, 깃털처럼 가볍고 유연한 걸음걸이는 그 어떤 말로도 형언이 불가능하다. 그녀는 그림자처럼 다가오고 또 그렇게 떠났다. 대리석 같은 손으로 어깨를 짚으며 아름다운 목소리로 나지막이 속삭이지 않으면, 그녀가 언제 서재 문을 열고 들어왔는지조차 깨닫지 못했다. 아름다운 얼굴 또한 어느 누구에게도 비할 바가 아니었다. 그녀의 얼굴은 몽환의 광휘(光輝)이자, 델로스[17]의 잠든 딸들의 영혼에 감도는 백일몽보다 훨씬 신성한 환희의 환영이었다. 그렇지만 그녀의 아름다움은 이교도들이 고전 예술을 통해 숭배하도록 가르쳐 온 조화미와는 차이가 있었다. "비율의 일탈 없는 지고미란 존재하지 않는다." 베룰람의 베이컨 경은 미의 형식과 종류에 대해 이렇게 선언한

16 —— 사랑과 다산을 나타내는 여신
17 —— 아폴로와 아르테미스가 태어난 것으로 알려진 그리스 섬

바 있다. 물론 리지아의 얼굴이 고전적 비례를 따르지 않고, 그녀의 매력이 말 그대로 '지고'하며, 동시에 그 지고한 아름다움에 상당한 '비례 일탈'이 내포되어 있다는 생각은 했으되, 그렇다고 그 얼굴에서 비고전적인 특징을 구분하고 '일탈'을 감지해 내려는 노력은 언제나 실패하고 말았다. 나는 고고하고 가련한 이마의 윤곽도 실험했다. 무결점의 완벽한 이마…. 아, 그런 찬사마저 그녀의 신성한 아름다움에 비할 바가 아니로다! 가장 청순한 상아에 견줄 피부, 당당한 넓이에서 우러나는 여유, 관자놀이의 부드러운 융기…. 더욱이 까마귀처럼 검은 윤기가 자연스럽게 물결치는 풍성한 머리타래들은 호메로스의 '히아신스'를 방불케 했다. 섬세한 코에 대해서라면, 헤브라이의 우아한 원형 메달 외의 그 어느 곳에서도 버금가는 완벽함을 보지 못했다…. 우아하고 섬세한 표면, 보일 듯 말 듯 아스라한 매부리 선, 자유로운 영혼을 드러내는 조화로운 곡선의 콧구멍. 아아, 저 감미로운 입을 보라! 그녀의 입술은 천상의 모든 아름다움을 능가하였도다. 우아하게 굽이치는 자그마한 윗입술, 부드러우면서 도발적으로 처진 아랫입술, 파도치는 실금과 관능적인 빛깔, 잔잔하고 은은하면서도 아찔할 정도로 밝은 미소와, 그 미소 위로 떨어지는 성스러운 빛을 하나도 빠짐없이 되돌려주는 시리도록 찬란한 치아여! 턱의 모양을 보노라면, 그곳에도 역시 그리스인 특유의 넉넉함과 부드러움, 당당함, 충만함과 성스러움이 돋보였다. 아폴로 신조차 아테네의 아들 클레오메네스[18]에게, 그것도 오직 꿈속에서만

18 —— 메디치의 비너스 상을 만든 그리스 조각가로 보이나, 이 내용은 포가 지어낸 얘기로 보임

보여 준 바 있는 모습이 아니던가! 나는 다시 리지아의 커다란 눈을 들여다보았다.

눈에 대해서라면 머나먼 고대에서조차 예를 찾을 수 없었다. 필경 내 연인의 두 눈에 베룰람의 베이컨 경이 언급한 비밀이 숨겨져 있기 때문이리라. 그녀의 두 눈은 우리 범인의 평범한 눈보다 훨씬 컸으며 누르야하드 계곡의 영양보다도 훨씬 동그랬다. 하지만 리지아의 눈에서 그런 매력을 엿보기란 쉽지 않았다. 오직 그녀가 크게 흥분했을 때뿐이나, 그 순간 그녀의 아름다움은 (내 들뜬 상상력 속에서나마 세속을 초월해 천상에 이른 아름다움은) 투르크 전설의 선녀 후리[19]에 버금갔다. 눈빛은 흑요석처럼 찬란하게 빛나고 그 위로 새까만 속눈썹이 길게 이어졌다. 살짝 불규칙한 곡선의 눈썹도 같은 색이었다. 하지만 그 눈 속에서 내가 본 '일탈'은 모양, 색깔, 찬란한 미모와는 다른 차원으로, 결국 '표정'의 일탈을 뜻했다. 아, 공허한 언어여! 무의미한 기호의 광활한 지평 뒤에 영계에 대한 이렇듯 끔찍한 무지를 감추려 들다니! 리지아의 두 눈에 드러난 표정! 얼마나 오랫동안 그 표정을 생각했던가! 한여름 밤을 꼬박 지새우면서까지 그 표정을 이해하려 애쓰지 않았던가! 데모크리투스의 우물보다 더 깊은 연인의 눈, 그 눈의 홍채 저 너머, 저 멀리 들어 있는 게 과연 뭐란 말이더냐! 도대체? 나는 기어이 알아내고 말겠다고 다짐했었다. 저 두 눈! 성스럽게 빛나는 저 커다란 눈동자! 그녀의 눈은 레다의 쌍둥이 별이므로, 나는 가장 헌신적인 점성가가 되고 말았노라!

---

19 —— 무슬림 신앙에서, 천국에 드는 자는 '후리'라는 이름의 젊고 아름다운 처녀들의 사랑을 받는다.

정신과학과 관련된 수많은 이해 불가의 변수 중에서, 오래전에 잊힌 기억을 되돌리려 할수록 결국 재생에 실패한 채 그 언저리만 더듬고 만다는 사실보다 기가 막힌 것도 없건만, 그런 얘기는 학교에서조차 배운 바가 없다. 그로 인해 리지아의 눈을 뚫어져라 들여다보는 동안, 그 표정을 완전히 이해할 것 같다가도, 결국 내 것을 만들지 못한 채 떠나 보낸 적이 얼마나 많았단 말이던가! 기이하고도 기이한 일이지만, 결국 나는 우주의 가장 평범한 대상들 속에서 그 표정에 견줄 일련의 유사점들을 찾아냈다. 그러니까 내 말의 의미는, 리지아의 아름다움이 내 영혼을 사당처럼 여기고 자리를 잡은 후, 나는 이 물질 세계의 수많은 양상들로부터, 내 안에 들어온 그녀의 크고 밝은 눈동자를 보며 느꼈던 감상을 이끌어낼 수 있었다는 것이다. 하지만 그렇다고 그 감상을 더 정확히 규정하거나 분석할 수는 없었으며, 심지어 단순히 바라보는 것도 어려웠다. 다시 말하자면, 나는 이따금 빠르게 자라는 포도덩굴, 나방, 나비, 애벌레, 흐르는 물속에서 그 느낌을 보았다. 바다에서도, 떨어지는 유성에서도 느꼈으며, 노쇠한 사람들의 시선에서도 느꼈다. 망원경을 통해 본 하늘의 별 한두 개에서도 그런 느낌을 받았는데, 특히 거문고자리의 커다란 별 옆에 있는 6등급의 가변성 쌍둥이별이 그랬다. 현악기의 어떤 음을 듣거나 책의 어느 구절을 읽었을 때 종종 그런 느낌으로 충만해지기도 했다. 그런 예들이야 얼마든지 있겠지만 특히 조지프 글랜빌의 구문 하나는 지금도 정확히 기억한다. 내용이 독특해서일 수도 있겠지만 어김없이 내 감성을 자극한 것만은 분명했다. "그리하여 의지는 존재하되 소멸하지 않느니라. 누가 있어 의지의 신비와 위력을 안다더냐? 신은 다만 섭리의 본성으로 만물에 임재하는 원의지에 다름 아니로다. 인간이 천사와 죽음에 철저히 굴복하는 이유는 오로지 그의 의지가 나약하기 때문이리니."

세월이 흘러 그 시절을 돌이켜보면서, 영국 도학자의 구문과 리지아의 성격 간의 관계를 조금이나마 추적해 낼 수 있었다. 그녀의 강렬한 사고와 행동과 화법은 아마도 거대한 의지에서 비롯되거나 적어도 그 흔적이었겠지만, 오랫동안 관계를 이어 가는 동안 다른 방식으로든 보다 직접적이든, 자신의 의지를 드러낸 적은 없었다. 지금껏 알았던 어느 여자보다 차분하고 평온해 보였으나 실제로 그녀는 열정이라는 이름의 맹금에 무자비하게 쪼이는 먹이였다. 그런데 그 가공할 열정을 내가 짐작이나마 했다면, 그건 기껏 나를 기쁘게도 불안하게도 만들었던 저 커다란 두 눈, 나지막한 음성이 보여 준 마술적인 운율, 억양, 똑 부러지는 발음, 차분함을 통해서거나, 아니면 그녀가 습관적으로 내뱉던 거친 언어의 강렬한 에너지 정도였을 것이다. 부드러운 말투 때문에 오히려 효과가 배가된 그녀만의 말투.

리지아의 학식에 대해서는 이미 말한 바 있다. 내가 아는 여성들 중 그렇게 박식한 이는 결코 없었다. 라틴어도 유창하고, 내 기억에는, 현대 유럽 언어들도 거침이 없었다. 아니, 최고의 학술원 학자들이 난해해한다는 이유만으로 높이 평가하는 주제들까지 리지아가 오류를 범하는 걸 본 적이 있던가? 이렇게 뒤늦게야 아내의 기막힌 장점에 관심이 가다니, 이 얼마나 기가 막히고 황당한 일이더냐! 그녀의 학식이 내가 아는 모든 여성들을 능가한다고 얘기했지만, 윤리학, 물리학, 수학의 드넓은 영역을 섭렵하고 또 제대로 터득한 사내는 또 어디 있다는 말인가? 이렇듯 분명한 사실을 왜 그때는 보지 못했을까? 리지아의 지식은 방대하고도 경이로웠다. 나 또한 그녀의 무한한 능력을 충분히 깨닫고, 결혼 초기 혼란스러운 형이상학 세계에 흠뻑 빠졌을 때마다, 어린 아이처럼 무조건 그녀의 가르침에 의지하지 않았던가. 거의 아무도 손대지 못하고, 또 잘 알려지지도 않은 주제들에 대한 설명을 아내에게 들을 때의 엄청난 승리감과 생생한 기쁨과 찬란한 희망이라니! 나는 놀라운 깨달음의 문이 천천히 열리는 것을 느꼈으며, 기어이 그 길고도 아름다운 전인미답의 길을 따라 절대지의 목표를 향해 정진하겠다는 다짐도 했다. 그때만 해도 너무도 신성하고 고귀해 도저히 외면할 수 없는 길이었건만.

몇 년 후, 저 탄탄했던 기대가 날개를 달고 훨훨 날아가는 걸 보며 내 얼마나 통탄했던지! 리지아가 떠난 후 난 그저 어두운 밤거리를 헤매는 아이에 불과했다. 그녀의 존재, 그녀의 독서만으로도 함께 심취했던 초절주의[20]의 비밀이 훤히 밝혀졌건만, 그녀의 두 눈이 밝혀 주는 빛이 사라지자, 황금빛으로 너울거리던 글자들은 토성의 납보다 무디어졌다. 그리고 그녀의 눈은 내가 파고드는 책으로부터 조금씩 조금씩 멀어져 갔다. 그녀가 병에 걸린 것이다. 거친 눈은 너무도 찬연한 광채로 번들거리고, 가냘픈 손은 송장처럼 투명한 납빛을 띠었으며, 특유의 강인한 이마는 시퍼런 혈관이 도드라진 채 감정의 미약한 기폭과 더불어 맹렬히 요동쳤다. 나는 그녀의 죽음을 직감하고 죽음의 천사 아즈

20 —— 19세기 중엽 미국의 관념 철학 운동

라엘에게 절박하게 매달렸다. 놀랍게도 아내의 투쟁은 나보다 훨씬 격렬하고 집요했다. 사실 그녀의 불굴의 의지를 보며, 죽음조차 두려움의 결실을 얻지 못하겠구나 하는 생각도 했으나 안타깝게도 그렇지는 못했다. 그녀가 얼마나 치열하게 죽음의 그림자와 싸웠는지에 대해서라면 어떤 언어로도 설명이 불가능하리라. 나는 그 참혹한 광경을 보며 고통스러운 신음만 흘려야 했다. 그녀를 위로할 수도, 설득할 수도 있었으나, 삶을 향한… 오로지 삶만을 향한 그녀의 갈망이 너무도 크고 절대적인 탓에, 위로이든 설득이든 결국은 어리석은 짓일 수밖에 없었다. 그녀의 목소리도 점점 약해지고 작아졌다. 하지만 그 나지막한 목소리로 전한 끔찍한 의미는 생각하기도 싫다. 인간을 초월한 멜로디에 현혹되어, 어느 누구도 경험하지 못한 가설과 열망들을 듣자니 머리가 어지러울 정도였다.

　　그녀의 사랑을 의심하지 말았어야 했다. 그랬다면 그녀 같은 사람의 마음과 사랑 또한 보통의 열정을 초월하리라는 사실도 쉽게 깨달았을 것이다. 하지만 불행히도 그녀의 거대한 사랑을 온전히 깨달은 건 기껏 죽음이 임박해서였다. 그녀는 몇 시간이나 내 손을 잡고 우상 숭배에 진배없는 열정을 쏟아내곤 했다. 그런데 어찌 내게 그런 고백을 받을 자격이 있다는 말인가? 아내의 고백을 들으며 떠나 보내야 하다니, 그런 저주가 또 어디 있겠는가? 어쨌든 그 얘기는 이 정도로 끝내야겠다. 아아, 리지아는 사랑에 모든 것을 바칠 수 있는 여자였다! 그럴 자격도, 가치도 없는 사내한테! 어쨌든 그녀가 (지금 모래시계처럼 빠져나가는) 삶에의 집요한 갈망을 드러낸 이유를 깨달은 셈이나, 그토록 거칠고 격렬한 집착을 그릴 힘도 표현력도 나 같은 놈에게 있을 리 없다.

　　그녀가 떠나가던 날 자정, 그녀는 나를 침대 옆으로 부르더니, 며칠 전 자신이 쓴 자작시를 읽어 달라고 부탁했다. 나는 그러마고 대답하고 그 시를 낭송해 주었다.

　　　　보라! 오늘은 축제의 밤!
　　　　　꺼져 가는 생애의 쓸쓸한 날들이여!
　　　　날개를 매단 천사의 무리들이
　　　　　베일을 쓰고 눈물에 흠뻑 젖은 채
　　　　극장에 앉아 연극을 보네.
　　　　　희망과 두려움으로 가득한 연극.
　　　　불협화음의 오케스트라가
　　　　　천상의 멜로디를 연주하는구나.

　　　　하늘의 신으로 분장한 어릿광대들,
　　　　　나지막이 중얼거리고
　　　　우왕좌왕 달아난다, 이리저리.
　　　　　무형의 거인들 손짓에 까딱거리는
　　　　아아, 한낱 꼭두각시들.
　　　　　거인들이 이리저리 무대를 옮겨 다니고
　　　　독수리 날개를 퍼덕이며 뿌려 대는
　　　　　아, 눈에 보이지 않는 비애여!

　　　　어릿광대의 드라마여! 오, 분명,

영원히 잊지 못하리로다!
관중들은 유령을 쫓되
　　영원히 잡지 아니하며,
부단히 회귀하는 원을 통해
　　제자리로 돌아오는도다.
대부분의 광기와 그 이상의 죄악,
　　그리고 연극의 핵심인 공포와 함께!

그러나 보라, 저 꼭두각시들 사이로,
　　그림자가 꿈틀거리며 등장하는구나!
무대의 쓸쓸한 구석에서
　　온몸을 비틀며 기어 나오는 핏빛 괴물!
꿈틀… 꿈틀… 죽음의 고통과 함께
　　광대들은 먹이가 되고
인간의 핏덩이에 물든 어금니에
　　치품천사들도 흐느끼노라.

꺼진다. 조명이 꺼진다. 하나도 빠짐없이!
　　그리고 경련하는 그림자마다,
커튼이, 죽음의 장막이,
　　돌풍처럼 다급히 떨어져 내린다…
그리하여 핼쑥하고 창백해진 천사들,
　　그들이 일어나며 베일을 벗고 천명하도다.
이 연극은 '인간'이라는 제목의 비극이며,

주인공은 정복자 구더기라고.

내가 낭독을 마치자 리지아가 벌떡 일어나더니 두 팔을 발작적으로 치켜들었다.

"오, 주여! 거룩하신 아버지시여! 결코 돌이킬 수는 없사옵니까? 이 정복자들을 단 한 번이나마 정복할 수 없다는 말씀이옵니까? 우리가 아버지께 중요한 존재가 아니옵니까? 누가 있어 아버지 의지의 신비뿐 아니라 위력을 알겠나이까? 인간이 천사와 죽음에 철저히 굴복하는 이유는 오로지 의지가 나약하기 때문이옵니다."

그녀는 격한 감정에 탈진이라도 한 듯 고통스럽게 두 팔을 떨구고 맥없이 죽음의 침대에 드러누웠다. 그리고 마지막 한숨을 내뱉었는데, 그 한숨에 작은 속삭임이 함께 섞여 나왔다. 이번에도 글랜빌의 마지막 결어였다. "인간이 천사와 죽음에 철저히 굴복하는 이유는 오로지 그의 의지가 나약하기 때문이다."

그녀는 숨을 거두었다. 나는 온몸이 부서져 내릴 것 같은 슬픔에, 더 이상 이 쓸쓸하고 황량한 집은 물론, 라인 강변의 허물어져 가는 암울한 도시를 견뎌 낼 용기가 없었다. 소위 돈이라면 얼마든지 있었다. 리지아가 가져온 재산만도 그 어느 벼락부자도 누릴 수 없을 만큼 엄청나게 많았다. 몇 달 동안 정처 없는 방황의 세월을 흘려 보낸 후, 나는 수도원 하나를 구입해 약간의 수리를 더했다. 지명을 밝힐 수는 없으나 더할 나위 없이 황폐하고 인적 드문 오지였다. 대사원의 음울하고 음산한 분위기, 야생에 가까운 경내, 그 모두와 연결된 해묵은 비극의 기억들은, 이 외지고 외딴 오지로 나를 몰아낸 철저한 자포자기의 심정과 너무도 닮아 있었다. 신록의 덩굴들이 고색창연한 수도원 외부는 거의 손을 대지 않았으나, 나는 어린애 같은 고집에 행여 슬픔을 덜어낼까 하는 막연한 희망까지 더해, 호화 궁전 이상으로 실내를 장식하기 시작했다. 어린 시절에도 그런 어리석은 짓에 열중했건만, 그만 비애의 망령이라도 든 듯 재발하고 만 것이다. 아아, 저 호화롭고 환상적인 휘장들, 근엄한 이집트 조각들, 혼란스러운 배내기와 가구들, 황금 자수로 꾸민 요란한 패턴의 카펫들만으로도, 내 초기의 광기를 얼마든지 예감할 수 있었건만! 나는 아편의 노예가 되었으며 작업과 지시 또한 몽상의 색으로 채색되었다. 이런 어리석은 사례들을 애써 나열할 필요는 없겠다. 다만 지금 정신적 일탈의 순간이나마, 이곳 저주받은 방에 대해서만은 얘기해야겠다. 나는 영원히 잊을 수 없는 리지아의 후임으로 새 신부를 맞이했다. 트레메인 출신의 푸른 눈에 금발의 아가씨, 로웨나 트레바니온이다.

신방의 구조와 장식에 대해서라면 지금도 하나하나까지 눈앞에 선하다. 황금에 눈이 멀어, 그렇게 애지중지하던 딸이 그렇게 화려한 방 문지방을 넘도록 허락하다니, 도대체 오만한 처가 식구들에게 영혼이라는 게 있기는 한 걸까? 방에 대해서는 세세한 부분까지 모두 기억한다고 얘기했지만, 슬프게도 중요한 순간의 이야기들은 모두 잊어버렸다. 더군다나 이 환상적인 실내 장식엔 기억을 붙들 만한 구조도 물건도 전혀 없었다. 신방은 오각형의 넓은 방으로 궁전풍 수도원 꼭대기의 작은 탑에 위치했다. 남향의 한 면은 모두 창문으로 장식했다. 그것도 베네치아에서 가져온 대형 통유리였는데, 색이 납빛이라 햇빛이나 달빛이 들어오면 실내의 물건들이 섬뜩한 광채를 띠곤 했다. 이 대형 창의 윗부분은 탑을 기어 올라온 고색창연한 덩굴들에까지 닿아 있었다. 짙은 색의 오크나무 천장은 아주 높은 돔형으로 고딕풍과 드루이드풍이 어중간하게 섞인 야만적이고 기괴한 문양들로 뒤덮였다. 암울한 돔의 정중앙에는 황금으로 된 대형 향로가 기다란 금줄 하나에 의지한 채 매달려 있었다. 사라센 문양의 향로에 뚫린 수많은 구멍을 통해 온갖 빛깔의 불꽃들이 뱀의 생명력이라도 입은 듯 몸을 비틀며 드나들었다.

동양적 분위기의 오토만과 금촛대 몇 개가 여기저기 놓여 있고, 침대… 그러니까 신부 침대도 하나 놓여 있었다. 단단한 흑단을 깎아 제작한 인도풍 침대 위로는 휘장 같은 닫집을 매달았다. 신방 모퉁이마다 검은 화강암 석관도 놓았는데, 룩소르의 왕릉에서 출토된 것으로 모두 태고의 조각을 가득 새긴 낡은 관 뚜껑으로 덮인 터였다. 하지만 아아, 무엇보다 환상적인 건 바로 실내의 휘장에 있었다. 균형이 어긋나기는 했으되, 크고 고고한 벽은 천장에서 바닥까지 모두 육중하고 당당한 태피스트리들이 거대한 물결을 그리며 늘어져 있었다. 바닥의 카펫, 오토만과 흑단 침대의 커버와 닫집, 그리고 창문을 살짝 가린 화려한 소용돌이 장식과 같은 소재였다. 태피스트리는 직경 30센티미터 정도의 당초문이 불규칙한 간격으로 흩어져 있었는데 전부 천 위에 새까만 패턴으로 수놓은 것들이었다. 그런데 이런 무늬들은 단 한 방향에서 볼 때만 진정한 당초문을 드러냈다. 지금은 일반화 되었으나, 이런 식으로 문양을 달리 보이게 하는 기술은 사실 아주 오래전으로 거슬러 올라간다. 방에 들어오면 처음에는 단순한 기형으로 보이나 더 깊이 들어가면서 기형은 사라지고, 위치를 바꿈에 따라 방문자는 어느새 끝없이 이어진 섬뜩한 도형들에 포위되어 있음을 깨닫게 된다. 노르만의 미신에 속하거나 수사의 불길한 잠에서 뛰어나온 듯한 도형들이었다. 이 극적인 효과는 휘장 뒤에 강한 인공풍을 지속적으로 더함으로써 크게 강화되어, 전체적으로 섬뜩하고 불편한 생동감을 일으켰다.

이런 식의 신방에서 트레메인의 숙녀와 함께 그다지 거룩하지도 조용하지도 못한 신혼의 첫 달을 보냈다. 아내는 내 변덕스러운 기질 때문에 나를 피했을 뿐 아니라, 처음부터 사랑 따위의 감정도 없었다. 나도 눈치 못 챈 바는 아니나 그 사실이 괴롭기는커녕 흥겹기까지 했다. 나 또한 인간보다는 악귀에 가까운 증오로 아내를 대했다. 내 마음은 끊임없이(오, 얼마나 안타까웠던지!) 리지아를 향했다. 지금은 무덤에 든 당당하고 아름다운 내 사랑이여! 나는 그녀의 순수, 그녀의 지혜, 그녀의 고고하고도 영묘한 본성, 열정적이고 맹목적인 사랑의 회상에 탐닉했다. 환각의 절정에 달해(아편의 노예가 되었다는 얘기는 이미 했다) 조용한 밤은 물론, 낮에도 계곡 깊숙이 들어가 그녀의 이름을 목 놓아 부르곤 했다. 흡사 무모한 갈망과, 진지한 열정, 처절한 갈망으로, 이미 떠난 사람을 이 지상에 되돌릴 수 있다고 믿는 사람 같았다. 아, 하지만 정녕 불가능하다는 말인가?

결혼 후 두 달째가 되면서 로웨나도 갑자기 병에 걸렸는데 회복이 더뎠다. 밤이면 고열 때문에 크게 괴로워했으며, 비몽사몽 간에는 방 안이나 주변에서 이상한 소리가 들리고 누군가 움직이는 모습도 보인다고 했다. 나는 단순한 망상이거나 방이 환각을 일으키기 때문이라고 여겼다. 마침내 그녀의 병에도 차도가 보이다가… 완쾌되었다. 허나 얼마 지나지 않아 더 지독한 중병에 걸려 다시 고통의 침대에 몸져눕고 말았으며, 그 후로는 완쾌되는 법 없이 내내 허약해져만 갔다. 그녀는 위중한 상태였다. 병이 재발할 때마다 더 악화되었지만 의사들의 지식과 노력은 아무런 소용이 없었다. 그녀의 고질병은 조직 깊숙이 파고들어 인간의 능력으로는 완치가 불가능했다. 병이 악화될수록 그녀는 점점 초조해했고 사소한 문제에도 곧잘 흥분하거나 두려워했다. 예전에 언급했던 잡다한 소리와 태피스트리 사이에서의 이상한 움직임에 대한 얘기도 다시 시작했는데, 이번엔 그때보다 빈번하고 또 집요했다.

9월이 끝나 가던 어느 날 밤, 그녀는 어느 때보다 끈질기게 그 섬뜩한 얘기를 물고 늘어졌다. 이제 막 악몽에서 깨어난 터라, 나도 조바심과 막연한 두려움이 뒤섞인 기분으로 그녀의 야윈 얼굴을 지켜보았다. 나는 인도산 오토만을 그녀의 흑단 침대 옆으로 끌어다 놓고 앉았다. 그러자 그녀가 반쯤 몸을 일으키더니, 지금도 소리가 들리고 누군가 움직이는 것도 보인다며 나지막이 속삭였다. 물론 나로서는 듣지도 보지도 못했다. 태피스트리의 뒤에선 바람이 강하게 불고 있었다. (솔직히 나도 완전히 믿는 건 아니나) 저 벽의 모호한 숨소리와 가볍게 변하는 문양은 그저 인공 바람이 만들어 낸 헛것에 불과하다는 사실을 확인해 주고 싶었다. 하지만 그녀의 얼굴을 뒤덮은 창백한 그림자를 보니, 그래 봐야 소용이 없겠다는 생각만 들었다. 그녀는 당장이라도 기절할 것만 같았지만 주변엔 하인들도 없었다. 나는 의사들이 주문해 준 와인을 기억해 내곤 황급히 방을 가로질러 갔다. 그리고 향로 불빛 아래로 들어가는데 순간, 두 가지 기이한 상황이 내 시선을 낚아챘다. 보이지는 않았지만 분명 누군가 가볍게 옆을 스치는 느낌이 그 하나였고, 황금 카펫 위에 그려진 그림자가 두 번째였다. 향로 불빛이 제일 밝게 비추는 자리였는데 단순히 차양 그림자라고 해도 믿을 정도로 흐리고 모호했지만 분명 천사의 형상 비슷했다. 물론 나도 과도한 아편에 크게 취한 터라 그다지 개의치 않았고 로웨나에게도 얘기하지 않았다. 나는 와인을 찾고 침대로 돌아와 잔에 따른 다음 그녀의 입술에 갖다 댔다. 다행히 그녀는 조금 의식을 회복해 직접 잔을 들었다. 나는 오토만에 앉아 그녀를 살펴보았다. 카펫에서 가벼운 발소리가 들린 건 바로 그때였다. 침대 옆에서도 들렸다. 잠시 후 로웨나가 와인을 입술로 가져갔다. 그런데 맙소사, 마치 방 안에 보이지 않는 샘이 있기라도 한 것처럼, 술잔에 서너 방울 진홍빛의 밝은 액체가 떨어져 내리는 게 아닌가! 아니면 그것마저 환각이었을까? 로웨나는 보지 못했는지 주저 없이 와인을 들이켰다. 그래, 굳이 그녀에게 말할 필요는 없겠다. 결국 아내의 두려움과 아편과 한밤의 어둠 때문에 헛된 상상력이 한층 예민해진 탓이었을 테니.

그러나 진홍빛 물방울들이 떨어진 직후, 아내의 병세가 급격히 악화되는 것까지 모른 척할 수는 없었다. 그리하여 세 번째 되는 날 밤, 하인들이 그녀의 무덤을 준비하고, 네 번째 날에는 그녀를 신부로 맞이한 바로 그 방에 나 홀로 앉아 수의에 덮인 시신 옆을 지켜야 했다. 아편이 만들어 낸 난삽한 환각들이 눈앞에서 그림자처럼 날아다녔다. 나는 들끓는 시선으로 방 모퉁이의 석관들, 태피스트리의 다양한 당초문, 머리 위 향로에서 꿈틀거리는 불꽃을 차례로 바라보았다. 이윽고 나는 전날 밤의 상황을 떠올리고는 향불 바로 아래, 희미한 그림자를 보았던 위치로 고개를 돌렸다. 그림자는 보이지 않았다. 나는 참았던 숨을 내쉬며 이번에는 침대 위의 창백한 시신을 보았다. 문득 리지아에 대한 수천의 기억이 밀려들더니, 그 옛날 수의에 덮인 그녀를 보았을 때의 형언할 수 없던 비애가 봇물처럼 심장을 때리기 시작했다. 밤이 잦아들고 있었다. 나는 일생일대의 유일한 사랑을 가슴에 가득 품은 채 가만히 로웨나의 시신을 응시했다.

자정 전후쯤이었을 것이다. 시간을 재지 않아 정확하지는 않지만, 불현듯 흐느끼는 소리에 몽환에서 깨어나고 말았다. 작고 부드러우면서도 무척이나 선명한 소리… 분명 흑단 침대, 그러니까 시신으로부터 나는 소리였다. 하지만 불안한 마음에 귀를 기울였을 때는 더 이상 들리지 않았다. 시체를 노려봐도 분명 미동 하나 없었다. 아니, 결코 환청은 아니었다. 비록 어렴풋하기는 해도 울음소리를 들었고 화들짝 정신이 든 것도 그 때문이었다. 나는 시신에서 시선을 떼지 않고 노려보았다. 몇 분이 지나자 의문을 밝혀 줄 상황이 일어나기 시작했다. 두 뺨과 눈꺼풀의 움푹 들어간 혈관을 따라 보일락 말락 홍조가 피어나고 있었다. 말할 수 없는 공포와 경외심에(인간의 언어로 어찌 그 상황을 묘사하겠는가!) 내 심장은 멈추고 수족은 얼어 버렸다. 허나, 의무감 때문에라도 정신을 잃을 수는 없었다. 장례 준비를 너무 서둘렀던 걸까? 로웨나가 살아 있어? 당장이라도 조처를 취해야 했으나 하인들이

사는 수도원에서 멀리 떨어진 곳이라 주변엔 아무도 없었다. 하인들을 부르려면 몇 분 정도 방을 떠나야 했지만 지금은 그럴 형편이 못 되었다. 결국 나는 혼자서 구천을 떠도는 영혼을 불러들이기 위해 모진 애를 다했다. 상황은 다시 악화되었다. 눈꺼풀과 볼의 홍조는 사라져 대리석보다 더 창백했다. 입술도 두 배로 오그라들면서 섬뜩한 죽음의 표정을 만들어 냈다. 곧이어 불쾌할 정도로 냉습한 기운이 시신의 몸을 휩쓸더니 곧바로 일반적인 사후경직이 치고 들어왔다. 나는 몸서리를 치며 침대에서 떨어져 나와, 다시 리지아의 상상에 빠져 들었다. 시신 덕분에 정신도 어느 정도 말짱해졌다. 그렇게 한 시간이 흘렀을 즈음 침대 근처에서 다시 모호한 소리가 들려왔다. 어떻게 그럴 수가!

나는 극도의 공포에 휩싸인 채 귀를 기울였다. 다시 소리가 들렸다. 한숨 소리. 나는 당장 시체로 달려갔다. 그리고 보았다. 분명히 보았다. 그녀의 입술이 파르르 떨린 것이다! 하지만 이번에도 입술은 금세 늘어지며 희멀건 치아를 드러냈다. 내 가슴을 온전히 지배한 극도의 두려움에 이제 혼란스러움까지 더해졌다. 눈이 침침해지고 머리가 어질어질했다. 나는 간신히 마음을 다잡고 다시 한 번 상황을 점검했다. 그녀의 이마와 뺨과 목에 부분적으로 홍조가 돌아오고 전신에 미미한 온기도 돌기 시작했다. 심지어 가벼운 심장 박동까지 느껴졌다. 로웨나는 살아 있었다! 나는 혼신을 다해 그녀의 회생에 매달렸다. 관자놀이와 두 손을 주무르고 씻어 주었으며, 그간의 경험과 적잖은 의료 지식을 동원해 가능한 모든 시도를 쏟아 부었다. 결과는 실패였다. 갑자기 홍조가 꺼지고 맥박도 멈춘 것이다. 입술마저 사자의 표정으로 돌아가더니 곧바로 전신이 얼음처럼 차가워졌다. 납빛의 살갗, 전신 강직, 피부 함몰 등, 이미 며칠 전에 무덤에 묻힌 것처럼 역겨운 죽음의 특징들도 다투듯 드러났다.

나는 다시 리지아의 몽상에 빠져들었다. 아니나 다를까, 이번 에도 흑단 침대 근처에서 나지막한 흐느낌이 들려왔다. 아아, 이 글을 쓰는 지금도 이렇게 두렵다니! 그래, 그날 밤의 공포를 일일 이 나열할 이유가 어디 있겠는가? 잿빛 새벽이 다가올 때까지, 이 끔찍한 회생 드라마가 되풀이되고, 붕괴가 일어날 때마다 시 신이 더 가혹한 구제 불능의 나락으로 떨어졌다는 얘기를 어찌 설명하겠는가? 시신이 보이지 않는 적과 얼마나 고통스러운 싸 움을 벌이고, 싸움이 끝날 때마다 얼마나 더 끔찍하게 변했는지 또다시 되새길 이유가 어디 있다는 말이던가? 그러니 이제 서둘 러 결론을 맺으려다.

공포의 밤이 거의 지날 무렵, 죽은 아내가 다시 꿈틀거렸다. 지금껏 가장 끔찍한 주검에 완전한 체념 상태였건만 그녀의 각 성은 어느 때보다도 격렬했다. 이미 오래전에 노력을 포기한 터 라, 나는 꼼짝도 않고 오토만에 앉아 있었다. 격렬한 환각의 소용 돌이에 휩쓸린 채였지만 그 정도는 차라리 두렵지도 절박하지도 않았다. 맙소사, 시체의 꿈틀거림은 그 어느 때보다도 격렬했다. 얼굴의 생기는 이례적인 힘으로 샘솟고 팔다리의 강직도 이완되 었다. 눈꺼풀이 굳게 잠겨 있고 죽음의 붕대와 휘장이 납골당 같 은 기운을 뿜어 내지 않았다면, 로웨나가 정말로 죽음의 족쇄를 훌훌 털어내고 일어날 것만 같았다. 그리고 마침내 더 이상 의심 할 수 없는 상황이 벌어지고 말았다. 수의로 덮어 놓은 시신이 침대에서 일어나더니 비틀비틀 (하지만 지극히 단호하게) 신방 한가운데로 걸어가는 것이 아닌가! 두 눈을 감았기에 말 그대로 몽유병 환자가 걷는 것만 같았다!

나는 떨지 않았다. 달아나지도 않았다. 유령의 분위기와 키와 몸놀림과 관련된 끔찍한 상상들로 온몸이 돌처럼 굳어 버렸기 때문이다. 머릿속이 미친 듯이 들끓었다. 내 앞에 선 저 존재가 정녕 살아 있는 로웨나라는 말인가? 아니, 생사와 상관없이 로웨나라는 게 가당키나 한 얘기인가? 트레메인의 푸른눈 아가씨 로웨나 트레바니온? 왜, 왜 믿기지가 않는 거지? 붕대로 입을 단단히 묶기는 했지만, 그렇다고 트레메인 규수가 숨을 쉬는 입이 아닐 이유가 없지 않은가? 게다가 저 두 뺨… 전성기처럼 발그레한 저 뺨! 그래, 분명 살아 있는 로웨나의 아름다운 뺨일 거야. 턱도 그녀의 턱이 분명하잖아? 건강했을 때처럼 보조개도 다시 피었는데? 그런데… 그런데, 병에 걸린 후로 키가 더 큰 건가? 그 생각에 전신을 휩쓰는 이 뜬금없는 소름은 또 뭐지? 나는 한걸음에 그녀에게 다가서 손을 내밀었다. 내 손길에 그녀가 움찔거리더니 순간 머리를 덮고 있던 수의가 스르르 떨어져 내렸다. 방을 돌아다니는 바람결에 기다란 산발의 머리카락도 나부꼈다. 맙소사… 한밤의 까마귀 날개보다도 더 까만 머리라니! 그리고 마침내 유령이 천천히 눈을 뜨기 시작했다. 나는 끝내 비명을 지르고 말았다.

"분명해! 내가 잘못 본 게 아니야! 저 크고 검은 눈을 봐! 저 불같은 눈빛! 저건 분명… 내 사랑 그녀야! 오, 저세상으로 떠난… 내 사랑 리지아!"

테스
게리첸
Tess Gerritsen

테스 게리첸의 부친은 레스토랑 주방장이고 이민자 모친은 유명한 중국 시인의 손녀였다. 따라서 그녀는 맛난 음식과, 좋은 책을 동시에 만끽하며 성장했다. 물론… B급 영화도. 그녀는 에드거 앨런 포의 이야기를 각색한 영화를 보며 지낸 어린 시절이 지금 스릴러 작가가 되는 데 도움이 되었다고 믿고 있다. 그녀는 전 세계 32개국에 총 1,500만 부의 소설을 팔았으며 메인에서 살고 있다.

영화에서의 포와 나

테스 게리첸

에드거 앨런 포와의 첫 인연은 종이책이 아니라 어두운 영화관이었다. 나는 잔뜩 겁에 질려 엄마의 손을 꼭 잡고 있었다. 그때이미 포의 글도 무지무지 좋아했다고 말하고 싶지만 사실 그의책을 읽은 적은 없었다. 핑계는 있었다. 겨우 일곱 살인지라 치밀한 산문과 뒤얽힌 이야기들을 이해하기엔 너무 어렸던 것이다. 그래도 그의 이야기를 각색한 영화라면 충분히 겁먹을 나이이기는 했다. 전설적인 감독 로저 코먼이 연출한 포 영화는 모두 일곱편이었는데 나는 그 모두를 보았다. 그것도 대개 개봉 첫 주간에.

그것도 도리는 없었다. 어머니한테 끌려갔기 때문이다.

어머니는 20대 초반에 미국으로 건너온 중국 이민자로 영어를 거의 몰랐다. 오늘날까지 그녀의 영어 능력은 위태로운 수준이다. 하물며 1960년으로 거슬러 올라가면 영어책이나 신문을 읽는 건 투쟁이 따로 없었다. 어머니가 이해할 수 있는 건 미국 호러 영화들뿐이었다. 옛날 영화의 어설픈 괴물을 두려워하는 데 영어 실력이 얼마나 필요하겠는가?

그래서 그녀는 나와 내 동생 손을 잡고 영화관에 갔다. 미성년 자 관람가 같은 등급도 없었지만 15세 관람가라 해도 어머니는 개의치 않고 우리를 끌고 다녔을 것이다. 덕분에 나는 어린 시절 을 극장에서 바들바들 떨거나, 살인마들과 고치 인간의 악몽에 시달리며 보내야 했다.

그리고 에드거 앨런 포, 아니 포의 B급 영화 버전을 사랑하는 법도 배웠다. 〈어셔 가〉(1960)를 필두로 〈리지아의 무덤〉(1963) 까지 나는 싸구려 무대와 과장된 연기에 푹 빠졌으며, 구역질이 날 정도로 공포에 젖는 느낌을 즐겼다. 명작에 대한 판단 능력은 없었지만 그래도 제일 좋아하는 영화는 단연 〈생매장〉이었다. 대 부분의 비평가들이 최악의 영화로 평가하지만 충격적인 장면 하 나가(내 기억엔 분명 〈생매장〉에 나온 장면이다) 지금도 나를 괴롭힌 다. 목마른 레이 밀란드가 구더기로 가득한 와인잔을 입에 가져 가다가 공포에 질리는 장면.

아홉 살짜리 아이가 좋아할 만한 장면 아닌가?

스릴러 창작에 대해 내가 아는 모든 것은 에드거 앨런 포의 B 급 영화를 보면서 배웠다. 해석조차 충실하지 못한 영화라는 사 실 정도는 알고 있다. 그 이후 같은 제목의 이야기들을 읽었고 지 금은 대부분 기억에서 잊혀졌다. 어른이 된 후에야 포의 획기적 인 문학 작품들을 이해하지만 어렸을 때라면 불가능한 일이다. 당연히 그를 골치 아프고 잘난 척하며 (당시 그 단어를 알았다면) 장황하다고 생각했을 것이다.

　포의 작품을 일곱 살짜리도 이해할 수 있게 해석한 사람이 바로 로저 코먼이었다. 그는 포를 증류해 우스꽝스러운 호러로 만들었다. 그가 그런 식으로 문학 작품의 존엄성을 훼손했다고 주장하는 사람도 있겠지만 내 생각은 다르다. 코먼은 모든 아이들 세대에 포의 천재성을 처음으로 느끼도록 만든 장본인이다. 그것도 너무나 매력적으로.

고발하는 심장

The Tell-Tale Heart

✳

그렇다! 나는 신경과민이다. 끔찍할 정도로 신경질적이다. 예전에도 그랬고 지금도 마찬가지다. 하지만 그렇다고 왜 미친 사람취급을 받아야 하지? 신경과민으로 예민해지기는 했어도 마비가되거나 무뎌진 건 아니란 말이다. 가장 예민해진 건 청각이다. 나는 하늘과 땅의 모든 얘기를 들었다. 지옥의 소리도 거의 다 들었다. 그런데, 어떻게 미쳤겠는가? 자, 내 말을 들어 보라! 그리하여 내가 얼마나 건전하고 차분하게 얘기를 전하는지 끝까지 지켜보라.

애초에 어떻게 그런 생각을 했는지는 모르겠지만, 일단 발동이 걸리자 밤낮을 가리지 않고 나를 괴롭혔다. 특별한 이유도 없고 흥분한 것도 아니었다. 노인을 좋아하기도 했다. 내게 해코지를 하거나 모욕을 한 적도 없지 않은가. 그의 재산 따위야 아무래도 좋다. 아무래도 눈 때문일 것이다. 그래, 노인의 눈! 한쪽 눈이 독수리를 닮았었다! 얇은 막이 씬 연녹색 눈동자! 그 눈이 나를볼 때마다 피가 차가워졌다. 그리고 조금씩… 아주 조금씩, 노인의 목숨을 빼앗겠다는 생각이 스멀거렸다. 그럼 저 눈을 영원히보지 않아도 될 테니까.

자, 여기가 핵심이다. 당신들이야 나를 미쳤다고 하겠지만 미친놈들이 뭘 알겠는가? 내 능력을 봤어야 했다. 내가 얼마나 교활하게 진행했는지 봐야 했다. 얼마나 신중하고 조심스럽고 은밀하게 일을 처리했는지! 살해하기 전에는 일주일 내내 노인에게 더할 나위 없이 잘 대해 주었다. 나는 매일 밤 자정 무렵 노인 집의 빗장을 풀고 문을 열었다. 물론 소리 없이! 그리고 머리가 들어갈 만큼만 문을 열고 먼저 호롱을 밀어 넣었다. 덮개를 단단히 닫아 절대 빛이 빠져나올 수 없도록 한 호롱. 머리를 집어넣은 건 그다음이었다. 오, 내가 얼마나 교묘하게 머리를 디밀었는지 알면 다들 뒤집어질 일이다! 머리는 천천히… 아주, 아주 천천히 움직였다. 노인의 잠을 깨우지 않기 위해서. 틈새로 머리통을 완전히 넣고 노인이 침대에 누워 있음을 확인할 때까지 장장 한 시간이 걸렸으니 오죽하겠는가! 하! 미친놈이 어떻게 이렇게 영리하단 말인가! 머리가 자리 잡은 후에는 호롱의 덮개를 풀었다. 조심스럽게… 오, 너무도 조심스럽고 조심스럽게(경첩에서 삐걱 소리라도 나면 큰일 아닌가!) 가느다란 빛 한 줄기만 영감의 독수리눈에 떨어지도록 만들었다. 그렇다, 그 일을 무려 일주일이나 한 것이다! 그것도 매일 밤 자정에! 하지만 노인이 눈을 감은 탓에 작업은 불가능했다. 내 신경을 긁은 건 노인이 아니라 그의 사악한 눈이니까! 그리고 매일 아침 동이 트면 나는 성큼성큼 방 안으로 들어가 당당하게 그에게 말을 걸었다. 따뜻한 말투로 이름을 불러 주고 밤새 잘 잤는지 물어 주었다. 매일 밤 자정, 잠들어 있을 때 내가 들어가 지켜보았다는 사실을 알아챘다면 정말로 대단한 영감이었겠건만.

여드레째 밤, 나는 평소보다 조심스레 문을 열었다. 시계 분침이 더 빨리 움직일 정도였다. 그전까지만 해도 내 자신의 권력과 지혜가 얼마나 위대한지 느낀 적이 없건만, 지금은 승리감을 주체하지 못할 정도였다. 영감이 내 은밀한 행동과 음모를 꿈조차 꾸지 못한다는 생각에는 정말로 키득키득 웃음이 새어 나오기까지 했다. 이런, 영감이 들은 걸까? 마치 뭔가에 놀란 듯 몸을 뒤척이고 있지 않는가! 그래서? 내가 철수했느냐고? 아니, 그렇지 않다. 그의 방은 칠흑처럼 깜깜했다. 강도가 들까 봐 덧문을 꽁꽁 닫았기에 문이 열린다는 사실을 그가 아는 건 불가능했다. 나는 계속해서 문을 밀었다. 천천히. 천천히.

머리를 넣고 막 등불 덮개를 열려는 찰나, 엄지가 그만 양철 죔쇠에서 미끄러졌다. 그리고 영감이 벌떡 일어나 앉으며 외쳤다.

"거기 누구야?"

나는 아무 말도 않고 가만히 서 있었다. 한 시간 내내 근육 하나 꿈쩍하지 않았건만 영감이 눕는 소리는 끝끝내 들리지 않았다. 그는 그대로 침대에 앉아 귀를 기울였다. 밤마다 내가 벽 속의 딱정벌레 소리에 귀를 쫑긋거리듯.

잠시 후 나지막이 신음 소리가 들렸다. 고통이나 비애의 신음은 분명 아니었다. 오, 틀림없어! 죽음의 공포에서 비롯된 소리. 두려움이 가득한 영혼 밑바닥에서 비롯된 잔뜩 억눌린 소리…. 내게는 너무도 익숙한 소리였다. 매일 밤, 온 세상이 잠든 자정이면, 바로 이 가슴 속에서 새어 나와 섬뜩한 메아리로 나 자신의 공포를 증폭시키지 않았던가! 그렇다, 너무도 잘 아는 소리였다. 영감이 어떤 기분인지도 이해한다. 그리고 비록 마음속으로는 키득거린다 하나 그가 불쌍해지기도 했다. 영감은 최초의 소음 이후 침대에서 일어나 계속 잠 못 든 채 앉아 있었다. 두려움은 계속 커져 그를 압박하고 있으리라. 괜한 노파심이라고 치부도 해 보았겠으나 불가능했을 것이다. 속으로 이런 말도 되뇌었겠다. "그저 굴뚝에 바람 드는 소리야. 쥐새끼라도 돌아다니거나." 아니면, "귀뚜라미가 울었을 수도 있겠군." 그렇다, 영감은 이런저런 가정으로 마음을 다독였지만 소용이 없었다. 모두가 다! 왜냐하면 죽음이 다가올 때면, 미리 검은 그림자를 보내 희생자를 휘감으니까. 비록 보지도, 듣지도 못하겠지만 그로 하여금 방 안에 내 머리가 들어와 있음을 느끼게 만든 건 바로 그 무형의 그림자가 드러내는 치명적인 기운일 것이다.

오랫동안 끈기 있게 기다렸으나 노인이 눕는 소리는 들리지 않았다. 나는 덮개를 조금 더 열기로 했다. 아주아주 작은 실금만큼. 얼마나 조금씩 움직였는지는 상상도 못할 것이다… 그리고 마침내 거미줄 같이 가늘고 희미한 빛줄기 하나가 틈에서 쏟아져 나와 영감의 독수리눈을 비추었다.

영감은 눈을 뜨고 있었다. 그것도 잔뜩 부릅뜬 채였다. 그 눈을 보자 불현듯 화가 치밀었다. 독수리눈은 너무도 또렷했다. 탁한 청색에 오싹한 막이 덮인 눈. 뼛속까지 섬뜩하게 만드는 눈. 아직 얼굴이나 몸은 보이지 않았다. 마치 본능처럼 빛으로 정확히 저주의 눈을 겨누었기 때문이다.

당신네들이 광기라고 부르는 게, 실제로는 지나치게 예민한 감각이라는 얘기를 했던가? 그때 내 귀에 작고 탁하고 짧은 소리 하나가 들렸다. 그러니까… 면으로 감싼 시계 소리 같은. 아, 물론 그 소리도 잘 알고 있다. 노인의 심장 박동 소리니까. 그런데 북소리가 병사의 용기를 북돋듯, 순간 그 소리에도 분노가 치미는 것이 아닌가!

그래도 난 꾹 참고 가만히 기다렸다. 숨도 거의 쉬지 않고 호롱불도 움직이지 않게 했다. 빛이 눈을 벗어나지 않도록 하기 위해 무지 애를 썼다. 그리고 그동안 심장의 끔찍한 나팔 소리도 점점 커져만 갔다. 매순간 커지고 점점 빨라졌다. 영감의 공포가 극에 달한 것이다! 심장 박동이 매순간 커진다고 했는데… 무슨 말인지 알겠나? 나는 신경과민이라고 고백했다. 사실이다. 그런데 이 죽음의 한밤중, 지옥처럼 어둡고 고요한 집, 그렇듯 기이한 소음에 나까지 통제 불능의 공포에 휩쓸리고 말았다는 뜻이다. 그래도 몇 분 동안은 잘 참고 꾸준히 버텼는데… 저 빌어먹을 박동 소리는 점점 커져만 가고 있다! 저따위 심장, 당장 터뜨려 버리겠어! 그때 또 다른 불안감이 나를 사로잡았다. 저 심장 소리를 이웃에서도 들으면 어쩌지? 그렇다, 더 이상 기다릴 수가 없었다. 나는 호롱불을 활짝 열고 고함을 지르며 방 안으로 뛰쳐 들어갔다. 영감도 비명을 지르기는 했다. 단 한 번! 나는 순식간에 그를 바닥으로 끌어내고 무거운 침대로 눌러 버렸다. 내 위업을 보며 슬며시 미소도 지었다. 그 후로도 몇 분 동안 심장이 먹먹한 소리를 토해 내기는 했으나, 별로 걱정은 되지 않았다. 그 정도라면 집 밖으로 새어 나가지는 못할 것이다. 마침내 소리가 멎었다. 노인이 죽은 것이다. 나는 침대를 치우고 시체를 확인했다. 그렇다. 그는 죽어서 돌처럼 굳어 있었다. 나는 심장에 손을 대고 몇 분 동안 기다렸다. 맥박은 없었다. 그는 완전히 죽었다. 그의 눈이

나를 괴롭힐 일도 더 이상 없으리라.

아직도 내가 미친 것 같나? 하지만 시신을 숨기기 위해 내가 취한 기발한 조치를 듣고 나면 더 이상 그런 생각은 하지 못할 것이다. 밤이 물러나고 있었다. 나는 작업을 서둘렀다. 가급적 소리도 죽였다. 무엇보다 시체를 토막 냈다. 머리와 두 팔, 그리고 다리까지.

그러고는 방바닥에서 널빤지 세 개를 뜯어내 각재 사이에 모두 쑤셔 넣은 다음 바닥을 원상 복귀했다. 기가 막히게 치밀하고 교묘했기에 인간의 눈으로는(설령 독수리눈이라 해도) 아무것도 찾아내지 못할 것이다. 사실 닦아 낼 것도 없었다. 얼룩은 물론 핏자국 따위도 없었다. 흔적을 남기기엔 너무 주도면밀했다. 모두 욕조에서 처리했으니까! 하하!

일을 마무리했을 때가 4시였고 여전히 한밤중처럼 어두웠다. 그런데 괘종시계가 4시를 알리는 순간 누군가 정문을 두드렸다. 나는 가벼운 마음으로 문을 열었다… 두려워할 게 뭐가 있겠는가? 모두 세 명이었는데 공손하게 자신들이 경관임을 밝혔다. 밤에 이웃 사람이 비명을 듣고 범죄라도 일어났나 싶어 경찰에 신고했다. 그래서 가택을 조사하러 나왔다. 대충 그런 얘기였다.

나는 씩 웃어 보였다… 두려워할 게 없으니까! 나는 경관들을 환영했다. 제가 악몽을 꾸었답니다. 노인은 시골에 내려가셨군요. 나는 그렇게 얘기하며 그들을 노인의 방으로 안내했다. 그의 귀중품들은 아무 문제없이 안전하게 놓여 있었다. 자신감이 넘치는 터라 아예 방에 의자까지 몇 개 들여와 잠시 앉아 쉬라는 배려까지 잊지 않았다. 그리하여 나 자신도 오만한 승리감에 도취해 피해자의 토막 시체가 놓여 있는 바로 위에 의자를 끌어다 놓고 앉았다.

경관들도 흡족해했다. 내 당당한 태도를 믿은 것이다. 나는 너무도 느긋했다. 경관들은 자리에 앉아 가볍게 내 대답을 듣고 이런저런 잡담도 나누었다. 그런데 머지않아 나는 얼굴이 창백해지기 시작했다. 경관들도 내쫓고 싶은 마음뿐이었다. 머리가 욱신거리고 귓속이 윙윙 울렸다. 하지만 경관들은 계속 지껄이기만 했다. 울림은 점점 또렷해졌다. 시간이 흐를수록 더욱 또렷해졌다. 그 느낌을 지우기 위해 나도 열심히 떠들었으나 울림은 계속 이어지고 또 선명해졌다. 그리고 마침내 그 소리가 내 귀에서 나는 게 아님을 깨달았다.

나는 안색이 창백해질수록 더 큰 소리로 더 열심히 떠들었다. 그리고 그에 비례해 소음도 커졌다…. 그래서 날더러 어쩌란 말인가? 그건 짧고 작고 답답한 소리였다. 시계를 면으로 감쌌을 때의 소리 같은! 숨을 쉬기가 어려웠다. 다행히 경관들은 아직 듣지 못한 모양이다. 나는 더 빠르고 격렬하게 떠들어 댔으나, 마찬가지로 소리도 점점 커졌다. 나는 벌떡 일어나 온갖 헛소리를 해댔다. 목소리 톤도 커지고 손짓도 격렬해졌건만 소음은 줄어들 기미를 보이지 않았다. 저놈들은 도대체 왜 안 가는 거야? 나는 경관들을 보는 것만으로도 열불이 나, 이리저리 쿵쿵거리며 왔다 갔다 했다. 소음은 점점 커지기만 했다. 오, 맙소사! 날더러 어쩌라고! 나는 거품을 물고 날뛰고 욕설까지 퍼부었다. 앉아 있던 의자를 흔들고 마룻바닥에 문질러도 봤다. 하지만 소음은 모든 것을 뛰어넘고도 더욱 커져만 갔다. 더, 더, 더… 그런데도 경관들은 즐겁게 잡담을 나누고 미소까지 짓는 게 아닌가! 맙소사, 설마 이 소리를 못 들었다고? 아니, 그럴 리가 없어! 저놈들도 들은 게 분명해! 나를 의심하고 있는 거야! 알고 있어! 그래서 내 두려움을 조롱하고 있는 거란 말이야! (그때도 그랬지만 지금도 확신한다) 오, 이 고통을 없앨 수만 있다면! 이런 식의 조롱만 아니라면 뭐든 감내하련만! 저들의 기만을 더 이상 견딜 수가 없었다. 소리라도 지르지 않으면 정말로 죽을 것만 같았다. 그리고 다시… 또다시… 이제 들리는가? 더 크게! 더 크게! 더 크게! 나는 비명을 질렀다.

"개자식들! 더 이상 속을 줄 알고! 그래, 내가 죽였다. 널빤지를 뜯어 봐! 여기, 여기! 바로 영감의 끔찍한 심장 박동 소리잖아!"

스티븐 킹 Stephen King

스티븐 킹은 1947년, 도널드와 넬리 루스 필즈버리 킹의 차남으로 태어났다. 1967년 〈스타틀 링 미스터리 스토리〉에 처음 전문 단편을 팔았으며 1973년 가을에는 메인의 햄든 아카데미에 서 고등학교 영어를 가르치기 시작했다. 비록 여가라고는 저녁과 주말뿐이었으나, 그는 계속 해서 단편과 장편을 써내려 갔다. 1973년 봄, 더블데이 출판사가 소설 《캐리》의 출간을 결정 했는데, 그 소설의 성공으로 그는 교직을 떠나 전업 작가로서의 생활 기반을 다질 수 있었다. 그 이후 40여 편의 소설을 발표해 세계에서 가장 성공한 작가가 되었다. 스티븐은 부인이자 소설가 태비타 킹과 함께 메인과 플로리다에 살고 있다. 킹 부부는 수많은 자선 단체와 도서 관에 정기적으로 기부를 하여 지역 사회의 존경을 받고 있다.

〈고발하는 심장〉의 천재성

스티븐 킹

대중 앞에 나타나면, 이따금… 아니 언제나 뭐가 제일 무서운지 질문을 받는다. 내 대답은 아주 높은 건물의 고속 엘리베이터에서, 핵 가방을 들고 세상 어느 대도시나 활개치는 광신도에 이르기까지 거의 전부다. 하지만 질문을 "어떤 소설을 읽고 무서워해 본 적이 있느냐?"로 좁혀 주면 내 머릿속에는 즉시 두 작품이 떠오른다. 윌리엄 골딩의《파리대왕》, 그리고 에드거 앨런 포의 〈고발하는 심장〉.

포가 근대 추리 소설을 창안했다는 사실은 누구나 알고 있지만(코넌 도일의 셜록 홈스는 여러 가지 면에서 포의 C. 오귀스트 뒤팽과 동일 인물이다) 사회병질적 범인을 최초로 다뤘다는 사실을 아는 사람은 거의 없다. 바로 1848년에 초판된 〈고발하는 심장〉이다. 짐 톰슨과 존 D. 맥도널드에서 토머스 해리스(그의 한니발 렉터는 그 누구보다 위대한 사회병질자이리라)까지 위대한 범죄 작가들은 대부분 포의 후손들이다.

단편의 상세한 묘사도(예를 들어, 희생자 시신의 절단이나 노인의 죽어 가는 비명 소리) 악몽을 불러일으킬 만큼 섬뜩하지만, 뇌리를 떠나지 않는 공포, 즉 그 단편의 천재성은 너무도 합리적인 화자의 목소리에 있다. 포는 이름도 부여하지 않았는데 그 또한 너무도 적절하다. 어떻게 희생자를 선택했는지, 범죄를 저지른 이유가 뭔지 우리로서는 전혀 아는 바가 없기 때문이다. 오, 그가 뭐라고 말했는지는 안다. 노인의 눈이 기분나빠서라고. 그렇게 말한다면야, 제프리 다머[21]는 좀비를 만들 생각이었다고 말했고, 샘의 아들[22]은 애완견이 시켰기 때문이라고 하지 않았던가. 사이코패스들이 그런 엉뚱한 동기를 제시하는 이유는, 우리만큼이나 끔찍한 행위를 설명할 방법이 없기 때문이라는 정도는 우리도 이해하고 있다.

무엇보다 이 단편은 광기에 대한 설득력 있는 이야기다. 설명도 거의 없었으나 그럴 필요도 없었다. 화자의 흥겨운 웃음소리가("모두[피] 욕조에서 처리했으니까! 하하!") 필요한 전부를 얘기해 주고 있기 때문이다. 우리와 같은 사람처럼 보이지만, 사실은 어느 인종에도 속하지 않는 존재가 있다. 끔찍한 일이다. 하지만 이 단편을 단순히 무서운 이야기에서 천재성의 영역으로 승화하는 건, 포가 시대를 초월해 미래의 어둠을 예견했다는 데 있다.

21 —— 밀워키의 식인귀라는 별명의 연쇄 살인마. 열일곱 명에 달하는 청소년을 교살한 후 강간, 사체 절단은 물론 인육을 먹기도 했다.

22 —— 데이비드 버코위츠. 샘이라는 악마의 지시라며 여섯 명을 살인하고 여러 명에게 부상을 입혔다.

스티브 해밀턴

Steve Hamilton

스티브 해밀턴은 디트로이트에서 태어나고 자라, 미시건 대학을 졸업했다. 대학 시절에는 영예로운 홉우드 픽션 상을 수상했으며, 2006년에는 자신의 방대한 작품으로 미시건 작가 상을 받았다. 그의 소설들은 수많은 상과 매체의 찬사를 받았는데, 그 시작이 초기작 알렉스 맥나이트 시리즈, 《천국의 추운 날 A Cold Day in Paradise》이었다. 그 작품은 전미 사립 탐정 작가 상/최우수 미스터리 미발표 데뷔작을 위한 세인트마틴 출판 상을 받았고, 발표된 후에도 계속해서 미스터리 작가 협회와 사립 탐정 작가 협회 최우수 데뷔 상을 손에 넣었으며 심지어 앤서니와 배리 상 최종 후보에까지 올랐다. 수상은 거기에서 끝나지 않았으나, 워낙에 겸손한 성격이라 거의 언급을 하지 않는다. 해밀턴은 현재 뉴욕 북부의 IBM에서 일하며, 부인 줄리아 및 두 아이와 살고 있다.

첫 경험

스티브 해밀턴

1974년, 열세 살의 나이에 처음으로 포 단편 〈모르그 가의 살인〉을 읽었다. 나는 계속 다른 단편도 읽어 내려가 낡은 하드커버 선집을 모두 해치워 버렸다. 그것도 세상에서 가장 열악한 장소의 딱딱한 플라스틱 의자에 앉은 채였다.

미시건 하이랜드의 하일랜드 중학교. 중학교를 좋아하는 학생이야 없겠지만 솔직히 하일랜드 중학교는 2년간의 징역살이였다. 최악은 겨울이었는데, 그때가 되면 해가 뜨는 건 1교시가 끝날 때나 되어서였다. 이따금 몇몇 개구쟁이들이 밖으로 나가 창문을 모두 활짝 열고 눈덩이를 던졌기에 동작이 굼뜨면 그걸로 끝장이었다.

그날 첫 교시는 7학년 영어였고 바깥세상은 여전히 칠흑처럼 어두웠다. 선생은 빈센트 루시어스라는 남자였다. 아직 그를 기억하는 이유는 어쩌면 미쳤을지 모른다고 생각했기 때문이다. 무엇보다 그는 항상 비정상적일 정도로 들떠 있었다. 심지어 정월 월요일 아침까지 히죽거렸으니 말이다. 더 끔찍한 노릇은, 정말로 자기 일을 즐겼다는 사실이다. 그는 교직을 사랑했다. 7학년 아이들에 둘러싸여 지내는 것마저 사랑했는데, 그게 말이나 될 법한 일인가? 더욱이 최악은 세상에, 그는 잘 쓴 글도 사랑했다!

처음으로 우리 모두에게 작문을 시켰을 때 나는 친구와 함께 강도를 잡는 이상한 이야기를 써냈다. 루시어스 선생은 교실 앞에서 그 글을 큰 소리로 읽었다. 1974년의 7학년 시절, 선생님의 선택을 받는 건 정말로 폼 나지 않는 일이었다. 아, 물론 그 후로도 별로 달라진 것 같지는 않다. 문제는, 루시어스 선생은 계속 내게 글을 쓰게 했고 나도 계속 범죄 이야기를 제출했다는 사실이다. 항상 나와 친구가 어른 악당을 잡는 얘기였다. 그때 나는 하디보이 시리즈[23]는 물론 천재탐정 브라운 Encyclopedia Brown[24]과 소년 탐정단 Three Investigators[25]도 수없이 읽었다. 내가 생각하는 미스터리란 딱 그 수준이었다. 상황을 재미있게 이끌 정도의 가벼운 위험과 모든 미스터리가 깔끔하게 해결되는 결말. 그러던 어느 날, 루시어스 선생이 에드거 앨런 포 선집을 주며 읽어 보라고 했다. "이제 조금 더 '어두운' 얘기도 시도해 봄 직할 게야. 책은 수업 끝날 때마다 내 책상에 두면 된다. 내일 더 읽고."

그는 그 이야기들이 내게 어떤 의미가 될지 알았을 것이다. 처

23 —— 1927년 이후 지금까지 4백 편 이상이 발표된 탐정 소설 시리즈
24 —— 백과사전을 다 외울 정도의 열 살짜리 소년 탐정 브라운이 벌이는 추리 이야기
25 —— 1964년에서 1987년까지 43권으로 출간된 로버트 아서 주니어의 청소년 탐정 시리즈

음에 19세기의 언어가 다소 읽기 어렵기는 했다. 하지만 일단 요령을 익히고 나자… 맙소사, 그렇다, 조금 어둡기는 했다. 게다가 '진짜'였다. 결말에 가서도 상황이 해결되지 않을 때 느낀 감정이 바로 그랬다. 포는 밖에서 이야기를 들여다보지 않았다. 그는 그 안에 살고 있었다.

〈함정과 진자〉, 〈고발하는 심장〉. 그 이야기들을 다시 읽을 때마다 나는 눈덩이 날아다니는 중학교로 되돌아간다. 상상할 수도 없을 만큼 어둡고 불가사의한 세계에 푹 빠져 지냈던 그 시간으로 돌아간다. 내가 태어나기 112년 전에 죽은 남자가 창조해 낸 세계. 최초로 진짜를 읽기 시작했을 때의 기분으로 돌아가, 내가 직접 그런 식으로 쓸 수 있을까 고민하는 것이다. 앞으로 어떤 사람이 될지 결심했을 때에도 나는 1974년 7학년 교실로 돌아가 있었다.

어디에 계신지는 모르겠지만, 고맙습니다, 빈센트 루시어스 선생님. 그리고 에드거 앨런 포, 당신께도 감사드립니다.

T. Jefferson Parker

Jan Burke

Lawrence Block

P. J. Parrish

Lisa Scottoline

Laura Lippman

Michael Connelly

Laurie R. King

Tess Gerritsen

Stephen King

Steve Hamilton

Edward D. Hoch

Peter Robinson

S. J. Rozan

Nelson Demille

Sara Paretsky

Joseph Wambaugh

Thomas H. Cook

Jeffery Deaver

Sue Grafton

IN THE SHADOW
OF THE MASTER

함정과 진자

The Pit and the Pendulum

✳

아프다. 오랜 고통에 죽고 싶도록 아프다. 마침내 나를 풀어 주고 자리에 앉으라고 했을 때는 감각이 모조리 달아나는 느낌이었다. 그래, 선고… 마지막으로 기억나는 건 끔찍한 사형 선고였다. 그 후 온갖 심문의 목소리들이 그저 꿈처럼 모호한 윙윙거림으로만 들렸다. 지구의 자전을 연상케 하는 소리… 아마도 공상의 물레방아가 윙윙거리는 소리와 닮았기 때문이리라. 아니, 그런 생각도 잠시뿐이었다. 이내 아무 소리도 들리지 않았다. 이제 내 눈에 들어온 건 (엄청나게 왜곡된 형상의) 입술들이었다. 검은 법복의 판사들. 그들의 입술은 창백했다. 이 글을 쓰는 종이보다도 창백했다. 더욱이 기괴할 정도로 얇기도 했다. 아마도 단호한 정신과 결연한 의지, 인간을 고문하는 데 대한 불가피한 선택 등을 표정으로 담으려 했기 때문이리라. 내 '죽음'을 부르는 선언들이 그들의 입술에서 쏟아져 나오고 있었다. 입술은 치명적인 언어로 비틀리며 내 이름 음절 하나하나를 씹어 냈다. 나는 온몸을 부르르 떨었다. 소리가 들리지 않았다. 또한 벽을 뒤덮은 검은 휘장이 미미하게 물결치는 모습에 잠시 아찔한 두려움에 휩싸이기도 했다. 이제 내 환각은 탁자 위의 기다란 일곱 자루 양초를 향했다. 처음엔 양초들도 자애로워 보였다. 나를 구해 줄 백의의 천사들이라 믿고 싶었다. 그런데 어느 순간 치명적인 욕지기가 내 영혼을 감싸고, 마치 전선을 건드리기라도 한 듯 전신의 세포가 일제히 경련을 일으켰다. 일곱 천사들도 불꽃의 머리를 매단 무의미한 허깨비로만 보였다. 어차피 그런 곳에 도움의 손길이 있을 리는 없었다.

이윽고 감미로운 선율처럼 떠오른 건, 무덤 안이 얼마나 달콤할까 하는 생각이었다. 그런 생각은 몰래 스며들어와 완전히 이해하는 데만도 오랜 시간이 필요할 듯했다. 하지만 마침내 내 영혼이 그 의미를 온전히 느끼고 이해하자마자 눈앞의 판관들도 마술처럼 사라졌다. 키 큰 양초들도 소멸하고 촛불도 완전히 꺼졌다. 이제 칠흑 같은 어둠뿐이다. 감각은 모두, 지옥으로 떠나는 영혼처럼, 영락의 빠른 흐름 속에 빨려드는 듯했다. 우주엔 침묵과 정적과 어둠만이 남았다.

정신을 잃고 쓰러졌으나 의식이 완전히 사라진 건 아니었다. 어떤 의식이 남았는지는 정의할 마음도, 묘사할 생각도 없다. 다만 의식이 남아 있는 것만은 분명했다. 깊고 깊은 잠 속에서도… 정신 착란의 와중에도… 의식 불명 상태에서도… 아니, 죽음을 맞이하거나… 심지어 무덤 속에 들어 있다 해도 의식은 남는다. 아니면 그 어디에 인간의 불후성이 있겠는가? 죽음처럼 깊은 잠에서 깨어났을 때조차 우리는 아련한 꿈이 자아낸 덧없는 거미집을 걷어 내게 된다. 물론 거미줄이 너무도 무른 탓에 이내 꿈을 잊기는 할 것이다. 의식 불명에서 깨어나는 데는 두 가지 단계가 있다. 첫 번째가 정신적 및 영적 감각의 단계, 두 번째는 물리적 및 존재론적 감각의 단계다. 두 번째 단계에 이르는 순간 첫 번째의 인상을 기억할 수 있다면, 심연 저 너머의 상황까지 생생하게 재현할 가능성은 얼마든지 있다. 그런데, 그 심연이란 게… 도대체 뭐지? 우리가 무덤의 그림자와 심연의 그림자를 구분할 수는 있는 건가? 하지만 이른바 첫 번째 단계의 인상이 우리의 의지와 무관하게 기억된다면? 그렇다면 그런 기억들은 부지불식간에 찾아와 우리를 어리둥절하게 만들겠지? 기절해 보지 못한 사람은, 이글거리는 숯덩이 속에서 만난 기이한 궁전들과 아련한 얼굴들을 만나지 못한다. 다른 사람들과 마찬가지로, 허공에 부유하는 슬픈 환영들을 볼 수도 없고, 어느 낯선 꽃향기 때문에 고민하지 않으며, 한 번도 관심을 가진 적 없는 운율의 의미에 당혹해할 필요도 없다.

나는 진지하고도 집요하게 기억을 위해 애썼으며, 내 영혼이 빠져들었던 무저갱 지경으로부터 일말의 흔적이나마 건져 내려 안간힘을 썼다. 실제로 성공의 기대감에 부풀었던 때도 여러 번이다. 아주, 아주 짧은 찰나에 불과했지만, 기억을 완전히 회복했다고 확신한 때도 있었다. 하지만 후에 보다 명료한 이성으로 들여다보면 그 기억들은 기껏 잠재의식의 차원과 연결되어 있을 뿐이었다. 이들 의사(擬似) 기억들은 모호하게나마 어느 키 큰 존재에 대해 얘기해 준다. 존재는 조용히 나를 잡고는, 한없이, 한없이 저 아래로 끌고 내려갔다. 무저갱으로의 영락을 생각하는 것만으로 끔찍한 현기증이 일어날 때까지. 의사 기억들은 또한 내 가슴속의 모호한 공포가 비정상적으로 잠잠한 심장 때문이라는 얘기도 들려주었다. 그러고는 갑자기 삼라만상이 정지한 느낌이 뒤를 잇는다. 나를 품은 존재들이 (유령 기차처럼!) 추락하는 동안, 무한의 한계를 뛰어넘고, 영락의 노고에서 해탈했을 때의 느낌이 그럴 것이다. 그 후에 기억나는 건 습하고 평평한 감촉이나 그 순간 모든 것이 허망해진다. 기억이 금지된 영역을 더듬다 만들어 낸 허상들. 이윽고, 내 영혼 안으로 소리와 움직임이 돌아온다. 가슴에서 심장이 격동하고 귀는 박동 소리를 듣는다. 다시 허무뿐인 정적. 그리고 소리와 동작과 감촉. 온몸을 스멀거리는 따끔거림. 어느덧 존재의 자각이 길게 지속되고 어느 순간 생각이 돌아온다. 그와 더불어 숨 막히는 공포와 본질을 이해하려는 진솔한 노력에 이어 다시 무감각으로 회귀하고자 하는 강한 열망이 밀려들었다. 드디어 밀물처럼 영혼이 돌아오고 몸을 움직이는 것도 가능해졌다. 그 후로는 모든 것이 순차적이다. 재판, 판관, 검은색의 휘장, 판결, 욕지기, 기절… 완전한 망각까지. 후일 아무리 노력을 기울여서도 막연한 기억밖에 되찾지 못한 바로 그 망각이다.

　나는 아직도 눈을 뜨지 않았다. 하늘을 향해 누워 있는 것 같지만 묶이지는 않았다. 손을 뻗어 보았다. 하지만 힘없는 팔은 이내 툭 하고 떨어져 무언가 습하고 딱딱한 물건을 건드렸다. 나는 몇 분 동안 손을 그대로 둔 채 이곳이 어디이며 또 내가 어떤 지경인지를 기억해 내려 애썼다. 눈을 뜨고 싶었지만 차마 겁이 났다. 눈을 떴을 때 제일 먼저 무엇을 보게 될까? 끔찍한 광경 때문이 아니라 아무것도 보이지 않을 것만 같아서였다. 마침내 이판사판이라는 심정으로 번쩍 하고 눈을 떴다. 그리고 최악의 우려가 실현되었다. 영원한 암흑의 밤이 나를 휘감은 것이다. 나는 숨을 헐떡였다. 짙은 어둠이 나를 짓누르고 목을 조르는 듯했다. 공기도 참기 어려울 정도로 답답했다. 나는 그대로 누운 채 상황을 추론해 보았다. 우선 재판 과정을 떠올리고 거기서부터 내 현 상황을 연역해 나올 참이었다. 판결이 내려졌다. 그 후로 아주 오랜 시간이 지난 듯하다. 하지만 죽었다는 생각은 들지 않았다. 소설에서 뭐라고 떠들던 간에 어차피 현실과는 동떨어진 얘기니까. 그런데 여기는 어디고 나는 어떤 상황이지? 내가 알기로, 종교 재판은 대개 사형 집행으로 끝났고 그중 하나가 바로 내 공판일 밤에 집행되었다. 감방으로 돌아온 걸까? 다음 집행을 기다리기 위해? 몇 달 후가 될지도 모르는데? …아니, 그럴 리는 없다. 사형수들은 즉시 처형되었다. 게다가 내 방을 포함해 톨레도의 사형수 감방들은 모두 돌바닥이고 어느 정도 조명도 있었다.

갑자기 끔찍한 생각에 피가 역류하더니 또다시 머리가 새하얘졌다. 나는 두 발로 벌떡 일어나 온몸을 부르르 떨고는 위아래 사방으로 미친 듯이 손을 휘저었다. 아무것도 걸리지 않았다. 그래도 감히 발을 내딛지는 못했다. 무덤 벽에 막힐까 두려웠다. 땀구멍마다 식은땀이 배어 나오고 이마엔 차갑고 커다란 땀방울이 송글거렸다. 두려움에 미칠 것만 같았다. 마침내 나는 두 팔을 내민 채 조심스레 앞으로 나아갔다. 두 눈은 일말의 빛줄기라도 잡을까 잔뜩 새우 눈을 했다. 몇 걸음 앞으로도 역시 암흑과 공허뿐이었다. 호흡은 좀 더 편해졌다. 적어도 최악의 운명은 아니라는 생각 때문이었다. 조심조심 발걸음을 떼는 동안, 톨레도의 공포에 대한 수천 가지 풍문이 일제히 밀려들었다. 지하 감옥 얘기도 들었다. 항상 헛소리라고 치부하면서도, 너무도 기이하고 끔찍했기에 행여 귓속말로라도 쉽게 꺼내지 못했던 얘기들이다. 그러니까… 어두운 지하 세계에서 굶어 죽도록 내버려진 건가? 아니면 그보다 더 끔찍한 운명이라도 기다리고 있는 걸까? 물론 결과는 죽음일 것이다. 그것도 정도를 훌쩍 벗어난 처참한 죽음. 그걸 의심하기엔 판관들의 성격을 너무도 잘 알고 있다. 내가 걱정하고 궁금해했던 건 다만 처형 방법과 시간뿐이다.

마침내 뭔가 딱딱한 장애물이 손에 걸렸다. 벽. 돌로 지었는지 매끄럽고 미끄덩거리고 또 차가웠다. 나는 벽을 따라갔다. 지하 감옥에 대해 들은 바가 있어 걸음은 조심스러울 수밖에 없었다. 그런데 아무리 걸어도 도무지 감옥의 규모를 짐작할 길이 없었다. 이런 식이라면 한 바퀴 돌아 출발점으로 돌아온다 해도 눈치도 못 챌 판이었다. 벽이 너무도 똑같았다. 나는 나이프를 찾기 위해 주머니를 뒤졌다. 법정에 들어갈 때까지만 해도 있었는데… 없다. 옷도 거친 서지복으로 바뀌어 있었다. 가느다란 균열 사이에 칼을 끼워 넣어 출발점을 표시하고 싶었건만. 사실 큰 문제는 아니었다. 머릿속이 혼란스러운 탓에 모든 게 어려워 보였을 뿐이다. 나는 옷단을 약간 뜯어내 벽과 직각이 되도록 길게 늘어놓았다. 감옥을 더듬어 가다 원위치로 돌아오게 될 경우 이 천조각을 지나칠 리는 없을 것이다. 적어도 내 생각은 그랬으나, 감옥의 규모는 물론, 내 체력도 감안할 형편은 못 되었다. 바닥은 습하고 미끄러웠다. 나는 얼마간 비척비척 걷다가 발을 헛디뎌 넘어지고 말았다. 그리고 너무나 피곤한 탓에 한참을 대자로 뻗은 채 있다가… 어느새 잠이 들었다.

잠에서 깨어난 후 한 팔을 뻗어 보니 내 옆에 빵 한 덩어리와 물주전자가 있었다. 너무 지친 탓에 상황을 곱씹어 볼 여력은 없었다. 우선 닥치는 대로 먹고 마시고 볼 일이었다. 잠시 후 감옥 순례를 재개했고 고생고생 끝에 마침내 서지 천 조각을 만났다. 쓰러지기 전까지 쉰두 걸음, 다시 일어나 천 조각에 다다를 때까지 마흔여덟이었다. 그러니까 모두 백 걸음, 두 걸음을 1미터로 환산하면 지하 감옥의 둘레는 50미터 정도였다. 벽에 모퉁이가 많았기에 감옥의 형태를 가늠하기는 어려웠다. 어쨌든 지하 감옥이라고 생각할 수밖에 없었다.

감옥을 조사할 의미도 희망도 없었으나, 막연한 호기심 때문에라도 탐사를 계속 하기로 했다. 그리하여 이번엔 벽을 벗어나 감옥을 가로지르기 시작했다. 바닥은 단단했지만 무척이나 미끄러워 처음엔 극도로 조심해서 걸음을 떼었다. 그러다가 용기를 내어 성큼성큼 걸음을 내디뎠는데 가능한 한 직선을 이룰 필요가 있었기 때문이다. 그런 식으로 열에서 열두 걸음쯤 걸었을 때, 옷에서 뜯어낸 옷단 자락이 두 발에 엉키는 바람에 나는 얼굴부터 그대로 곤두박질치고 말았다.

처음엔 넘어진 충격 때문에 상황을 이해하지 못했다. 정신을 차린 건 몇 초 후, 여전히 대자로 누워 있을 때였다. 상황은 이랬다. 턱이 감옥 바닥에 닿았는데, 입술과 머리 윗부분이 턱과 비슷하게 돌출했음에도 불구하고 아무데도 닿지 않은 것이다. 이마는 냉습한 수증기를 뒤집어쓴 느낌이고 썩은 곰팡이 같은 기이한 악취까지 콧구멍을 자극했다. 나는 손을 내밀어 보았다. 놀랍게도 내가 넘어진 자리는 둥근 구덩이의 가장자리였다. 당장 함정의 규모를 알 수는 없었다. 나는 가장자리 바로 아래에서 돌조각을 조금 떼어낸 다음 구덩이 아래로 떨어뜨렸다. 깊은 구렁 벽에 부딪치며 떨어지는 반향음이 몇 초 동안 이어졌다. 마침내 돌이 퐁 하고 물에 빠지는 소리와 커다란 메아리가 연이어 들려왔다. 그리고 그와 동시에 머리 위에서 황급히 문을 여닫는 소리가 들렸다. 순간적으로 희미한 불빛이 어둠을 꿰뚫고 역시 곧바로 사라졌다.

이제 나를 위해 준비해 둔 파멸의 본질을 확실하게 깨달았다. 나를 함정에서 구해 준 시의적절한 우연에도 감사했다. 넘어지기 전 한 발짝만 더 갔어도 난 이미 세상에 없는 사람이 되었을 것이다. 내가 지금 막 모면한 죽음은, 종교 재판소와 관련된 얘기 중에서도 터무니도 뜬금도 없다고 여겼던 바로 그런 성격에 속했다. 폭압적 종교 재판의 희생자에게는 가장 참혹한 물리적 고통을 수반한 죽음 및 가장 끔찍한 도덕적 공포를 통한 죽음 간의 선택이 주어진다. 내 몫은 후자였다. 오랜 고통 덕분에 신경이 크게 약화되어 지금은 나 자신의 목소리에도 경기를 일으킬 지경이었다. 어느 모로 보나 나를 위해 준비된 종류의 고문으로서는 안성맞춤이었다.

나는 사지를 떨며 더듬더듬 벽으로 돌아갔다. 구덩이의 공포를 시도하느니 차라리 벽에 붙어 죽는 게 낫겠다 싶었다. 짐작컨대 지하 감옥 여기저기 함정이 흩어져 있으리라. 예전 같으면 당장이라도 심연에 뛰어들어 불행을 마무리 지으려 했겠지만 지금은 나도 겁쟁이 중의 겁쟁이 신세였다. 저런 함정들에 대해 읽은 얘기도 잊지 않았다. 그러니까… 그들의 끔찍한 계획에 돌연사 따위는 들어 있지도 않았다.

심신의 동요로 오랜 시간 잠들지 못하다가 결국 선잠에 빠져들었다. 그리고 잠에서 깨었을 때 내 곁엔 전처럼 빵 한 덩어리와 물주전자가 놓여 있었다. 때마침 갈증에 목이 타던 터라 나는 단숨에 주전자를 비웠다. 약을 탄 모양이었다. 물을 마시는 순간 미칠 듯한 졸음이 밀려들어 다시 깊은 잠에 빠져야 했다. 죽음만큼이나 깊은 잠. 물론 얼마나 오래인지 알 도리는 없었으나, 눈을 떴을 때 주변 사물이 눈에 보였다. 거친 유황불 같은 빛, 그 빛이 어디에서 비롯되었는지는 몰라도 감옥의 크기와 구조는 충분히 볼 수 있었다.

크기에 대해서라면 완전한 오판이었다. 전체적인 둘레는 25미터를 넘지 않았다. 그 바람에 몇 분간 혼란에 빠지기도 했는데 정말이지 쓸데없는 고민이었다. 도대체 이 끔찍한 상황에서 감옥의 크기만큼 사소한 문제가 또 어디 있다는 말인가! 그럼에도 불구하고 내 머리는 사소한 문제에 집착해 계산 착오의 이유를 밝혀내느라 여념이 없었다. 그리고 마침내 진실을 깨달았다. 최초의 탐사에서 넘어질 때까지 내 걸음은 쉰둘이었다. 그때쯤 천 조각까지는 기껏 한두 걸음이었을 것이다. 그때 잠이 들었는데, 잠에서 깬 후 필경 왔던 길을 돌아간 것이다. 계산이 실제보다 거의 두 배로 나온 건 그 때문이다. 크게 혼란스러운 탓에 탐사를 시작할 때 벽이 왼쪽이었다는 사실을 잊고 그만 오른쪽으로 끝을 낸 모양이었다.

감옥의 구조에 대해서도 잘못 생각했다. 벽을 더듬으면서 모퉁이를 자주 만났기에 크게 불규칙하다는 인상을 받았다. 혼수상태나 잠에서 깨어난 사람한테 미치는 어둠의 영향이 그만큼 크다는 뜻이겠다. 모퉁이는 기껏 불규칙한 간격의 이음새들에 불과했다. 감옥의 전체적인 구조는 사각형이었다. 벽도 돌벽이 아니라 철벽이었다. 아니, 정확한 재질은 몰라도 거대한 금속판인 것만은 분명하며 모퉁이는 그 이음새 또는 용접선이었다. 철제 감옥은 전체적으로, 저 옛날 수도원 납골당에나 있었음직한 온갖 섬뜩하고 께름칙한 그림들로 조잡하게 덮여 있었다. 위협적인 인상의 악귀들, 해골 등, 끔찍하기 이를 데 없는 심상들인데, 그림의 윤곽선은 상당히 선명한 데 반해 습기 때문인지 채색은 크게 바래고 희미했다. 바닥은 돌이었다. 그리고 한가운데 둥근 구덩이가 아가리를 쩍 벌리고 있었다. 내가 빠질 뻔한 함정인데 지하 감옥의 구덩이는 그게 전부였다.

이를 확인하는 일이 쉽지만은 않았다. 잠들어 있는 동안 상황이 크게 바뀌었다. 지금 나는 나지막한 나무판에 똑바로 누워 있고 뱃대끈 같은 기다란 속박이 내 몸을 단단히 묶고 있었다. 팔과 다리, 그리고 몸 여기저기 묶이지 않은 곳이 없었다. 그래도 머리만은 자유였다. 왼팔도 움직일 수 있기는 했으나 기껏 바닥의 사기그릇에 담긴 음식을 낑낑거리며 먹을 정도였다. 끔찍하게도 주전자는 보이지 않았다. 끔찍하다고 한 것은, 갈증으로 미칠 것 같았기 때문이었다. 먹으라고 내놓은 고기가 무척 매웠던 걸 보면 필경 집행자들이 유도한 갈증이리라.

나는 고개를 들어 감옥의 천장을 살폈다. 10~12미터 정도의 높이로 구조는 벽면과 같았다. 그때 철판 한쪽에 그려진 독특한 문양 하나가 내 시선을 잡았다. 시간을 의인화한 페인트 그림인데 흔히 보는 모습이나 이번엔 낮 대신에 낡은 괘종시계에서 봄

직한 커다란 진자 같은 걸 들고 있었다. 그런데 진자의 모습이 어딘가 이상했다. 나는 조금 더 자세히 올려다보았다(진자는 내 머리 바로 위에 있었다). 그런데 진자가 움직이고 있는 건가? …그랬다. 착각이 아니라 정말로 움직였다. 진폭은 짧고 또 느렸다. 나는 몇 분 동안 진자를 올려다보았다. 두렵기도 했지만 그보다는 경이로웠다. 그리고 잠시 후 답답한 진자 운동에 싫증이 나 감옥의 다른 물건들도 돌아보기 시작했다.

그때 가벼운 소음이 들려 바닥을 보니 커다란 쥐 몇 마리가 방을 가로지르고 있었다. 오른쪽으로 간신히 보이는 구덩이에서 나온 쥐들이었다. 내가 지켜보는 동안, 굶주린 눈빛의 쥐들이 꾸역꾸역 떼를 지어 기어올랐는데 고기 냄새에 혹한 모양이었다. 놈들이 고기를 건드리지 못하게 쫓아내는 데도 상당한 노력과 주의가 필요했다.

시선을 다시 천장으로 향한 건 30분 정도 후였을 것이다. 아니, 한 시간일 수도 있지만 어차피 시간을 재는 건 불완전할 수밖에 없었다. 진자 운동은 거의 넓이가 1미터까지 확대된 터였다. 당연히 속도 또한 대단히 빨랐다. 그런데 그보다 더 불안한 건 진자가 눈에 띌 정도로 내려와 있었다는 사실이다. 또 하나 너무도 끔찍한 사실. 진자의 아랫부분이 번쩍이는 강철 언월도 모양을 하고 있었다. 끝에서 끝까지가 30센티미터 정도이며 양끝은 위를 향하고 아랫날은 면도날만큼이나 날카로워 보였다. 크고 육중한 언월도는 끄트머리에서 상부의 단단하고 넓은 구조물로 가면서 점점 뾰족해졌다. 진자는 커다란 놋쇠봉에 매달린 채 공기를 가를 때마다 쉭쉭 소리를 토해 냈다.

나를 위해 어떤 교활한 고문과 파멸이 준비되어 있는지는 더 이상 의심할 여지가 없었다. 내가 구렁 함정을 인지했다는 사실이 종교 재판 대리인들에게 보고되었을 것이다. 나처럼 무도한 반종교범들을 위해 준비한 공포의 함정, 징벌 중의 징벌이자 지옥의 전형이라는 함정…. 그 함정에 빠지지 않은 건 순전히 우연이었다. 내가 깨달은 사실은, 그런 식의 불시의 학대야말로 이 기괴한 감옥 사형 방식의 핵심이었다. 따라서 나를 떨어뜨리는 데 실패했다고 해서 나를 저 구덩이 안으로 집어던지거나 하지는 않을 것이다. 그렇다면? 그래, 별다른 대안이 없는 이상, 그와 다른 보다 온건한 형식의 파괴가 나를 기다리고 있으리라. 온건? 그런 단어를 이 상황에 갖다 붙여야 하다니! 난 그 아이러니에 쓸쓸한 미소를 짓고 말았다.

강철 칼날의 치명적인 진폭이나 하릴없이 지켜보는 주제에. 죽음보다 길고 긴 공포의 시간에 대해 왈가왈부한들 무슨 소용이겠는가. 조금씩 조금씩, 한 번엔 한 단계씩, 거의 무한에 가까울 정도의 느린 속도로, 언월도의 진자가 흔들거리며 떨어져 내렸다! 며칠이 흘렀다. 그래, 분명 며칠은 흘렀으리라. 이제 진자는 내 얼굴에 시큼한 호흡을 뿜어 낼 만큼 가까이 접근했다. 강철의 예리한 향이 콧구멍을 진동시켰다. 나는 기도했다. 더 빨리 떨어지게 해 달라고 저 하늘이 지치도록 기도를 올렸다. 거의 제정신이 아닌 터라 저 공포의 언월도를 향해 고개를 들이밀었으며, 그러다가 갑자기 맥을 놓고 저 번득이는 죽음을 향해 씩 웃기도 했다. 마치 진기한 장난감을 탐하는 아이처럼.

다시 완전한 무의식 상태가 개입했지만, 정신을 차렸을 때 진자의 하강이 거의 느껴지지 않은 걸 보면 그리 오래지는 않은 모양이었다. 아니, 생각보다 오래였을 수도 있겠다. 분명 내 의식 불명을 눈치챈 악귀들이 있을 테니, 진자의 움직임을 조절할 수도 있지 않겠는가. 의식을 회복하는 순간, 온몸이 아프고 기운이 없었다. 오, 말할 수 없을 만큼 고통스러웠다! 오랜 동면에서 깨어나기라도 한 것처럼! 그리고 그 치열한 고통 속에서도 인간의 본성은 먹을 것을 갈구했다. 나는 죽을힘을 다해 속박이 닿는 데까지 손을 내밀어 쥐들이 남겨 놓은 고기 조각을 손에 넣었다. 그리하여 고기를 조금 뜯어먹는데 문득 막연한 기대감이 가슴속을 헤집었다. 기쁨? 아니면 희망? 하지만 희망으로 도대체 뭘 할 수 있지? 말했듯이 그저 설익은 생각에 불과했다. 다듬어지지도 못한 채 어느덧 소멸해 버리는 생각들…. 분명 기쁨과 희망의 생각이었을 테지만, 생각은 형태를 갖추기도 전에 사라져 버린 듯했다. 어떻게든 기억을 되살려 마무리 짓고 싶었지만 허사였다. 오랜 고통에 일상적인 사고력마저 파괴된 것이다. 나는 멍청이, 바보였다.

진자 운동은 내 몸을 가로지르고 언월도는 내 심장을 가르도록 설계되었다. 칼날은 서지 옷을 풀어헤친 다음에도 돌아와 같은 동작을 거듭하리라. 서걱. 서걱! 10미터에 달하는 끔찍하게 넓은 진폭과 획획거리는 무자비한 속도에도 불구하고 몇 분 동안은 내 옷을 뜯어내는 일에만 몰두하리라. 그렇게 나는 생각에 몰두했다. 그 밖에는 아무것도 할 수가 없었다. 나는 집요하게 물고 늘어졌다. 마치 생각으로 칼의 하강을 그 수준에서 멈출 수 있다고 믿는 사람 같았다. 나는 옷을 스치고 지나가는 언월도 소리와, 옷의 마찰이 신경에 전달하는 오묘한 전율에 대해 생각했다. 이가 부드득 갈릴 때까지 이 부질없는 생각에 매달렸다.

아래로, 더 아래로! 끈질기게 아래로, 아래로! 나는 진자의 하강과 진동 속도를 비교하며 격앙된 환희를 느꼈다. 오른쪽… 왼쪽… 저 멀리 드넓게… 저주 받은 영혼의 비명과 함께! 맹호의 느린 발걸음으로 내 심장을 노리고! …나는 생각이 교차할 때마다 웃기도 하고 울부짖기도 했다.

아래로, 더 아래로! 단호하면서도 무도하게! 칼날은 내 가슴 위 10센티미터 안쪽에서 진동했다. 나는 격렬하게(미친 듯이) 왼팔을 빼내기 위해 몸부림쳤다. 왼팔은 손목에서 손가지만 움직일 수 있다. 접시에서 입까지는 가까스로 이동했으나 그 이상은 무리였다. 팔꿈치 위쪽의 속박을 끊을 수만 있다면 진자를 붙들고 매달리기라도 해 보련만! 저 죽음의 쇄도를 막아 보련만!

아래로, 더 아래로! 집요하고도 불가피하게! 나는 칼날이 심장을 스칠 때마다 숨을 죽이고 안간힘을 썼다. 발작적으로 움츠러들었다. 칼날이 호를 그리며 가슴을 벗어나 저 위로 향하면 무기력한 절망감의 시선이 그 뒤를 쫓고, 다시 내려올 때면 경련을 일으키며 질끈 닫아 버렸다. 아아, 죽음이 오히려 안식일 텐데도 그렇다! 아아, 너무도 달콤한 안식이련만! 진자가 조금만, 아주 조금만 하강해도 저 예리하게 번득이는 도끼날이 내 가슴을 썰어내리라는 생각에 신경 하나하나가 경련을 일으켰다. 신경을 떨게 만들고 전신을 움츠리게 만드는 건 희망이었다. 그렇다, 바로 희망이었다. 고문을 이기게 만들고, 종교 법정 지하 감옥 사형수에게 속삭여 주는 희망이었다.

이제 10~12회만 왕복하면 저 강철이 실제로 내 옷에 닿을 것이다. 생각이 거기에 미치자, 갑자기 절망은 잦아들고 내 영혼은 체념의 평온과 냉정으로 충만해졌다. 수 시간, 또는 수일 만에 처음으로 '진짜 생각'도 가능해졌다. 붕대든 뱃대끈이든, 나를 묶은 속박이 매우 독특하다는 사실도 깨달았다. 나를 묶은 속박은 하나로 이어져 있었다. 저 언월도의 진자가 어디든 붕대를 끊는 순간, 왼손을 이용해 모두 풀어 낼 수 있다는 뜻이다. 하지만 그 경우, 칼날이 너무 가깝다는 데 문제가 있었다. 살짝만 몸부림친다 해도 그 결과가 얼마나 치명적이겠는가! 게다가 고문자의 졸개들이 가능성을 예견하고 당연히 대비까지 해 두었을 터였다. 애초에 진자가 지나는 가슴 부위에 붕대를 묶는다는 게 말이 되지 않았다. 나는 내 실낱같은 (마지막) 희망이 무너질까 하는 조바심에, 고개를 들어 가슴을 확인해 보았다. 뱃대끈은 내 사지와 몸을 어지럽게 묶고 있었다… 죽음의 언월도가 지나는 경로만 제외하고!

내가 다시 고개를 떨구는데 문득 어떤 생각이 섬광처럼 뇌리를 때렸다. 그러니까… 얼마 전에, 뜨거운 입술로 음식물을 가져갈 때 막연하게만 떠돌던, 설익은 탈출 계획 얘기다. 드디어 계획이 통째로 떠올랐다. 비록 가능성도 희박하고 모호하기 짝이 없는 데다, 거의 미친 수준에 불과했으나 그래도 온전한 계획이었다. 나는 당장 절망과 절박의 에너지를 바탕으로 당장 계획의 실행에 나섰다.

이미 몇 시간 동안 낮은 나무 테이블 주변은 말 그대로 쥐들의 북새통이었다. 놈들은 거칠고 무모하고 탐욕스러웠다. 벌건 눈을 이글거리며 노려보는 꼬락서니가 내가 얼른 동작을 멈춰 자신들의 먹이가 되기를 기다리는 눈치였다. "도대체 저 구덩이 안에선 뭘 먹고 지냈던 걸까?" 문득 그런 생각이 들었다.

내 안간힘에도 불구하고 놈들은 접시의 음식물을 흔적만 남기고 모두 먹어 치웠다. 습관적으로 접시 주변에 손을 내밀어 휘젓곤 했으나, 아무 의지 없는 단순 반복 동작인지라 약발은 금세 떨어졌다. 이제 탐욕에 눈이 먼 놈들은 날카로운 이빨로 툭 하면 내 손가락을 물어 댔다. 나는 기름지고 짭짤한 음식 찌꺼기들을 손이 닿는 대로 붕대에 묻힌 다음, 바닥에서 손을 뗀 채 숨까지 죽이고 가만히 누웠다.

굶주린 짐승들은 처음엔 상황의 변화, 그러니까 정지된 움직임에 놀라고 두려워했다. 놈들은 겁에 질려 뒤로 물러섰다. 구덩이로 돌아간 놈들도 적지 않았다. 하지만 그도 잠시뿐이었다. 나는 놈들의 탐욕을 믿었으며 예감은 적중했다. 내가 꼼짝도 않음을 직감한 놈들 한두 마리가 먼저 나무판 위로 뛰어 올라, 뱃대끈의 냄새를 맡았다. 그리고 이를 신호로 놈들이 일제히 달려들기 시작했다. 구덩이에서도 꾸역꾸역 쏟아져 나왔다. 놈들은 나무판에 매달리고 기어오르고, 급기야 수백 마리씩 내 몸 위로 뛰어올랐다. 진자 운동 따위는 전혀 개의치 않았다. 놈들은 진자를 피해가며 부지런히 기름 바른 붕대를 쏠아 댔다. 놈들은 내 몸을 누르고도 계속 몰려들어 몇 겹씩 쌓여 갔다. 내 목에서 꿈틀거리기도 하고 차가운 입술로 내 입술을 핥기도 했다. 나도 반쯤은 놈들의 무게에 꼼짝도 하지 못했다. 그 역겨움이 가슴을 불태우고 처절한 냉기로 심장을 식혀 주었건만, 어찌 부족한 세상의 어휘로 그 기분을 일설하겠는가! 하지만 1분. 1분만 지나면 고통도 끝나리라. 벌써부터 붕대가 느슨해지는 느낌이 아닌가. 이미 한 곳 이상이 완전히 끊겨 나갔을 터였다. 그리고 나는 초인적인 인내로 가만히 누워 있었다.

계산은 틀리지 않았다. 기다림이 헛되지도 않았다. 마침내 나는 자유를 확신할 수 있었다. 내 몸을 묶은 뱃대끈이 리본처럼 풀려 나갔다. 진자는 이미 가슴을 압박하고 서지 옷을 풀어헤치고 그 아래 리넨 안감까지 썰어 냈다. 진자가 두 번 치고 가자 날카로운 통증이 온 신경을 헤집었다. 마침내 탈출의 순간이 도래했다. 내 손짓에 구원자들이 우왕좌왕 떨어져 나갔다. 나는 칼날의 공격에 움찔거리면서도 조심스럽게 몸을 빗긴 다음 붕대의 속박에서 미끄러져 나왔다. 드디어 언월도의 사정거리를 벗어난 것이다! 최소한 그 순간만은 해방이었다.

해방! …그렇지만 여전히 종교 법정의 손아귀였다! 내가 공포의 나무 침대에서 돌바닥으로 빠져나오자마자 죽음의 언월도 또한 작동을 멈추고는 보이지 않는 힘에 의해 천장으로 올라가기 시작했다. 이 또한 내가 처절히 명심해야 할 교훈이었다. 내 동작 하나하나가 감시당하고 있었다. 자유? 겨우 한 형태의 죽음에서 죽음보다 지독한 또 다른 형식의 고통으로 빠져나왔을 뿐이었다. 나는 그런 생각을 하며 신경질적으로 철벽 주변을 돌아보았다. 분명 뭔가 특별한 변화가 있었다. 처음엔 확실하게 깨닫지 못했다. 몇 분 동안 정신없이 변화의 정체를 고심해도 헛수고였다. 그래도 그동안 감옥을 비추는 유황 불빛의 근원을 알아내기는 했다. 불빛이 나오는 곳은 균열이었다. 1센티미터의 균열이 벽 바닥을 따라 감옥을 한 바퀴 에워싸고 있었다. 그러니까, 벽이 바닥과 완전히 분리된 것처럼 보였다. 이번에는 균열을 통해 바깥쪽을 보려 했으나 허사였다.

포기하고 일어서는데 문득 감옥의 변화에 대한 미스터리가 풀렸다. 처음에는 벽면의 문양 윤곽들이 매우 또렷한 데 반해 그 색들은 흐리고 불분명했다. 그런데 그 색들이 이제 놀랍도록 강렬하고 선명해진 것이다. 그리고 그로 인해 유령과 악귀의 초상들이, 나는 물론 이 세상 누구라도 위협할 만큼 끔찍한 위용을 드러냈다. 유령처럼 거칠고 창백한 수천 개의 악귀 눈이 사방에서 나를 노려보았다. 조금 전까지만 해도 보이지도 않았건만, 광채가 얼마나 선명한지, 지금은 실체가 아니니 두려워할 필요 없다고 아무리 우겨도 소용이 없었다.

실체가 아니라고? …이렇게 숨을 쉬는 동안에도 달군 쇠의 열기 같은 악취가 코를 찌르고 있지 않은가! 숨 막힐 듯한 악취가 감옥을 가득 채우고 있잖아! 내 고통을 노려보는 눈들은 시시각각 광휘가 깊어지고, 그림으로 표현된 피의 공포에도 짙은 심홍의 빛이 덧뿌려졌다. 숨이 막혔다! 숨이 막혀 헐떡거렸다! 고문자들의 의도는 의심의 여지가 없었다. 오, 무자비하고도 무자비한지고! 오, 악귀보다 악랄한 자들이여! 나는 이글거리는 철벽에서 뒷걸음치며 감옥 중앙으로 물러 나와야 했다. 불의 파멸이 임박했다는 생각에 저 시원한 구덩이가 오히려 향유처럼 영혼을 보듬어 주었다. 나는 새우 눈을 하고 아래쪽을 내려다보았다. 천장의 불꽃이 구덩이의 가장 안쪽을 비춰 주었다. 그리고 찰나, 내 영혼은 저 아래의 광경을 아예 거부해 버렸다. 하지만 구덩이의 참상은 끝내 내 영혼을 파고들고 공포에 절은 이성을 불태우기 시작했다. 오, 더 이상 무슨 말을 하리오! 끔찍하도다! 이보다 더 어찌 끔찍하리오! 나는 비명을 지르며 구덩이에서 멀어졌다. 나는 두 손에 얼굴을 묻고… 혹독하게 흐느껴 울었다.

열기는 급속히 증가했다. 나는 다시 고개를 들고 발작적인 공포에 부르르 온몸을 떨었다. 감옥이 또 변하고 있었다. 이번에는 분명 '형태'의 변화였다. 전과 마찬가지로 어떤 일이 벌어지는지에 대해서는 실감도 이해도 불가능했다. 어쨌거나 나는 황급히 상황을 분석하기 시작했다. 종교 법정은 내 두 번의 탈출에 당혹했다. 당연히 공포의 제왕보다 더 지독한 고문이 시작된 것이다. 처음에 감방은 정방형이었다. 이제 강철로 된 모퉁이 두 곳이 예각으로 변하기 시작했다. 당연히 두 곳은 둔각이다. 이 끔찍한 변화는 나지막한 신음 소리와 우르릉 소리와 더불어 빠른 속도로 진행되었다. 감옥은 순식간에 마름모꼴이 되었지만 거기에서 멈추지 않았다. 나 또한 변화가 멈추기를 기대하지도 바라지도 않았다. 저 붉은 벽을 영원한 안식의 의상으로 삼을 수도 있었다. "저 구덩이에 빠지지만 않으면 어떤 죽음도 상관없어!" 내가 외쳤다. 멍청한 놈! 저 불타는 철벽의 목적이 나를 구덩이로 밀어넣는 데 있다는 것도 모르더냐? 내가 저 열기를 이길 수 있다고? 그래, 열기를 이긴다고 치자. 그럼 압력은? 마름모꼴은 점점 평평해졌건만 속도가 너무도 빨라 생각할 틈도 없었다. 마름모꼴의 중심, 그러니까 제일 넓은 공간은 당연히 아가리를 쩍 벌리고 있는 구덩이 쪽이었다. 나는 움찔하며 물러섰다. 벽은 좁아지면서 무자비하게 나를 밀어냈다. 마침내 불에 타며 움츠려만 들던 내

몸이 디딜 곳이라고는 불과 몇 센티미터도 남지 않았다. 나는 반항을 포기했다. 영혼의 고통이 길고도 기다란 최후의 외마디 비명으로 터져 나왔다. 나는 끄트머리에서 버둥거리며⋯ 시선을 피했다⋯.

그때 사람들의 시끄러운 목소리가 들렸다! 수많은 트럼펫이 한꺼번에 울려 대는 것만큼이나 커다란 소리! 수천의 천둥소리! 그리고 그와 함께 불벽이 물러나고 있었다! 내가 의식을 잃고 무저갱으로 떨어지는 순간 누군가 내 손을 잡아 주었다. 라살 장군! 프랑스 군데가 톨레도에 입성해 종교 법정을 손아귀에 넣은 것이다.

에드워드 호크

Edward D. Hoch

에드워드 D. 호크(1930~2008)는 미국 미스터리 작가 협회장을 역임했으며, 에드거 최우수 단편상을 수상했다. 2001년에는 미스터리 작가 협회가 수여하는 그랜드마스터 상의 영예를 얻기도 했다. 그는 국제 추리 소설 박람회 바우처콘Bouchercon의 주빈으로 2회의 앤서니 상과 평생 공로상을 수상했다. 미국 사립 탐정 작가 협회 역시 평생 공로상을 수여한 바 있다. 975편의 단편을 발표한 작가로서, 지난 35년간 〈엘러리 퀸의 미스터리 매거진〉에도 등장했다.

함정, 진자, 그리고 완벽

에드워드 호크

다른 곳에서 미스터리 소설과의 인연이 어릴 적 엘러리 퀸의 소설을 만났을 때로 거슬러 올라간다고 말한 바 있다. 하지만 단편에 대한 사랑만큼은 에드거 앨런 포를 처음 읽을 때라고 해야겠다. 〈함정과 진자〉를 처음 만난 건 학교 교재였다. 포의 작품 전반을 특징짓는 호러와 서스펜스의 거의 완벽한 예였다.

도입부의 종교 법정에 대한 묘사에서부터 독자는 화자의 끔찍한 곤경에 매료된다. 우리는 그때부터 연이은 고문의 동반자가 되지만, 죽음 외에 그가 빠져나올 방법은 없는 듯 보인다. 그는 의식과 몽환 지경을 부유하다가 진자와 날카로운 칼날을 이용한 처형 방식과 맞닥뜨린다. 포는 그 방법을 동시대 종교 재판 역사서에서 보았을 것이다. 진자의 느린 하강과 방 주변을 돌아다니는 쥐들에 대한 묘사가 이어지면서 화자의 생존 가능성은 제로

가 된다.

하지만 진자의 사형을 기적적으로 탈출한다 해도 훨씬 더 중대한 위험에 직면한다. 뜨거운 철벽이 조여들며 그를 방 중앙의 깊은 구덩이로 몰아넣기 시작한 것이다. 이야기의 마지막 문단까지 서스펜스는 절정에 이르고 독자들은 숨을 죽인다. 결말은 다소 지나친 감이 있지만 그것마저 역사적 근거가 있다. 때문에 독자들에게도 매우 만족스러울 뿐 아니라, 손톱을 물어뜯던 30분간의 서스펜스에도 완벽한 결말이 된다.

단편을 쓰고자 하는 누구에게나, 에드거 앨런 포는 더할 나위 없는 스승이다. 그리고 〈함정과 진자〉만큼 긴장감 넘치는 완성도를 보여 주는 글은 어디에도 없다.

피 터
로 빈 슨

Peter Robinson

피터 로빈슨은 영국에서 태어나 지금은 토론토와 리치먼드와 노스요크셔를 오가며 생활한다.
뱅크스 형사 시리즈의 저자로 가장 최신작은 《악마의 친구 Friend of Devil》이다. 그는 또 많은
단편을 발표했으며, 그중 〈작전 중 실종 Missing in Action〉이 2000년 에드거 상을 수상했다. 요
즘에는 여가에 최면술을 즐기거나 고문실 견본을 짓고 죽은 시체에서 이빨을 뽑는다.

고성(固城)의 함정과 진자

피터 로빈슨

내가 범죄 소설 작가가 아니었다면 호러나 SF를 썼을 가능성이 제일 크다. 사실 10대 때만해도 그런 글들을 쓰다가 오랜 동안 시작(詩作)을 거쳐 범죄 소설로 들어서게 되었다. 오귀스트 뒤팽 특유의 추리 이야기는 솔직히 감흥이 없었지만(당시엔 그냥 오랑우탄 가설을 믿을 수가 없었다!) 그의 미스터리와 상상의 이야기는 처음부터 나를 매료시켰다. 내가 그의 이야기들을 접하기 시작한 건 로저 코먼의 영화를 통해서였다. 물론 그 대부분이 전설적인 리처드 매드슨의 각색이었다.

1960년 초기의 영국엔 영화 등급이 셋뿐이었다. U, A, 그리고 X. 첫 번째는 미성년자 관람가이고, A 등급은 어른과 동행해야 했으며, X 등급은 열여섯 살 이상이어야 했다. X 등급의 영화는 성과 폭력과 관계없이, 오싹한 호러와 SF 영화에만 적용되었으며 대개 〈우주 생명체 블롭〉에서 〈사이코〉까지 황금시대에 개봉한 작품들이다. 열두 살 영화팬에게 선택의 폭은 너무도 좁았다. A 등급은 되어야 뭔가 그럴듯할 텐데, 그런 영화를 보려면 영화관 밖에서 어슬렁거리다가 어른한테 데려가 달라고 사정해야 했다. 그 시대 그 나이엔 상상도 못할 일이었지만 우리는 그렇게 했고 또 살아남았다.

다행히 시골 극장도 하나 있었다. 이름도 신기하게 고성(固城) 극장이었다. 매표소의 할머니는 손님 나이가 몇 살인지 따위는 개의치도 않았다. 내 기억엔, 열두셋 나이에 나도 열여섯 살로 보일 만큼 키가 컸는데, 어쨌든 할머니는 내 돈을 받은 후 확인도 안 하고 들여보내 주었다. 나는 지금도 붉은색 장막이 걷히기 전의 흥분과 기대감을 잊을 수 없다. 나는 하지 말아야 할 일을 하고, (적어도 내 또래 아이에게) 금지된 장면을 보았다. 앞으로 어떤 기적이 펼쳐질지 모르는 채! 그 이전에 경험한 호러와 SF라면 TV에서 본 〈안드로메다 A for Andromeda〉와 〈쿼터매스 교수와 비밀실험 Quatermass and the Pit〉 정도였는데 두 번째 영화는 무지 무서웠다. 이제 나 홀로 어두운 극장에 앉아 공포에 대한 궁극의 경험을 기다리고 있다. 그것도 총천연색 대형 스크린의 〈함정과 진자〉였으니, 담배라도 피운 듯 배가 비틀리고 온몸이 의자 밑으로 가라앉은 것도 당연한 일이겠다.

막이 열리고 마치 10년 후의 광선 쇼를 보듯 빛의 소용돌이가 쏟아져 나왔다. 하지만 당시의 어설픈 효과만으로도 뭔가 엄청난 게 나올 것 같았다. 이 영화는 분명 차원이 다를 것이다. 이윽고 언덕 위로 안개에 둘러싸인 섬뜩한 성이 나타났다. 마차가 빠른 속도로 달려오다가 스크린 중앙에 멈춰 섰다. (호러 영화에 빠르게 맛을 들인 나로서는, 그 즈음 해머 스튜디오가 만들어 낸 효과와 그런 식의 오프닝을 보는 데 익숙했다) 하지만 나를 벌벌 떨게 만든 것은, 성도 거미줄도 토굴도 아니고, 플래시백과 꿈 장면에 쓰인 기이한 색과 왜곡도 아니었다. 코먼을 통해 알게 된 포는, 강박 관념의 대가이자 비애와 상실의 대가였다. 그는 그런 것들이 어떻게 한 사람을(특히 빈센트 프라이스) 죽음을 초월한 광기로 몰아갈 수 있는지 여실히 보여 주었다!

돌이켜 보면 그때 내가 영화를 얼마나 이해했겠는가. 불륜과 쾌락의 암시는 몰라도 얘기의 바탕이 되는 간통 요소까지 이해하지는 못했을 것이다. 갈등을 증폭시키는 것은 해머뿐 아니라 코먼 영화의 특징이기도 했다. 그리고 엘리자베스가 미친 듯이 돌아다니고, 성적 갈망을 담아 고문 기구들을 어루만지고, 또 고문실을 찬양하는 방식은 당혹스러운 동시에 매혹적이었다. (몬티 파이톤에 의해 불후의 명예를 얻기 몇 년 전이었음에도) 나는 이미 스페인 종교 재판소와, 아이언메이든과 고문대 등의 고문 기구들에 대해서도 알고 있었다. 그래도 불륜은 낯설 수밖에 없었으리라.

정말로 충격적인 장면도 있다. 돌무덤이 열리며 죽은 여자의 해골이 손가락으로 땅굴을 파고 기어 나오는 장면, 엘리자베스의 재등장, '절대 고문 도구'의 모습 자체, 그리고 진자가 점점 빨라지면서 쉭쉭 하고 공기를 가르는 소리까지(코먼은 이 효과를 위해 다른 프레임을 모두 잘라 냈을 것이다). 하지만 코먼이 포의 이야기에서 배운 것은 다름 아닌 분위기였다. 암암리에 숨겨둔 분위기… 무덤 너머의 섬뜩한 비밀, 사람들이 잔인한 악행의 대가를 치르거나, 조상들에게 씌워진 고대의 저주를 갚기 위해 영락하는 세계 및 아편의 꿈/악몽의 영역에 대한 암시였다. 그리고 이런 영화를 보고 집으로 갈 때면 당연히 생매장의 공포를 끌어안을 수밖에 없다.

당연한 얘기지만 난 그날 밤 잠을 설쳤다. 하지만 다음 날 밖으로 나가 《미스터리와 상상의 이야기》를 구입해, 곧바로 〈고발하는 심장〉, 〈베레니케〉(맙소사, 이빨! 저 이빨!), 그리고 〈아몬틸라도의 술통〉에 흠뻑 빠졌다. 당시 낙서로 가득한 공책에 철없는 모작 시도도 했을 것이다. 코먼의 영화가 (물론 분위기를 재현해 내는 데는 탁월했지만) 포 단편의 실제 구조와 거의 상관이 없다는 사실을 깨달은 것도 금방이었다. 후일 영문학 박사 과정을 밟는 동안, 나는 멜빌과 포를 함께 연구했는데, 그 이후 지금까지 그의 작품은 늘 행복한 시간을 (그리고 수많은 불면의 밤을) 선물했다.

그후 나는 고성 극장으로 돌아가, 〈어서 가〉, 〈붉은 죽음의 가면〉, 〈리지아의 무덤〉, 〈공포 이야기〉, 〈생매장〉을 감상했다. 처음 〈함정과 진자〉를 볼 때의 충격은 없었으나 그래도 모두 재미있었다.

붉은 죽음의
가면

The Masque of the Red Death

✳

'적사병'이 오랫동안 나라를 유린했다. 그 어떤 역병도 그렇게 치명적이고 끔찍하지 못했다. 피는 그 화신이자, 붉은 피와 공포로 죽음을 증거하는 봉인이었다. 환자들은 격심한 고통과 급성 현기증을 일으키고 그다음엔 모공마다 엄청난 피를 쏟아 내며 숨을 거두었다. 희생자의 신체, 그중에서도 특히 얼굴에 박히는 진홍빛 반점들은 역병의 징후이며, 일단 증세가 나타나면 동료의 도움도 동정도 모두 끊기고 만다. 더군다나 병에 걸리고 악화되고 죽음으로 종결될 때까지 30분도 채 걸리지 않았다.

하지만 프로스페로 왕자는 행복하고도 영민했다. 백성들의 수가 절반으로 줄어들자, 궁정의 기사들과 귀부인 중 건강하고 쾌활한 친구들 1천 명을 소환해, 함께 어느 성곽 수도원에 깊이 숨어 버린 것이다. 수도원은 거대하고 웅대한 건물로 왕자의 기이하지만 당당한 기호를 그대로 드러내 주었다. 높고 튼튼한 성벽이 경내를 에워싸고 성문들도 모두 쇠로 되었건만 가신들은 노(爐)와 거대한 망치를 가지고 들어와 아예 빗장까지 용접해 버렸다. 내부에서 그 어떤 절망과 광란의 충동이 발생한다 해도 더 이상 출입 수단은 없었다. 식량은 충분했다. 그토록 만반의 준비를 갖추었으니 가신들이 역병을 우습게 여긴 것도 어쩌면 당연하겠다. 외부 세계야 아무려면 어떠랴. 슬퍼할 필요도 생각할 필요도 없다. 왕자는 유희에 관한 한 모든 장치를 제공했다. 광대들이 있고 즉흥 시가 있고 무용수들과 악사들이 있었으며 미녀와 술이 있었다. 성 안은 오직 쾌락과 안전뿐이었다. 적사병은 성 밖에나 있었다.

은둔 후 5~6개월쯤 되었을까? 외부의 역병이 절정으로 치닫고 있을 때, 프로스페로 왕자는 1천의 친구들과 함께 아주 성대한 가면무도회를 개최하였다.

그야말로 막장이었다. 가면무도회 얘기다. 우선 무도회가 열리는 연회장 얘기부터 해 보자. 화려한 무도실은 모두 일곱 개였다. 대개의 무도회에서, 방은 모두 길고 곧게 터놓는다. 병풍식 문을 양쪽 벽까지 접어 공간 전체가 막힌 곳 없이 드러나도록 하는데, 이곳은 상황이 달랐다. 아, 물론 왕자가 '엽기적'임을 감안한다면 당연하다 하겠다. 무도장은 불규칙하게 배치되어 한 번에 방 한 곳 이상을 볼 수는 없었다. 20~30미터마다 공간은 예각으로 꺾이고 모퉁이마다 새로운 광경이 펼쳐졌다. 좌우 양쪽 벽은 중앙에 각각 높고 좁은 고딕 창을 달아 무도장의 굴곡을 따라 이어진 폐쇄 통로를 볼 수 있게 했다. 스테인드글라스 창은 또한 무도실의 장식 분위기에 따라 색깔을 달리 했다. 예를 들어, 동쪽 끝의 무도실은 파란색이고, 창들 또한 짙은 청색이었다. 두 번째 무도실은 자주색 장식과 태피스트리들로 이루어졌으며 유리창도 자주색이었다. 세 번째는 전반적으로 초록이고 여닫이창들도 마찬가지였다. 네 번째 창은 가구와 빛이 모두 오렌지색이고, 다섯 번째는 흰색, 여섯 번째는 보라색이었다. 일곱 번째 방은 검은 색의 벨벳 태피스트리가 천장과 벽을 온통 뒤덮었다. 태피스트리가 두터운 주름을 지으며 늘어져 카펫을 덮어 주었다. 당연히 카펫도 같은 소재와 색이었으나 유독 이 방의 창만 장식과 색이 달랐다. 유리창이 진홍빛이었던 것이다. 그것도 진한 핏빛이 감도는. 일곱 개의 무도실 어디에도 등잔불이나 촛대는 보이지 않았다. 여기저기 흩어진 황금 장식들 사이에도 없고, 천장에도 매달려 있지 않았다. 다만 무도실에 딸린 복도 창밖으로 화로를 담은 대형 삼각대가 하나씩 놓여 그 빛이 스테인글라스를 통해 방을 환히 비춰 주었다. 번드르르하고 몽환적인 무늬들이 수도 없이 그려진 것은 바로 그 덕분이었다. 그런데 서쪽의 검은 방은 불빛이 핏빛 유리창을 통하고 검은 커튼을 거쳐야 하기에 극도로 섬뜩했으며 그 방에 들어오는 사람들의 얼굴까지 흉측하게 일그러뜨렸다. 그래서인지 사실 그 방에 발을 들여놓는 사람도 거의 없었다.

이 무도실에는 서쪽 벽에 거대한 흑단 괘종시계가 하나 서 있었다. 시계추가 움직이면서 둔하고 무겁고 단조로운 소리를 울렸는데, 분침이 한 바퀴 돌아 정시를 알릴 때면 시계의 놋쇠 허파로부터 크고 맑고 깊고 매우 음악적인 소리가 흘러나왔다. 하지만 너무도 독특한 음과 세기인지라 정각이 될 때마다 악사들 또한 잠시 연주를 멈추고 그 소리에 귀를 기울였다. 왈츠를 추던 사람들도 마지못해 도중에 멈춰서야 했다. 흥겨운 파티에 잠깐 동요가 일었다. 한창 들뜬 사람들은 머쓱해지고, 노인이나 점잖은 사람들은 혼란스러운 몽상이나 명상에 빠진 듯 손으로 이마를 문질러 댔다. 그래도 종소리가 멎으면 가벼운 웃음이 곧바로 치고 들어왔다. 악사들도 자신들의 불안감과 어리석음을 비웃기라도 하듯, 서로에게 미소를 지으며 다시는 시계 소리 따위에 이런 식으로 흔들리지 않으리라 조용히 다짐해 두었다. 소용은 없었다. 60분이 지나고 초침이 3,600번을 까딱거리며 돌고 나면 어김없이 괘종이 울리고 어김없이 동요와 혼란과 불안감이 재현되었던 것이다.

그래도 그 밖에는 대단히 흥겨운 주연이었다. 왕자의 취향은 독특했다. 색과 효과에 대한 안목이 높아 단순한 유행은 아예 거들떠도 보지 않았다. 그의 기획은 과감하고 열정적이었으며 디자인 또한 야만적인 광휘로 이글거렸다. 그를 미쳤다고 생각하는 사람도 있기는 했으나 추종자들은 그 반대였다. 어쨌든 진실을 확인하고 싶다면, 그의 목소리를 듣고 그를 보고 그와 접촉해 볼 일이다.

이 성대한 축연을 위해 일곱 개 무도실의 장식 대부분을 그가 직접 주도했다. 무도회 참가자들에게 역할을 배정한 것도 그의 취향에 따른 것이었다. 명심할 것은 그 모두가 기괴했다는 점이다. 가면무도회는 화려하고 현란하고 자극적이고 몽환적이었는데, 흡사 위고의 연극 〈에르나니〉를 보는 기분이었다. 팔다리와 몸통이 어긋난 아라베스크 형상도 있고, 광인의 복장을 한 미친 호사가들도 보였다. 아름다운 인물들도 많았으며, 음탕하고 기괴하고 소름끼치는 분장에, 흥분과 혐오를 불러일으키는 가면들도 적지 않았다. 일곱 무도실 어디나 수많은 꿈들이 어슬렁거렸다. 꿈의 무리들은 그 방의 색을 입고, 그 속에서 꿈틀거리며 돌아다녔다. 악단의 거친 음악은 그들의 발소리를 메아리치는 것만 같았다. 이윽고 벨벳의 방에서 흑단의 괘종시계가 울린다. 한동안 모든 것이 멈추고 오로지 시계 소리만 들린다. 꿈속의 무리들도 그 자리에 얼어붙는다. 그래도 잠시 동안의 고통을 견뎌 내고 나면, 반쯤 억눌렸던 웃음들이 돌아와 종소리가 떠난 자리를 채우기 시작한다. 이제 음악 소리도 커지고 꿈도 되살아나, 화로의 빛이 만들어 낸 수많은 색조를 입고는 전보다 더 흥겹게 이 방 저 방을 꿈틀거리며 흘러 다닌다. 일곱 개의 무도실 중 서쪽 끝방에 들어가는 가면은 아무도 없다. 밤이 깊어가자 핏빛 유리창을 통해 더 붉은 빛이 흘러들기 때문이다. 검은 휘장도 무섭기만 하다. 행여 검은 카펫에 발을 내딛는 사람이 있다면, 흑단 시계의 먹먹한 종소리가, 다른 흥겨운 방에서보다 훨씬 또렷하고 비장하게 들린다는 사실을 깨닫게 될 것이다.

다른 방들은 사람들로 북적거리고 생명의 심장도 뜨겁게 고동쳤다. 주연은 흥청거리며 이어졌다. 마침내 시계가 자정을 알리기 시작했다. 물론 음악 소리는 그치고 왈츠를 추던 사람들도 그 자리에 멈춰 섰다. 불편한 정적은 이전과 다르지 않았으나 이번엔 시계 종소리가 열두 번을 울 때까지 기다려야 했다. 시간이 늘어난 만큼 참석자들 중 사려 깊은 사람들의 머릿속에도 더 많은 생각이 스며들었을 것이다. 마지막 종소리가 침묵 속으로 가라앉기 전에 사람들이 특별한 가면의 존재를 의식하게 된 것도 시간이 더 많았기 때문이리라. 조금 전만 해도 누구의 시선도 받지 못했던 가면이었다. 이제 이 새로운 존재에 대한 소문이 조심스레 퍼져 나가고, 급기야는 참석자들이 불만과 놀라움에 웅성거리고 중얼거렸다. 아니, 그건 궁극적으로는 두려움과 공포와 혐오의 표현이기도 했다.

이미 묘사한 대로, 이런 식의 몽상 세계에서 평범한 가면이 물의를 일으킬 리는 당연히 없으리라. 실제로 그날 밤의 가면 선택에는 아무런 제약도 없었다. 하지만 문제의 인물은 너무도 무도해, 왕자의 모호한 격식마저 초월해 버렸다. 아무리 무모한 사람들이라 해도 건드리지 말아야 금도는 있는 법이다. 생과 사가 공히 농담거리에 불과한 처절한 패배자들에게도, 여전히 하지 말아야 할 농담은 있게 마련이다. 파티 참석자들은 이방인의 의상과 태도에 그 어떠한 상식도 예도도 존재하지 않는다는 사실을 깨닫는 듯했다. 그는 키가 크고 삐쩍 마른 체형에 머리에서 발끝까지 수의를 뒤집어썼다. 얼굴을 가린 가면은 송장의 경직된 표정을 거의 완전히 베꼈는데, 아무리 뚫어져라 살펴도 가면이라는 사실을 믿기 어려울 정도로 정교했다. 사실 아무리 탐탁지 않다 해도, 술에 취한 참석자들이 견디지 못할 바는 아니었으나, 사람들은 급기야 그가 '적사병'을 흉내 냈다며 중얼거리기 시작했다. 의상은 피로 얼룩지고 얼굴의 특징을 그대로 담은 넓은 이마는 온통 진홍빛의 공포로 번득였다.

프로스페로 왕자는 이 곡두 가면을 처음 목격하자마자(가면은 자신의 역할을 수행하듯 느리고도 엄정한 걸음걸이로 춤을 추는 사람들 사이를 어슬렁거렸다) 경련부터 일으켰다. 처음에는 두려움이나 혐오감 정도였지만 다음 순간 그는 분노로 이글거렸다.

"누가 감히, 불경스러운 조롱으로 우리를 모욕하는가! 저자를 잡아 가면을 벗겨라. 그래야 새벽에 성 위에 올라가 어느 놈의 목을 매다는지 알 것 아니더냐!" 그가 수행 가신들에게 쉰 목소리로 명령을 내렸다.

프로스페로 왕자가 명령을 내린 곳은 동쪽의 청색 방이었다. 워낙에 대담하고 강인한 사내라 그 소리는 일곱 개의 방에 큰 소리로 울려 퍼졌다. 이미 왕자의 손짓에 연주도 그친 터였다.

왕자가 서 있는 곳은 청색 방으로, 바로 옆에 해쓱한 가신들도 몇 명 붙어 있었다. 처음에는 왕자의 지시에 그들도 침입자를 향해 달려들 듯 보였다. 그런데 가면이 침착하면서도 당당한 걸음으로 왕자에게 다가가기 시작했다. 그런데 적사병의 소문이 끼얹어 놓은 두려움 때문인지 그를 막겠다고 나서는 사람은 아무도 없었다. 그는 아무런 제지도 받지 않은 채 왕자의 코앞에까지 다가섰다. 그러자 방 한가운데 몰려 있던 관중들이 마치 하나처럼 양쪽 벽으로 물러났다. 그는 누구의 방해도 없이 청색에서 자주색 방으로, 자주색에서 흰색, 그리고 다시 보라색 방으로 들어갔다. 처음에 사람들의 시선을 끌었던 특유의 경건하고 차분한 걸음걸이였다. 간신히 정신을 차린 가신들이 그를 체포하려 나서는데, 그때 프로스페로 왕자가, 잠시나마 겁쟁이로 전락한 데 대한 분노와 수치심에 치를 떨며 단숨에 여섯 개의 방을 달려가기 시작했다. 그렇지만 죽음의 공포에 사로잡힌 터라 아무도 그를 따라가지 못했다.

왕자는 단도를 높이 빼들고 맹렬히 달려가 침입자를 서너 걸음까지 따라잡았다. 그때 상대가 벨벳 무도실 입구까지 다다르더니 갑자기 돌아서서 왕자와 마주 섰다. 그리고 그와 동시에 날카로운 비명 소리가 들렸다. 단검이 먼저 번쩍이며 검은 카펫 위에 떨어지고, 곧이어 프로스페로 왕자가 죽어 쓰러졌다. 마침내 가면무도회의 참석자들도 절박하고 광적인 용기를 끌어내 일제히 검은색 무도실로 뛰어 들어가 어릿광대를 붙잡았다. 그는 흑단 시계의 그림자 속에 미동도 않고 서 있었는데, 순간 사람들은 형언할 수 없는 공포에 헉 하고 숨을 삼켜야 했다. 그렇게 격렬하게 달려들었건만 죽음의 수의와 송장 가면 뒤에 그 어떤 실체도 없었던 것이다!

이제 사람들은 붉은 죽음의 존재를 인정해야 했다. 그는 도적처럼 한밤중에 침입해, 핏빛에 물든 무도회장의 참석자들을 하나씩 쓰러뜨렸다. 그들은 누구 할 것 없이 끔찍한 자세로 죽어 갔다. 그리고 흑단 시계의 생명도 마지막 호흡과 함께 꺼졌다. 삼각대 화로의 불꽃도 꺼져 버렸다. 이제 어둠과 부패와 붉은 죽음만이 모두를 향해 절대적인 권력을 휘둘렀다.

S. J. 로잔
S. J. Rozan

S. J. 로잔은 브롱크스에서 자라 어린 시절 여러 번 포 기념관 Poe Cottage 을 찾았다. 그곳에서 〈고발하는 심장〉을 찾았지만, 그 단편은 불행히도 그곳에 없었다. 열 권의 소설과 수십 편의 단편 작가로서 그녀는 범죄 소설을 대상으로 한 대부분의 주요 상을 휩쓸었다. 그중 두 개의 에드거 상이 포함되었는데, 그로 인해 고양이 수의사가 너무 불안해한 탓에 S. J.가 마을을 떠날 때면 항상 고양이 얼굴에 모자를 씌웠다고 한다.

에드거 앨런 포,
마크 트웨인, 그리고 나

S. J. 로잔

열두 살 때 폐렴에 걸린 적이 있다. 합병증으로 심한 연쇄구균까지 있었지만, 병원에 실려 가는 대신 집안 식구들한테 전염되지 않도록 내 방에 갇혀 지내야 했다. 어머니는 씩씩하게 닭 수프와 아이스크림을 배달했다. 그 밖엔 난 완전한 자유였다. 무려 2주 동안. 다행히 우리 집에는 마크 트웨인과 에드거 앨런 포가 각각 한 질씩 구비되어 있었다. 어머니는 그 책들을 내 방에 두 줄로 높게 싸두었는데, 지금의 나를 만든 게 바로 그 책들이었다.

트웨인으로부터는 인물과 서술 구조, 그리고 유머를 배웠다. 포는 그런 장점은 별로였으나 언어는 너무도 탁월했다. 포의 아름다운 언어는 아직도 빛이 난다. 각운, 억양, 소리, 문장 연결 면에서 〈고발하는 심장〉보다 더 완벽한 이야기를 안다면 분명 거짓말이다. (트웨인의 언어도 물론 화려하지만 지나치게 섬세했다. 열두 살의

나이에 내가 얼마나 섬세하겠는가. 내가 원한 건 짜릿짜릿한 재미였다) 포
에게서 또한 모호하나마 (그때나 지금이나) 내 공명을 울리는 특성
을 발견했다. 불가항력의 운명. 그리고 인간 의지에 대한 경시가
그것이다.

　이런 경향은 〈정복자 구더기〉 같은 시에서 〈고발하는 심장〉에
이르기까지 포의 작품 전반에 걸쳐 흐르고 있다. 결국 살인자를
고발한 건 죽은 자의 살아서 박동하는 심장이 아니라 죄의식에
두려워하는 자신의 양심이다. 하지만 내가 가장 생생하게 기억하
는 예는 〈붉은 죽음의 가면〉이다. 역병의 와중, 부유한 시민들이
성으로 피신해 파티를 연다. 그것도 화려한 가면무도회였다. 성
밖의 참상은 개의치 않았다. 파티의 의미도 외부 역병으로부터의
완전한 자유를 축하하기 위한 축제였다. 문제는 사실과 다르다는
데 있었다. 그들은 역병으로부터 자유롭지 못했을 뿐 아니라 더
악화되기까지 했다. 적사병으로 분장한 손님은(아주 재미있는 사람
이라며 다들 웃고 박수를 친다) 실제로도 적사병이었다. 그들은 그에
게서 달아난 것이 아니라 함께 갇힌 형국이었다. 그는 그들 모두
와 함께 춤을 추고 모두를 죽인다.

　이는 애초부터 '실패할 수밖에 없는 계획'이자 '진인사대천명
(盡人事待天命)'이다. 결국 새로운 얘기는 아니라는 뜻이나 열두
살의 내게는 달랐다. 아니, 분명 새로운 것 이상이었다. 그동안
막연히 짐작만 했을 뿐, 합리적이고 근면하고 낙천적인 가족과
사회의 일원으로 생각 자체가 금기시되었던 터부를 누군가 큰
소리로 얘기해 준 첫 번째 경우였기 때문이다. 아주아주 훗날, 영
화 〈차이나타운〉의 리뷰에서 본, 소위 '선의가 빚은 재앙의 결과'

라는 개념이 바로 그렇다. 내가 냉혹한 열두 살이었던가? 물론 그랬다. 늘 그랬다. 2주 내내 포를 읽으면서 그런 사람이 나 혼자가 아니라는 사실에 크게 위안을 받았다. 그 2주간 에드거 앨런 포에게 느꼈던 것보다 더 가까운 작가는 맹세코 없다.

나는 포보다 운이 좋았다. 바로 옆에 마크 트웨인이 있기 때문이다. 최소한 누군가는 그 모든 비극에도 불구하고 웃는 법을 보여 주고 있지 않는가.

두 거인의 맥동하는 심장에 축복이 있기를!

모르그 가의 살인

The Murders in the Rue Morgue

사이렌들이 어떤 노래를 불렀으며, 아킬레스가 여인들 사이에 숨었을 때
어떤 가명을 취했는가? 비록 당혹스러운 질문이기는 하나,
그렇다고 추측이 불가능한 것은 아니다.

토머스 브라운 경 Sir Thomas Browne

✳

분석이라는 이름의 정신 활동은 기실 그 자체는 거의 분석을 허락하지 않는다. 우리가 그런 정신 활동에 대해 아는 건 오로지 결과를 통해서뿐이다. 다른 무엇보다 분석 능력이 탁월할 경우, 당사자에게 가장 생생한 유희의 원천이 된다는 사실은 우리도 알고 있다. 흡사 건강한 자가 자신의 신체적 능력을 뽐내고 근육을 움직이는 운동에서 즐거움을 찾듯, 분석가들은 엉킨 생각을 풀어 주는 정신 활동에서 기쁨을 얻는다. 아무리 사소한 일일지라도 기꺼이 자신의 재능을 활용하려 하므로, 수수께끼, 재치문답, 암호 해독 따위를 좋아하며, 범인(凡人)에게 불가해해 보이는 통찰력으로 각각의 문제를 풀어 낸다. 물론 그의 해답은 철두철미 방법론에 의해 제시되나 사실 외적으로는 직관의 모양새를 하고 있다.

분석 기능은 대개 수학 공부를 통해 강화되며, 그 최고의 분과(分課)는 마치 잘난 척하듯 분석이라는 이름으로 불렸다. 이는 단지 특유의 귀납 논리 때문에 붙여진 부당한 명칭이다. 계산 자체가 분석이 될 수는 없다. 예를 들어 체스 선수가 계산은 잘 하지만, 분석을 위해 애쓰지는 않는다. 마찬가지로 체스 경기 또한 정신에 미치는 효과라는 측면에서 크게 잘못 알려져 있다. 나는 지금 논문을 쓰자는 게 아니라, 두서없는 넋두리로 다소 독특한 이야기를 시작하고자 할 따름이다. 아무튼 이 기회를 노려 보다 높은 수준의 성찰력은, 정교하지만 부질없는 체스보다 오히려 소박한 체커 게임에 결정적이고 유용하게 쓰인다고 단언하련다. 체스에서는 말들이 다양하고 다변화된 가치로 상이한 움직임을 지니기에 복잡해 보이기는 하나, 그렇다고 사람들이 잘못 이해하듯 심오한 것과는 거리가 멀다. 그 상황에서 강력히 요구되는 건 '집중력'이다. 자칫 한순간이라도 한눈을 판다면, 수를 놓쳐 대마를 잡히거나 패배로 이어지기에 그렇다. 가능한 수가 다양하고 복잡한 터라, 수를 놓칠 염려도 배가될 수밖에 없다. 때문에 십중팔구 영리한 주자보다는 집중력이 높은 주자가 승리자가 된다. 그와 반대로, 체커에서는 수가 획일적이고 변화가 거의 없기 때문에 부주의 가능성도 그만큼 줄어든다. 단순한 집중력은 상대적으로 효율이 떨어지며, 우세의 여부는 통찰력의 우위에 따라 결정된다. 좀 더 구체적으로 킹 네 개만 있는 체커 게임을 가정해 보자. 이 경우 수를 놓칠 염려는 없다. 따라서 주자의 능력이 동일할 경우 승리를 결정하는 핵심은 기발한 한 수, 즉 전적이고 강력한 지성의 발현이다.

분석가는 통상적인 방식을 배제하고, 자신을 상대의 영혼에 투여하고 동화한다. 그리하여 한순간에 상대방을 실수나 오판으로 유인할 (이따금 허탈할 정도로 간단한) 방법들을 찾아내는 것이다.

휘스트 카드 게임은 소위 계산력을 키워 주는 것으로 오랫동안 알려졌다. 최고의 지성인들은 체스를 무가치하다 폄하하면서도 휘스트에만은 이상하게도 깊이 빠져들곤 했다. 그와 비슷한 게임 중에서 분석 기능을 그렇게 크게 요하는 게임은 없다. 기독교 왕국의 체스 챔피언은 기껏해야 최고의 체스 선수에 다름 아니다. 하지만 휘스트에 능한 사람은 정신과 정신의 대결을 요하는 분야 어디에서든 충분히 성공할 능력을 갖추었다 하겠다. 능하다는 건, 합법적인 우위를 끌어낼 모든 수를 이해하는 것까지 포함해, 게임을 완전히 숙지한다는 뜻이다. 이런 양상들은 다양하고 다각적이며, 종종 범인들의 이해력이 다다를 수 없는 깊은 사고 수순에 숨어 있기도 하다. 집요한 관찰은 정확한 기억을 뜻한다. 따라서 집중력이 강한 체스 선수는 휘스트에도 능할 것이다. 또한 게임의 단순 메커니즘에 기초한 호일의 규칙들[26] 또한 어렵지 않게 이해할 수 있다. 따라서 좋은 기억력으로 '규범'에 따라 패를 운용하는 습관은, 좋은 플레이어가 가져야 할 전부라고 할 수 있다. 하지만 분석의 기술을 증명할 범주는 단순 규칙의 한계를 초월한다. 그는 묵묵히 일단의 관찰과 추리를 행한다. 그의 상대도 마찬가지이리라. 허나 획득한 정보의 수준은 추론의 타당성보다는 관찰의 질적 차이에서 비롯된다. 우선 무엇을 관찰할 것인지 알아야 한다. 선수는 결코 자신의 한계를 정하지 않는다. 또한 게임 자체가 목적이므로, 게임의 외적 상황에서 비롯된 어떠한 연역도 거부하지 않는다. 그는 파트너의 안색을 살피고, 상대방 하나하나의 표정과 일일이 비교한다. 각자가 카드를 배열하는 방식을 유심히 살펴보며, 이따금 상대방이 서로 주고받는 시선을 통해 누가 어떻게 으뜸패를 배치하고 그림패를 들었는지

26 —— 18세기 카드의 권위자. 최초로 카드 게임 규범집을 써낸 것으로 유명하다.

따위를 계산한다. 게임이 진행되는 동안 표정의 변화를 꼼꼼히 챙겨, 확신, 충격, 승리, 아쉬움 등의 표현들에 기초한 판단의 근거를 확보해 둔다. 패를 모으는 태도를 통해, 그 판을 이긴 사람이 동일한 패로 다시 승자가 될 것인지를 판단하며, 또한 카드를 테이블에 내던지는 태도에서 그 패에 어떤 계략이 숨었는지를 알아본다. 무심하게 내뱉는 단어 하나, 카드를 내리고 뒤집었을 때의 초조하거나 무심한 표정. 패를 세거나 배열하는 순서, 당혹감, 망설임, 열중, 손 떨림까지⋯ 이 모든 변화가 사건의 진상에 대한 실마리를 그에게 제공하게 된다. 그리하여 최초의 두세 판이 지나고 나면, 상대방이 들고 있는 패를 완전히 간파하고, 마치 경쟁자들이 패를 바깥으로 펴들기라도 한 듯, 정교한 계획에 따라 자신의 카드를 내려놓을 수 있다.

분석력을 단순한 창의력과 혼동해서는 안 된다. 분석가가 창의적인 건 사실이나 창의적인 사람이라고 반드시 분석 능력을 갖지는 않기 때문이다. 흔히 구성 능력과 결합 능력을 통해 창의력이 구현된다. 골상학자들이 이를 근원적인 힘으로 규정하고 별개의 기관까지 배정해 왔으나(내 생각엔 잘못된 판단이다), 그런 종류의 능력이 지능이 거의 백치에 가까운 사람들한테서도 발견되는 경우가 있어 정신 연구가들의 관심을 끌었다. 창의력과 분석력 사이에는 실제로 공상과 상상력보다 훨씬 더 커다란 차이가 존재하지만 그 성격은 매우 유사하다. 그리고 그 차이는, 창의력이 있는 자는 늘 공상으로 가득하나, 정말로 상상력이 풍부한 사람들은 예외 없이 분석적이라는 사실로 드러날 것이다.

이제부터 할 이야기는 어느 정도 지금까지 나열한 전제들의 논평처럼 보일 수도 있겠다.

1800년의 봄과 초여름, 파리에 거주할 당시 C. 오귀스트 뒤팽과 알게 되었다. 이 젊은 신사는 대단한 명문가 출신이었으나 잇단 불행으로 가난뱅이가 되었다. 그리고 그 후 불같은 열정도 운명에 굴복해 출세를 하거나 재산을 되찾을 노력 따위에는 전혀 관심을 두지 않았다. 다행히 채권자들의 호의로 가산 일부가 남은 덕에, 그곳에서 발생하는 수입과 검소한 생활을 통해 최소한의 일용품을 조달할 수는 있었다. 물론 사치는 꿈도 꾸지 못했다. 유일한 사치라면 책 정도일 터인데 그 역시 파리에서는 그리 비싼 축에 들지 않았다.

우리가 처음 만난 곳은 몽마르트르 거리의 이름 없는 도서관이었다. 둘 다 대단한 희귀본 서적을 찾고 있었는데, 그 인연을 기회로 가까워져 자주 만나게 되었다. 나는 그의 작은 가족사에 크게 감명을 받았다. 그는 프랑스인답게 자기 얘기를 솔직하고 상세히 들려주었다. 또한 그의 방대한 독서량에도 놀라지 않을 수 없었다. 무엇보다 거친 열정과 왕성한 상상력에는 내 영혼까지 밝아지는 기분이었다. 파리에서 물건을 찾아다니는 동안, 그런 사내와 함께한다면 더할 나위 없이 소중한 경험이 될 거라는 생각이 들었다. 나는 솔직하게 속내를 털어놓았고 마침내 파리에 있는 동안 함께 지내기로 결정했다. 내 형편이 그보다 조금은 나았기에, 내가 집세를 지불하고, 우리 공통의 음울한 기질에 맞는 가구 등속도 마련했다. 포부르 생 제르맹의 황량한 구석에 처박혀 있는, 아주 낡고 기괴한 저택이었다. 어떤 흉흉한 소문 탓에 오랫동안 버려졌다 하나 우리는 개의치 않았다.

이 집에서의 일상이 세상에 알려졌다면 사람들은 우리를 미친놈들이라고 여겼을 것이다. 그게 사실이라 해도 우리는 위험하지 않은 광인들이다. 은둔은 완벽했다. 손님도 절대 들이지 않았으며, 과거의 지인들한테도 철저히 비밀을 유지했다. 이미 뒤팽이 파리 사람들과 인연을 끊은 지 오래전이라 우리끼리 지내는 데는 아무 문제가 없었다.

친구의 기벽(기벽이 아니면 뭐겠는가?) 중 하나가 밤에 홀딱 빠져 있다는 것이었다. 그의 다른 기벽과 마찬가지로 이 엽기적인 짝사랑도 나는 조용히 받아들였다. 요컨대, 그의 변덕에 완전한 체념으로 내 자신을 내맡겼다는 뜻이다. 암흑의 여신이 언제나 우리와 함께할 리는 없지만 그래도 밤을 위조할 수는 있었다. 새벽동이 트기 전 우리는 육중한 덧문을 모두 닫고 촛불도 단 두 개만 밝혔다. 강한 향의 양초는 더할 나위 없이 음산하고 어두운 빛을 뿌려 댔다. 우리는 촛불의 도움으로 괘종시계가 진정한 어둠의 도래를 알릴 때까지 꿈속을 헤맸으며, 책을 읽거나 글을 쓰고, 아니면 대화를 나누었다. 밤이면 우리는 팔짱을 끼고 힘차게 거리로 나가, 그날의 대화를 잇거나, 아니면 한밤중까지 닥치는 대로 돌아다니며 이 혼잡한 도시의 황량한 조명과 그림자들이 제공하는 무한한 정신 감응을 만끽했다.

그럴 때면 (물론 그의 풍부한 상상력 때문에 기대하던 바이지만) 예외 없이 뒤팽의 독특한 분석력을 실감하고 감탄하지 않을 수가 없었다. 그도 자신의 재능을 십분 발휘하며(그렇다고 과시하는 건 아니다) 크게 기꺼워했고 또 그로 인한 즐거움을 솔직하게 고백하기도 했다. 그는 작은 목소리로 키득거리며, 대부분의 사람들이 그에게 가슴의 창을 활짝 열어 놓고 있다고 자랑하기도 했다. 그러더니 아무렇지도 않게 직접적이고도 경악할 만한 증거를 들이대며 내 속마음을 정확히 알아맞히는 것이 아닌가! 그럴 때면 그는 표정까지 딱딱하고 멍해진다. 눈빛은 공허하고, 평소의 굵은 테너 목소리도 한없이 올라가 행여 진지하고 명료한 발음만 아니라면 무척이나 신경질적으로 들렸을 것이다. 그런 그를 지켜보면서 나는 종종 '분열된 자아'에 대한 고대 철학까지 인용해 뒤팽의 이중적 자아에 대한 공상에 빠지곤 했다. 창의적인 뒤팽과 분석적인 뒤팽.

내가 이렇게 말했다고 해서, 미스터리를 쓰거나 로맨스를 만들려 한다는 오해는 말기로 하자. 내가 이 프랑스인에 대해 언급한 것들은, 한껏 들뜨거나 어쩌면 병적이기까지 한 어느 지성에 대한 이야기다. 어쨌든 당시에 그가 언급한 얘기의 성격을 밝히자면 예를 드는 게 제일 확실하겠다.

어느 날 밤, 우리는 팔레 루아얄 인근의 길고 더러운 거리를 걷고 있었다. 마침 둘 다 깊은 생각에 잠긴 터라 적어도 15분간은 서로 한마디도 하지 않았었다. 그러다 갑자기 뒤팽이 이런 말을 했다.

"솔직히 덩치가 너무 작아. 그보다는 바리에테 극장이 더 잘 어울릴 걸세."

"그래, 분명한 사실이야." 나는 무심코 그렇게 대답했다. 깊은 명상에 빠져 있던 탓에 그가 신기하게 내 생각에 끼어들었다는 사실을 깨닫지 못했던 것이다. 나는 순간 정신이 아뜩했다. 또 그만큼 놀랐다.

"뒤팽, 아무래도 이해가 안 가는군. 솔직히 말해 놀랍기도 하고 잘 믿기지도 않는다네. 도대체 어떻게 내가 생각하는 사람이…" 나는 말을 맺지 못했다. 내가 어떤 인물을 생각했는지 정말로 알고 있는 걸까? 아니, 그럴 리가 없어.

"샹티이 아닌가? 왜 말을 하다 마나? 키가 작기 때문에 비극에 어울리지 않는다고 생각했잖나." 그가 말했다.

정확했다. 난 바로 그 생각을 하고 있었다. 샹티이는 과거 생 드니 가의 구두 수선공이었는데, 갑자기 연극에 빠져 크레비용의 동명 비극에서 크세르세스 역에 시도했다가 끔찍한 혹평에 시달렸다.

"부디 말해 주게나. 도대체 무슨 수로 내 마음속을 들여다 본 겐가?" 사실 그보다 훨씬 많이 놀랐지만 그런 속내까지 내 입으로 밝히고 싶지는 않았다.

"범인은 과일 장수였네. 자네로 하여금 구두 수선공이 키가 작아 크세르세스 역에 맞지 않는다는 등의 결론을 내리게 만든 사람 말일세." 친구의 대답이었다.

"과일 장수! 그건 또 무슨 소린가? 과일 장수라고는 알지도 못하는데?"

"우리가 거리에 들어섰을 때 자네와 부딪친 사람 얘기야. 15분 정도 전이었지?"

그러고 보니 C— 거리를 지나 지금 서 있는 공도로 접어들 때 커다란 사과 광주리를 머리에 인 과일 장수와 부딪쳐 넘어질 뻔했었다. 하지만 그게 샹티이와 무슨 상관인지는 여전히 이해 불능이었다.

뒤팽은 전혀 헛소리하는 것 같지 않았다.

"자네가 이해하기 쉽도록 처음부터 설명해 주지. 우선 자네 생각의 고리를 역추적해 봄세. 내가 자네한테 말을 한 순간부터 문제의 과일 장수와 부딪칠 때까지 돌아보면, 대충 이런 식으로 연결될 거야. 샹티이, 오리온, 니콜라스 박사, 에피쿠로스, 스테레오토미, 포장석, 과일 장수."

인생을 살아오면서 누구나 한 번쯤은 어떤 중요한 결정에 이르기까지의 단계를 하나하나 더듬어 보며 흐뭇해할 것이다. 물론 흥미로운 일이기도 하다. 게다가 처음 그 일을 시도해 보는 사람이라면, 원인과 결과 사이의 무한한 간극과 모순에 아연해할 수밖에 없다. 그때 프랑스인 친구의 말을 들었을 때 내가 놀란 것도 그 때문이다. 더욱이 그의 말은 완전한 사실이 아니던가! 그가 얘기를 이어 갔다.

"내 기억이 맞는다면 C— 거리를 떠나기 직전 말 얘기를 했네. 우리의 마지막 대화였지. 그런데 거리를 건널 때 커다란 광주리를 머리에 인 과일 장수가 지나가면서 자네를 포장석 더미로 밀지 않나. 한창 인도 보수 공사가 진행 중인지라 자네는 삐져나온 포장석 조각을 밟고 미끄러져 발목을 긁히고 말았었지. 그때 뚱한 표정으로 포장석 더미를 돌아보더니 몇 마디 중얼거리다가 다시 걷기 시작하더군. 자네 행동에 특별히 관심이 있던 건 아니네만 최근엔 관찰이 습성처럼 되어 버려서 말이야.

자네는 화난 표정으로 땅만 바라보았고, 또 인도에 난 구멍과 균열을 계속 힐끔거렸네. 그래서 아직 포장석 생각을 하는구나 했지. 아무튼 우리는 라마르틴이라는 작은 골목에 다다랐네. 그곳 보도는 시험적으로 블록을 겹쳐서 고정했는데 비로소 자네 표정이 밝아졌지. 그때 자네 입술을 보니 '스테레오토미'라는 단어를 중얼거리는 게 아니겠나? 그래, 이런 종류의 도로에 아주 적절한 용어지. 아, '스테레오토미'를 중얼거렸으니 당연히 '아토미(原子)'라는 단어는 물론 에피쿠로스 학설도 떠올렸을 테고. 얼마 전 우리가 그 주제를 논의했을 때, 그 고상한 그리스인의 막연한 추측이 기이하게도 후에 성운 우주 기원설로 증명이 되었지만 거의 주목을 받지 못했다고 말했었지? 그 이후로 자네가 늘 오리온성운을 올려다본다는 사실을 눈치챘다네. 아, 물론 그것도 예상했던 바일세. 조금 전에도 자네는 고개를 들어 하늘을 보았고 덕분에 내가 정확히 자네 생각을 추적해 냈음을 확인할 수 있었어. 이제 샹티이 얘기가 남았나? 어제 일자 〈뮤제〉에 실린 혹평에서, 구두장이가 비극에 등장하면서 개명까지 한 사실을 비아냥거린 건 자네도 기억할 걸세. 그러면서 비평가는 우리도 종종 들먹였던 라틴 시행 하나를 인용했지.

초성이 옛 소리를 잃었도다.

그때도 말했듯이, 이 시는 오리온과 관계있네. 옛날엔 우리온Urion이라고 표기했네만, 아무튼 비평이 워낙에 혹독했으니 자네도 물론 잊지 못했을 거야. 당연히 오리온과 샹티이라는 두 개념을 결합하지 않을 수 없었을 테고, 나도 자네 입가에 스치는 미소를 보면서 그 사실을 확신했다네. 자네는 불쌍한 제물 신세가 된 구두장이 생각을 했어. 지금껏 잔뜩 허리를 굽히고 있다가

이제야 제대로 서서 걷는 걸 보고, 자네가 샹티이의 작은 키에 대
해 고민한다고 확신했지. 그 시점에서, 솔직히 (샹티이는) 덩치가
너무 작아. 그보다는 바리에테 극장이 더 잘 어울릴 거라는 말로
자네 명상을 방해한 걸세."

　　잠시 후 우리는 〈가제트 데 트리뷰노〉 석간판을 훑어보았다.
그때 다음과 같은 기사가 시선을 끌었다.

　　　　엽기적 살인 사건─오늘 새벽 3시경, 생 로슈 인근 주민들은
　　　일련의 끔찍한 비명 소리에 잠이 깨었다. 모르그 가의 어느 저
　　　택 4층에서 나온 소리로, 현재 그 집에는 레스파냐이에 부인
　　　과 영애인 카미유 레스파냐이에 양, 둘만 살고 있는 것으로 알
　　　려져 있었다. 평소처럼 허락을 득하려는 무의미한 시도로 상
　　　당한 시간을 지체한 후, 여남은의 이웃 사람이 경관 2인을 대
　　　동 지렛대로 문을 부수고 들어간 바, 그때쯤 비명 소리는 완전
　　　히 그친 후였다. 허나, 일행이 일층 계단을 뛰어오를 때 싸우
　　　는 듯한 거친 목소리가 두세 번 들리더니 저택 위쪽으로 이동
　　　하기 시작했다. 하지만 그들이 이층 층계참에 다다랐을 떄 소
　　　리는 그치고 완전한 정적만이 남았다. 일행은 뿔뿔이 흩어져
　　　이 방 저 방을 수색했다. 그리고 4층의 넓은 뒷방에 들어갔을
　　　때(그 문도 안으로 잠겨 있기에 강제로 열어야 했다) 경악을 넘어
　　　서 공포에 가까운 참상이 모두를 강타했다.
　　　방은 완전히 난장판이었다. 가구는 깨져 사방에 널브러지고
　　　하나뿐인 침대도 틀에서 뜯긴 채 바닥 중앙에 내팽개쳐져 있
　　　었다. 의자 위에는 피투성이 부엌칼이 놓여 있었다. 난로 위에

잿빛의 기다란 머리타래가 두세 다발 보였으나 역시 피로 물든 것으로 보아 뿌리째 뽑힌 게 분명했다. 금화 네 개, 토파즈 귀걸이 하나, 커다란 수저 세 개와 보다 작은 양은 수저 세 개, 금화 4,000프랑이 담긴 가방 두 개가 아무렇게나 흩어져 있었다. 모퉁이의 경대 서랍에도 많은 물건이 담겨 있었으며, 모두 열린 채 엉망으로 헝클어져 있었다. 작은 철제 금고는 침대 아래서(침대틀이 아니라) 발견되었다. 금고는 열려 있었으나 열쇠는 여전히 금고문에 꽂힌 채였다. 금고 안에는 몇 개의 낡은 편지와 사소한 서류들뿐이었다.

레스파나이에 부인의 흔적은 그곳에도 없었다. 하지만 난로에 이상한 검댕이 목격되어 굴뚝을 수색한 바, (오, 끔찍하고도 끔찍한지고!) 영애의 시신이 거꾸로 들어 있는 것이 아닌가! 시신을 꺼내 보니, 좁은 굴뚝 깊숙이 강제로 밀어 넣은 것이 분명했다. 시신에는 체온이 남아 있었다. 조사 결과 살갗이 온통 벗겨졌는데, 분명 굴뚝 안에 억지로 밀어 넣고 또 끌어내는 과정에서 생긴 상처였다. 얼굴은 여기저기 찰상(擦傷)이 위중했으며 목에는 검붉은 멍은 물론, 목을 졸라 죽인 듯 깊은 손톱 자국들이 선명했다.

저택을 샅샅이 수색했지만 더 이상의 성과는 없었다. 수색 팀은 포석이 깔린 작은 뒤뜰로 빠져나와 그곳에서 부인의 시신을 발견했다. 그녀의 목은 완전히 잘린 터라 사람들이 일으켜 세우려 하자 목이 떨어져 나갔다. 머리뿐 아니라 몸통 역시 심하게 난도질을 당한 바, 더 이상 인간의 흔적을 찾기 어려울 정도였다.

이튿날 신문에 추가 보도가 실렸다.

모르그 가의 비극—이 기이하고 참혹한 사건과 관련 수많은 사람들을 조사했으나 사건 해결에 도움이 될 만한 단서는 나오지 않았다. 아래 중요 진술 모두를 게재하는 바이다.

세탁부, 폴리나 뒤부르의 증언. 그녀는 지난 3년간 희생자 모녀의 세탁 일을 하며 친분을 유지했다. 부인과 영애는 사이가 좋았으며 서로 따뜻한 애정으로 대했다. 품삯도 후했다. 사는 방식이나 생계 수단에 대해서는 아는 바 없으나, 부인이 점을 쳐서 돈을 버는 것으로 알고 있다. 모아 둔 돈이 있다는 얘기도 들었다. 부인이 부르거나 세탁물을 가져다 줄 때 집에서 다른 사람을 만난 적은 없다. 하인을 부리지 않는 것만은 확실하다. 4층을 제외하고 건물 어디든 다른 곳에서 침구를 본 적은 없다.

담뱃가게 피에르 모로. 4년 가까이 레스파나이에 부인에게 소량의 담배와 코담배를 팔았다. 증인은 이곳에서 태어나 이곳에서 자랐다. 고인이 된 모녀가 그 집으로 이사 온 것은 6년도 더 되었다. 그전에는 보석상이 살았는데 위층 방들을 남들에게 세를 놓았었다. 집은 원래 L 부인의 소유였으며 세 든 사람들이 집을 함부로 사용하는 게 못마땅해 직접 이사를 와 다시는 세를 놓지 않았다. 노부인은 어린애 같았으며 증인이 영애를 본 건 6년간 5~6회에 불과했다. 두 사람은 이웃과 거의 내외하지 않았고 돈은 많은 것으로 알고 있다. L 부인이 점을 친다는 소문은 들었지만 믿지는 않았다. 방문자를 본 적이 없기

때문이다. 기껏 짐꾼이 한두 번, 그리고 의사가 8~10회 드나
든 것이 고작이었다.

그밖에도 수많은 이웃 사람들이 비슷한 내용의 증언을 했다.
저택을 자주 드나드는 사람은 없었다. 모녀에게 생존한 친척
이 있는지는 아무도 모른다. 앞창들의 덧문은 거의 열린 적이
없고 뒷창도 늘 닫힌 채였다. 다만 4층의 큰방만은 예외였다.
좋은 건물이고 그렇게 낡지도 않았다.

경관 이시도르 뮈제. 증인이 신고를 받고 현장에 도착한 건 3시
경이다. 20~30명이 입구에 몰려 문을 열어 달라고 소리치고
있었다. 결국 총검을(지렛대가 아니라) 이용했다. 문을 여는 건
어렵지 않았다. 접이식 문인 데다 위아래 어디에도 빗장을 걸
지 않았기 때문이다. 비명은 문이 열릴 때까지 이어지다가 갑
자기 그쳤다. 크게 고통받는 사람(들)처럼, 크고 길게 늘어진
비명 소리였다. 증인이 앞장서서 위층으로 올라갔다. 첫 번째
층계참에 다다랐을 때 격렬히 싸우는 듯한 두 사람의 목소리
가 들렸다. 하나는 굵고 탁했으며 다른 목소리는 훨씬 앙칼졌
고… 어딘가 이상했다. 첫 번째 목소리에서 몇 가지 단어를 알
아들을 수 있었다. 프랑스어였지만 분명 여자 목소리는 아니
었다. "빌어먹을", "망할" 같은 소리가 들렸다. 날카로운 목소리
는 외국인이나 남자인지 여자인지는 확실치 않다. 내용을 알
아듣지는 못했지만 스페인어 같기는 했다. 현장과 시신의 상
태는 어제의 진술과 다르지 않다.

은 세공사 앙리 뒤발. 최초에 저택에 진입한 이웃 사람으로 전
반적으로 뮈제의 증언과 일치한다. 사람들은 문을 뜯고 들어

가 다시 닫았다. 늦은 시간임에도 구경꾼들이 빠른 속도로 몰려들었기 때문이다. 날카로운 소리는 이태리어 같았다. 프랑스어가 아닌 것만은 분명했다. 남자보다는 여자 목소리일 가능성이 높다. 이태리어는 잘 모르기에 내용을 알아듣지는 못했으나 억양은 분명 이태리인이었다. L 부인과 딸과는 아는 사이로 대화도 자주 했다. 앙칼진 목소리는 두 사람 어느 쪽도 아니다.

레스토랑 주인 오덴하이머. 증언을 자청했으나, 암스테르담 출신으로 불어가 서툰 탓에 통역을 통해 신문하였다. 비명이 들릴 때 저택을 지나는 참이었다. 소리는 10분 정도 이어진 듯싶다. 길게 이어진 괴성은 끔찍하고도 처참했다. 증인도 집에 들어간 일행으로, 한 가지를 제외하고는 모든 점에서 지금까지의 증언과 일치했다. 앙칼진 소리는 프랑스 남자의 음성이 분명했다. 내용을 이해하지는 못했다. 소리는 크고 빠르고 불규칙했다. 두려움과 분노가 한데 섞여 나왔으며 목소리는 거칠었다. 앙칼지다기보다는 거친 쪽이었다. 굵은 목소리는 "빌어먹을", "망할" 등의 욕설을 반복했으며 한 번은 "맙소사"라는 말도 들렸다.

들로렌느 가의 미뇨에피 은행장, 쥘 미그노. 레스파냐이에 부인에게는 어느 정도 재산이 있다. 8년 전 봄, 계좌를 개설해 소액을 자주 예금했으며 최근까지 인출은 전혀 없었다. 사망 사흘 전, 본인이 직접 4,000프랑을 신청해 금화로 지불했으며 집까지는 행원을 붙여 경호했다.

미뇨에피 은행의 행원 아돌프 르봉. 사건 당일 정오경, 레스파나이에 부인과 함께 저택으로 갔다. 4,000프랑은 두 개의 가방에 나눠 들었다. 문이 열리자 레스파냐이에 양이 나와 그의 손에서 가방 하나를 건네받았으며 부인이 나머지를 들었다. 그는 인사를 하고 돌아왔고 거리에서 마주친 사람은 없다. 샛길이라 거의 인적이 없는 곳이다.

재단사 윌리엄 버드. 집에 들어간 일행으로 영국인이다. 파리에 온 지는 2년. 먼저 계단을 오른 사람 중 하나로, 싸우는 소리를 들었다. 굵고 탁한 목소리는 프랑스인이다. 몇 가지 단어를 들었으나 모두 기억나지는 않았다. "망할"과 "맙소사"는 분명히 들었다. 그 순간 우당탕탕 하며 여러 사람이 드잡이하는 소리가 들렸다. 앙칼진 목소리는 아주 컸다. 굵은 목소리보다도 더. 영국인이 아닌 건 확실하며 독일인이라는 생각을 했다. 여자 목소리였을지도 모르겠다. 독일어는 모른다.

상기 증인 중 4인은 재차 묻는 질문에, 레스파냐이에 양의 시신이 발견된 방에 도착했을 때 문이 안으로 잠겨 있었다고 증언했다. 주변은 고요해 신음 소리 하나 들리지 않았다. 문을 열었을 때는 아무도 보이지 않았다. 창문은 앞뒤 방 모두 닫혀 있고 안으로 굳게 잠긴 채였다. 두 방 사이의 문도 닫혔으나 잠기지는 않았다. 앞방에서 복도로 이어지는 문은 안으로 잠겼다. 건물 앞쪽, 복도 입구의 작은 4층 방은 조금 열려 있었다. 낡은 침대와 상자 등으로 가득한 방으로, 이 방 역시 모두 제거하고 수색했다. 저택은 물론 구석구석 조사하지 않은 곳이 없다. 굴뚝들도 모두 청소부들이 위아래를 샅샅이 훑었다. 집은 4층으로 고미다락도 몇 개 있었다. 지붕의 뚜껑문은 단단히 못이 박힌 데다 수년간 열어 본 것 같지 않았다. 싸우는 목소리를 듣고 방문을 부수기까지는 3분에서 5분까지 증언이 서로 달랐다. 문은 어렵사리 열었다.

장의업자 알폰소 가르시오. 스페인인. 저택에는 들어갔으나 계단을 오르지는 않았다. 신경 쇠약 증세 때문에 흥분은 금물이기 때문이다. 다투는 소리는 들었다. 굵은 음성은 프랑스인이지만 내용을 알아듣지는 못했다. 날카로운 목소리는 영국인이 확실하다. 영어는 몰라도 억양으로 판단할 수 있다.

제과 업자 알베르토 몬타니. 제일 먼저 계단을 오른 일원. 문제의 목소리를 들었다. 굵은 목소리는 프랑스인으로 몇 마디 알아들었는데 타이르는 듯한 말투였다. 앙칼진 목소리의 말은 알아듣지 못했다. 너무 빠르고 억양도 고르지 않은 게, 러시아인 같기는 하다. 증언은 대체로 일치한다. 이태리인이기에 러시아인과 대화한 적은 없었다.

증인 몇 명이 4층 방 굴뚝들은 사람이 들어가기엔 너무 좁다고 확인해 주었다. 청소부들도 굴뚝 청소용의 원통형 솔을 이용했다. 일행이 위층으로 오르는 동안, 아래층으로 내려올 뒷길은 없었다. 레스파나이에 양의 시신은 굴뚝에 단단히 끼인 터라 네댓 명이 달려들어서야 겨우 빼낼 수 있었다.

의사 폴 뒤마. 새벽녘 검시를 위해 소환. 시신 두 구는 레스파나이에 양의 시신이 발견된 큰방 침대의 삼베 깔판 위에 놓여 있었다. 젊은 숙녀의 시신은 찰과상과 찰상이 심했다. 누군가 시신을 굴뚝 위로 강제로 밀어 올렸다는 사실만으로 입증이 가능한 상태였다. 목 역시 찰상이 심각했다. 턱 바로 아래 심하게 긁힌 상처가 몇 군데 있고 손가락 압박에 의한 멍도 적지 않았다. 얼굴은 끔찍할 정도로 변색되었으며 안구는 돌출되고 혀는 부분적으로 뜯겨 나갔다. 명치의 커다란 타박상은 무릎의 압박에서 비롯되었다. 듀마 박사의 소견에 따르면, 레스파나이에는 단수 또는 복수의 범인에게 교살당했다. 부인의 시신은 심하게 난자당한 상태였다. 우측 다리와 팔의 뼈는 여기저기 부서진 채였으며 좌측 경골은 늑골과 더불어 심하게 골절되었다.

시신 전체가 처참하게 멍들고 변색되었으나 부상의 경위는 짐작조차 불가했다. 힘 좋은 사내가 휘둘렀을 경우, 두꺼운 방망이, 굵은 철봉, 의자 등 크고 무겁고 뭉툭하면 뭐든 흉기가 될 수 있다. 여성이라면 어떠한 무기로도 그런 손상은 불가능하다. 증인들에 따르면 시신의 머리는 산산조각 난 채 신체에서 분리되었다. 목은 면도칼 등의 매우 예리한 도구로 잘린 게 분명하다.

듀마 박사와 함께 소환된 검시의 알렉상드르 에티엔느 박사도 동료의 증언 및 소견과 일치하다. 그 밖에도 여러 사람을 탐문했지만 더 이상 의미 있는 증언은 없었다. 파리에서 살인사건이 없지는 않았으나, 이토록 모든 면에서 기이하고 당혹스러운 경우는 처음이었다. 매우 이례적인 사건에 경찰도 당혹스러운 표정이 역력했다. 현재로서는 결정적인 단서 하나 없이 막막한 상황이다.

〈가제트 데 트리뷰노〉 석간에 따르면, 생로슈 지구는 여전히 크게 어수선했다. 사건 현장은 철저히 재조사하고 새로운 증인들을 신문했으나 헛수고였다. 아돌프 르봉이 체포 및 구금되었다는 추신이 있었으나 이미 밝혀진 사실 외에 그를 범인으로 지목할 만한 단서는 없었다. 뒤팽은 별다른 논평을 내놓지 않았다. 허나 태도로 짐작컨대 그도 사건의 추이에 큰 관심이 있는 게 분명했다. 그가 사건에 대한 내 견해를 물어본 건 르봉이 체포된 이후였다.

파리 시민들은 대체로 이번 사건을 해결 불능의 괴사건으로 여겼는데 나도 같은 생각이었다. 아무리 봐도 살인자를 추적할 단서가 있는 것 같지 않았다.

"이런 수박 겉핥기 같은 수사로 판단하면 안 되지. 알다시피 파리 경찰이 예리하고 노련하기는 하네만 그게 다야. 수사 방법은 체계가 없고 임기응변뿐이라네. 이것저것 잔뜩 갖다 붙이기는 하네만 대개는 사건과 무관한 것들일세. 그러니 음악을 더 잘 듣겠으니 가운을 가져오라고 외치는 주르댕 씨[27]와 뭐가 다르겠나? 그들이 일구어 낸 성과야 종종 대단하기는 하네만 그것도 대개는 머리가 아니라 발로 얻어 낸 것들에 불과하다네. 때문에 더 이상 갈 데가 없으면 그걸로 끝나고 마는 거야. 예를 들어 비독은 추리에 능하고 인내심도 강하네만 그렇다 해도 체계적인 교육이 없는 탓에 수사의 강도가 심해질수록 실수도 많아지는 법이라네. 대상을 너무 가까이 두려 하기에 오히려 초점도 흐려지고. 아, 물론 예리한 시선으로 한두 단서 잡아 낼 수는 있을걸세. 하지만

27 —— 몰리에르의 코미디에 나오는 인물

그 과정에서 전체 그림을 놓치고 마는 거야. 그런 점에서라면 너무 깊이 파 들어가는 것도 좋지 않아. 진실이 우물 안에만 있는 건 아니거든. 사실보다 중요한 정보라면 항상 겉에 드러나 있다는 게 내 신념이라네. 우리는 진실을 찾겠다고 계곡을 뒤지지만 정작 보아야 할 곳은 산꼭대기라는 말일세. 이런 종류의 실수 양태와 근원은 천계를 관찰할 때 잘 드러난다네. 별을 관찰할 때, 망막 바깥을 별과 맞추는 게 제대로 보고 빛을 만끽하는 방법이거든. 망막 안쪽보다 약광에 더 민감하니까. 빛이란 우리가 똑바로 보려고 할수록 광채가 흐려질 수밖에 없어. 후자의 경우 실제로 눈이 받아들이는 빛의 양은 크네만, 대신 감도와 이해력은 떨어지게 마련이지. 과도한 깊이는 당혹감을 낳고 사고력을 약화시키는 법이니까. 너무 오래, 직접적으로 집중해서 보면 하늘에서 금성도 사라지게 만들 수 있다네.

그래, 결론을 내리기 전에 우리가 직접 이번 사건을 조사해 보자고. 혹시 아나, 재미있는 일이라도 생길지? (이런 사건에 재미라는 표현이 께름칙했지만 가만히 있었다) 그리고 르봉한테 신세를 진 적이 있는데 빚 갚을 기회가 될지도 모르겠군. 우선 저택부터 먼저 확인해 봐야겠네. G— 경찰국장을 아니까 허가를 얻는 것도 그리 어렵지는 않을 걸세."

우리는 허가장을 들고 곧바로 모르그 가로 향했다. 그 집은 리슈리유 가와 로슈 가 사이의 허름한 공도 중 한 곳이다. 우리 집과 상당히 먼 거리인지라 도착했을 때는 벌써 늦은 오후였다. 집은 쉽게 찾았다. 건물 맞은편으로 막연한 호기심에 꽁꽁 닫힌 덧문들을 올려다보는 사람들이 많은 덕분이었다. 전형적인 파리 주택이었다. 대문 한쪽에 작은 방이 딸려 있었는데 작은 창문의 미닫이창으로 보아 수위실이 분명했다. 우리는 안으로 들어가기 전, 거리를 따라 올라갔다가 골목을 지나 건물 뒤쪽을 먼저 살폈다. 뒤팽은 저택뿐만 아니라 동네 전체를 점검했다. 어찌나 꼼꼼히 살피던지 나로서는 도무지 영문을 알 길이 없었다.

우리는 왔던 길을 돌아와 다시 집 앞에 섰다. 초인종을 누르고 허가장을 보이자 담당 경관들이 문을 열어 주었다. 우리는 위층, 레스파냐이에 양의 시신이 발견된 방으로 올라갔다. 시신 두 구는 여전히 그곳에 놓여 있었다. 방은 관습에 따라 난장판인 상태로 그대로 보존되었다. 나로서는 〈가제트 데 트리뷰노〉에 보도된 내용 외에 아무것도 보지 못했건만 뒤팽은 시신들을 포함해 모든 것을 꼼꼼히 살폈다. 그 후 우리는 다른 방들과 마당까지 조사했는데, 그동안 내내 경관 한 명이 따라다녔다. 수사는 어두워질 때까지 계속되었다. 일을 마치고 집으로 돌아오는 길에 뒤팽이 잠시 어느 신문사에 들렀다.

친구의 변덕이 대단하다고 말했었다. 그야말로 '널뛰듯' 했다는 얘기인데, 이번엔 또 한참 동안 살인 사건에 대한 대화를 완전히 거부했다. 그다음 날 정오경이 되어서야, 그가 갑자기 살인 현장에서 뭔가 이상한 것을 목격했는지 물었다.

그가 '이상한'이라는 단어를 묘하게 강조하는 바람에 뜬금없이 온몸에 소름이 돋기도 했다.

"아니, 우리가 신문에서 본 게 전부였네. 이상한 건 못 느꼈는데?"

"〈가제트〉는 유감스럽게도 사건의 진짜 공포를 전혀 다루지 못했네만 지금은 신문 타령을 하자는 건 아니라네. 내가 보기에 이 사건을 해결 불가라고 생각하게 만든 바로 그 이유가 절대적인 해결의 실마리로 보인다는 말이지. 아, 상식을 벗어난 참상 얘기야. 경찰은 범행 동기, 즉 살인 그 자체가 아니라 살인의 잔혹성에 대한 동기 부재로 당혹스러워하고 있거든. 분명 다투는 목소리는 들었는데, 위층에서 찾아낸 건 레스파나이에 양의 시신뿐이었지. 올라가는 사람들을 피해 달아날 방법이 없다는 사실도 도저히 아귀가 맞지 않고. 난장판이 된 방, 거꾸로 굴뚝에 밀어 넣은 시신, 형편없이 난자당한 노부인의 시신… 이런 상황들은 지금 내가 얘기한 전제는 물론 언급할 필요조차 없는 것들까지 맞물려, 정부 관리들의 명민한 머리를 마비시키고 무력하게 만드는 거라네. 경찰은 비정상적인 것과 난해한 것을 혼동하는 일반적인 오류에 빠졌네. 하지만 진리를 찾고자 한다면 이성이 보아야 할 곳은 일반적 단서가 아니라 일탈적 차원이어야 하지. 다시 말해서, 이번 수사의 경우 우리가 던져야 할 질문은 '어떤 일이 일어났는가?'가 아니라 '그중 전례 없는 일이 무엇이냐?'여야 한다는 말일세. 사실 내가 이 괴사건을 쉽게 해결하거나 이미 해결했다면 그 이유는 경찰의 눈으로 볼 때 사건이 얼마나 해결 불능이냐에 달려 있다네."

나는 너무 놀라 그의 얼굴만 멍하니 바라보았다.

그가 방문을 돌아보며 얘기를 이어 갔다.

"이제 곧 누군가 올 걸세. 참사의 범인은 아니겠지만 그래도 어느 정도는 연관이 있는 인물이라네. 적어도 최악의 측면에 관한 한 무죄라고 생각하네만… 어쨌든 내 판단이 옳았으면 좋겠

309

군그래. 그 판단 하에서 수수께끼 전체를 읽어 내기를 기대하는 참이니까. 그 친구 지금 당장이라도 등장할 걸세. 물론 내 추리가 틀릴 수도 있겠지만 가능성은 온다는 쪽이라네. 그자가 나타나면 반드시 붙잡아야 해. 여기 총을 받게나. 피치 못할 경우 총을 어떻게 쓰는지는 우리 둘 다 알고 있지 않나?"

나는 얼떨결에 총을 받아들었다. 뒤팽은 마치 독백이라도 하듯 얘기를 해 나갔지만 도무지 믿을 수가 없었다. 그럴 때면 그가 몽환에 빠진다고 말했었다. 지금도 분명 대화 상대는 나이건만 그의 조용한 목소리와 억양은 저 멀리 아득한 누군가를 향하는 듯했다. 그의 눈도 아련하게 벽만 바라보았다.

"계단을 오르던 사람들이 들었다는 다툼은 모녀의 목소리가 아니었네. 증언도 완전히 일치했지. 때문에 노부인이 먼저 딸을 살해하고 자신도 스스로 목숨을 끊었다는 가설은 성립하지 않네. 내가 이 점을 지적하는 이유는 살해 방식 때문이야. 레스파나이에 부인의 힘으로는 딸의 시신을 그런 식으로 굴뚝 안으로 밀어 올리지 못하거든. 그리고 시신의 훼손 정도만으로도 자살은 고려 대상에서 배제되겠지. 때문에 살인은 제3자가 저질렀고 싸우는 목소리는 바로 그자였어. 자, 이제 증언 얘기를 해 볼까? 그 목소리와 관련된 증언 모두가 아니라 그 증언들의 특이한 점 얘길세. 어때, 자넨 눈치챈 게 전혀 없었나?"

나는 굵은 목소리가 프랑스인이라는 데에는 증언이 완전히 일치하는 데 반해, 앙칼진(한 사람은 거칠다고 증언한) 목소리에 대해서는 서로 달랐다는 점을 지적했다.

"그건 증언 얘기지 증언의 특이성과는 무관하네. 그래, 자넨 눈치챈 게 없군그래. 자네 말처럼 굵은 목소리에 대해서는 모두 동의했네. 만장일치였지. 하지만 앙칼진 목소리의 특이성은 의견이 서로 달랐다는 게 아니야. 그보다는 이태리, 영국, 스페인, 네덜란드, 프랑스 사람이 일률적으로 외국인 목소리라고 증언했다는 사실일세. 요컨대, 자신의 동포는 아니라는 게지. 자기들과 대화가 가능한 나라의 언어가 아니라 그 반대라는 뜻이기도 하다네. 프랑스인은 그게 스페인인의 목소리이며, 자신이 '스페인어를 알았다면 몇 마디 알아들었을 것'이라고 진술했어. 네덜란드인은 프랑스 사람이라 주장하네만 보도에는 그가 '프랑스어를 모르기 때문에 통역을 통해 신문했다'고 나와 있네. 영국인은 독일인의 목소리라고 주장하면서도 '독일어는 모른다'고 했고, 스페인인은 영국인이 분명하다고 하면서도 기껏 '억양으로 짐작'했지. 이태리인도 러시아인을 지목하면서 '러시아인과 대화해 본 적이 한 번도 없다'고 덧붙였다네. 두 번째 프랑스인은 첫 번째와 다소 다르더군. 이태리 사람이라고 했으니까. 하지만 스페인인처럼, '그 언어를 알아서가 아니라 억양으로 미루어 짐작한 것'이었어. 자, 그러니 그 목소리가 실제로 얼마나 특이했겠나! 이렇게 수많은 증언이 나올 수 있으니! 유럽에서도 큰 축에 드는 다섯 나라 사람들한테도 완전히 낯선 언어 아닌가! 자넨 아시아나 아프리카일지도 모른다고 얘기하겠지? 아시아인이나 아프리카인은 파리에 없네만 그 가정을 부인하기보다 자네한테 세 가지 요점을 상기해 주려네. 한 증인은 그 목소리가 '앙칼지기보다 거칠다'고 했고 다른 두 증인은 '빠르고 불규칙'했다고 진술했네. 그리고 어떤 단어도, 아니 단어를 닮은 소리조차 증인들은 구분해

내지 못했어.

지금까지 한 얘기가 자네의 이해에 어떤 영향을 미쳤는지 모르겠네만, 굵은 목소리와 앙칼진 목소리에 대한 증언으로부터 합리적 추론이 가능하다면, 앞으로의 수사 향방을 가늠할 중요한 단서가 될 거라 확신하네. 지금 '합리적 추론'이라고 했네만 그것만으로 내 뜻을 충분히 전달했다고 생각지는 않네. 내가 하고 싶은 말은 합리적 추론만이 적합한 추론이며, 그러한 추론이 가능할 경우에만 유일한 결론으로서의 실마리가 풀려나올 거라는 얘기일세. 하지만 그 실마리가 무엇인지는 아직 얘기하지 않을 생각이라네. 다만 이 하나만은 명심하게나. 적어도 나한테는, 그 방에서의 수사에 구체적인 형식과 일정한 방향을 제시하기에 충분한 단서가 될 걸세.

자, 이제 우리가 그 방에 있다고 가정해 보세나. 그곳에서 먼저 뭘 찾을 텐가? 살인자들의 탈출로. 우리 둘 다 초현실을 믿지 않는다는 사실이야 새삼 언급할 필요가 없겠지? 레스파나이에 모녀가 귀신한테 당한 건 아니니까. 그럼 누구지? 다행히도 그 문제를 추리할 방법은 단 하나이고 그 방법은 우리를 명확한 결론으로 이끌어 줄 걸세. 가능한 탈출 방법을 하나하나 짚어 보자고. 마을 사람들이 계단을 올라갔을 때 살인범들이 레스파나이에 양이 발견된 방이나 옆방에 있었던 것만은 분명해. 그렇다면 우리가 탈출구를 찾는 것도 그 두 방이어야 할 거야. 경찰이 마룻바닥, 천장, 돌 벽까지 샅샅이 뒤졌으니 비밀 통로 같은 걸 놓칠 리야 없을 걸세. 아무튼 경찰에만 의존할 일이 못 되니 나도 직접 조사했지. 그래, 비밀 통로는 없었어. 방에서 복도로 이어지는 문은 모두 단단히 잠겼고 열쇠도 안에 있었지. 굴뚝도 마찬가지라네. 난로 위로 2.5~3미터 정도는 보통 넓이지만 전체적으로 커다란 고양이 하나 드나드는 것도 불가능하더군. 지금까지 언급한 탈출로는 절대 불가능해. 그럼 이제 창문만 남는 건가? 물론 거리의 구경꾼들한테 들키지 않고 앞쪽 방 창문을 통해 달아날 방법은 없을 테니, 범인들은 당연히 뒷방 창을 이용했을 거야. 지금껏 가장 명료한 방법으로 도달한 결론일세. 그러니 추리가로서 단지 불가능해 보인다는 이유로 그 결론을 거부하는 건 할 도리가 못돼. '불가능'해 보인다는 게 실제로 불가능하다는 뜻이 아님을 밝혀내는 것도 우리 몫이니까.

그 방엔 창이 두 개 있네. 하나는 전체가 다 드러나 있지만 다른 창은 침대머리판에 아랫부분이 가려져 있더군. 벽에 바짝 붙여 놓은 침대인데 다루기가 여간 어렵지 않았네. 첫 번째 창문은 안에서 단단히 잠겨 있었는데 사람들이 아무리 힘을 써도 꿈쩍도 하지 않았어. 창틀 왼쪽에 커다란 도래송곳 구멍이 뚫려 있고 그 안에 아주 튼튼한 못이 머리까지 박혀 있었으니 오죽하겠나. 다른 창문도 살폈지만 비슷한 크기의 못이 같은 식으로 박혀 있었어. 물론 창틀을 들어 올리려는 노력도 실패했고, 경찰도 창을 통한 탈출이 불가능하다는 결론을 내렸다네. 못을 뽑아 창문을 열어 봐야 소용없다는 판단을 내린 것도 그 때문일 거야.

내 조사는 보다 꼼꼼했네. 바로 지금 얘기한 이유 때문이지. 아무리 불가능해 보이는 일이라도 실제로는 가능하다는 사실을 증명해야 하니까. 바로 이곳에서!

나는 상황을 역추적해 보기로 했네. 살인자들은 이 창문들 중 어느 하나를 통해 탈출했어. 그렇다면 안에서 창틀을 고정할 수 없었을 텐데 실상은 그와 반대로 단단히 잠겨 있었지. 상황이 너무나 분명했기에 경찰에서도 이 부분의 수사를 더 진행할 수가 없었던 걸세. 하지만 창틀이 잠겨 있다면 그건 저절로 잠기는 능력이 있어야 해. 너무도 자명한 얘기지. 나는 침대에 막히지 않은 창틀로 다가가 어렵사리 못을 뽑아내고 창틀을 들어 보았네. 예상대로 아무리 힘을 써도 꿈쩍도 않더군. 용수철이 숨어 있다는 얘기겠지. 나는 그 사실을 확인하면서 최소한 내 가설이 옳다는 확신이 들었네. 못과 관련된 상황은 아직 해결되지 않았지만 말이야. 그래서 자세히 살펴보았더니 곧바로 숨은 용수철이 나타나더군. 나는 용수철을 눌러만 보고 창틀을 들어 올리지는 않았네. 일단은 그 정도면 충분하니까.

　　나는 못을 제자리에 넣고 가만히 살펴보았네. 그자도 빠져나간 다음에 창을 다시 닫았을 거야. 그러자 용수철은 걸렸겠지만 못까지 원래 자리로 돌아갈 리야 없었겠지. 결론은 명백했네. 나도 수사망을 좀 더 좁힐 수 있었고. 살인자들은 다른 창을 통해 탈출한 게 틀림없어. 각 창문의 용수철이 동일하다고 가정한다면 (충분히 개연성 있는 얘기라네), 못이 다르거나 고정 방식에 차이가 있어야 하니까. 나는 침대 깔판 위로 올라가 머리판 너머의 두 번째 창을 면밀히 관찰했네. 이윽고 머리판 뒤로 손을 내리자 용수철이 만져지더군. 눌러 보니 예상대로 첫 번째 유리창과 같은 유형이었어. 자, 이제 못을 살필 차례로군. 그래, 마찬가지로 튼튼했고 거의 대가리까지 박혀 있는 것 같았다네.

　　자넨 내가 당황했으리라 생각하겠지? 그렇다면 자넨 귀납 추리의 본성을 오해한 걸세. 사냥꾼들의 말을 빌자면 내 코는 개코라네. 단 한순간도 냄새를 놓쳐 본 적이 없으니까. 내 추리의 고리엔 전혀 결함이 없어. 그래서 수수께끼를 극한까지 파고들어갔더니, 결론은 못이었네. 말했다시피, 어느 모로 보나 다른 창과 똑같은 못이지만, 이 시점에서 단서를 확정짓는 추리가 가능한 이상, 그 사실은 (아무리 결정적으로 보일지라도) 전혀 의미가 없다네. '이 못에 분명 뭔가 있어.' 난 그렇게 중얼거리며 못을 건드렸지. 그런데 못대의 0.5센티미터 가량이 떨어져 나가는 게 아닌가? 나머지는 부러진 채로 구멍 안에 박혀 있었고 말이야. 끄트머리가 녹으로 덮인 것으로 보아 오래전에 부러진 것이었어. 누군가 망치로 그렇게 만든 듯했네. 못대가리 주변의 창틀 바닥에 망치 자국도 보였지. 게다가 조심스럽게 원래의 홈에 돌려 놓았는데 완전한 못처럼 보였다네. 끊어진 부분은 보이지 않았어. 용수철을 누른 다음 창을 조금 들어 보았더니 못대가리도 바닥에 붙은 채 함께 딸려 올라오더군. 창문을 닫으면 못은 다시 깨끗하게 들어맞았다네.

여기까지는 수수께끼가 풀렸어. 암살자는 침대 위의 창문을 통해 탈출한 걸세. 그가 나가자 창문은 저절로 내려오고(그가 손수 닫았을 수도 있지만) 용수철에 의해 잠기게 된 거야. 경찰은 창문이 열리지 않는 이유를 용수철이 아니라 못이라고 보고는 더 이상 조사할 필요가 없다고 판단한 걸세.

다음 문제는 내려가는 방법이겠군. 이 점에서는 자네와 함께 건물을 한 바퀴 돌아본 데 감사한다네. 문제의 창에서 1.7미터 정도 거리에 피뢰침이 지나가고 있네. 물론 피뢰침에서 창문 안으로 들어가는 건 고사하고 손으로 잡는 것도 불가능했을 거야. 하지만 4층 덧문이 아주 독특한 종류라는 사실을 놓쳐선 안 되네. 바로 파리의 목공들이 '페라드ferrades'라고 부르는 창이더군. 요즘에는 거의 사용하지 않네만 리옹과 보르도의 옛날 집에선 흔히 볼 수 있지. 모양은 보통 문 같지만(접이식이 아니라 외문이라네) 하부가 격자형으로 설계되었기에 손잡이로는 안성맞춤이라네. 이 집 창은 덧문의 넓이가 1미터는 족히 될 거야. 건물 뒤쪽에서 보니 덧문이 모두 반쯤 열려 있더군. 다시 말해 벽과 직각을 이룬다는 뜻일세. 경찰도 나와 마찬가지로 건물 뒤를 조사했겠지만 그렇다고 해도 페라드를 횡으로 봤다면(필경 그랬을 걸세) 이렇게 넓은 줄은 몰랐을 거야. 아니, 어떤 경우이든 심각하게 생각 안 한 것만은 분명하다네. 이곳으로 탈출이 불가능하다고 생각한 이상 당연히 대충 보고 지나쳤겠지. 하지만 덧문을 벽 쪽으로 충분히 밀어내면 피뢰침과 50센티미터까지 접근이 가능하지. 배짱과 민첩성만 확보된다면 피뢰침에서 창문으로 들어오는 것도 충분히 가능하다는 얘기야. 70센티미터 거리면 (덧문이 완전히 열려 있다고 가정했을 경우) 강도가 팔을 뻗어 격자창을 단단히 잡을 수 있을 걸세. 그리고 피뢰침을 잡은 손을 놓고 두 발을 벽에 단단히 붙인 다음 힘껏 뛰어오른다면 덧문을 흔들어 닫는 것도 가능하겠지. 물론 문이 열려 있을 경우 방 안으로 들어오는 것도 가능하네.

워낙에 위험하고 어려운 일이니 성공하려면 정말 대단한 민첩성이 필요하다는 점을 부디 명심해 주게나. 내 계획은 우선, 누군가 그 일을 해냈다는 사실을 보여 주는 것이네. 하지만 두 번째

가 더 중요한데… 그 일을 해내려면 무엇보다 민첩성이 거의 초
자연적인 수준이어야 한다는 점을 깨닫게 해 주고 싶군.

분명 자네야 법정 개념까지 들먹이면서, 내가 사건을 증명하
려면 민첩성의 정도를 과장하는 것보다 저평가하는 게 오히려
유리할 거라고 얘기할 걸세. 허나 법정에서는 통할지 몰라도 이
성의 잣대는 아니야. 내 궁극적인 목적은 오직 진실뿐이며, 직접
적인 목적은 자네로 하여금 다음 두 가지 사실을 나란히 비교하
게 하려는 거라네. 내가 지금 얘기한 상식 이상의 민첩성, 그리고
매우 앙칼지고(또는 거칠고) 불규칙한 목소리… 어느 나라 언어인
지에 대해 일치하는 증언이 없는 데다, 그 말 속에서 음절을 분리
해 내는 것도 불가능했었지."

그 말에 뒤팽이 말하고자 하는 의미가 막연하게나마 머리 주
변을 맴돌기 시작했다. 요컨대, 이해의 능력 없이 이해할 것 같은
기분이 이렇겠다. 이따금 무언가 머릿속에서 가물거리면서도 결
국 아무것도 기억 못하는 사람들이 있지 않은가. 친구가 설명을
이어 갔다.

"내가 문제의 초점을 탈출 방법에서 침입 방법으로 이동했음
을 알 걸세. 둘 다 같은 방식, 같은 통로를 이용했다는 얘기를 하
기 위해서라네. 자, 이제 방의 내부를 돌아보기로 할까? 우선 외
관부터 살펴보자고. 경대 서랍. 대부분의 옷들이 들어 있기는 했
지만 완전히 들쑤셔 놨다고 하더군. 이런 식의 결론을 터무니없
다고 하지. 어리석기 짝이 없는 추측에 불과하니까. 옷 말고도 애
초에 더 많은 물건이 들어 있었는지 우리가 어떻게 알겠나? 레스
파나이에 모녀는 지독한 은둔 생활을 했네. 찾아오는 사람도 없

고 외출도 거의 없었지. 요는 갈아입을 옷이 거의 필요 없었다는 뜻일세. 발견된 옷들은 적어도 두 숙녀분들에게 어울릴 법한 고급이었어. 도둑이 가져갔다면 왜 고급을 남겨 두었을까? 왜 모두 가져가지 않은 걸까? 요컨대, 왜 기껏 싸구려 옷 몇 벌 챙기겠다고 금화 4,000프랑을 남겨 두었느냐는 얘기라네. 금화는 건드리지도 않았어. 미그노 행장이 언급한 금액 전부가 가방에 든 채 바닥에 놓여 있었으니까. 그러니 집으로 배달된 돈이 어쩌고저쩌고 하는 경찰의 허망한 범행 동기일랑 자네 머릿속에서 비워 버리게나. 그보다 열 배는 인과 관계가 뚜렷한 사고들이 매시간 발생하지만 관심도 끌지 못한 채 사라져 버리지 않나. 돈이 배달되고 사흘 내에 가족이 몰살당하는 따위의 뉴스들 말일세. 일반적으로 우연의 일치란, 확률론… 즉 위대한 예증이 없으면 위대한 연구 대상도 없다는 이론을 경외시하는 사상가들에겐 너무도 난감한 장애일 수밖에 없다네. 현 상태에서 금화가 없어졌다면야 사흘 전에 돈이 배달되었다는 사실을 우연의 일치로 치부할 수는 없겠지. 그것만으로 충분히 범행 동기가 될 테니까. 하지만 실제의 사건 현장에서, 우리가 금화를 참사의 동기라고 주장한다면, 범인이야말로 황당한 명청이라고 단정할 수밖에 없을 걸세. 금화와 동기를 둘 다 내팽개쳤으니까.

지금껏 내가 강조한 몇 가지 사항들, 그러니까 기이한 목소리, 비상식적인 민첩성, 그리고 이렇게 참혹한 살인 사건에 범행 동기가 철저히 결여되어 있다는 점을 계속 명심하기로 하고, 이제 학살 자체로 눈을 돌려 보세나. 여기 완력으로 교살당한 후 굴뚝 안에 거꾸로 처박힌 여인이 있네. 보통 암살자라면 이런 수법으로 살인하지 않아. 무엇보다 피살자를 이렇게 처리하지도 않는다네. 시체를 굴뚝 위로 밀어 넣는 만행은 분명 상궤를 훌쩍 뛰어넘는 짓이니까. 아무리 인간성을 결여한 살인마들이라 해도 인간은 인간일세. 하지만 그런 행위를 인간의 짓으로 인정할 수 있겠나? 힘 좋은 사내 몇이 달려들어 간신히 끌어내릴 정도로 좁은 구멍에 시신을 밀어 넣으려면 얼마나 힘이 세야 할지 한번 상상해 보라고!

자, 눈을 돌려, 가공할 위력이 드러난 또 다른 현장을 보도록 하세나. 난로 위에 회색의 머릿단이 놓여 있었지? 숱이 아주 많은 머릿단인데 뿌리까지 뜯겨 있었어. 20~30올 정도라 해도 그런 식으로 뜯어내는 데 힘이 얼마나 드는지는 자네도 알 거야. 자네도 머리타래를 봤네만 끔찍하게도 뿌리까지 머릿가죽 살점들로 너덜너덜했어. 단번에 머리카락 수십만 올을 뽑아냈으니 그 힘이 또한 얼마나 크겠는가! 노부인의 목은 그냥 벤 게 아니라 목에서 완전히 잘려 나갔네. 도구는 평범한 면도날이고. 그게 얼마나 야만적이고 광포한 행위인지 자네가 알았으면 하네. 레스파나이에 부인의 시신을 덮은 멍에 대해서는 얘기 않겠네. 뒤마 박사와 에티엔느 박사는 뭉툭한 둔기에 의한 상처라고 진단했는데 그 점에서는 아주 정확했네. 뭉툭한 둔기는 마당의 포장석이었으니까. 피해자는 침대 위의 창문에서 떨어졌네. 아주 간단한 추리인데도 덧문의 폭을 놓친 것과 마찬가지로 경찰은 보지 못했지. 완전히 봉쇄되었다고 여긴 탓에 창문이 열릴 가능성을 배제한 덕분이라네.

이 모든 상황에 덧붙여, 방 안이 기이하게 난장판이었다는 점을 상기한다면, 이제 우리는 놀랄 만한 민첩성, 초인적인 힘, 야만성과 잔인성, 무조건적인 학살, 철저히 비인간이고 악랄한 기행, 온갖 국적의 사람들조차 음절 파악과 분석이 불가능한 이질적인 억양과 목소리 등을 모두 종합할 수 있을 걸세. 자, 결론이 어떻게 나왔는가? 내가 자네의 상상력에 어떤 영향을 미쳤는지 한번 보세나."

뒤팽의 질문에 갑자기 살갗에 소름이 돋았다.

"광인의 소행이로군. 인근 정신 병원을 탈출한 폭력 성향의 환자겠지." 내가 대답했다.

"어떤 점에선 자네 판단이 틀린 것만은 아니네. 하지만 아무리 발작이 심하다 해도 광인의 목소리와 계단에서 들은 기이한 소리는 완전히 다르다네. 어느 나라이든 광인도 분명 그 나라 시민이고, 말이야 횡설수설이라지만 음절의 구분은 항상 일정할 테니까. 게다가 내 손안에 있는 건 결코 광인의 머리카락이 아니야. 레스파냐이에 부인의 굳게 쥔 손에서 약간의 털을 빼냈는데, 이걸 보고 어떤 생각을 했는지 말해 보게나."

"뒤팽! 이 털은 기이하기 짝이 없군. 사람의 털이 아니잖나!" 나는 기겁을 했다.

뒤팽이 탁자 위에 종이를 넓게 펼치며 논리를 이어 갔다.

"사람의 털이라고 한 적은 없네만 그 점을 논하기 전에 내가 이 종이에 그려 놓은 스케치 하나 봐 주게나. '검붉은 멍과 깊은 손톱자국'이라고 묘사된 증언 내용과, 또 '손가락 압박에 의한 심한 멍들'이라고 적은 뒤마 박사와 에티엔느의 소견을 그림으로 옮겨 본 거야. 그림을 보면, 단단하고 견고하게 잡았다는 게 어떤 의미인지 알 걸세. 전혀 밀린 기색이 없거든. 피해자가 숨을 거둘 때까지 손가락은 일말의 흔들림도 없이 처음의 위치를 고수했어. 자, 그럼 그림에 나와 있는 대로 각각의 위치에 자네 손가락을 대 보게나."

시키는 대로 해 봤지만 불가능했다.

"그래, 어쩌면 정당한 실험이 아닐 수도 있겠군. 종이를 평면 위에 펼쳐 놓았지만 인간의 목은 원통형이니까. 자, 여기 사람 목 두께의 나무통이 있으니 그림으로 감고 다시 시도해 보게나." 뒤 팽이 다시 제안했다.

나도 다시 시도해 보았으나 분명히 첫 번째 시도보다 훨씬 더 어려웠다.

"이건 사람 손자국이 아니야." 내가 단언했다.

"여기 동물학자 퀴비에의 글이 있는데 읽어 보게나."

동인도 제도에 서식하는 황갈색의 대형 오랑우탄을 해부학적으로, 도해적으로 상술한 글이었다. 포유류의 거대한 크기, 엄청난 힘과 민첩성, 잔인성, 그리고 흉내의 경향까지 누구나 잘 아는 내용이나, 나는 즉시 살인 사건이 특별히 무자비했던 이유를 깨달을 수 있었다. 나는 다 읽고 난 후에야 겨우 입을 열었다.

"손가락의 묘사가 그림과 정확히 일치하는군. 그래, 다른 동물이 아니라 오랑우탄이었어. 그것도 이곳에 언급된 종류여야 자네가 복사한 손자국을 만들 수 있겠어. 여기 황갈색 털도 퀴비에의 짐승털과 일치하는 것 같네. 하지만 이 끔찍한 괴사건이 어찌된 영문인지는 여전히 모르겠네. 더군다나 싸우는 목소리가 두 개였지 않나? 그중 하나는 프랑스인이 확실하다고 들었는데?"

"그래. 그리고 증인들이 거의 만장일치로 그 목소리로 들었다는 표현을 기억할 걸세. '맙소사!'라는. 그 상황에 대해서라면 제과 업자 몬타니가 꾸짖거나 타이르는 말투라고 했는데 제대로 본 걸세. 난 그 한 마디에 사건 해결의 가능성을 온전히 의지하고 있다네. 즉, 사건의 목격자가 있는데 바로 프랑스인이라는 게지. 그가 이 피비린내 나는 참상과 무관할 수도 있네. 아니, 오히려 그럴 가능성이 더 클 것 같군. 오랑우탄이 탈출했을 테니까. 그는 필경 짐승을 쫓아 사건 현장까지 왔을 걸세. 하지만 그 뒤에 벌어진 끔찍한 상황 때문에 놈을 포획하지는 못했겠지. 오랑우탄은 아직 돌아다니고 있다고 보네만 어차피 억측이니 그 얘긴 더 이상 않겠네. 판단의 근거로 삼은 추리가 내 상상력이라 보기에도 깊이가 크게 모자란 데다, 다른 사람을 납득시킬 논리도 부족하니 어찌 억측이라 하지 않겠는가. 그러니 우리도 억측이라 부르고 그 전제로 얘기해 보자고. 문제의 프랑스인이 내 추측대로 이 참사의 장본인이 아니라면 내가 어제 집으로 돌아오는 길에 〈르몽드〉에 신청한 이 광고를 보고 우리 집으로 달려올 걸세. 덧붙이자면 〈르몽드〉는 주로 해운업을 다루는 터라 선원들이 잘 읽는다네."

그가 내게 신문을 건넸다. 광고 내용은 다음과 같다.

포획 공고. 이달 모일(살인 사건 당일 아침) 이른 아침, 볼로뉴 숲에서 보르네오 산 황갈색 오랑우탄 포획. 소유주임을 확인하고 포획 및 보관에 따른 일정한 비용을 지불할 시 오랑우탄 회수 가능. 주인은 몰타 소속 선박의 선원으로 추정됨. 주소. 생 제르망 ―가 ―번지, 4층.

"그가 선원이고 그것도 몰타의 배라는 건 도대체 어떻게 알 수 있나?" 내가 물었다.

"모르지. 나도 확신은 못 하네. 다만 여기 리본 조각이 하나 있는데, 모양이나 기름 때로 보아 선원 특유의 기다란 변발을 묶는 게 틀림없어. 매듭도 특히 몰타의 뱃사람들이 즐겨 쓰는 방식이라네. 리본은 피뢰침 아래에서 주웠지만 피해자 소유일 리는 없겠지? 결국 해당 프랑스인이 몰타 선박의 선원이라는 추리가 틀렸다 해도, 그런 광고를 낸다고 손해 볼 것도 없으니까. 내 추측이 어긋났다면 그 친구는 내가 뭔가 오해했다고 생각하겠지만 그렇다고 따져 묻겠다고 오지는 않을 걸세. 하지만 내 판단이 옳다면 이득은 만만치가 않아. 범인이 아니라 해도 살인 사건을 목격한 장본인이니 당연히 광고에 대답하기가 어려울 걸세. 오랑우탄을 요구하는 것도 물론이고. 이렇게 생각하지 않을까? '난 죄없어. 하지만 가난하잖아? 오랑우탄은 값이 엄청나. 나같이 가난한 놈한테는 그 자체로 큰 재산인데… 이러다가 괜한 걱정으로 오랑우탄을 잃는 거 아냐? 이제 놈을 돌려받을 수 있어. 볼로뉴 숲에서 찾았다잖아. 사건 현장과는 아주 먼 거리인 데다, 일개 야수가 그런 일을 저질렀다고 누가 생각이나 하겠어? 경찰의 수사는 실패했어. 실마리 하나 찾아내지 못했으니까. 설령 저 짐승을 찾아낸다 해도 내가 살인 사건을 목격했다는 사실은 절대로 모를 거야. 아니, 안다고 치자. 그렇다고 나를 유죄로 몰 이유는 없잖아? 게다가 이 사람은 이미 날 알고 있잖아! 광고주는 나를 짐승 주인으로 지목했지만 그가 어디까지 알고 있는지 어떻게 알지? 내가 주인임이 밝혀졌건만, 저렇게 값비싼 재산을 찾지 않고 내버려 둔다면 오랑우탄한테 의심이 쏠릴지도 모를 일이야. 나든, 짐승이든, 관심을 끌 필요는 없잖아? 그래, 광고주를 찾아가 오랑우탄을 돌려받고 사건이 잠잠해질 때까지 가둬 두는 게 좋겠다.'"

순간 계단을 오르는 발소리가 들렸다.

"총을 준비하게. 하지만 신호가 있을 때까지는 쏘지도 보이지도 않아야 해." 뒤팽의 지시였다.

현관문은 열린 채였기에 방문객은 초인종도 누르지 않고 들어와 계단을 올랐다…. 아니, 그런데 계단을 내려가잖아? 갑자기 두려워진 걸까? 그래서 뒤팽이 재빨리 문으로 다가서는데 다시 올라오는 소리가 들려왔다. 그는 더 이상 망설이지 않고 과감하게 계단을 올라와 방문을 노크했다.

"들어오세요." 뒤팽이 대답했다. 밝고 다감한 말투였다.

한 남자가 들어왔는데 틀림없는 선원이었다. 키가 크고 건장하고 억세 보였는데 무모한 성격 같기는 해도 완전한 비호감은 아니었다. 햇볕에 크게 그을린 얼굴은 구레나룻과 콧수염으로 반쯤 덮여 있었다. 커다란 참나무 곤봉을 들었으나 또 다른 무기가 있는 것 같지는 않았다. 그가 어정쩡하게 고개를 숙이며 "안녕하세요."라고 인사했다. 뇌샤텔 사투리가 다소 섞인 듯해도 파리 태생임을 충분히 드러내는 억양이었다.

"자, 앉아요. 오랑우탄 때문에 찾아온 거죠? 말씀드렸지만 그런 놈의 주인이시라니 부럽군요. 아주 건강한 데다 물론 무척 값비싼 동물일 겁니다. 나이가 얼마나 됩니까?"

선원이 긴 한숨을 내쉬었는데 흡사 견디기 힘든 짐이라도 내려놓는 사람 같았다. 뒤이은 대답 또한 당당하기가 그지없었다.

"저도 잘은 모릅니다만 네댓 살 정도일 겁니다. 여기 있습니까?"

"오, 아닙니다. 놈을 가둘 시설이 없는 걸요. 지금은 뒤브르 가의 마차 대여소에 있습니다. 가까운 곳이니 아침에 데려가시면 됩니다. 물론 소유주라는 사실을 증명해야 합니다만."

"예, 가능합니다."

"오, 헤어지기가 아쉽군요." 뒤팽이 너스레를 떨었다.

"선생님께 이런 수고를 끼치고 나 몰라라 할 생각은 없습니다. 그럴 수는 없죠. 애를 찾아주신 데 대해 기꺼이 보상할 생각입니다… 음… 과하지만 않다면요." 남자가 말했다.

"오, 정말로 고마운 말씀이로군요. 어디 보자… 뭘 받으면 좋을까? 예, 말씀드리죠. 제가 원하는 건 이겁니다. 모르그 가의 살인에 대해 아시는 대로 얘기해 주시죠."

뒤팽은 아주아주 작은 목소리로 마지막 말을 내뱉더니 역시 조용히 문으로 다가가 자물쇠를 잠그고 열쇠는 자기 주머니에 넣었다. 그리고 가슴에서 권총을 꺼내 침착하게 테이블 위에 내려놓았다.

선원의 얼굴은 질식사라도 할 것처럼 시뻘게졌다. 벌떡 일어나 곤봉을 잡기는 했으나 다음 순간 다시 의자에 털썩 주저앉았다. 그는 송장처럼 창백해진 얼굴로 격렬하게 전신을 떨었다. 말은 한 마디도 하지 않았지만 나는 진심으로 그가 불쌍하다는 생각을 했다. 뒤팽은 여전히 친절한 말투였다.

"이봐요, 그렇게 겁먹을 필요 없어요. 진심입니다. 당신을 난처하게 할 생각 없으니까. 프랑스 신사의 명예를 걸고 약속하리다.

당신이 모르그 가의 참사와 무관하다는 건 우리도 잘 알고 있소. 하지만 어느 정도 관계있다는 것까지 부인해 봐야 소용이 없어요. 이미 말했듯이, 이 사건에 관한 한 내게 정보원이 있다는 사실을 알아야 하오. 당신으로서는 꿈에도 상상 못할 출처라오. 자, 상황은 이래요. 사건은 끔찍했지만 당신은 피치 못할 상황이었소. 비난받을 일도 한 게 전혀 없잖소. 절도죄를 저지를 수 있었지만 그조차 하지 않았어요. 그러니까 숨길 것도 없고 또 숨길 이유도 없지 않겠소? 그 반면에 알고 있는 대로 얘기할 명예와 의무가 있는 것도 사실이오. 지금 무고한 사람이 갇혀 있어요. 당신이 범인을 지목하면 당장이라도 풀려날 범죄 때문에 말이오."

뒤팽이 얘기하는 동안 선원도 어느 정도 마음의 평정을 회복했다. 처음의 오만한 태도도 전혀 보이지 않았다. 그가 잠깐 뜸을 들인 후 입을 열었다.

"저를 도와주십쇼! 사건에 대해 아는 대로 말씀드리겠습니다만, 아마 절반도 채 믿지 못하실 겁니다. 기대하는 제가 바보일 테지만 그래도 전 죄가 없어요. 그 때문에 죽는다 해도 모두 말씀드리겠습니다."

그의 얘기는 대체로 다음과 같았다. 그는 최근에 동인도 제도를 항해했다. 그리고 동료 한 명과 함께 보르네오에 상륙, 내륙 깊숙이 유람하는 도중에 오랑우탄을 생포했다. 그런데 동료가 죽는 통에 짐승은 온전히 그의 소유가 되었다. 귀국길에 포악한 짐승 때문에 고생을 했으나 간신히 파리의 자기 집에 가둘 수 있었다. 짐승은 이웃들의 불필요한 호기심을 끌지 않기 위해 집 안 깊숙이 숨겨 두었다. 궁극적으로는 가시에 찔린 발 상처를 치료한

다음 팔아 버릴 생각이었다.

살인이 있던 날 밤, 아니 새벽에 선원들과의 술모임을 마치고 돌아와 보니 짐승이 그의 침실을 차지하고 있었다. 벽장을 부수고 나온 것이다. 분명 안전하게 가둬 두었건만. 놈은 면도기를 들고 얼굴에 비누 거품까지 잔뜩 바르고는 거울 앞에 앉아 면도하는 흉내를 내고 있었다. 필경 벽장 열쇠 구멍으로 주인의 모습을 훔쳐본 것이다. 그렇게 포악한 짐승의 수중에 그렇게 위험한 무기가 들려 있는 걸 보고 그는 아연했다. 게다가 칼을 다룰 줄 아는 짐승이 아니던가! 그는 한동안 어쩔 줄을 몰랐다. 예전에 놈이 크게 날뛸 때 채찍으로 진정시킨 경험이 있기에 이번에도 시도해 보기로 했다. 그런데 놈은 채찍을 보자 순식간에 방문을 뚫고 계단을 내려갔다. 그리고 때마침 열려 있던 창을 통해 거리로 달아나 버렸다.

프랑스인은 절박한 심정으로 뒤를 쫓아갔다. 유인원은 손에 면도칼을 들고 때때로 멈춰 서서 추적자한테 손짓까지 하다가 주인이 거의 따라잡을 즈음에 다시 달아났다. 추적은 그런 식으로 오랫동안 이어졌다. 새벽 3시가 다 된 시간이기에 거리는 너무도 고요했다. 모르그 가의 뒷골목을 따라 내려가는데, 마침내 4층에 있는 레스파냐이에 부인의 방에서 새어 나오는 불빛이 오랑우탄의 시선을 끌었다. 놈은 건물로 달려갔다. 그리고 피뢰침을 보고는 놀랄 만한 민첩성으로 기어 올라가, 활짝 열어젖힌 덧문을 잡은 다음 몸을 흔들다가 순식간에 침대머리판 위로 뛰어올랐다. 이 과정은 1분도 채 걸리지 않았다. 오랑우탄은 방으로 들어간 후 다시 덧문을 걷어차서 열었다.

선원은 안심이 되기도 하고 당혹스럽기도 했다. 이제 야수를 재포획할 가능성이 커졌다. 놈이 뛰어 들어간 함정에서 빠져나오려면 피뢰침을 이용할 수밖에 없을 터인데 그렇다면 내려오는 동안 잡을 수 있을 것이다. 다른 한편, 놈이 집 안에서 어떤 사고를 벌일지 불안하지 않을 수가 없었다. 결국 그는 걱정 때문에라도 짐승을 계속 추적하기로 했다. 그도 뱃사람인지라 피뢰침은 어렵지 않게 오를 수 있었다. 하지만 창문 높이까지 오르면서는 그의 경력도 무용지물이었다. 창문이 훨씬 왼쪽에 치우쳐 있었기 때문이다. 그가 할 수 있는 일이라고는 한껏 몸을 내밀어 방 안을 엿보는 것뿐이었다. 그리고 방을 들여다본 순간 너무 놀라 하마터면 피뢰침에서 손을 놓을 뻔했다. 모르그 가의 주민들을 깊은 잠에서 깨운 것은 밤하늘을 진동하는 섬뜩한 비명 소리였다. 레스파냐이에 부인과 딸은 잠옷 차림으로 방 한가운데 놓인 철궤에서 서류 등속을 정리하는 중이었다. 철궤는 열려 있었으며 내용물은 바로 옆의 바닥에 놓여 있었다. 피해자들은 창을 등지고 앉았던 모양이다. 비명이 들리기까지 야수의 침입을 눈치채지 못한 것도 바로 그 때문일 것이다. 덧문이 달그락거리는 소리는 바람 때문이라고 생각했으리라.

선원이 들여다보았을 때 거대한 짐승은 레스파냐이에 부인의 머리채를 잡은 채(머리는 빗질을 하고 묶지 않은 듯했다) 그녀의 얼굴에 면도기를 휘두르고 있었다. 물론 이발사의 동작을 흉내 낸 것이다. 노부인이 비명을 지르고 몸부림을 치자(머릿단이 뽑혀 나간 건 그때였다) 그때까지 평화로웠던 오랑우탄도 흥분해서 날뛰기 시작했다. 놈이 억센 팔을 있는 힘껏 휘두르자 그녀의 머리가 잘려 몸에서 거의 떨어져 나갈 지경이 되었다. 거기에 피까지 튀자 오랑우탄의 분노도 더욱 거세졌다. 놈은 부드득 이를 갈고 눈에서 불을 쏘아 대면서 소녀에게 덤벼들더니, 공포의 발톱으로 목을 조르고 숨이 끊길 때까지 놓아주지 않았다. 오랑우탄은 이리저리 고개를 돌리다가 이번에는 침대머리판 방향을 보았다. 그위에 언뜻 공포에 얼어붙은 주인의 얼굴이 보였다. 야수의 분노는 그 즉시 공포로 바뀌었다. 끔찍한 채찍을 아직 기억하고 있기때문이다. 놈은 매 맞을 짓을 했음을 깨닫고 자신의 피비린내 나는 행위를 숨길 양으로 황급히 방 안을 뒤지기 시작했다. 잔뜩 두렵고 불안한 터라, 우왕좌왕하면서 가구를 부수고 침구에서 침대를 뜯어냈다. 결국 놈은 먼저 딸의 시신을 잡아 굴뚝 위로 밀어 넣고 노부인의 시신은 그대로 창문 밖으로 집어던졌다.

유인원이 난자당한 시체를 안고 창가로 다가오자, 선원은 피뢰침에 매달린 채 거의 미끄러지다시피 내려와 곧바로 집으로 달아났다. 학살의 결과가 어찌 될지 모르는 판에 오랑우탄의 운명 따위를 신경 쓸 여력도 없었다. 계단에서 사람들이 들은 소리는 선원이 공포와 경악에 질려 내지른 절규와, 야수의 신경질적인 아우성이 섞인 소리였다.

이제 거의 끝났다. 오랑우탄은 방문이 열리기 직전에 피뢰침을 타고 방을 탈출했고, 놈이 빠져나가면서 창문도 저절로 잠겼으리라. 그 후 선원은 놈을 잡아 파리 식물원에 거액을 받고 팔아넘겼다. 우리는 경찰국으로 가서 (뒤팽의 설명을 곁들여) 상황을 설명했으며 르봉도 즉시 풀려났다. 경찰국장은 호의로써 뒤팽을 대했으나 사건의 반전엔 불쾌감을 감추지 못하고는, 기어이 오지랖도 넓다는 식으로 한두 마디 불평을 늘어놓았다.

뒤팽은 그런 데 일일이 대꾸할 필요를 느끼지 못했다.

"멋대로 떠들라지. 그래야 맘이 편하다면야. 나로서는 그의 성역에서 그를 이긴 것만으로 만족하네. 어쨌든 그가 이 괴사건을 해결하지 못한 건 지극히 당연한 일이었어. 너무 교활해서 깊은 곳을 보지 못했기 때문이지. 그의 지혜엔 수술이 없어. 라베르나 여신처럼 온통 머리뿐이고, 몸통이 없거나 아니면 대구처럼 머리와 어깨뿐이라네. 그래도 결국 좋은 친구 아닌가. 특히 전문가다운 말솜씨가 맘에 들더군. 그가 창의적이라는 명성을 얻은 것도 그 달변 덕분이라네. '있는 건 안 보고 없는 것만 설명하거든.'"

넬슨 드밀

Nelson Demille

넬슨 드밀은 뉴욕에서 태어나 롱아일랜드의 공동묘지 옆에서 자랐다. 호프스트라 대학에서
평범한 4년을 보내는 동안, 클리프 요약 노트로 에드거 앨런 포를 만나 크게 고무되어, 과음
을 하고 기이한 턱수염과 콧수염을 길렀다. 드밀은 열네 편의 베스트셀러 작가이자 작가 협회
회원이다. 어쩌면 국제펜클럽과 워싱턴 문인회에도 속했을지 모르나 그도 잘 모른다. 2007년
미스터리 작가 협회장에 취임해 별 탈 없이 임무를 마쳤다.

지름길과 불사귀

넬슨 드밀

지난 150년간 에드거 앨런 포에 대해 너무나 많은 논평이 있었기에 더 이상 덧붙이는 건 무의미해 보인다. 누구나 할 말은 있겠으나 그 말이 특별히 새로울 것 같지도 않다. 그렇다고 저술가들이 그만둘 리도 없긴 하지만.

다시 말해서, 에드거 앨런 포의 마음과 글들을 깊이 파고들어가, 융, 프로이트 및 집단 무의식과 연결하는 식으로 포 학자들과 경쟁할 생각이 없다는 뜻이다. 아, 신화시적 필연성도 이와 같다. 그보다는 보다 안전한 사적 내러티브에 의존해 에드거 앨런 포와의 첫 만남에 대해 가볍게 얘기하고자 한다.

이 이야기는 1954년 내가 열한 살 때 시작한다. 그러니 구체성이 다소 불분명해도 이해하리라 믿는다.

1950년대 3D 영화가 한창이었을 때 나는 한 편도 빼놓지 않기 위해 분투 중이었다. 나보다 먼저 25센트를 투자한 친구들이 아무리 혹평을 해도 마찬가지였다. 1954년, 모두가 욕을 해 댔던 인기 3D 영화는 〈모르그 가의 유령 Phantom of the Rue Morgue〉이었다. 모르그 가가 무슨 뜻인지는 몰랐지만 그래도 〈유령 The Phantom〉이 인기 만화라는 정도는 알았다. 에드거 앨런 포에 대해서도 들어 본 적이 없었으며, 영화를 대충 따왔다는 포의 단편이 〈모르그 가의 살인〉이라는 것도 몰랐다. 아무튼 별로 재미없는 제목 같은데 할리우드도 같은 생각을 한 모양이다. 어쨌든 먼저 본 급우들은 제목의 뜻과 함께(모르그 가는 프랑스 어느 거리 이름이래), 그 영화가 "무진장 식겁하다"는 평을 전했다.

나는 엘몬트에서 자랐다. 뉴욕 롱아일랜드의 작은 마을은 주로 전후의 공영 주택지로 이루어져 있었다. 새로 생긴 극장도 내 집에서 걸을 만한 거리에 있었는데 그 당시엔 4킬로미터 내외를 뜻했다. 우리 집과 극장 사이는… (이쯤해서 음산한 음악이 나와 주어야!) 짜잔! 공동묘지였다. 사실은 유령, 시귀, 좀비, 늑대 인간, 흡혈귀 등, 공포 영화의 살아 있는 시체가 연상되는 교회 공동묘지가 아니라 유대 인 묘지이기는 했다. 유대 인 흡혈귀 얘기를 들어 본 적 있는가? 베스 데이비드라는 이름의 공동묘지는 우리 집 뒷마당과 면해 있는 데다, 마을 중심을 차지한 터라 극장은 물론 어디를 가나 제일 확실한 지름길이었다.

6, 7년 전 그 집으로 이사한 후 나는 공동묘지와 평화롭게 잘 살았다. 이층 내 방에선, 베스 데이비드의 드넓고 깔끔한 잔디와 잘 닦인 화강암 비석들의 사열들이 훤히 내다보이기도 했다. 공동묘지가 장례 행렬과 노동자, 일꾼들로 북적거리는 날이면, 이

묘지를 건너는 데 따르는 유일한 문제는 차를 타고 순찰을 도는 묘지 관리인들이었지만 한 번도 잡힌 적은 없었다. 몇 년 후에는 엘몬트 미모리얼 고등학교 육상 팀의 스타 주자가 되기도 했다 (100미터 11초).

야간 공동묘지와의 경험이라면 기껏 내 침실에서 내다보는 정도였다. 5~6년간 내다보는 중에, 무언가 무덤에서 기어 나오거나 움직이지 말아야 할 게 움직인 적은 없었다. 바람에 나뭇잎이 흔들리거나 순찰차 헤드라이트가 도로 위를 왔다 갔다 하는 정도가 고작이었다. 따라서 뒷마당 너머 바로 공동묘지가 있든, 아니면 공동묘지를 가로질러 가든 내게는 너무도 자연스러운 일이었다. 두려울 것도 없었고 그때나 지금이나 유아 시절의 심각한 트라우마 같은 것도 없다.

단 한 번, 어느 늦은 토요일 오후, 총천연색 3D 〈모르그 가의 유령〉을 본 후 공동묘지를 가로질러 올 때만은 예외였다.

오늘날의 기준으로 볼 때, 영화는 말 그대로 모골 한 올 송연하지 못할 수준이었다. 하지만 1954년의 열한 살 아이라면 기이한 분장, 음산한 음악, 피 얼룩만으로도 복도를 질주하게 만들 수 있다.

인터넷으로 에드거 앨런 포의 영화 목록을 대충 찾아본 결과, 아직 연기가 뭔지도 모를 시절의 칼 맬든이 모르그 가의 미친 과학자 마레 박사로 분했었다. 훈련된 고릴라 연기가 더 훌륭했지만 그의 이름은 영화사에 기록되어 있지 않다. 그리고 프랑스 과학도를 연기한 머브 그리핀이 있다는데 과학자와 고릴라는 몰라도 머브는 기억에 없다. 사실 플롯은 간단하다. 마레 박사는 고릴라를 이용해 그를 걷어찬 미인들에게 복수를 시도한다. 여성들은 모두 딸랑거리는 팔찌를 차고 있는데 그 소리가 바로 살인 고릴라를 불러들인다. 여러분들은 좀 더 구체적인 플롯을 요구하겠지만 후일의 넷플릭스 걸작선을 망치고 싶지는 않다. 그래도 이 정도는 얘기할 수 있다. 젊은 여성들이 밤에, 홀로 거리를 걸어갈 때마다 팔찌가 딸랑거려 청력이 좋은 고릴라의 귀에까지 들어간다. 그런데 고릴라의 분장이 엉성하기 짝이 없다는 사실을 왜 아무도 눈치채지 못하는 거지? 나 자신도 별로 심각하게 생각하지 않았지만 그건 영화를 만든 어른들도 마찬가지였다. 우리는 지금 대표적인 '불신의 중지'에 대해 논하고 있는 바 그 능력은 아이들이 최고다. 아이들은 또한 조건 반사에도 능해 스스로 겁에 질려 혼비백산한다. 때문에 아름다운 아가씨들이 팔찌를 딸랑거릴 때마다 극장은 한꺼번에 헉 하고 숨을 삼켰다. 저도 모르게 꺅 하고 비명을 지르는 아이들도 있고 따각거리는 여자들을 향해 큰 소리로 경고를 날리는 미래의 오지랖들도 물론 있었다.

정말로 끔찍한 건, 저 무시무시한 3D 충격 효과였다. 언제 뭐가 무대에서 뛰쳐나올지 모르지 않는가! 기억은 가물가물하지만, 정말로 3D 공포 영화의 관객들 모두가 비명을 지르며 의자 밑에 숨었다고 장담할 수도 있다. 팝콘이 허공을 날고, 콜라가 튀었다. 하물며, 머리, 팔, 몸의 갑작스러운 동작으로 생성된 관성에 의해 얼굴에서 3D 안경이 벗겨져 날아가기도 했다.

〈모르그 가의 유령〉의 결말은 허망했다. 그래도 무서웠다.

가을 아니면 겨울이었을 것이다. 그리고 오후 5시쯤 나와 친구 몇이 영화관을 나왔을 때쯤 이미 어두워지고 있었다. 규칙은 이렇다. "가로등이 켜지기 전에 집에 도착할 것." 그리고 가로등은 켜질 것이고 나는 늦었다. 휴대전화도 아직 발명 전이었다. 모퉁이 공중전화는 동전 한 닢을 요구했지만, 아직 살아 있고 조금 늦을 거라는 얘기 때문에 그런 데 탕진할 돈은 없었다. 우리는 어디를 가든 걷거나 아니면 자전거를 탔다. 부모가 차를 몰고 와 데려간다는 개념은 당시의 단순하고 안전하고 예의바른 시대의 정신과도 거리가 멀었다. 물론 부모님들의 가르침을 어길 생각도 없었다. 어디를 가든 갔던 길로 돌아올 것.

음, 영화관으로 걸어갔으니 집에 갈 때도 걸어야 했다.

영화관이 있는 엘몬트로드와 헴스테드 고속도로 모퉁이에서 우회로로 돌아가면 4킬로미터 조금 못 된다. 하지만 공동묘지를 가로지르면….

함께 영화를 본 셋 중 둘은 반대 방향에 살았기에 공동묘지와는 무관했다. 세 번째 아이는(50년이나 지난 후에 그 친구를 난감하게 만들거나, 퉁퉁 부어올랐던 고환에 대해 새삼 사람들의 호기심을 자극하지 않기 위해 잭이라 부르겠다) 바로 한 블록 아래 살았기에 살아 있는 시체의 땅을 관통하는 데 동행이 되어 줄 거라고 확신했다. 하지만 잭은 생각이 달랐다. 차라리 저녁을 늦게 먹고 말지 늑대 인간의 저녁 식사가 되고 싶지 않다며 발을 빼는 것이다.

나도 그 애의 판단에 따랐어야 했다. 문제는 당시 이른바 '오판' 기술을 익히는 초기 단계에 있었다는 사실이다. 그 기술은 대학을 그만둘 때 최고 경지에 올라 그만 군대에 입대하고 베트남전 참전까지 자원하는 쾌거를 이룬다.

하지만 그때만 해도 내 용기와 만용의 간극을 시험하는 여정에 동반자기 있기를 너무도 원했기에 잭을 몰아붙여야만 했다.

"겁쟁이!"

"겁쟁이 아냐!"

"겁쟁이, 겁쟁이!" 나는 아예 노래까지 불러댔다.

요즘이라면, 잭은 "○까, ○새꺄!"라고 욕을 했겠으나 내 기억엔 기껏 "나쁜 놈!" 수준이었다. 그리고 그는 불 켜진 거리를 따라 안전한 집으로 향했다. 한참 후 그가 돌아서더니 마지막 한 방을 날렸다. "그러다가 뒈져 버려라!"

그때 마음을 고쳐먹고 그 애를 따라 달려간 다음 군밤을 한 대 먹이고 집까지 달리기 시합이라도 했으면 아무 일도 없었을 것이다. 하지만 나를 사로잡은 생각은, 1킬로미터 빠른 지름길을 이용해 잭보다 먼저 집에 도착하는 것이었다. 그래서 먼저 걔네 집 초인종을 누르고 잭이 사탕 가게에 들러 스니커즈를 잔뜩 먹고 있다고 고자질해 줄 참이었다.

공동묘지 길을 선택한 또 다른 동기는 조금 더 건전했다. 가능한 한 가로등 통행금지 직후에 집에 도착해야 했다. 그렇지 못할 경우 어떻게 될지는 뻔했지만 확인하고 싶지는 않았다.

나는 엘몬트로드를 가로질러 공동묘지 주변의 보도를 따라 달렸다. 그 길은 2미터도 넘는 철망으로 에워싸였는데 중간중간 '접근 금지' 표지판이 붙어 있었다.

가로등은 언제나 깜깜해지기 전에 들어왔다. 아직은 하늘빛이 남아 있었으나 아무튼 빠른 속도로 저무는 중이었다. 앞쪽 1킬로미터 조금 못 미쳐 공동묘지 정문과 관리실이 있었다. 가장 빠른 지름길로 가려면 대문에 닿기 전에 철망을 타 넘어야 했다. 대낮이라면 수도 없이 지난 길이다. 나는 별생각 없이 철망을 기어올라 베스 데이비드 공동묘지 안으로 내려섰다.

그리고 무릎을 꿇은 채 꼼짝도 않고 기다렸다. 누군가 보거나 들었을지도 모를 일이다. 나는 10초간 기다렸다가 일어나 달리기 시작했다. 처음엔 재미있었다. 길게 늘어선 묘비 사이를 따라 달린 이유는, 도로는 이따금 순찰차가 다니기 때문이었다. 최소한 2킬로미터는 몸을 숨길 필요가 있었다. 그 정도 속도라면 15분도 채 걸리지 않을 거리였다. 한 번은 12분 내에도 주파하지 않았던가. 비록 대낮이긴 했지만.

제일 큰 문제는 저무는 해였다. 벌써부터 잘 보이지 않았으니 말이다. 새로 파낸 무덤도 몇 개 보였는데 지금은 범포로 덮인 채 주인을 기다리는 중이었다. 그놈의 2미터 구멍에 빠지고 싶지 않았기에 난 속도를 늦추고 잭을 욕했다. 그리고 몇 분 후 방향이 헷갈리기 시작했다. 사실, 완전히 길을 잃은 것이다.

이제 칠흑처럼 어두워 이정표도 보이지 않았다. 춥기도 엄청 추웠다. 이럴 줄 알았다면 모자를 쓰라는 엄마 말을 듣는 건데.

조금씩 겁도 났다. 아니, 무지무지 무서웠다. 나와 관리인 몇을 빼면 그곳에 있는 모든 게 죽어 있지 않은가! 아니면 죽음에서 돌아왔거나….

도로에 있을 때는 몰랐는데 널리 트인 공간에 들어서자 바람까지 불었다. 바람에 공동묘지가 움직이기 시작했다. 나무의 수족, 죽은 낙엽들, 쓰레기, 제막식을 위해 유대 인 묘비들을 덮어 둔 하얀 수의들. 당연히 움직임은 소리와 그림자를 동반했고 그 바람에 몇 초마다 한 번씩 식겁해야 했다.

설상가상으로(더 어떻게 나빠질 수 있다는 건지!) 전에는 한 번도 듣지 못한 소리까지 들렸다. 개 짖는 소리.

관리인들한테 한두 마리 개가 있기는 했으나 이 개들은 잘 훈련된 경비견이 아니라 들개들이었다. 더욱이 어두운 밤하늘을 향해 울부짖는 소리로는 수도 많았다. 그럼… 늑대 인간인 걸까?

그러니까, 열한 살 나이에 산타클로스를 믿고 착한 요정을 믿는다면 유령, 마법사, 요술쟁이, 늑대 인간, 흡혈귀, 좀비, 시귀를 믿는 게 자연스러운 결론이리라. 그보다 더 순진하다면 살인 미라인들 믿지 못하겠는가.

여기서 조금 거짓말을 덧붙인다면 살인 고릴라와 섬뜩한 마레 박사를 봤다고 얘기하겠지만 그건 아니었다. 그들이야 불사귀에 비한다면 애들 장난감에 불과했다. 하지만 이미 3D 충격 효과에 식겁해 영화관에서 열 번쯤은 등골이 오싹하고 난 후였다. 우리 마음에 어떤 겁쟁이가 들어 있어 공포 영화에 겁을 먹는 건지는 모르겠지만 그 느낌은 한동안 머무르며 우리를 괴롭힌다. 그리하여 잠자리에 들 때면 머리 위에 시트를 뒤집어쓰고 창문으로 들어오려고 하는 흡혈귀나, 문을 두드리는 좀비들 소리에 귀를 기울이게 되는 것이다.

돌이켜 보면, 공동묘지에서 상상력이 널뛰기를 하고, 어둠 속에 쪼그리고 앉아 묘비들 사이로 부는 바람 소리나, 멀리서 들개들이(또는 늑대 인간들이) 우는 소리를 들었을 때 두려움에 몸이 얼어붙은 이유도 바로 그 때문이었을 듯싶다.

자, 이쯤에서 후다닥 에드거 앨런 포 얘기로 돌아가자. 섬뜩한 죽음의 대가이자 공포의 제조자이며, 너무도 섬세한 작가. 정신을 연구하기 오래전, 준 과학도이기도 한 포는 무엇이 우리를 두 렵게 하는지 일찍이 터득했다. 그리고 그 지식을 변환해 19세기 와 20세기를 거쳐 이제 21세기까지 장악한 섬뜩하면서도 흥미 로운 이야기들로 만들었다. 아, 물론 50년 전 내가 본 끝내주는 3D 공포 영화와는 별 상관없는 얘기다.

여러분은 그분의 생애를 분석할 수 있다. 실제로도 그랬고 포 는 분명 그럴 자격이 있을 사람이다. 하지만 마지막 순간, 아무 분석 없이 그냥 이 특별한 작가를 읽어라. 셰리 주 한 잔과 함께 그의 산문을 즐기고, 흐린 조명의 방에서 아이들에게 그의 시, 특 히 〈까마귀〉를 큰 소리로 읽어 주어라. 음향 효과까지 곁들여서.

베스 데이비드 공동묘지의 지름길. 1954년. 저녁 시간.

죽음의 체념이 조용히 나를 휘감았다. 이제 죽을 것이다. 나는 죽음을 받아들였다. 들개한테 먹힐지 늑대 인간에게 먹힐지는 모 르겠다. 킬러 고릴라는 별로 생각하지 않았지만 마음 한구석에선 놈이 영화에서 튀어나와 달려드는 광경이 계속 재생되었다.

나는 일어나 운명을 향해 걷기 시작했다. 오늘 저녁 메뉴는 무 엇이었을까?

마침내 익숙한 도로를 건넜다. 비로소 작은 희망도 일렁거렸 다. 나는 집 방향을 잡고 미친 듯이 달렸다. 집의 불빛도 보였다. 산 자와 죽은 자를 가르는 철망도 불과 1분 내외다.

솔직히 말해 철망을 타 넘은 기억은 없다. 아마도 달려서 올라 갔을 것이다. 그리고 어느 순간 누군가의 뒷마당 진입로를 달리 고 보도를 달리고 드디어 집에 도착했다!

엄마는 꾸중부터 했다.

"잭 엄마가 전화했는데 공동묘지로 왔다며? 얼마나 걱정했는
지 아니?"

"지름길인 걸요, 엄마." 내가 대답했다.

"다시는 그러지 마라. 밤엔 유령이 나오는 곳이야." 아버지가
말했다.

고마워요, 아빠. 그 말 꼭 기억할게요.

황금 벌레

The Gold-Bug

이런! 이런! 미친 듯이 춤을 추는 저 친구를 보게나!
바로 타란툴라에 물렸다네.

뒤죽박죽 All in the Wrong

✳

오래전, 윌리엄 레그란드 씨와 가깝게 지냈다. 유서 깊은 위그노 가문으로 한때 부유했으나 일련의 불운 때문에 당시는 빈곤한 처지였다. 그래서 패가망신을 피하기 위해 선조들의 고향 뉴올리언스를 떠나, 사우스캘리포니아 찰스턴 근처의 설리번 섬으로 이사해 그곳에 살고 있었다.

　그 섬은 아주 특이하다. 섬 전체가 거의 모래인 데다 길이가 5킬로미터나 된다. 너비는 어디 지점에서도 400미터를 넘지 않으며 내륙은 아주 가느다란 실개천으로 나뉜다. 개천은 황무지를 굽이쳐 흐르는데 온통 갈대와 진흙으로 덮인 터라 늪새들이 자주 찾는다. 당연하겠지만 식물은 거의 없고 있다고 해야 다 난쟁이들이다. 커다란 나무는 전혀 보이지 않았다. 서쪽 끝으로 물트라이 요새가 서 있다. 찰스턴 사람들이 여름 먼지와 더위를 피해 찾아오는 황량한 별장 건물들이 몇 개 있는데, 그곳이라면 어쩌면 팔메토야자를 볼 수도 있겠다. 어쨌거나 섬의 서단과 해변을 따라 길게 늘어진 단단한 백사장을 제외하면 섬 전체는 영국 원예가들이 그렇게나 좋아하는 도금양 덤불로 빽빽하게 덮여 있다. 이곳 관목들은 이따금 5~6미터까지 자라 통과가 불가능할 정도로 빽빽한 숲을 이루고 그 향기로 대기를 가득 채운다.

섬에서 가장 동떨어진 동단에서 멀지 않은 곳, 관목 숲 깊숙한 곳에 레그란드는 작은 오두막을 지었다. 내가 우연히 만났을 때도 그 집에 살고 있었다. 우리는 이내 가까운 사이가 되었다. 은둔자에게 관심과 존경심을 자극하는 요인이 적잖기 때문이다. 교육도 많이 받고 정신력도 강했으나, 안타깝게도 염세주의에 물든 탓에 지독한 조증 또는 우울증에 시달렸다. 책도 많았지만 읽는 경우는 거의 없었다. 대부분 사냥과 낚시로 소일하거나, 아니면 해변이나 덤불숲을 쏘다니며 조개나 곤충 표본을 채집하는데, 그가 채집한 곤충 표본은 슈밤메르담[28]도 부러워할 정도였다. 섬을 돌아다닐 때면 주로 주피터라는 이름의 늙은 흑인을 대동했다. 가문이 몰락하기 전에 해방된 흑인이나, 아무리 윽박지르고 감언이설로 설득해도, 젊은 "윌 주인님"의 시중을 들 권리를 결코 포기하려 들지 않았다. 물론 방랑자 레그란드의 정신 상태를 의심한 친척들이, 그를 감시하고 보호할 양으로 주피터에게 그런 식의 왕고집을 심어 놓았을 가능성도 없지는 않겠다.

설리번 섬의 겨울은 그다지 혹독하지 않아 가을에 난로가 필요한 경우는 거의 없다. 다만 18○○년 10월 중순, 무척 추웠던 날이 있었다. 나는 해가 저물기 직전, 상록수 숲을 뚫고 친구의 오두막으로 향했다. 몇 주 만에 처음이었다. 당시 내 집은 섬에서 15킬로미터나 떨어진 찰스턴이었고, 교통수단도 지금보다 훨씬 뒤처져 있었다. 오두막에 도착하자마자 습관대로 노크를 했지만 대답이 없었다. 나는 은닉처에서 열쇠를 찾아 문을 열고 안으로 들어갔다. 난로엔 불이 활활 타오르고 있었다. 처음 있는 일이었지만 물론 너무도 고마운 불이었다. 나는 외투를 벗은 후 딱딱거리며 타오르는 장작 옆에 팔걸이의자를 끌어다 놓고 끈기 있게 집주인을 기다렸다.

그들은 날이 저물어서야 돌아와 성심껏 나를 반겨 주었다. 주피터도 입이 귀에 걸릴 정도로 씩 웃어 주고는 저녁으로 늪새 요리를 해 주겠다며 부산을 떨었다. 레그란드는 발작적인 흥분 상태였는데… 맙소사, 그게 발작이 아니면 뭐란 말인가? 완전히 새로운 종의 쌍각조개를 찾아냈을 뿐 아니라 주피터의 도움으로 안전하게 완전히 새로운 종의 딱정벌레를 잡았다는 얘기였다. 그는 벌레에 대해서는 내일 내 견해를 묻고 싶다고 덧붙였다.

"왜 오늘 밤은 아닌가?" 내가 불 위에서 손을 비비며 물었다. 딱정벌레가 무슨 종이든 나하고 무슨 상관이란 말인가?

"자네가 올 줄 몰랐으니까! 자네를 본 지가 아득한데, 허구한 날 하필 오늘 밤에 찾아온다는 말인가? 집에 오는 길에, 요새의 G— 중위를 만나 어리석게도 벌레를 빌려주고 말았다네. 덕분에 내일까지는 자네한테 보여 줄 길이 없게 되었군그래. 오늘 밤 우리 집에서 자게나. 그러면 새벽녘에 주피터를 보내 찾아올 테니까. 그렇게 아름다운 건 처음이라네."

"뭐가? 새벽이?"

"이런, 말도 안 돼! 벌레 말일세. 아주 찬란한 황금색인데 커다란 히코리 열매만 하다네. 등 위쪽에 새까만 점 두 개가 있고 반대편에 더 긴 점이 하나 더 있어. 촉수는…."

이때 주피터가 끼어들었다.

"더듬이는 없어요. 월 주인님, 말했잖아요. 진짜 황금 벌레라고. 날개 말고는 안팎이 다 금이라니까 자꾸 그러시네. 내 평생 그렇게 무거운 놈은 처음이었단 말입니다요. 그 절반 되는 놈도 보지 못했구먼."

"음, 그렇다고 해, 주피터. 그렇다고 새를 다 태울 생각은 아니겠지?" 레그란드는 다소 지나칠 정도로 노인한테 쏘아붙였다. 그리고 나를 돌아보며 말했다. "색깔을 보면 주피터의 말도 이해가 가긴 하네. 놈의 비늘보다 더 찬란한 광택은 자네도 본 적이 없겠지만… 어쨌든 내일까지는 기다려 봐야겠지. 그동안 대충 생김새만 설명해 주지." 그는 이렇게 말하며 작은 탁자에 앉았다. 탁자 위에 펜과 잉크가 있었으나 종이는 없었다. 서랍을 뒤져 보아도 마찬가지였다.

"상관없어. 이거면 충분하니까." 그는 이렇게 말하고는 조끼 주머니에서 아주 더러운 종이 쪼가리 같은 걸 꺼내 대충 그림을 그리기 시작했다. 아직 한기가 가시지 않은 탓에 난 그동안 불가의 자리를 고수했다. 그는 스케치를 끝낸 후 앉은 채로 내게 건넸다. 내가 그림을 받아드는데 갑자기 으르렁거리는 소리와 발톱으로 문을 긁는 소리가 잇따라 들려왔다. 주피터가 문을 열자 레그란드의 커다란 뉴펀들랜드 개가 달려와 내 어깨에 매달리더니 열심히 핥아 댔다. 올 때마다 무척 귀여워해 준 놈이었다. 내가 종이를 본 건 놈과의 장난이 끝난 후였다. 솔직히 말해 다소 당혹스러운 그림이었다.

나는 몇 분간 그림을 살핀 후에야 입을 열었다.

"음, 딱정벌레치고는 이상하군. 솔직히 이런 놈은 처음이네. 비슷한 것도 본 적이 없어…. 해골이라면 또 모르겠군. 지금껏 내가 본 물건 중에선 해골이 제일 비슷한 것 같으이."

"해골! 오… 그래, 종이로 보니 그렇게 보이기도 하는군. 검은 점 두 개는 눈이고, 응? 그리고 아래쪽에 긴 무늬는 입처럼 보여. 거기에 모양까지 타원형이니…." 그가 인정했다.

"어쩌면… 어쨌거나 레그란드, 자네가 화가는 아니잖나. 실제로 어떤 모양인지는 곤충을 직접 볼 때까지 기다리겠네."

내 말에 그는 다소 뾰루퉁한 표정을 지었다.

"글쎄, 모르겠군…. 그림은 제법 그리는데… 당연히 그래야 하는 게, 훌륭한 스승들을 모신 데다 완전히 깡통은 아니라고 자부하고 있었거든."

"그럼 농담을 하는 게로군. 이건 누가 봐도 해골이야. 사실, 내가 본 생리학 견본들에 견주더라도 아주 훌륭한 해골이라네. 정말로 닮았다면 자네 딱정벌레는 세상에서 가장 기괴한 벌레가될 걸세. 음, 그로 인해 아주 섬뜩한 미신을 하나 만들 수도 있겠어. 이 벌레를 인두(人頭) 벌레라 부르는 게 어떻겠나. 필경 자연사에는 비슷한 이름들이 적지 않을 걸세. 그런데… 자네가 얘기한 촉수는 어디 있지?"

그 말에 레그란드는 뜬금없이 화를 냈다.

"촉수! 촉수도 못 봤단 말인가? 분명 곤충에 있는 그대로 똑똑히 그렸건만! 더 이상 어떻게 자세히 그리라고!"

"이런, 이런, 자네야 제대로 그렸겠지. 아무튼 내 눈엔 아직도 보이지 않는다네." 나는 그에게 조용히 종이를 건넸다. 그의 기분을 더 이상 건드리고 싶지 않았다. 예기치 않게 돌아가는 상황에 적잖이 놀란 터였다. 그의 짜증도 당혹스러웠다. 투구벌레 그림엔 분명 촉수가 보이지 않았다. 전체적으로 보통 해골 그림과 너무도 비슷했다.

그는 몹시 역정을 내더니 아예 종이를 구겨 불 속에 던져 버리려는 것처럼 보였다. 하지만 그때 그림을 힐긋 보고는 갑자기 정색을 하는 것이 아닌가. 한순간 얼굴이 시뻘겋게 달아오르다가 송장처럼 창백해지기까지 했다. 그는 앉은 채로 몇 분 동안 그림을 자세히 살피고는, 자리에서 일어나 탁자의 촛불을 집어 들고 방 한구석의 사물함 위에 가서 앉았다. 그는 종이를 사방으로 뒤집으면서 불안한 조사를 이어 갔다. 말은 하지 않았는데, 나로서는 너무도 당혹스러운 행동이 아닐 수 없었다. 어쨌든 점점 더 우울해져 가는 그의 기분을 악화시킬 생각은 없었다. 잠시 후 그가 외투 주머니에서 지갑을 꺼내 종이를 조심스럽게 넣고 둘 다 집필용 책상에 넣어 잠가 버렸다. 태도도 점점 차분해졌으나 처음 봤을 때의 열정은 완전히 사라진 터였다. 지금으로서는 뚱하기보다는 심각한 쪽이었다. 저녁 시간이 깊어갈수록 그의 몽상도 더욱 깊어졌다. 내가 아무리 건드려도 그의 몽상을 깨울 수는 없었다. 늘 그렇듯, 처음 의도는 오두막에서 하룻밤을 보내는 것이었으나 주인의 기분이 저렇다 보니 아무래도 떠나는 게 좋을 듯싶었다. 주인도 크게 말릴 생각은 없어 보였다. 심지어 내가 떠날 때는 평소보다 더 열심히 작별 인사를 했다.

하인 주피터가 찰스턴을 찾아온 건 그로부터 약 한 달 후였다. 그간 레그란드를 보지는 못했다. 어쨌든 선한 흑인 노인이 이렇게 낙담한 모습을 보인 게 처음인지라 나는 친구에게 끔찍한 사고라도 났을까 더럭 겁부터 났다.

"맙소사, 주피터, 무슨 일이야? 윌은 잘 지내나?" 내가 물었다.

"음, 솔직히 말씀드리면 그리 잘 못 지내십니다요."

"이런, 무슨 일이 있는 게로군. 그래, 어디가 아픈 건가?"

"예, 바로 그겁니다요. 어디가 아픈지 도통 말씀을 안 하니…. 어쨌든 무지 아픈 건 사실입죠."

"많이 아프다고? 진작 그렇게 말했어야지! 그럼 지금 침대에 누워 있겠군."

"아니, 그건 아닙니다요. 도통 가만히 있지 않으시니까요. 바로 그게 문제인뎁쇼. 불쌍하신 윌 주인님 때문에 가슴이 너무 아프답니다."

"주피터, 도대체 무슨 얘길 하는지 모르겠네. 주인이 아픈데 어디가 아픈지 말을 하지 않는다고?"

"네, 그렇다고 나한테 화내셔야 아무 소용없습니다요. 윌 주인님께서는 아무 문제없다고 말씀이야 하십니다만…. 그럼 도대체 왜 저런 식으로 돌아다니시겠습니까요? 귀신같은 얼굴에 고개는 축 처지고, 어깨는 웅크린 채 말입니다요. 게다가 내내 사이펀을 들고는…."

"뭘 들어?"

"사이펀입죠. 석판에 그림들을 그린 건데… 그렇게 괴상망측한 그림은 본 적이 없습죠. 솔직히 무서운걸요. 늘 주인님을 지켜봐야 한답니다. 얼마 전에는 동 트기 전에 빠져나가시더니 하루 종일 돌아오지 않았지 뭡니까. 돌아오시면 실컷 매질이라도 할 양으로 커다란 몽둥이까지 준비했지만 결국 아무것도 못하고 말 았습죠…. 너무너무 안쓰러웠거든요."

"응, 뭐라고? …아, 이런! 불쌍한 주인인데 너무 심하게 대하지는 말아 주게나. 세상에, 주피터, 몽둥이라니, 그 친구 한 대도 견디지 못할 거야…. 그래, 병이든 행동 변화든 이유가 뭔지 전혀 모르겠나? 내가 전에 다녀온 후 무슨 일이라도 있었던 겐가?"

"아뇨, 선생님, 그 후로 특별한 일은 없었습죠. 그전이라면 몰라도… 선생님께서 오신 바로 그날 말입니다요."

"응? 그게 무슨 뜻이지?"

"예, 선생님, 그때 그 곤충 말입니다요."

"곤충?"

"벌레 보셨잖습니까요. 아무래도 윌 주인님이 황금 벌레에 머리를 물린 듯하네요."

"왜 그런 생각을 하는 거지, 주피터? 이유가 있나?"

"발톱을 보십쇼, 선생님. 주둥이도요. 그런 망할 놈의 벌레는 처음인걸입쇼. 가까이 접근하기만 하면 뭐든 차고 물어 버리니까요. 윌 주인님도 처음 잡았을 때 후다닥 놓아주던걸요. 분명 그때 물린 겁니다요. 놈의 아가리는 정말로 흉측하답니다. 저도 맨손이 아니라 종잇조각으로 잡는걸요. 그놈을 종이로 감싼 다음에 입도 종이 쪼가리로 막았습니다. 예, 그렇고말고요."

"그러니까, 주인이 벌레한테 물렸고 그 때문에 병이 걸린 거라고?"

"생각이 아닙죠! 사실인걸요. 그 황금 벌레한테 물리지 않았다면 왜 그렇게 금 꿈까지 꾸겠습니까요? 예전에도 황금 벌레에 대해 들은 얘기가 있습죠."

"그런데 주인이 금 꿈을 꾼다는 건 어떻게 아나?"

"제가 어찌 알겠습니까요? 당연히 잠꼬대죠. 잠꼬대를 어지간히 하셔야죠."

"아, 그래, 자네 말이 맞네. 그런데 오늘은 어쩐 일로 나를 찾아온 겐가?"

"어쩐 일이라뇨?"

"레그란드 씨의 전갈이라도 가져왔나?"

"예, 선생님, 여기 편지가 있습죠." 주피터가 준 메모지엔 이렇게 적혀 있었다.

친애하는 ──

자네를 본 지도 무척이나 오래되었군. 행여 내 사소한 무례에 상처받은 건 아니기를 바라겠네. 당연히 그럴 리야 없겠지.

자네와 헤어진 후로 큰 고민이 생겼네. 자네한테 할 말이 있기는 한데 아직 어떻게 얘기해야 할지 모르겠군. 아니, 애초에 얘기할지의 여부도 자신이 없다네.

지난 며칠간 썩 좋지는 않은 데다 주피터 영감의 지나친 관심 때문에 정말로 미칠 것만 같네. 기가 막혀서! 며칠 전에는 몰래 빠져나갔다는 이유로 혼내 주겠다며 커다란 몽둥이까지 준비했지 뭔가? 그날은 내륙의 언덕 지대에서 혼자 하루 종일 지냈다네. 내 창백한 얼굴빛이 아니었다면 정말로 매를 맞았을지도 모르겠군그래.

자네가 떠난 이후 채집은 하나도 못했네.

가능하다면, 부디 주피터와 건너와 주게. 제발. 중요한 일로 오늘 밤 꼭 자네를 봐야겠네. 너무도 중요한 문제라네.

자네의 벗
윌리엄 레그란드

편지의 어투엔 어딘가 불편한 구석이 있었다. 전체적인 문체도 레그란드와 달랐다. 도대체 무슨 꿈을 꾸는 걸까? 또 어떤 쓸데없는 변덕이 그의 들뜬 머리를 가득 채웠단 말인가? '너무도 중요한 문제'가 뭔지는 모르겠지만, 그가 감당할 만한 일일까? 주피터의 설명에 의하면 현재 크게 불안정한 상태였다. 연이은 불행에 그만 이성을 잃고 만 것일까? 나는 일말의 주저도 없이 흑인을 따라나설 준비를 시작했다.

부두에 닿으니 낫 한 자루와 삽 세 자루가 우리가 타고 갈 배 바닥에 놓여 있었는데, 모두 새것이었다.

"이게 다 뭔가, 주피터?" 내가 물었다.

"낫하고 삽입죠, 나리."

"그런 것 같군. 내 말은 왜 여기 있느냐는 거야."

"윌 주인님께서 마을에서 사오라고 고집을 부리시지 뭡니까요. 돈도 엄청나게 들어갔답니다."

"그런데 자네 윌 주인한테 낫과 삽이 갑자기 왜 필요하게 된 거지?"

"제가 어찌 알겠습니까요? 하지만 맹세코 주인님도 모르실 겁니다요. 모두 벌레 때문이니까요."

주피터가 모든 책임을 '벌레'한테 돌리는 한 그에게서 만족할 만한 대답을 기대할 수는 없었다. 나는 배에 올라탔다. 강한 순풍에 우리는 곧 물트리에 요새 북쪽의 작은 만에 다다랐다. 그곳에서 오두막까지는 3킬로미터 정도였다. 우리가 도착했을 때가 3시 경이었는데 레그란드는 집에서 애타게 기다리고 있었다. 그가 호들갑스럽게 내 손을 잡았다. 그리고 그 바람에 이미 가슴을 짓누르던 불안감만 더욱 커지고 말았다. 친구의 안색은 정말로 송장처럼 해쓱했으며 움푹 들어간 두 눈은 기이한 광휘를 뿜어 냈다. 나는 몇 마디 건강에 대해 우려를 표한 다음, 달리 할 말이 없다는 핑계 삼아 G— 중위에게서 딱정벌레를 돌려받았는지 물었다.

"오, 그래, 다음 날 아침 받았네. 절대 그놈을 포기할 수는 없었지. 자네, 주피터 말이 맞았다는 사실 아는가?"

"어떤 말?" 내가 불길한 예감으로 되물었다.

"진짜 황금으로 된 벌레라고 한 얘기 말일세." 그가 정말로 심각하게 말하는 바람에 난 너무나 놀라고 말았다. 그가 의기양양한 미소를 지으며 얘기를 이어 갔다.

"이 벌레만 있으면 가문의 재산을 회복할 수 있어. 놀랍지 않은가? 내게 그런 복이 터지다니! 행운의 여신이 내게 기회를 준 거야. 그 지표를 잘 이용만 하면 금을 손아귀에 넣을 수 있다네. 주피터, 벌레를 가져와!"

"예, 벌레 말입니까, 주인님? 전 그 벌레라면 질색입니다요. 주인님이 직접 가져오시구려." 할 수 없이 레그란드가 일어나 유리 상자에서 벌레를 꺼내 가져왔다. 진지하고도 당당한 태도였다. 정말로 아름다운 딱정벌레였다. 게다가 생물학계에도 알려지지 않은 종이라 과학적으로도 대발견이 아닐 수 없었다. 등 한 끝 부근에 두 개의 검은 점이 있고 다른 끄트머리엔 기다란 점이 있었다. 비늘은 무척이나 단단하고 잘 닦은 황금처럼 번드르르했다. 무게도 상당했다. 이 모든 점을 고려해 볼 때 주피터의 의견을 나무랄 수는 없을 듯했다. 하지만 레그란드가 왜 그 얘기를 받아들였는지는 아무리 해도 알 수가 없었다.

"자네를 부른 이유는 운명의 신과 곤충에 대한 계획을 다듬는데 자네 조언과 도움이 필요해서…."

나는 그의 말을 끊기로 했다.

"이보게, 레그란드! 아무래도 자네 건강이 걱정되는군. 만약을 위해 침대로 가세나. 자네가 병을 이겨 낼 때까지 며칠 묵을 테니까. 열도 있을 것 같으니까…."

"맥박을 재 보게." 그가 손을 내밀고 나섰다.

내가 그의 손목을 잡았다. 솔직히 말해 열이 있는 것 같지는 않았다.

"열은 없는 듯하지만 그래도 정상은 아닐 걸세. 이번만이라도 내 말을 듣게나. 우선 침대로 가고 다음에…."

"잘못 본 거야. 다소 흥분하기는 했지만 너무도 건강하다네. 자네가 정말로 내 건강을 염려한다면 이 흥분부터 달래 주게나."

"그래, 어떻게 하면 되겠나?"

"아주 쉽지. 주피터와 나는 내륙의 언덕 지대로 탐험을 떠날 텐데 이 탐험에 우리가 신뢰할 수 있는 사람의 도움이 필요해. 성공하든 실패하든 자네가 걱정하는 흥분은 가라앉게 될 걸세."

"어떤 식으로든 도움이 되고 싶네만… 혹시 이 기이한 벌레가 언덕 탐험과 관련이 있는 건가?"

"바로 맞혔네."

"그럼 레그란드, 그런 터무니없는 일에는 가담하지 않겠네."

"이런, 이런! 정말 유감이로군. 그럼 우리끼리 떠날 수밖에."

"자네들끼리 떠난다고! 이 친구 정말 미쳤구먼! 잠깐만… 그래서 도대체 언제까지 떠나 있겠다는 건가?"

"오늘 밤. 지금 즉시 떠나면 늦어도 동틀 녘엔 돌아올 수 있을 거야."

"그럼 명예를 걸고 약속해 주게나. 이 말도 안 되는 일이 끝나고, 벌레 문제가 해결된 다음엔, 곧바로 집으로 돌아와 주치의인 내 조언에 따르겠다고."

"그래, 약속하지. 그러니 당장 떠나자고. 시간이 없으니까."

그래서 나는 무거운 마음으로 친구를 따라나섰다. 출발은 4시경이었고 일행은 레그란드, 주피터, 개, 그리고 나였다. 주피터가 낫과 삽을 모두 자기가 들겠다고 고집을 부렸는데 근면하거나 성실해서가 아니라, 어느 도구이든 주인 손에 맡기기가 겁이 났던 것이다. 하인은 끝내 고집을 꺾지 않았다. 여행 내내 "망할 놈의 벌레"를 입에 달고 다닌 것도 그랬다. 나는 어두운 호롱불 두 개를 맡고 레그란드는 소똥구리에 만족했다. 그는 벌레를 가죽끈에 매달고는 마치 마술가라도 되듯 이리저리 돌리며 걸어갔다. 친구가 기어이 정신 착란에 걸렸음을 눈으로 확인하니 차마 눈물이 앞을 가렸다. 하지만 적어도 지금은 그의 장단에 맞춰 줄 필요가 있었다. 언제든 기회가 생기면 강력한 수단을 강구할 것이다. 가는 도중 탐험 목적과 관련해 이것저것 물어보았으나 허사였다. 나를 끌어들이는 데 성공하자 나머지 문제에 대해서는 완전히 입을 다물기로 했는지, 내 모든 질문에 그는 "두고 보게나."라는 대답만 무한 반복했다.

우리는 섬 끝에서 작은 보트를 타고 개울을 건너 물가 고지대에 오른 다음 북서쪽의 거칠고 황량하기 짝이 없는 오지를 통과했다. 사람의 흔적이라고는 보이지 않는 곳이었다. 레그란드가 성큼성큼 앞장을 섰는데, 이따금 잠깐씩 멈춰 서서는 전에 왔을 때 나름대로 고안해 둔 경계 표시들을 확인했다.

이런 식으로 두 시간 가량을 걸었다. 그리고 해가 막 저물 때쯤 어딘가에 다다랐다. 그렇게 황량한 곳은 나도 처음이었다. 일종의 고원 지대로, 언덕마루 근처였다. 기슭에서 꼭대기까지 빽빽한 숲으로 덮이고 크고 험한 바위들이 흙과 나무에 대충 걸쳐 있는 터라, 숲이 아니라면 저 아래 계곡으로 떨어질 것만 같았다. 통과하기도 여간 고역이 아니었다. 여기저기 깊은 계곡들이 황량함과 장엄함을 크게 더해 주었다.

우리가 낑낑거리며 올라온 천연 플랫폼 역시 가시덤불이 울창한 터라 낮이 아니라면 통과 자체가 불가능했다. 주피터가 주인의 지시에 따라 키 큰 백합나무까지 길을 터 주었다. 포플러는 여남은의 오크나무들과 나란히 서 있었지만 아름다운 잎과 줄기, 넓게 벌린 가지들, 그리고 장엄한 자태에 이르기까지 지금껏 본 모든 나무를 크게 능가했다. 나무에 다다르자 레그란드가 주피터를 돌아보더니 나무에 오를 수 있는지 물었다. 노인은 다소 망설이는지 한동안 아무 대답도 못했다. 이윽고 그가 거대한 줄기로 다가가 천천히 주변을 돌며 살피기 시작했다. 대답을 한 건 조사를 마친 후였다.

"예, 주인님, 주피터가 못 오를 나무가 어디 있겠습니까요."

"그럼 빨리 올라가. 어두워지면 아무것도 보이지 않을 거야."

"어디까지 오를갑쇼, 주인님?" 주피터가 물었다.

"우선 올라가 봐. 그다음에 어떤 가지를 탈지 가르쳐 줄게. 그리고 여기… 잠깐! 이 벌레도 가져가!"

"벌레요? 황금 벌레 말씀입니까? 그놈을 왜 저 위에 데려간답니까? 난 못합니다요!" 흑인이 잔뜩 인상을 찌푸리며 비명을 질렀다.

"당신 같이 커다란 흑인이 이런 죽은 벌레가 뭐가 무섭다고 그래? 좋아, 그럼 이 끈으로 잡고 올라가. 가져가지 않으면 이 삽으로 그 머리를 부숴 버릴지도 몰라."

그 말에는 주피터도 꽁지를 내릴 수밖에 없었다.

"왜 맨날 이 늙은 노인네를 못 잡아먹어 난리랍니까! 나도 농담이었습죠. 그깟 벌레가 무섭다뇨? 무섭긴 뭐가 무섭습니까요?" 그러고 그는 조심스럽게 가죽끈 끄트머리를 잡고 가능한 한 몸에서 멀리 떼어 놓은 다음 나무에 오를 준비를 했다. 한창 나이의 백합나무, 또는 목백합은 미국 수목 중 가장 장엄한 종류로 줄기가 아주 매끄럽고 곁가지 없이 아주 크게 자란다. 하지만 나이가 들면, 껍질은 옹이가 지고 울퉁불퉁해지며 줄기에도 짧은 가지들이 불쑥불쑥 자라난다. 때문에 이 나무의 경우는 보기보다 오르기가 어렵지는 않았다. 주피터는 커다란 몸통을 두 팔과 무릎으로 있는 힘껏 끌어안고 옹이나 가지들을 두 손으로 잡았다. 그리고 벗은 발로 오르기 시작해 한두 번 떨어질 위기를 넘긴 후 첫 번째 커다란 가지에 도달하는 데 성공했다. 밑에서 20미터 정도의 높이였으나 위험한 고비는 모두 넘은 터라 일은 끝난 것이나 다름없었다.

"이제 어떤 쪽으로 갈갑쇼, 윌 주인님?" 그가 물었다.

"제일 큰 가지로 올라가. 이쪽에 있는 것." 레그란드가 외쳤다.

흑인은 그 말에 따라 성큼성큼 거침없이 올라갔다. 땅딸막한 체구마저 짙은 이파리들에 가려 더 이상 보이지 않았다. 잠시 후 그의 목소리가 크게 울려 퍼졌다.

"얼마나 더 올라갑니까요?"

"지금 어딘데?" 레그란드가 물었다.

"아주 높아요. 나무 꼭대기 너머 하늘이 다 보이는뎁쇼!" 흑인의 대답이었다.

"하늘은 개의치 말고 내 말 잘 들어. 줄기를 내려다보면서 이쪽 가지들을 헤아려 봐. 몇 개를 올라간 거지?"

"하나, 둘, 셋, 넷, 다섯… 이쪽으로는 큰 가지 다섯 개를 지났어요, 주인님."

"그럼 하나만 더 올라가."

몇 분 후 일곱 번째 가지에 올라왔다는 목소리가 들려왔다.

"주피터, 그럼 그 가지를 타고 최대한 끝까지 나가 봐. 그러다가 이상한 게 있으면 알려 줘." 레그란드가 외쳤다. 크게 들뜬 목소리였다.

그것으로 어쩌면 친구가 제정신일지도 모른다는 일말의 희망은 완전히 꺼져 버렸다. 그가 광기에 휩쓸렸음을 더 이상 부정할 도리가 없기에 그를 집으로 데려가는 일을 심각하게 고민해야 했다. 어떻게 하면 좋을까 궁리하는 차에 주피터의 목소리가 다시 들렸다.

"그렇게 멀리는 못 갈 듯싶습니다요. 대부분이 죽어 있는뎁쇼."

"지금 죽은 가지라고 했어, 주피터?" 레그란드가 떨리는 목소리로 물었다.

"예, 주인님, 완전히 죽었는걸요. 분명합니다요."

"이런, 그럼 어떻게 한다?" 레그란드가 물었다. 크게 실망한 눈치였다.

하지만 나로서는 한마디 할 기회가 생긴 셈이었다.

"하긴 뭘 하나! 집으로 돌아가 침대에 누워야지. 자, 가자고! 그래야 좋은 친구지. 시간도 늦은 데다 나한테 한 약속도 있지 않나!"

"주피터, 내 말 들리지?" 그가 다시 외쳤다. 내 말은 완전히 무시해 버렸다.

"예, 월 주인님, 아주 잘 들립니다."

"그 나뭇가지를 음… 칼로 찔러 봐. 얼마나 썩었는지 보라는 얘기야."

흑인의 대답은 잠시 후에 들려왔다.

"음, 꽤 썩기는 했는데 생각만큼 심하지는 않은뎁쇼. 조금 더 가도 괜찮을 것 같습니다요. 혼자서라면요."

"혼자서라니? …무슨 말이야?"

"음, 벌레 말입니다요. 진짜 무거운걸요. 이놈만 떨어뜨리면 검둥이 한 놈 무게로는 끊어질 것 같지 않다는 말씀입죠."

"이런 망할 늙은이! 자꾸 헛소리 할 거야? 벌레를 떨어뜨리기만 해 봐. 목을 분질러 놓을 테니까! 알았어, 주피터? 내 말 들었지?"

"예, 주인님… 아무리 그래도 그렇지. 그런 식으로 불쌍한 검둥이를 다그칩니까요?"

"내 말 잘 들어! 벌레를 놓치지 않고 더 이상은 위험하다고 보이는 데까지만 오면 내려오는 대로 은화를 선물로 줄게."

흑인이 얼른 대답했다.

"갑니다요, 월 주인님, 가요. 이제 곧 끄트머리인뎁쇼."

"끝까지? 지금 가지 끝까지 갔다고 한 거야?" 이 시점에선 레그란드도 비명을 지르다시피 했다.

"이제 다 왔습죠. 오오! 맙소사! 나무에 이게 뭐죠?"

"왜 그래? 뭐가 있어?" 레그란드가 외쳤다. 무척이나 기쁜 목소리였다.

"해골입니다요. 누군가 나무에 머리를 매달았는데 까마귀들이 살점을 다 파먹은 모양인뎁쇼!"

"해골이라고? 잘했어. 그런데 가지에 어떻게 붙어 있지? 뭘로 묶은 거야?"

"예, 잠깐만요. 살펴보겠습니다요. 오, 세상에 이런 일이. 해골에 커다란 못이 박혔는뎁쇼. 그게 나무까지 이어졌군요."

"잘했어, 주피터. 이제부터 정확히 내가 시키는 대로 해야 해! 내 말 들려?"

"예, 주인님."

"그럼 찬찬히 해골의 왼쪽 눈을 찾아봐."

"흠, 그야 쉽죠. 어… 그러니까 눈이 두 개인데…."

"이런 멍청이! 오른쪽과 왼쪽을 구분할 줄은 알아?"

"물론 알죠…. 대충은… 장작을 패는 손이 왼쪽 손 아닙니까요?"

"그래! 영감이 왼손잡이잖아! 왼눈은 왼손과 같은 쪽에 있는 거야. 지금이야 눈알이 없겠지만… 찾았어?"

잠시 침묵이 이어지다가 흑인의 말소리가 들렸다.

"해골의 왼쪽 손이 해골의 왼쪽 눈과 같은 쪽이라고 하셨습죠? 그런데 이놈의 해골엔 손 같은 게 없는… 아, 됐습니다요. 찾았습니다. 그럼 어떻게 하죠?"

"벌레를 그 안에 넣어. 줄이 닿을 때까지. 하지만 절대 줄을 놓치면 안 돼."

"했습니다요, 윌 주인님. 벌레를 구멍 안에 넣는 거야 식은 죽 먹기입죠. 거기 아래에서 놈이 보입니까요?"

이런 대화를 하는 동안 주피터의 몸은 보이지 않았으나, 가죽 끈에 매달린 벌레는 마지막 햇살을 받아 잘 닦은 황금 공처럼 반짝거렸다. 햇빛은 아직 희미하게나마 우리가 서 있는 언덕을 비춰 주었다. 딱정벌레는 어느 가지에도 걸리지 않은 터라, 주피터가 손을 놓는다면 우리 발 위로 곧바로 떨어질 듯싶었다. 레그란드가 재빨리 낫을 집고 벌레 아래의 주변 3~4미터를 깨끗이 청소했다. 그는 일을 마친 후 주피터에게 줄을 놓고 나무에서 내려오라고 지시했다.

친구는 벌레가 떨어진 위치에 말뚝을 단단히 박고 주머니에서 줄자를 꺼냈다. 그리고 말뚝과 제일 가까운 나무줄기 끝에 줄자를 고정하고 말뚝에 닿을 때까지 풀었다가 다시 나무와 말뚝이 향하는 방향으로 4.5미터를 더 풀었다. 주피터가 낫으로 가시덤불을 베어 앞길을 열어 주었다. 레그란드는 그렇게 얻어진 위치에 두 번째 말뚝을 박고 그 말뚝을 중심으로 대충 직경 1미터

가량의 원을 그렸다. 그는 자신이 직접 삽을 잡고, 하나는 주피터, 나머지는 내게 넘긴 다음 가능한 한 빨리 파 줄 것을 요청했다.

이런 놀이는 별로 흥미가 없는 터라 그때도 기꺼이 사양하고 싶었다. 밤도 깊어 가고 그때까지의 고생으로 많이 지치기도 했다. 하지만 빠져나갈 방법도 없었고 그로 인해 친구의 평정이 깨질까 두렵기도 했다. 그래도 주피터의 지원만 있다면 무력으로라도 끌고 집으로 데려갔겠지만 그러기엔 저 흑인 영감의 성격을 너무 잘 알았다. 상황이 어찌됐건, 그가 주인의 의지에 반해 나를 도와줄 가능성은 전혀 없었다.

분명한 사실은, 레그란드는 매장된 돈에 대한 남부 지방의 미신에 감염되어 있었다. 거기에 저 딱정벌레를 발견하고 그 벌레가 진짜 황금 벌레라는 주피터의 말을 믿음으로써, 환상이 현실로 굳어진 것이다. 광기에 휩싸인 머리가 이미 굳어진 미신과 어울릴 경우, 그런 암시에 혹할 가능성은 커질 수밖에 없다. 나는 저 딱정벌레가 '행운의 지표'라는 친구의 말을 떠올렸다. 물론 슬프고 당혹스럽기 그지없으나 그래도 그를 위해 땅을 파기로 마음을 정했다. 그러다 보면 자신의 생각이 얼마나 잘못되었는지 직접 눈으로 확인할 수 있으리라.

우리는 호롱불을 켜고, 이런 불합리한 일에 가당치도 않은 열정으로 열심히 작업에 몰두했다. 불빛이 우리 몸과 도구를 밝혀주는데, 문득 우리가 얼마나 기괴한 그림일지 상상이 갔다. 행여 이 근방을 지나가는 사람이 있다면 우리의 노동이 얼마나 기괴하고 의심스러워 보였겠는가.

우리는 부지런히 두 시간을 팠다. 대화는 거의 없었다. 제일 난감했던 일이라면, 레그란드의 개가 지나친 관심을 갖고 컹컹 짖어 대는 통에 누군가 주변을 지나다 그 소리를 들을까 봐 불안했다. 아니, 그건 레그란드의 사정이다. 나로서야 누군가 개입해 저 정신 나간 친구를 집으로 데려갈 수 있다면 뭐든 상관없었다. 개소리는 결국 주피터에게 제압되었다. 그는 심각한 표정으로 구덩이에서 나와 개의 입을 바지 멜빵으로 묶어 버리더니 혼자 키득거리며 돌아와 삽질을 이어 갔다.

우리가 파낸 구덩이는 1.5미터 정도 깊이였다. 당연한 노릇이지만 보물이 나올 만한 징후는 어디에도 없었다.

잠시의 휴식 시간. 나는 어서 이 소극이 끝나기만을 기다렸다. 하지만 레그란드는 크게 실망했음에도 불구하고, 천천히 이마를 훔치고는 다시 땅을 파기 시작했다. 우리는 직경 1.2미터의 원을 파낸 후 범위를 조금 넓혀 60센티미터를 더 파내려 갔다. 여전히 아무것도 없었다. 마침내 불쌍한 황금광도 구덩이에서 기어 나왔는데 그렇게 혹독한 표정은 나도 처음이었다. 그는 작업 초기에 벗어던졌던 외투를 주섬주섬 입기 시작했다. 나는 아무 말도 하지 않았다. 주피터도 주인의 신호에 따라 연장을 챙기기 시작했다. 우리는 개의 재갈을 벗겨 준 다음 아무 말 없이 집을 향해 돌아섰다.

여남은 걸음쯤 걸었을까? 레그란드가 갑자기 욕설을 퍼부으면서 주피터에게 달려들어 멱살을 잡았다. 놀란 흑인이 눈을 동그랗게 뜨고 입을 쩍 벌리더니, 삽자루를 모두 떨구고 무릎을 꿇었다.

"이런 망할 영감탱이! 멍청한 검둥이 놈 같으니! 똑바로 대답해! 생각하지 말고 당장! 어디… 어느 쪽이 영감 왼쪽 눈이야?”

“오, 맙소사, 윌 주인님! 여기가 왼쪽 눈 아니면 어디겠습니까
요!”겁에 질린 주피터가 울부짖으며 손을 들고는, 주인이 파내기
라도 할까 두려운지 필사적으로 눈을 덮었다. 바로 오른쪽 눈을!

“그럴 줄 알았어! 당연히 그래야지! 만세!”레그란드는 고함을
지르고 흑인을 놓은 다음 펄쩍펄쩍 춤을 추며 좋아했다. 노인이
놀라 자리에서 일어나 주인과 나를 번갈아 보고, 다시 주인을 보
았다.

“가자! 돌아가야 해! 아직 게임은 끝나지 않았어!”레그란드는
백합나무까지 우리를 이끌었다. 그가 나무 아래 다다르자 주피터
를 불렀다. “주피터, 이리 와 봐! 해골에 못을 박았을 때 얼굴이
바깥쪽이었어? 아니면 나무쪽이었어?”

“바깥쪽이었습죠, 주인님. 그래야 까마귀들이 쉽사리 눈을 파
먹을 수 있으니까요.”

“좋아, 그럼 벌레를 떨어뜨린 게 이쪽 눈이었지?”레그란드는
주피터의 한 눈을 건드렸다.

“이쪽 눈이었습니다요, 주인님. 주인님 말씀대로 왼쪽 눈인뎁
쇼.”흑인이 가리킨 건 오른쪽 눈이었다.

“그럼 됐어…. 다시 해야겠어.”

여기서 나는 친구의 광기에 일정한 계산이 있음을 보았다. 아
니, 적어도 보았다고 생각했다. 그는 딱정벌레가 떨어진 지점에
박은 말뚝을 뽑아 그 위치에서 서쪽으로 8센티미터 정도 옮긴
후, 전처럼 줄기의 근접점에서 말뚝까지 줄자를 재고 다시 직선
으로 15미터 정도 연장해 어느 한 지점을 표시했다. 우리가 판

구덩이에서 몇 미터 떨어진 곳이다.

그는 새로운 지점에 이전보다 조금 더 큰 원을 그렸다. 우리는 다시 삽질을 시작했다. 미칠 정도로 지쳤건만, 어쩐 일인지 더 이상 그 일에 별 반감이 들지 않았다. 묘하게 관심도 생기고 심지어 들뜬 기분도 있었다. 레그란드의 과한 행동에 뭔가 있다는 생각 때문이었다. 일종의 예지나 신중한 판단 같은… 내가 감탄한 건 바로 그 점이었다. 나는 열심히 파내려 갔다. 심지어 뜬금없는 기대감으로 친구의 혼을 앗아간 가상의 보물을 찾기까지 했다. 한 시간 반쯤 삽질을 하고, 또 그런 식의 황당한 생각에 완전히 사로잡혔을 때쯤, 개가 크게 짖어 대는 바람에 다시 일손을 멈추어야 했다. 처음에는 개가 심심해서 그런가 보다 했는데, 소리가 어딘가 곤혹스럽고 심각했다. 주피터가 다시 재갈을 물리려 하자 개는 격렬하게 저항하더니, 급기야 구덩이 안으로 뛰어들어 미친 듯이 땅을 파헤치기 시작했다. 잠시 후, 개가 찾아낸 건 한 무더기의 인골이었다. 두 구의 온전한 유골이 쇠단추 몇 개와 다 썩은 양털 쪼가리들과 섞여 있었다. 삽으로 한두 번 더 흙을 파내자 커다란 스페인 나이프가 나오고, 좀 더 파내려 가자 서너 잎의 금은화가 모습을 드러냈다.

뜻밖의 광경에 주피터는 뛸 듯이 기뻐했으나 주인은 극도로 실망한 표정이었다. 그는 우리에게 조금 더 파내려 갈 것을 주문했다. 그리고 그 말이 끝나기도 무섭게, 내가 비틀거리다가 앞으로 넘어지고 말았다. 흙 속에 반쯤 묻힌 커다란 쇠고리에 부츠 코가 걸린 것이다.

이제 우리는 미친 듯이 파내려 갔다. 평생 그렇게 짜릿한 10분은 처음이었다. 그리고 마침내 직사각형의 나무 궤를 꺼내는 데 성공했다. 보존 상태가 완벽하고 재질이 놀랍도록 단단한 것으로 보아, 수은이염화물(水銀二鹽化物) 같은 광물 처리 공정을 받은 듯했다. 상자는 길이 1미터, 넓이 90센티미터, 높이가 75센티미터 크기였으며 주철 리본에 대갈못을 박아 단단히 봉했다. 전체적으로 격자무늬로 덮였으며, 양쪽 뚜껑 주변에 쇠고리가 세 개씩, 모두 여섯 개가 박혔는데 그걸 잡고 여섯 사람이 운반하라는 뜻이겠다. 죽을힘을 다해 봤지만 궤는 바닥에서 조금 꿈틀거릴 뿐이었다. 그 정도의 무게를 옮기는 건 분명 불가능했다. 다행히 뚜껑을 고정한 건 두 개의 슬라이딩볼트가 전부였다. 우리는 기대감에 파르르 떨거나 숨을 죽이며 걸쇠를 젖혔다…. 그 순간 엄청난 보물에 눈이 멀 것만 같았다. 구덩이 안으로 떨어진 호롱불빛이 금과 보석 무더기로부터 찬란한 빛을 튕겨 낸 것이다.

당시의 기분을 제대로 묘사할 자신은 없다. 물론 엄청난 충격이었다. 레그란드는 흥분에 탈진까지 겹쳐 거의 아무 말도 못했고, 주피터의 얼굴도 몇 분간 말 그대로 해골처럼 창백했다. 아, 당연히 흑인의 피부색을 감안해서 하는 얘기다. 그는 벼락에라도 맞은 듯 넋을 잃고 있다가 불현듯 구덩이에 무릎을 꿇고 팔꿈치까지 금붙이 속에 파묻더니, 느긋한 목욕이라도 즐기듯 그렇게 가만히 있었다. 이윽고 그가 깊은 한숨을 내쉬며 혼잣말처럼 중얼거렸다.

"이게 다 황금 벌레가 준 거군요. 귀여운 벌레! 불쌍한 벌레! 그런데 그런 험한 소리나 해 대다니! 부끄럽지도 않느냐, 이 검둥이 놈! 어디 입이 있으면 대답해 보거라!"

나는 주인과 하인을 깨워 보물 치울 방법을 궁리해야겠다고
생각했다. 밤이 깊었기에 동 트기 전에 집으로 옮기려면 크게 서
둘러야 했다. 어떻게 해야 할지 난감한 터라, 고민에만도 상당한
시간이 걸렸다. 다들 너무나 혼란스러웠다. 우리는 보물의 3분의
2를 비워 궤를 가볍게 한 다음 간신히 구덩이 밖으로 끌어내는
데 성공했다. 남은 보물은 덤불 속에 감추고 개에게 지키게 했다.
우리가 돌아올 때까지 무슨 일이 있어도 자리를 떠나서도 안 되
고 아가리도 벌리지 말라는 주피터의 엄명도 덧붙였다. 우리는
궤를 들고 황급히 집으로 향했다. 집에 무사히 도착했을 때는 벌
써 새벽 1시였다. 극도의 고생으로 완전히 탈진했기에 당장 몸을
움직이는 건 불가능했다. 우리는 2시까지 휴식을 취하고 식사를
한 다음 즉시 언덕으로 출발했다. 집에서 튼튼한 자루도 세 개를
찾아 챙겨 갔다. 구덩이에 도착한 건 새벽 4시였다. 우리는 보물
을 되도록 균등하게 나눠 들고 구멍은 그대로 둔 채 다시 오두막
으로 향했다. 집에 보따리를 내려놓을 때쯤엔 동쪽 숲 너머로 첫
동이 보이기 시작했다.

우리는 완전히 녹초였으나 너무도 흥분한 탓에 잠을 잘 수도
없었다. 그래서 기껏 서너 시간의 선잠 끝에 약속이라도 한 듯 일
어나 보물을 살피기 시작했다.

궤는 가장자리까지 찰랑거렸다. 내용을 확인하는 데만도 그날
하루하고도 밤이 깊을 때까지 이어졌다. 상자는 순서도 배열도
없이 아무렇게나 쌓여 있었다. 보물을 조심스럽게 분류하면서,
우리는 애초에 생각했던 것보다 엄청난 부를 손에 넣었음을 깨
달았다. 금화는 현 시세에 따라 산정해 보니 45만 달러가 넘었다.

은화는 하나도 없고 국적도 다양한 고대 금화들뿐이었다. 프랑스, 스페인, 독일 외에 약간의 영국 기니가 있고 한 번도 보지 못한 종류들도 보였다. 아주 크고 무거운 금화도 있었는데 어찌나 낡았던지 명각이 모두 지워진 터였다. 미국 돈은 없었다. 보석의 가치는 환산이 더욱 어려웠다. 다이아몬드가 모두 110개, 일부는 아주 크고 고급이었으며 작은 건 하나도 없었다. 화려한 루비가 열여덟, 너무도 아름다운 에메랄드가 310개, 그리고 사파이어 스물한 개와 오팔이 한 개 있었다. 보석들은 원래의 상감(象嵌)에서 떨어져 나와 궤 안에 여기저기 흩쓸렸다. 다른 금 사이에서 골라 낸 상감들은 출처를 감추려는 듯 망치로 두드려 놓았다. 이것들 외에도 상당량의 순금 장식이 있었다. 거의 200개에 달하는 커다란 반지와 귀걸이, 서른 개 정도의 두툼한 목걸이, 아주 크고 무거운 십자가가 여든세 개, 엄청난 가치의 황금 향로 다섯, 화려한 포도 덩굴과 주신들을 양각한 거대한 펀치볼, 정교한 돋을새김의 검 손잡이 두 개… 그 외에도 내가 기억 못 하는 자잘한 보물들이 수도 없었다. 이들 보물의 무게만 해도 160킬로그램에 달했건만 이 계산엔 심지어 197개의 최고급 금시계를 포함하지도 않았다. 다른 시계들은 각각 100달러로 계산한다 쳐도 그중 세 개는 500달러는 될 듯싶었다. 대부분이 너무 낡아 시계로서의 기능을 상실한 데다 어느 정도씩은 부식이 진행되었으나, 모두 보석들로 가득하고 상자도 대단한 가치였다. 그날 밤 우리는 궤의 내용물을 150만 달러 정도로 평가했으나, 후에 우리에게 필요한 것만 남기고 자잘한 장신구와 보석류를 처분한 결과 그 가격은 터무니없이 낮은 계산이었다.

마침내 분류를 끝내고 흥분도 어느 정도 가라앉은 다음, 이 기이하기 이를 데 없는 수수께끼의 해답에 조바심이 나 있는 나를 위해 친구가 모든 상황을 설명하기 시작했다.

"그날 밤 기억나지? 내가 딱정벌레를 대충 스케치해 자네한테 건네준 날? 또 그림이 해골을 닮았다는 말에 자네한테 화를 낸 것도 기억할 걸세. 그 말을 들었을 때는 놀리는 줄 알았네. 하지만 결국 곤충의 등에 있는 기이한 점들을 떠올리곤 자네의 비판이 완전히 근거 없는 건 아니라는 사실을 인정했지. 내 그림 실력에 대한 조롱은 기분이 나빴네. 나도 꽤나 능력 있는 화가라고 생각하거든. 그래서 화가 나 그림을 구겨 불 속에 집어던지려 했던 걸세."

"그 종이 쪼가리 얘기로군." 내가 말했다.

"아니, 종이처럼 생기기는 했지. 처음엔 나도 그런 줄 알았는데 그림을 그리면서 아주 얇은 양피지라는 사실을 알았다네. 기억하겠지만 아주 더러웠어. 아무튼, 종이를 막 구겨 버리려는 찰나 문득 그 그림을 본 걸세. 내가 딱정벌레를 그린 바로 그곳에서 해골이 있는 걸 보고 얼마나 놀랐는지 자넨 상상도 못할 거야. 한동안 난 너무 놀라 아무 생각도 하지 못했네. 전체적인 윤곽은 비슷했지만 세부 묘사는 분명 다른 그림이었어. 나는 곧바로 촛불을 들고 방구석으로 자리를 바꿔 앉아 좀 더 자세히 확인하기 시작했네. 양피지를 뒤집어 보니 내 그림은 뒷면에 있었어. 내가 그린 그대로 말일세. 우선은 거의 똑같다시피 한 그림 윤곽에 경악부터 했지. 내가 그린 벌레 바로 뒷면에 나도 모르는 해골 그림이 있었으니 그 얼마나 기이한 우연의 일치인가? 게다가 해골은 윤곽뿐 아니라 크기까지 내 그림과 거의 같았어. 그 기적 같은 우연에 한동안 아연할 수밖에 없었다네. 기이한 우연의 일치가 빚은 일반적인 증후군 같은 걸세. 머릿속으로 어떻게든 인과 관계를 추론해야 하는데 그 노력이 실패하면서 일종의 마비 증세까지 일었다네. 다행히 정신이 들면서 조금씩 어떤 확신 같은 게 굳어졌는데 그건 우연의 일치보다 훨씬 놀라운 생각이었어. 처음에 딱정벌레를 그릴 때만 해도 양피지엔 아무 그림도 없었네. 그것만은 확실해. 내 기억으로도, 분명 깨끗한 부분을 찾아 앞뒤로 돌려 보았기 때문에, 해골이 그려 있었다면 절대 놓칠 리가 없었지. 나로서도 설명이 불가능한 일이었네만 그 순간에조차 내 기억의 깊고도 은밀한 구석에선 어렴풋이나마 반딧불 같은 개념이 움을 트고 있었네. 그 움이 어젯밤의 모험에서 너무나 찬란한 꽃으로 만개한 게야. 나는 당장 일어나 양피지를 안전하게 치우고 혼자 남을 때까지 모든 생각을 미뤄 두기로 했네.

자네가 떠나고 주피터도 깊은 잠에 든 후, 그 일에 대해 좀 더 체계적인 조사에 착수했네. 우선 양피지가 내 수중에 들어온 경위부터 고민해 봤지. 말똥구리를 발견한 장소는 섬 동쪽으로 1.5킬로미터 떨어진 뭍의 해변이고 최고 수위선에서도 약간 위쪽이었네. 내가 집는 순간 놈이 따끔 하고 무는 통에 손을 놓고 말았었지. 벌레는 주피터 쪽으로 날아갔는데, 워낙에 조심성이 많은 영감이라 우선 놈을 잡을 만한 나뭇잎 같은 것을 찾기 시작하더군. 그와 내가 양피지 쪼가리를 본 건 그 순간이었어. 그때는 종이라고 생각했지만, 모래에 반쯤 파묻힌 채 모퉁이만 조금 삐져나와 있었지. 그 부근에서 대형 범선의 동체 잔해 비슷한 부유물도 보였는데 선재(船材) 파편들이 거의 없는 것으로 보아 오랫동안 버려진 잔해 같았네.

어쨌든, 주피터는 양피지로 벌레를 감싼 다음에 내게 건넸지. 그리고 집으로 오는 도중에 G— 중위를 만났고, 그가 요새에 가져가 보여 주고 싶다고 사정한 걸세. 그는 벌레만 받아 얼른 자기 조끼 주머니에 넣었어. 그가 구경하는 동안 양피지는 계속 내 손에 들려 있었는데, 아마도 내가 마음을 바꿀까 봐 부랴부랴 받아 갈무리하는 게 최선이라 생각했을 거야. 자연사에 관한 한 그가 얼마나 열정적인지는 자네도 알지? 그리고 나도 부지불식간에 양피지를 주머니에 넣었던 모양일세.

자네도 알다시피 벌레를 스케치할 양으로 탁자에 갔을 때 평소와 달리 종이가 없었어. 서랍을 뒤져도 없기에 오래된 편지라도 찾을 셈으로 주머니에 손이 들어간 걸세. 그래서 양피지를 꺼낸 게고. 그 종이가 내 손에 들어온 상황을 이렇게 자세히 설명하는 건, 상황 자체가 아주 특이했기 때문이라네.

물론 자네야 이런 나를 이상하다고 생각하겠으나 난 이미 일련의 관계를 찾아냈다네. 기어이 거대한 연결고리를 찾아낸 거라고. 해변에 배가 놓여 있고 그 배에서 멀지 않은 곳에 양피지가 있었지. 그것도 해골이 그려진 양피지였어. 자네는 당연히 '그게 무슨 관계'냐고 물을 걸세. 그럼 나는 해골이 해적의 유명한 문장이라고 답하겠네. 싸울 때면 언제나 해골 깃발을 내거니까.

그 쪼가리는 종이가 아니라 양피지라고 했네. 따라서 거의 반영구적이라, 사소한 일들을 양피지에 기록하는 경우는 거의 없네. 그리기나 쓰기 같은 단순한 목적이라면 종이보다 훨씬 더 불편하기 때문이지. 이렇게 생각하니, 해골에도 어떤 의미나 타당성이 있겠다 싶었는데, 그러고 보니 양피지 모양도 이상하더군. 어쩐 일인지 한쪽 모퉁이가 찢어졌는데 아무래도 원래는 옆으로 길었을 거야. 그건 실제로도 기록지였다네. 오래 기억하거나 보존해야 할 물건 따위를 기록하는 용도 말일세."

그쯤에서 내가 끼어들었다.

"하지만 스케치할 때 해골은 양피지에 없다고 하지 않았나? 그런데 어떻게 배와 해골의 관계를 추적하지? 자네 자신이 인정한 대로, 해골 그림은 자네가 딱정벌레를 스케치한 다음에 그린 것 같은데… 누가 어떻게 했는지는 몰라도."

"아, 바로 그 점에서 모든 수수께끼가 뒤집어지네. 하지만 이 시점에서 그 비밀은 상대적으로 쉬웠다네. 내 방향은 확고했고 그래서 단 하나의 결론을 얻었지. 예를 들어, 이런 식이었네. 내가 딱정벌레를 그렸을 때 양피지엔 분명 해골이 없었어. 그림을 그린 후 자네한테 주고 유심히 지켜보았네만 자네도 그림을 그리지 않았지. 물론 다른 누구도 아니었다네. 따라서 그건 인간의 행위가 아니었네. 그런데도 그림이 그려진 게지.

그 단계에서 나는 그 사이에 일어난 모든 사건을 기억하려 했네. 결국 정확히 기억해 냈지. 날씨가 추운 탓에(오, 이 얼마나 기적 같은 우연이라는 말인가!) 난로에선 불이 활활 타오르고 있었어. 나야 몸을 움직인 덕에 더워서 탁자 근처에 앉았지만 자네는 의자를 굴뚝 가까이 끌어당겨 놓았더군. 자네가 양피지를 살피고 있는 동안, 울프가 들어와 자네 어깨 위로 뛰어오른 것 기억나나? 자네는 개를 쓰다듬다가 떼어놓을 때까지, 오른손을 무릎 위에 가볍게 내려놓고 있었는데 덕분에 양피지는 난로와 더 가까워졌지. 불이 붙을까 봐 자네한테 주의를 주려고도 했는데 내가 입을 열기 전에 자네가 손을 들고 다시 살펴보기 시작하더군. 이 모든 것을 고려해 볼 때, 양피지에 그려진 해골을 드러낸 건 바로 열이었어. 그건 의심의 여지가 없을 걸세. 자네도 알다시피, 종이나 양피지에 기록한 내용이 열기에 노출될 경우에만 보이도록 하는 화학 처리가 옛날에도 존재했고 또 지금도 존재하지. 불순 산화 코발트를 왕수에 네 배로 희석하면 초록빛이 나는데, 이 코발트 불순물을 질산칼륨에 용해하면 붉은색이 되는 거야. 그 물감으로 차가운 소재에 글을 쓰면 어느 정도 시간이 지난 후에 사라지지만 열기를 적용하면 다시 나타난다네.

나는 해골을 자세히 살펴보았네. 해골의 윤곽선, 그러니까 양피지 가장자리에 가장 가까운 쪽이 다른 곳보다 훨씬 더 또렷하더군. 열작용이 미흡하거나 불규칙한 게 분명했어. 나는 즉시 촛불을 붙이고 양피지 구석구석까지 촛불을 쏘였다네. 처음에 나타난 효과는 해골의 흐릿한 선들이 선명해지는 데 불과했지만 실험을 계속 이어 가자 양피지 모퉁이, 그러니까 해골이 그려진 위치에서 대각선 방향에 뭔가 나타나기 시작했는데 처음엔 염소라고 생각했지만 자세히 살펴보니 분명 새끼 염소kid였어.”

“하하! 물론 자네를 비웃을 자격은 없네. 150만 달러는 웃기엔 너무 심각한 문제니까. 하지만 그렇다 해도 관계의 세 번째 고리는 연결하지 못할 걸세. 해적과 염소 사이에 도대체 무슨 관계가 있겠는가? 알다시피 염소는 해적과 아무 상관이 없어. 농가라면 또 모를까.”

"하지만 내가 말한 그림은 그냥 염소가 아니었어."

"그래, 새끼 염소. 어른이나 새끼나 염소는 염소 아닌가."

"그렇긴 하네만 완전히 같은 건 아닐세. 자네도 어쩌면 키드Kidd 선장에 대해 들어 봤겠군. 나는 그 순간 동물 상징을 일종의 상형문자로 된 서명으로 보았다네. 서명이라고 한 건, 피지에서의 위치가 그랬기 때문이야. 대각선 모퉁이의 해골 역시 마찬가지로 소인이나 봉인이 아닐 이유는 없었네. 문제는 그게 전부였어. 그러니까 내가 생각하는 매체의 본체나 문맥의 텍스트가 없다는 사실 때문에 크게 낙담했다는 뜻일세."

"소인과 서명 사이에 서한 같은 걸 기대했겠군."

"그래, 그런 거야. 사실인즉슨, 대단한 행운이 임박했다는 예감에 흠뻑 취했었다네. 이유는 솔직히 모르겠네. 실제로 믿었다기보다는 갈망 같은 것이었겠지. 하지만 벌레가 순금으로 되어 있다는 주피터의 황당한 주장이 내 망상을 부추겼다면 믿을 수 있겠나? 거기에 일련의 사고와 우연들… 그래, 모두가 너무도 기이한 것들이었어. 한번 생각해 보라고. 이런 사건들이 하필 1년 중에서도 단 하루, 불을 피워야 할 만큼 추운 날에 발생하다니. 그런데도 단지 우연의 일치일까? 불을 피우지 않았던들, 개가 정확히 그 시간에 등장하지 않았던들, 나는 영원히 해골의 존재를 몰랐을 테고 보물을 손에 넣을 수도 없었겠지."

"얘기를 계속해 보게. 궁금해서 못 견디겠네."

"음, 물론 이러저러한 소문들이야 자네도 들었을 걸세. 키드 선장과 부하들이 대서양 어딘가 보물을 매장했다는 막연한 소문들 말일세. 어느 정도 근거 있는 소문들이라고 생각했네. 오랜 세월 집요하게 이어진 것도, 보물을 아직 찾아내지 못했기 때문일지도 모르지. 키드가 후에 감춰 둔 보물을 파내 갔다면 그 소문들이 어떻게 이렇게 한결같이 우리 귀를 간지럽혔겠나. 자넨 그 소문들이 모두 보물을 찾는 사람들 얘기를 하고 있음을 알 걸세. 찾은 사람들이 아니라. 해적이 보물을 회수했다면 그것으로 보물 사냥도 끝났을 거야. 내 생각엔, 어떤 사고로 인해 위치를 알려주는 지도가 소실되고 키드도 보물을 회수할 수가 없었어. 그리고 그 얘기가 부하들에게 전해졌겠지. 그렇지 않았다면야 보물을 숨긴 사실조차 끝내 몰랐을 걸세. 부하들도 보물을 찾으려 했지만 실마리가 없는 탓에 번번이 실패했을 테고 끝내는 지금의 이 무성한 소문을 낳고 또 퍼뜨리게 된 거라고. 자네, 해변 어딘가에서 보물을 찾았다는 소문 들은 적이 있던가?"

"아니."

"하지만 키드의 축재가 엄청났다는 소문은 잘 알려져 있지. 나는 그 보물이 아직 땅속에 있다고 생각했네. 그래서 그 기이한 양피지가 소실된 보물 지도일지도 모른다는 (확신에 가까운) 희망을 품은 거야. 지금이야 자네도 대충 짐작하겠지만."

"하지만 어떻게 해독했지?"

"지도에 열을 가한 후 양피지를 불빛에 대 보았지만 아무것도 나타나지 않더군. 어쩌면 오물 때문일지 모른다는 판단에 그 위에 온수를 붓는 식으로 양피지를 씻어 보았어. 그다음엔 해골을 아래로 해서 양철 냄비에 넣고 불붙은 화덕에 올려놓았지. 몇 분 후 냄비가 완전히 가열된 후에 꺼냈는데 놀랍게도 여기저기 기호 같은 글들이 줄줄이 나타나는 게 아니겠나? 나는 냄비에 다시피지를 넣고 1분을 더 가열했네. 그다음에 꺼내 보니 이렇게 모두 선명하게 나타난 걸세."

레그란드는 미리 가열해 둔 양피지를 내가 볼 수 있도록 건네주었다. 해골과 염소 사이에 붉은 빛으로 다음과 같은 기호들이 어지럽게 나타나 있었다.

53‡‡†305))6*;4826)4‡.)4‡) ;806*;48†8¶60))85;1
‡(;:‡*8†83(88)5*†;46(;88*96*?;8)*‡ (;485);5*†2:*‡(;
4956*2 (5*—4)8¶8* ;4069285);)6†8)4‡‡;1 (‡9;48081
;8:8‡1 ;48†85;4) 485†528806*81 (‡9;48;(88;4(‡?34;
48)4‡;161;:188;‡?;

"그래도 모르겠네. 이 암호를 풀면 골콘다의 보물 모두를 준다 해도 나한테는 그림의 떡일 듯싶군그래." 내가 양피지를 돌려주며 투덜댔다.

"처음에 얼핏 보면야 누구나 자네처럼 혀를 내두르겠지만 사실 그렇게 어려운 암호는 아닐세. 알다시피 이 기호들은 암호라네. 말하자면 의미가 있다는 얘기지. 하지만 키드에 대한 소문으로 미루어, 그가 난해한 암호를 만들 능력이 있을 성싶지는 않더군. 나는 이 암호가 단순한 차원으로 되어 있다고 판단했네. 그래도 무지한 선원들에겐 실마리 없이 절대 풀 수 없을 정도는 되어야겠지?"

"그럼 자네가 정말로 해독한 건가?"

"물론. 이보다 수천 배나 복잡한 암호도 여러 번 풀었다네. 이러저러한 상황에 성격까지 더해서 그런 식의 수수께끼에 관심을 갖게 되었지. 당연한 얘기지만 인간의 두뇌로 풀지 못할 암호를 인간의 두뇌가 만들 수야 없지 않겠나? 사실, 일단 연관어를 구축하기만 하면 의미를 발전시키는 건 별로 어렵지 않다네.

이번 암호는 물론, 모든 경우의 암호에 있어서, 첫 번째 난제는 암호의 국적이라네. 특히 암호가 단순할수록 해독의 원칙들이라는 게 특정 언어의 문화적 특징에 기초하고 또 그에 따라 변화하기 때문이지.

일반적으로 국적을 파악할 때까지 해독자가 알고 있는 모든 언어를 확률에 기초해 실험하는 것밖에는 대안이 없네. 하지만 우리 앞에 놓인 암호의 경우 난제는 모두 서명에 의해 제거되었지. '키드'의 말장난을 영어가 아니면 어디에 적용할 수 있겠는가? 이 단서가 아니었다면 난 스페인어와 프랑스어를 갖고 끙끙 앓았을 걸세. 이런 종류의 암호라면 카리브 해의 스페인 해적들이 만들었을 가능성이 다반사니까 말이야. 어쨌든 나는 이 암호가 영어라고 확신했네.

보다시피 단어 사이에 띄어쓰기가 없네. 띄어쓰기만 되어 있더라도 작업은 훨씬 쉬웠을 거야. 그랬다면야 보다 쉬운 단어들을 대조하고 분석하는 것부터 시작했겠지. 거기에 'a'나 'I' 같은 단문자 단어가 나타나면야 더 말할 필요도 없었을 테고. 하지만 띄어쓰기가 없는 탓에 내 첫 단계는 빈도가 큰 단어와 작은 단어들을 확인하는 작업이었네. 그리고 그 결과로 다음의 표를 작성할 수 있었어.

기호 8은 33회.

; = 26.

4 = 19.

‡) = 16.

* = 13.

5 = 12.

6 = 11.

† 1 = 8.

0 = 6.

92 = 5.

:3 = 4.

? = 3.

¶ = 2.

—. = 1.

영어에서 가장 빈도가 높은 단어는 'e'라네. 빈도를 순서로 정하면 다음과 같을 거야. e a o i d h n r s t u y c f g l m w b k p q x z. 'e'의 빈도가 확연히 큰 덕에, 어느 문장이고 그 철자가 들어 있지 않는 경우는 거의 없겠지.

그래서 처음부터 단순한 추측 이상의 기초를 확보한 셈이라네. 저런 식의 표를 이용한 방식은 잘 알려져 있네만, 우리 암호는 아주 제한적으로만 그 도움을 받게 될 거야. 빈도가 제일 높은 기호가 '8'이니 우리는 그 기호를 알파벳의 'e'로 전제하고 시작해 보자고. 전제를 증명하기 위해, '8'이 종종 쌍으로도 쓰이는지 확인해 봐야 하겠지? 'meet', 'speed', 'seen', 'been', 'agree' 등에서 보듯, 영어에서도 'e'를 쌍으로 쓰는 경우는 많으니까. 암호가 짧음에도 불구하고 우리 암호에서는 5회나 되는군. 그럼, 일단 '8'을 'e'로 보자고. 이제 영어에서 가장 빈번한 단어는 'the'라네. 따라서 '8'로 끝나는 철자들 중에서 같은 배열로 나타난 게 없는지 확인해 보자고. 만약에 그렇게 배열된 반복 철자가 있다면 'the'를 나타낼 가능성이 제일 크겠지. 조사해 보면 그런 배열이 일곱 개나 됨을 알 수 있는데, 그 배열은 ';48'이라네. 따라서 ';'가 't', '4'는 'h', '8'은 'e'를 나타내고, 그 정도면 'e'의 이론도 충분히 입증된 셈이지. 자, 이제 큰 문제 하나를 해결했네.

한 단어만 확인해도 아주 중요한 원칙, 즉 다른 단어들의 어두와 어미를 결정할 수 있네. 예를 들어 끝에서 두 번째 ';48' 조합을 보자고. 암호의 끝에서 멀지 않은 위치라네. 우리는 ';'가 단어의 어두임을 알고 있네. 그렇다면 이 'the'에 이어진 여섯 개 철자 중에서 우리는 다섯 개나 알고 있는 걸세. 그럼, 그 기호들을 철자로 전환해서 적어 보세나. 모르는 철자는 공란으로 두고….

    t eeth

여기서 우리는 즉시 'th'를 버릴 수 있네. 't'로 시작되는 단어에 포함될 수 없기 때문인데 공란에 어떤 알파벳을 적용한다 해도 'th'를 포함하는 단어는 존재하지 않네. 따라서 단어는 조금 더 좁혀지지.

t ee

필요하다면야 전처럼 알파벳을 모두 대입해도 좋지만 어쨌든 가능한 단어가 'tree'밖에 없다는 결론에 이르게 되지. 이제 'the tree'를 병기함으로써 또 다른 철자를 알게 된다네. 바로 '('로 대변되는 'r'이지.

이 단어 뒤로 조금만 더 가면 또다시 ';48'의 조합을 만나네. 그리고 그 바로 앞의 기호를 어미로 규정하면 다음과 같은 조합을 보게 될 걸세.

the tree ;4(‡?34 the

아니면 이미 결정된 알파벳으로 대체해 이렇게 쓸 수도 있네.

the tree thr‡?3h the

자, 이제 모르는 기호 대신 공란을 두거나 마침표로 대체한다면 다음과 같네.

the tree thr . . . h the

그러면 곧바로 'through'라는 단어가 분명해지는데, 그로써 우리는 각각 '‡', '?', '3'으로 대체된 'o', 'u', 'g'를 얻게 되겠지.

이제 암호에서 그런 식으로 밝혀진 기호의 조합을 찾아낸다면 처음에서 멀지 않은 곳에서 다음의 배열을 보게 되네.

83(88, or egree

이는 분명 'degree'에서 나온 단어이며, 이렇게 우리는 '!'로 대체된 또 다른 철자 'd'와 만나네.

그리고 다시 그 단어 'degree'의 네 철자 뒤에서 우리는 이런 조합을 볼 수 있지.

;46(;88

자, 아는 글자를 대입하고 전처럼 미지의 철자를 마침표로 치환해 보면 이런 조합이 될 걸세.

th.rtee

물론 'thirteen'의 단어를 연상케 하는 조합이고 그로써 우리는 '6'과 '*'로 치환된 철자 'i'와 'n'을 구할 수 있네.

이제 암호의 처음을 보자고. 그곳의 조합은 이렇게 되어 있지.

53‡‡!

전과 같이 치환해 보면 우리가 얻을 수 있는 배열은 이렇게 된다네.

.good

물론 첫 번째 철자가 'A'일 테고 첫 번째 두 단어는 'A good'
이 된다네.

이제 혼란을 피하기 위해 지금껏 찾아낸 단초들을 표로 정리
할 때가 되었는데, 바로 아래와 같네.

5 는 a로 치환
† = d
8 = e
3 = g
4 = h
6 = i
* = n
‡ = o
(= r
; = t

자, 이렇게 가장 중요한 철자를 열한 개나 찾아냈으니 해독 과
정을 더 이상 설명할 필요는 없을 것 같군. 이런 식의 암호가 얼
마든지 해독 가능하며, 또한 그 해독의 원리를 깨달을 만큼 충분
히 얘기한 것 같으니까. 하지만 분명히 말하지만 우리의 암호는
가장 간단한 차원이라네. 이제 남은 건 양피지에 적힌 글자들을
완전히 해독해서 알려 주는 일만 남았는데… 그건 여기 있네."

A good glass in the bishop's hostel in the devil's seat forty-one degrees and thirteen minutes northeast and by north main branch seventh limb east side shoot from the left eye of the death's-head a bee-line from the tree through the shot fifty feet out.

비숍 호스텔에 악마의 의자와 고급 단안경 41도 13분 그리고 북북동 동향의 일곱 번째 굵은 가지 해골 왼쪽 눈에서 투하 나무에서 투하 점을 거쳐 15미터 직선 외곽

"여전히 전과 다름없이 지독한 수수께끼로군. '악마의 의자', '해골', '비숍 호스텔' 같은 헛소리에서 어떻게 의미를 뽑아 낸단 말인가?" 내가 투덜댔다.

"솔직히 말해, 한눈에 보아도 여전히 심각한 문제인 것만은 틀림없지. 내 첫 번째 작업은 암호가의 의도대로 분류하는 것이었어." 레그란드가 대답했다.

"그러니까, 구두점 말인가?"

"그런 셈이지."

"단어들을 구두점 없이 써 내려가 해독을 더욱 어렵게 하자는 게 작자의 의도였을 거라 생각했네. 그런데 그다지 영리하지 못한 자인지라, 처리 과정에서 무리를 할 수밖에 없었다네. 문장을 암호화하면서 한 의미가 끝나 쉼표나 마침표를 더해야 할 위치에 오히려 기호들을 지나치게 붙여 쓰는 경향이 있더군. 지금이라도 원고를 자세히 본다면 그렇게 특별히 밀집된 경우가 다섯 곳임을 알아볼 수 있네. 나는 단서에 따라서 이런 식으로 문장을

나누었다네."

비숍 호스텔에 악마의 의자와 고급 단안경… 41도 13분… 북
북동… 동향의 일곱 번째 굵은 가지… 해골 왼쪽 눈에서 투
하… 나무에서 투하 점을 거쳐 15미터 직선 외곽

"그렇게 나눈다 해도 여전히 모르겠네." 내가 말했다.

"나도 며칠 동안은 깜깜하기만 했지. 그동안 설리번 섬을 샅샅
이 뒤지고 다니면서 비숍 호텔이라는 이름의 건물에 대해 물었
네. 물론 '호스텔'이라는 단어는 더 이상 쓰지 않으니까. 하지만
아무 정보도 얻지 못한 채 조사 범위를 넓히고 보다 체계적인 방
법으로 전환하려는데, 어느 날 아침, 문득 비숍 호스텔이 베숍이
라는 옛날 가문과 관계가 있을지 모른다는 생각이 들더군. 아주
옛날 섬 북쪽 6킬로미터 거리에 영지를 거느리던 가문이었네. 그
래서 농장으로 건너가 그곳 늙은 흑인들에게 묻고 다녔는데, 그
중에 제일 나이 많은 노파가 베숍 성에 대해 들어 본 적이 있다고
하더라고. 노파는 나를 안내할 수도 있지만 그곳은 성이나 주점
이 아니라 그냥 높은 바위라고 했네.

그렇게만 해 주면 충분히 사례하겠다고 하자 그녀는 잠시 망
설이다가 나를 안내하는 데 동의했네. 찾는 건 어렵지 않았어. 그
녀를 보낸 후 나는 계속해서 그 지역을 조사했지. '성'은 벼랑과
바위들이 들쭉날쭉하게 섞인 곳인데 바위 하나가 다른 곳보다
높기도 했지만, 특별히 고립된 데다 모양까지 특별해 쉽게 눈에
띄더군. 나는 꼭대기로 올라갔지. 하지만 그때부터 어떻게 해야

할지는 여전히 난감했다네.

한창 고민하는 중에 우연히 동쪽 벼랑의 바위 턱이 눈에 들어왔다네. 내가 서 있는 곳에서 1미터 정도 고도가 낮았는데, 50센티미터 정도 돌출된 곳인데 너비가 고작 30센티미터에 불과했어. 게다가 바로 위 벼랑의 움푹 꺼진 부위가 선조들이 사용하던 등 꺼진 의자와 무척이나 닮았지 뭔가. 원고에 언급된 '악마의 의자'임이 분명했어. 드디어 암호의 비밀이 완전히 드러나는 순간이었다네.

'고급 단안경'은 망원경일 수밖에 없네. 선원들이 쓰는 단안경이 망원경 말고 또 뭐가 있겠나. 요는 그곳에서 망원경을 이용하라는 얘기일 걸세. 오차가 전혀 허용되지 않는 절대적인 관망대에서 말일세. 그 순간 '41도 13분'과 '북북동'이 망원경이 향할 방향이라고 확신할 수 있었지. 나는 암호를 해독한 데 크게 기뻐하며 집으로 달려가 망원경을 가지고 바위로 돌아왔네.

바위 턱에 앉으려는데 어떤 특정한 자세가 아니면 앉는 것 자체가 불가능했네. 내 추리에 확증을 더한 셈이었어. 나는 망원경을 꺼냈지. 물론 '41도 13분'은 수평선 위의 고도일 수밖에 없네. 가로 방향은 '북북동'으로 분명하게 명시되어 있으니까. 북북동은 이미 휴대용 나침반으로 확인해 두었다네. 나는 짐작으로나마 최대한 41도의 고도에 초점을 맞추고 조심스레 위아래로 움직였는데, 머지않아 저 멀리 우뚝 솟은 거목의 무성한 이파리 틈새가 내 눈을 사로잡았네. 둥근 균열 중앙으로 하얀 점이 보였기 때문이지. 처음엔 정체를 알 수 없었지만 망원경의 초점을 조절하고 보니 분명 인간의 해골이었어.

여기까지 오자 나는 모든 수수께끼가 풀렸다고 확신했지. '동향의 일곱 번째 굵은 가지'는 나무 위 해골의 위치를 가리킨 거야. 그리고 '해골 왼쪽 눈에서 투하' 또한 매장된 보물과 관련해 하나의 해석밖에 있을 수 없겠지. 해골의 왼쪽 눈에서 뭔가를 떨어뜨린 다음 나무의 최단거리 지점에서 '투하 점(투하물이 떨어진 곳)'을 거쳐 직선으로 15미터에 이르는 곳이 정확한 위치라고 판단했네. 바로 그 위치에 뭔가 가치 있는 물건이 묻혀 있는 거야. 아니, 적어도 가능성은 충분했다네."

"모든 것이 놀랍도록 명쾌하군. 기발하면서도 단순하고 명쾌해. 그래, 비숍 호텔을 떠난 후 어떻게 했나?"

"우선 나무의 생김새를 주의 깊게 살핀 후 집으로 돌아왔네. 하지만 '악마의 의자'를 떠나는 순간 둥근 틈새가 사라지더니 그 후로는 아무리 돌아보아도 나타나지 않더군. 이 모든 수수께끼 중에서도 가장 기발했던 건, 문제의 둥근 틈새가 벼랑 위의 좁은 바위 턱이 아니면 그 어디에서도 볼 수 없다는 사실이었어. 그래, 여러 번 실험해 봤으니 분명 사실이라네.

이번 '비숍 호텔' 탐험에는 주피터가 따라나섰는데, 지난 몇 주 동안 내 이상한 태도를 지켜보았던지 나를 혼자 보내지 않으려고 무진 애를 썼거든. 하지만 다음 날 나는 일찍 일어나 주피터 몰래 언덕 지대로 건너가 나무를 찾았고, 고생 끝에 기어이 발견도 했네. 밤에 집에 돌아왔더니 하인 영감이 매질을 하려 들지 뭔가. 그리고 나머지 얘기에 대해서라면 자네도 나 못지않게 알고 있으리라 믿네."

"첫 번째 땅을 팠을 때 장소를 오해했던 건, 주피터가 멍청하

게도 해골 왼눈이 아니라 오른눈으로 벌레를 떨어뜨렸기 때문이
겠군."내가 말했다.

"그래. 그 실수로 '투하 점', 다시 말해 나무에서 최단거리의 말
뚝 위치가 6.5센티미터가 어긋나고 말았네. 보물이 '투하 점' 바
로 아래 묻혔다면야 아무 상관이 없었겠지. 하지만 나무의 최단
위치와 '투하 점'은 단지 방향을 정해 주는 두 꼭짓점에 불과했
네. 아무리 사소한 차이라고 해도 오차는 선을 그릴수록 증가해
15미터에 다다를 즈음엔 완전히 어긋나고 만다네. 보물이 그곳
어딘가에 매장되어 있다는 확신만 아니었다면 우리 고생은 그야
말로 물거품이 되고 말았을 걸세."

"하지만 자네의 호언장담에 딱정벌레를 빙빙 돌리는 행동까
지… 얼마나 기이했는지 아나? 난 자네가 미쳤다고 확신까지 했
어. 도대체 군이 벌레를 투하하겠다고 고집부린 이유가 뭔가? 총
알 따위가 아니라?"

"이런, 솔직히 말해 자네가 미친놈 취급하는 바람에 살짝 화가
났다네. 그래서 내 나름대로 은밀하게 자네를 골리기로 마음을
먹은 거야. 모호한 행동은 그래서였지. 그래서 벌레를 흔들고 나
무에서 떨어뜨리게 한 거야. 나무에서 떨어뜨린 건 벌레가 꽤나
무겁다고 한 자네 말에서 착안한 걸세."

"그래, 그렇게 된 게로군. 이제 난감한 문제가 딱 하나 남아 있
네. 구덩이에서 발견된 유골들은 어떻게 된 영문인가?"

"그건 나도 자네만큼이나 궁금한 문제라네…. 개연성 있는 설
명이 하나 있기는 하네만 그걸 받아들이기엔 너무나 참혹해서
말일세. 키드가 이 보물을 묻은 게 분명하다면(난 그렇게 믿네만)

당연히 부하들을 시켰겠지. 일이 끝난 후 비밀에 가담한 자들을 모두 제거하는 게 좋겠다고 판단했을 걸세. 조수들이 구덩이에서 일하느라 여념이 없을 때를 이용해 곡괭이질 두 번이면 충분했을 테니까. 아니, 여남은일 수도 있겠지만… 그야 누가 알겠나?"

새러 패러츠키
Sara Paretsky

에드거 앨런 포의 아버지 이름은 데이비드였다. 새러 패러츠키의 부친도 데이비드였다. 두 사람 공히 성이 P로 시작한다. 포와 패러츠키의 모친은 둘 다 성공한 여배우였다. 포는 볼티모어에서 사망하고 패러츠키는 볼티모어에서 여성 추리 작가 협회 Sisters in Crime 를 창설했다. 볼티모어는 메릴랜드에 있고, 메릴랜드의 약어는 'MD'이며, 패러츠키의 조모 역시 'MD'(의학박사)였다. 포는 최초의 남성 사립 탐정 뒤팽을 만들고 패러츠키는, 초기 여성 사립 탐정의 하나인 V. I. 워쇼스키를 낳았다. 포는 마약 중독자가 아니며 패러츠키도 아니다. 우연의 일치라고? 정말? 패러츠키가 느와르 대가의 화신인 것만은 분명하다. 어쩌면 그의 증증증증손녀일지도 모를 일이다. 아니면 우연을 사칭하고 다니거나.

에드거 앨런 포 그리기

새러 패러츠키

질식과 죽음의 두려움은 〈아몬틸라도〉의 살아 있는 무덤에 갇힌 포르투나토, 〈검은 고양이〉에서 아내와 함께 벽에 갇힌 검은 고양이의 화신 플루토, 점점 좁혀 들어오는 종교 재판소 감옥을 무기력하게 지켜보는 〈함정과 진자〉의 남자, 〈고발하는 심장〉에서 희생자가 묻힌 마룻바닥에서 큰 소리로 쿵쾅거리는 심장을 포함해, 포의 이야기 어디에나 존재한다.

하지만 그의 이야기에 담긴 건 공포뿐이 아니다. 사람들을 흠뻑 적시는 피도 있고, 특히 〈까마귀〉, 〈애너벨 리〉 같은 시와 같이 사랑과 가슴을 에는 상실감이 있으며, 뒤팽 시리즈와 〈황금 벌레〉의 분석적이고 냉소적인 정신도 있다. 그리고 진중한 문학 에서 이들도 있다. 그런 다양한 감수성과 그의 혼란스러운 전기를 감안하면, 토니 모리슨과 도미니크 아르젠토 같은 서로 다른 분야의 예술가들이 그를 따라잡으려 애썼다는 게 충분히 이해된다.

독자들은 누구나 에드거에 대해 나름대로 감상 같은 게 있다. 때로는 그의 폭풍 같은 삶에, 때로는 그의 작품에 채색된 느낌일 것이다. 앤드루 테일러의 《아메리칸 보이》는 호기심 많은 소년을 그리는데, 바로 스토크 뉴잉턴의 특출한 학생 포가 주인공이다. 포는 그 초등학교에서 5년간 공부한 바 있다. 테일러가 볼 때 포는 준(準) 형사다. 뒤팽이 바로 작가 자신의 경험에서 만들어 낸 인물이 아니던가. 테일러의 포는 재치 있고 매력적인 소년으로, 자기 존재 자체의 고딕적 신비를 풀어내는 데 이바지한다.

루이스 베이어드는 기괴하고 신비로운 청년을 소개한다. 《푸르스레한 눈동자 The Pale Blue Eye》는 포가 웨스트포인트 후보생으로 있던 몇 개월간을 조명한다. 베이어드의 포는 죽음에 집착하며, 베이어드의 시적 목소리는 그곳 군의관 딸의 불행한 연애 사건에 의해 형성된다. 주치의 가족 전체의 광기는 너무도 섬뜩하다. 특히 사관 학교 제빙실에서의 파국은 대단한 에피소드가 아닐 수 없다.

포가 불명예로 사관 학교를 떠났다지만 그렇게 심각한 잘못을 저지른 건 아니다. 후보생과 장교들은 그의 두 번째 시 선집을 사기 위해 돈을 투자했다. 그는 지금도 웨스트포인트의 낭만적 영웅으로 통한다. 후보생들은 그의 시를 사랑하며, 그가 행한 기행들 또한 인기가 있다. 특히 허리띠만 맨 채 나신으로 열병식에 나타났다는 에피소드는 전설에 속한다.

토니 모리슨은 포의 핵심을 피부색과 인종 문제로 보았다. 《어둠 속에서 뛰어놀기 Playing in the Dark》에서 모리슨은 이렇게 쓰고 있다.

초기 미국 작가 중 포보다 미국적 아프리카니즘의 개념에 중
요한 인물은 없다. 그리고 《낸터킷의 아서 고든 핌 이야기》의
결말보다 더 명증한 이미지도 없다. 안개에서 일어나는, 시각
적이면서도 다소… 모호한 흰색의 형체…하얀 커튼과 "순백
의 피부" 같은 "수의를 입은 남자"의 심상은 공허 화자가 암흑
에 직면한 후에 등장한다… 두 경우 모두, 아프리카적 존재가
결부될 때마다 미국 문학을 덮는 침투 불가의 백색을 비유한
이미지다… 침투 불가의 백색 이미지는 죽고/죽거나 무기력
한 흑인의 묘사와 함께 거의 언제나 나타난다.

포는 노예 해방 이전의 남부에서 짧고 굵은 삶을 살았다. 부유
하지는 못해도 노예를 팔아 본 적도 있었다. 백색 이미지에 대한
내 관점은 모리슨과 다소 다를지 몰라도 검은색에 대한 난해하
고도 치욕적인 취급에 대해서는 생각이 같다. 나는 흑인에 대한
포의 묘사를 참을 수가 없다. 그의 흑인은 언제나 순종적인 노예
의 전형적인 언어로 말하며, 〈황금 벌레〉의 주피터처럼 백인 주
인에게 충실히 봉사해야 한다고 느낀다. 해방 증서에도 불구하고
주피터는 "아무리 윽박지르고 감언이설로 설득해도, 젊은 '월 주
인님'의 시중을 들 권리를 결코 포기하려 들지 않았다."

약물 남용을 포함해, 포에 대한 모든 문학적, 비판적 반응 중
에서, 내가 가장 감탄해 마지않는 건 아르젠토의 〈에드거 앨런
포의 항해Voyage of Edgar Allan Poe〉다. 독립 200주년 기념식을 위

해 작곡된 이 오페라는 필라델피아에서 볼티모어까지 포의 항해에 대한 정서적 해석이다. 포는 음모론까지 불거질 정도로 볼티모어에서 기이한 죽음을 당했다. 아르젠토는 포에 대해 심리학적인 법정 싸움을 벌이는데, 뒤팽이 변호를 주관하고 포의 천적 비평가 그리스월드가 포를 공격한다. 자신의 혼란스러운 삶을 창작의 기반으로 이용했다는 죄목이었다. 유혈의 테마를 집요하게 활용한 무대, 폐병으로 사망한 포의 모친, 계모, 신부의 죽음을 암시하는 〈붉은 죽음의 가면〉의 삽입은 충격적이면서도 섬뜩하다.

유혈이 낭자한 포, 인종적 비난의 대상이 된 포, 분석적이고 시적인 포…. 모두가 이 복잡 미묘한 작가의 특징이다. 때문에 그를 완전히 이해하는 건 불가능하다. 포의 이야기를 읽으면서 공포를 느끼는 건 무력감 때문이다. 그가 소비한 알코올과, 폐병에 걸린 모친의 기침과 함께 터진 피가 비유적으로나 실제로 우리를 질식하게 만들 것만 같다. 그의 부친은 그를 버렸고, 계부는 그를 인정하지 않고 내쫓았으며, 모친은 그가 두 살 때 숨을 거두었다.

대부분의 아이들은 이런 식의 유기에 자기 자신을 책망한다. 때문에 포의 소설에서 악이 가해졌을 때면 거의 언제나 화자가 가해자가 된다. 〈검은 고양이〉, 〈윌리엄 윌슨〉, 〈고발하는 심장〉, 〈아몬틸라도의 술통〉의 화자는 동시에 악인이거나 광인이다. 〈검은 고양이〉에서는 화자가 무대 밖으로 빠져나와 자신이 얼마나 악랄한지 설명까지 해 준다. 자신을 따라다니는 동물들을 고문하고, 술독에 빠져 지내고, 아내를 구타하고, 기어이 그녀의 머리에 도끼를 박아 넣었는지의 얘기들.

물론 내 판단도 베이어드나 아르젠토 만큼이나 편파적이다. 그렇게 난해한 인물을 장편이나 단편의 주제로 만들 생각도 하지 못한다. 대체로 실제 인물을 장편이나 단편에 등장시킨다는 사실만으로도 불편하다. 하지만 포라면… 그런 유혹을 이해할 수 있다. 마약, 알코올, 연애 사건들, 노예 주인, 도박꾼, 작가…. 아무리 절정의 스티븐 킹이라 한들 그런 복잡한 인물을 창조해 내지는 못했을 것이다.

까마귀

The Raven

✖

그 옛날 어느 황량한 밤, 무력하고 지친 나,
기이하고 기묘한 태곳적 민담집들을 생각하다,
꾸벅꾸벅 졸음에 빠졌을 때 불현듯 문 두드리는 소리,
누군가 똑똑 가볍게 방문 두드리는 소리,
"손님이야. 똑똑 내 방문을 두드리는…
　　그저 그뿐. 오로지 그뿐."

아, 분명 음산한 12월이었어.
죽어 가는 불씨가 바닥 위에 저마다의 유령을 자아냈지.
간절히 나는 내일을 기다렸어… 책들 속에서 헛되이
슬픔을 달랠 방법을 찾으며… 떠나 버린 레노어를 향한 슬픔…
천사들이 레노어라 이름 지은 고귀하고 눈부신 아가씨…
　　허나 이곳에선 영원히 부르지 못할 이름.

보라색 커튼이 스치는 소리. 부드럽고 슬프고 모호한.
나는 두려웠어… 한 번도 느껴 본 적 없는 거대한 공포.
나는 떨리는 가슴을 진정하려 자리에서 일어나 중얼거렸지.

"누군가 들어오려고 내 방을 두드리는 거야…
이 늦은 밤, 내 방에 들어오겠다며 똑똑 두드리는 거야…
바로 그뿐. 오로지 그뿐."

이내 마음이 가라앉고 나는 더 이상 망설이지 않았어.
"누구신지는 모르오나, 이렇게 용서를 바라나이다.
사실은 제가 깜박 잠든 데다 노크 소리가 너무도 조용했기에,
똑똑 방문 두드리는 그대의 노크가 너무나 조용했기에,
미처 소리를 듣지 못했나이다." …이에 문을 활짝 열어젖히니…
문밖은 어둠뿐, 오직 어둠뿐.

나는 오랫동안 서 있었어. 어둠 속을 노려보고 의아해하고 두려워하며.
의심하며, 이제껏 감히 그 누구도 꾸지 못한 꿈을 꾸며…
하지만 침묵은 깨지지 않고 정적은 미동도 없었지.
그런데 그때 들려온 유일한 한 마디, "레노어?"
그건 내 속삭임이었어. 그리고 대답 대신 들려오는 메아리. "레노어!"
다만 그뿐, 오로지 메아리뿐.

돌아서서 방으로 들어올 때, 내 영혼은 온통 불타올랐어.
그리고 다시 똑똑, 전보다 더 크게 두드리는 소리.
"그래, 창문이었어. 무언가 창밖에 와 있는 거야.
그러니 두려움의 정체를 알아보리라. 미지의 손님을 맞이하리라.
심장이여 잠시만 진정해다오. 미지의 손님을 맞이하리니.
분명 바람이야. 그래, 오직 그것뿐!"

그리하여 덧문을 활짝 젖히자, 퍼덕이고 펄럭이며,

오만한 까마귀 한 마리 들어왔지. 태곳적 거룩한 까마귀.

일말의 경의도 보이지 않고, 잠시도 멈추거나 머무르지 않고,

그저 귀족 같은 자태로 내 방문 위에 앉았을 뿐…

방문 바로 위, 팔라스 여신의 흉상에 당당히 앉았을 뿐…

　　　오직 당당히, 그저 그뿐.

새까만 새의 모습에 내 슬픈 공상도 미소 지었어.

까마귀의 진지하고 준엄한 귀족적 표정에 미소 지었어.

"비록 관모가 빠지고 잘렸으나, 그대는 패배자가 아니리라.

암흑의 해변을 방황하는 유령처럼 음울한 태고의 까마귀는 아니리라…

말해다오. 어두운 명계의 해변에서 그대의 당당한 고명이 무엇이더뇨?"

　　　이에 까마귀가 대답하노니, "네버모어."

비록 그 대답 의미 없고 더더욱 적절치 못했으나,

이 못난 새가 이렇듯 분명히 말을 알아들었음에 크게 놀랐네.

아아, 지금껏 어느 누가 있어 이런 축복받았으랴.

자기 방문 위에 새 날아와 앉는 축복을…

새든 야수든 내 방문 위 흉상에 앉았으니…

　　　그 이름 "네버모어."

하지만 그 까마귀, 평온한 흉상 위에 쓸쓸이 앉아,

오직 그 단어만을 되뇌네. 그 한 단어에 자기 영혼 쏟아붓듯.

다른 말 하나 없이… 깃털 하나 퍼덕이지 않은 채…

그에 내가 가까스로 속삭이네. "다른 친구들은 이미 떠났으니…
내일은 그도 나를 떠나리라. 그 이전 희망이 모두 떠나갔듯."
그러자 새가 대답하노니, "네버모어."

너무도 적절한 대답에 정적은 깨지고 나는 놀랐네.
"아니야, 저 새의 말은 그저 어느 불행한 주인에게 얻은
단 하나의 유산일 뿐이야. 가혹한 재앙에 정신없이 쫓기고 쫓겨
그의 노래에 단 하나의 근심만 남은 주인…
그리하여 희망의 죽음을 노래하는 비가에 우울한 짐만 남을 때까지,
네버… 네버모어."

허나 까마귀는 여전히 내 슬픈 공상을 미소로 바꾸었지.
나는 의자를 그 앞으로 당겨 앉았어. 새와 팔라스와 방문 앞.
나는 그곳 벨벳 방석에 앉아, 공상에 공상을 엮기 시작했지.
이 태곳적 흉조가 그런 소리로 우는 이유를 생각했지.
섬뜩하고 추하고 핼쑥하고 황량한 태고의 흉조.
그 새의 울음소리 "네버모어."

나는 그런 생각을 하면서도 새에게는 한 마디도 하지 않았어.
이제 이글거리는 두 눈으로 내 가슴의 웅어리를 불태우는 까마귀.
나는 이런저런 생각에 잠겼네. 호롱불 어른거리는
벨벳 쿠션에 가볍게 머리를 기댄 채 앉아.
하지만, 호롱불 어른거리는 보랏빛 벨벳 쿠션에
그녀는 기대지 못하리니, 네버모어!

찰나, 공기가 짙어지는 걸까? 카펫 바닥에 발소리 딸랑거리며,
치품천사들이 보이지 않는 향로의 향을 뿌리기라도 한 듯…
"가련한 이여, 그대의 신이 그대를 보냈노라… 천사들을 시켜 보냈노라.
안식하라… 레노어의 기억을 씻고 그대 안식하라!
들이키라, 오 이 자비로운 망각을 마시고 떠나간 레노어를 잊으라!"
　　　이에 까마귀가 답하노니, "네버모어."

"예지자여! 악의 존재여! …새든 악마이든, 어쨌든 예지자여!
악마가 보냈더냐, 아니면 광풍이 그대를 이곳 해안으로 던졌더냐?
외로우나 여전히 기개가 살았구나. 마법에 걸린 이 황무지에서…
공포가 출몰하는 이 집에서… 간청하노니 진실을 말해다오…
그곳… 길르앗에 향유가 있다더냐? …말해다오. 이렇게 애원하노니…"
　　　이에 까마귀가 답하노니, "네버모어."

"예지자여! 악의 존재여! …새든 악마이든, 어쨌든 예지자여!
우리를 굽어 보시는 하늘을 향해… 우리가 숭배하는 신께 맹세코…
슬픔에 잠긴 이 영혼에게 말해다오. 저 머나먼 에덴에서,
천사들이 레노어라 이름 지은 성스러운 처녀를 보듬어 줄 거라고…
천사들이 레노어라 이름 지은 고귀하고 눈부신 처녀를 안아 줄 거라고."
　　　이에 까마귀가 답하노니, "네버모어."

"그 대답이 작별의 징표가 될 지어다, 악마 새여!
태풍과 어두운 명계의 해안으로 돌아갈지어다!
검은 깃털 하나 남기지 말거라! 그대의 영혼이 내뱉은 거짓의 표시일

지니!
나의 고독을 내버려 두고… 문 위의 흉상을 떠나거라.
내 가슴에서 그대의 부리를 빼내고 내 방에서 그대의 그림자를 지우
거라!"
　　　이에 까마귀가 답하노니, "네버모어."

그리하여 까마귀는 꼼짝도 않고, 그대로 앉아 있네. 그대로.
방문 바로 위, 창백한 팔라스 여신의 흉상에 앉아 있네.
두 눈은 꿈꾸는 악마의 눈으로 번득이고,
그 위로 호롱불이 흐르며 그의 그림자를 바닥에 내던지네.
그리하여 바닥에 드리운 채 떠다니는 그림자로부터
　　　내 영혼이 헤어나지 못하노라… 영원히!

조지프 웜보 Joseph Wambaugh

LA 경사 출신의 조지프 웜보는 《양파밭 Onion Field》, 《출혈 The Blooding》, 《소년 합창단 The Choirboys》의 베스트셀러 작가이자, 픽션과 논픽션을 막론하고 많은 작품을 발표했다. 에드거 상, 범죄 보도 부분의 로돌포 월쉬 상을 포함해 수많은 상을 수상한 바 있으며 현재 부인과 캘리포니아에 살고 있다.

길길이 날뛰기

조지프 웜보

그 옛날 어느 슬픈 황혼 녘, 가혹한 연예 사업자에게 짓밟힌 각본으로,

너무도 슬퍼 눈이 아련할 때까지 애통해할 때,

갑자기 들리는 딩동… "메일 왔어요!" …이메일 노랫소리,

귀가 윙윙거릴 정도의 분노에 나는 무시하기로 하네.

그저 스팸일 뿐. 오로지 그뿐.

하지만 이내 한숨을 내쉬며 힐끔 엿보기로 하네.

메일은 의문의 화살을 쏘아 나를 정수리까지 꿰뚫네.

마이클이 '원고'를 청탁해 내 마음을 공포의 전율로 가득 채우네.

그가 원하는 건 저 옛날 황금시대의 작가에 대한 견해.

거인에 대한 추천서? 하지만 나도 골칫거리가 있다오.

그저 200단어만. 고작 그 정도만.

내 위장이 들끓기 시작하네. 뱃속의 홉과 맥아가 뒤집어지네.

어릴 적 배운 교재와 탐험한 서적들을 떠올리니,

죄의식이 나를 감싸네. 마이클의 집요한 청탁이 날 흔드니

지우지 못한 이메일은 무시할 수도 없구나.

어찌하랴, 받아들일 수밖에. 포는 너무도 고귀한 분이시니,

나는 물론 먼저 간 작가들의 수많은 찬양은 당연할지니.

그리하여 나는 고뇌에 빠져들었네. 마이클의 '가벼운 재촉'에 고무된 채.

부디 치솟는 감수성이라도 찾아내면 좋으련만.

나는 수많은 고귀한 어휘를 상상하고 커다란 까마귀를 봤다고 생각

했네.

내면의 힘을 발견하고 자제력을 전면으로 끌어냈네.

아아, 하지만, 내 안의 수액은 얼어붙고 내 대머리만 따끔거리도다.

나는 그렇게 마이클에게 전했네. 부디 나를 과대평가 말라고.

그간의 음주로, 컵 안에 더 이상 음악이 남지 않은 버림받은 패배자.

이제 곧 벙어리가 되어 서재 바닥에서 꾸벅꾸벅 졸게 되리니.

망령이 나기 전, 맹세하노라. 방을 모두 열어젖힌 용맹한 포를 기려

맥주 한두 잔 벌컥벌컥 들이켜리로다.

하지만 '가벼운' 이메일은 결코 열지 않을지니. 지금 그리고 영원히.

토머스 H. 쿡 Thomas H. Cook

토머스 H. 쿡은 아마도 미국에서 가장 키가 작은 남성 범죄 소설가일 것이다. 터프가이와는 거리가 먼 탓에, 미스터리 세계에서는 자동차 경주, 경마, 단축 마라톤 등, 스포츠 경기에 절대 나타나지 않는 사람으로도 유명하다. 슈퍼볼에 들떠 안면 페인팅을 한 적도, 맥주에 알레르기를 일으킨 적도 없다. 법과 마찰을 일으켰다면 과속으로 걸린 적이 한 번 있는데 그때도 기껏 훈방 수준이었다. 어릴 적, 그는 위대한 작가가 되고 싶어 위대한 작가들의 작품을 읽었으나 결국 그렇게 위대한 작가가 되기는 날 샜다는 결론만 내려야 했다. 그 이후로 스무 권 이상의 소설과 약간의 논픽션을 써냈다. 그가 단편을 즐겨 쓰는 이유는 짧기 때문이며, 장편을 싫어하는 건 길기 때문이다. 《잃어버린 시간을 찾아서》를 읽어 본 적은 없지만 길을 걷다 보면 종종 마르셀 프루스트로 오인받곤 한다.

포에 대한 단상

토머스 H. 쿡

어떤 책을 단 한 단어로 설명했을 때 그 책을 읽게 만들 것 같은 단어가 있는지 질문을 받은 적이 있었다. 나는 주저 없이 '출몰'이라고 답했다. 이유는? 사람들이 종종 어떤 책을 '걸작'이라고 평가함에도 불구하고, 구체적으로 물어보면, 조금이나마 기억할 가치가 있는 행 한 줄, 장면, 심지어 기본 플롯까지 기억 못 했다. 나도 의외였으나 정말로 그랬다. 포는 다르다. 내가 보기에 그의 위대함은 독자들이 그를 기억한다는 사실에 있다. 시면 시, 이야기면 이야기… 우리는 포를 기억한다. "내가 어리고 그녀가 어렸을 때" 두 아이가 "바닷가 왕국"에 살았음을 기억한다. 결국 모든 것이 "네버모어"의 망각 속으로 소멸될 거라는 까마귀의 황량한 경고를 기억하고, 고발하는 심장의 박동과 "흐느끼고 신음하는" 종소리를 기억한다. 이런 식으로 작가를 기억하는 건 그가 '출몰'

한다는 의미이며, 그의 언어와 장면과 인물이 영원히 우리 마음 속에 살아 있다는 얘기다. 바로 이 점이 진실로 위대한 문학의 본 질이자 포가 위대하다는 증거이다.

종소리

The Bells

I

종을 가득 매달고 썰매가 지나가네…

은종이야! 들어 봐!

그 노래가 얼마나 흥겨운 세상을 예견하는지!

차가운 밤공기 속을 얼마나

딸랑 딸랑 딸랑거리는지!

하늘 가득 흩뿌린 별들이

수정 같은 기쁨으로

반짝거릴 때,

태고의 운율로

딸랑딸랑 박자를 맞추며

너무도 아름답게 쏟아지는 종소리

종소리, 종소리, 종소리, 종소리

종소리, 종소리, 종소리

짤랑짤랑, 찰랑찰랑 종소리.

II

감미로운 웨딩벨을 들어 봐…

금종이야!

그 화음이 얼마나 행복한 세상을 내다보는지!

은은한 밤하늘 가득 얼마나

기쁘게 울려 퍼지는지!

황금 빛 선율로

한껏 어우러진 소리.

이토록 맑은 소가곡이

귀 기울이는 신부에게 다가가자,

그녀도 달을 향해

살포시 미소 짓는구나!

오, 소리 공간을 울려

이토록 풍부한 쾌음이 쏟아지다니!

이토록 낭랑히 울려 퍼지다니!

그리하여…

미래를 노래하다니! …노래하라, 금종이여,

흔들흔들, 딸랑딸랑 종소리에 맞춰

환희를 노래하라.

종소리, 종소리, 종소리…

종소리, 종소리, 종소리, 종소리,

종소리, 종소리, 종소리…

흔들흔들 딸랑딸랑 종소리!

III

떠들썩한 경종을 들어 봐

동종이야!

얼마나 무서운 얘기를, 혼란을 말하는지 들어 봐!

한밤중 깜짝 놀란 귀에 대고

얼마나 두렵다고 비명을 지르는지!

두려움에 말도 못하고,

곡조도 잊은 채,

비명만, 비명만 질러 대는 종소리.

시끄러운 목소리로 불의 자비를 호소하고,

광란의 귀머거리 불길에 미친 듯이 애원하며,

높이 높이 더 높이 뛰어오르네.

절박한 갈망과

단호한 의지로

이제, 창백한 안색의 달 옆에

앉거나 아니면 영원히 떠나거라.

아, 종소리, 종소리, 종소리!

그들의 공포가 절망에 대해 들려주는

끔찍한 얘기!

땡땡땡, 땡땡땡 울부짖는구나.

너무도 섬뜩한 공포를

두근거리는 대기의 가슴에 쏟아붓는구나!

허나, 귀는 분명코 알고 있노라.

땡땡거리며,

쟁쟁거리며,

어떻게 위험이 차고 지는지.

하지만 귀는 똑똑히 구분하노라,

우당탕거리며,

우르릉 울리며,

분노의 종소리가 어떻게 크고 작아지고,

위험은 또 어떻게 오르내리는지.

분노의 종소리…

종소리, 종소리, 종소리, 종소리

종소리, 종소리, 종소리…

쟁쟁거리고 땡땡거리는 종소리!

IV

종소리의 울림을 들어 봐…

쇠종이야!

저 만가가 얼마나 엄숙한 생각을 강요하는지!

고요한 밤,

쇠종의 음울한 위협에

얼마나 우리가 공포에 떠는지!

그들의 목구멍에 낀 녹에서

흘러나오는 소리는

온통 신음 소리뿐.

그리고 사람들… 아아, 사람들…

뾰족탑에 사는 사람들.

오로지 그들만이

둔탁하고 단조롭게

땡그렁 땡그렁 울리며,

인간의 마음 위에 그렇게 돌을 굴리며,

찬란한 영광을 돌리네.

그들은 남자도 여자도 아니야…

짐승도 인간도 아니야…

시귀야…

그리고 그들의 왕이

쩽그렁, 땡그렁,

쩽그렁, 땡그렁,

종소리 찬가를 노래하네!

그리하여 그의 흥겨운 가슴도

종소리 찬가와 함께 부풀어오르네!

그가 춤을 추며 소리치네,

태고의 운율로

땡그렁 땡그렁,

종소리의 박자를 맞추며,

태고의 운율로

종의 울림에 맞춰

땡그렁 땡그렁 박자를 맞추며…

종소리, 종소리, 종소리…

종소리, 종소리 흐느끼네.

행복한 태고의 운율로

구르는 종소리에 맞춰

쩽그렁, 땡그렁…

종소리, 종소리, 종소리…

구르는 종소리…

종소리, 종소리, 종소리, 종소리

종소리, 종소리, 종소리…

흐느끼고 신음하는 종소리.

제프리 디버에 대하여

그 옛날 어느 밝은 아침, 너무도 짧은 밤에서 깨어나,
작가, 침대에서 나와 어슬렁거리네. 절박한 일에 마음만 괴롭네.
아, 그래, 포에 대한 글은 마쳤으되 아직 할 일이 남았구나.
분명한 건, 소개 글을 산문으로 쓰면 안 될 것 같은 이 기분.
산문이 아니라 오로지 시여야.

57년쯤 전, 시카고에서 태어나,
아주 어릴 적부터 글쓰기를 배우고 기자로 일을 했네.
그 후 뉴욕 시에서 변호사가 되었지만 솔직히 말해 재미없었지.
그리하여 1988년, 사장한테 말했네. "나, 그만두렵니다."
바로 그날 나는 손을 떼고 사장은 나를 해고했지.

그 이후로 그는 스릴러를 썼네. 청부 살인자를 피해 달아나는 사람들,
악마 렉터만큼이나 역겨운 사이코, 그 뒤를 쫓는 형사들.
소설은 스물네 편, 단편은 40여 편. 책에서 튀어나온 영화 두 편,
〈데드 사일런스〉, 그리고 〈본 콜렉터〉.
예, 안젤리나와 덴절… 〈본 콜렉터〉.

특별히 반전으로 유명한 소설들은 범세계 베스트셀러 목록에 오르고,
30개의 언어로 번역되어 많고 많은 나라로 팔려 나갔지.
그는 해외 유수의 상을 수상하고 국내선 엘러리 퀸을 세 번 탔다네.
아직 에드거는 받지 못했으나 후보로는 여섯 번이지.
포, 그를 도와줘요!… 맙소사, 후보로만 여섯 번!

그의 최신 소설은 캐스린 댄스를 주인공으로 하는 시리즈라네.
제목은 《잠자는 인형》. 올여름 6월이나 7월에 나온다네.
《브로큰 윈도》에서는 작가의 유명한 주인공 링컨 라임을 볼 수 있지.
(미안하지만, 이 마지막 행이 날아야 에드거 포 상을 받을 수 있지.
그는 최선을 다했지만, 다만 운이 없었을 뿐.)

제프리 디버 Jeffery Deaver

G 마이너의 포

제프리 디버

1971년. 나는 낮은 무대의 스툴의자에 앉아 있다. 스포트라이트 두 개가 내 얼굴을 비춘다. 이윽고 내가 표준형 기타를 끌어안는다. (〈내슈빌 스카이라인〉 재킷에 인쇄된 밥 딜런의 깁슨 허밍버드와 같지만 물론 허밍버드는 없다)

장소는 셰 Chez라는 곳이다. 최근에 그 단어가 프랑스어로 '~의 집'이라는 뜻임을 배웠다. (언어 감각이 신통치 못했던 내가 불어 수업을 들은 이유는 여교수한테 반했기 때문이다. 그녀는 린다 론스태드와 클로딘 롱제를 살짝 버무린 느낌이었다. 클로딘이 스키 선수를 총으로 쐈다지만 상관없다)

셰는 미주리 콜롬비아의 커피집이며 나는 콜롬비아 대학 신문학과 3학년이다. 이곳에 온 이유는 일주일에 한두 번 저녁에 포크송을 부르기 때문이다. 입장은 무료이고 허접한 스타벅스 이

전 시대의 조제 커피는 싸구려다. 위치가 교회 안이기 때문에 알코올은 없다. 말인즉슨, 관객들이 맨 정신에 집중도도 높고, 심지어 너그럽기까지 하다는 뜻이다.

내가 학교에 다니는 이유는 차세대 월터 크론카이트가 되기 위해서이지만 노래와 작사/작곡은 내 열정이다. 솔직히 무대로 먹고 살 수만 있었다면 당장에 계약했을 것이다. 보험도, 퇴직 연금 401(k)도 필요 없다. 심지어 음반사의 담당 부서장이 악마 본인이라고 해도 상관없었을 것이다.

이번 금요일, 나는 어떤 멜로디를 튕기기 시작한다. 내가 만든 곡은 아니다. 작곡가는 60년대와 70년대 초기 포크계의 중심인 젊은 싱어송라이터 필 오크스였다. 그는 시대의 정신을 구현한 수많은 노래를 만들었다. 그중에는 〈드래프트 다저 래그Draft Dodger Rag〉, 〈난 더 이상 행군하지 않아I ain't Marching Anymore〉 등도 있지만 내가 오늘 연주하는 노래는 사회적이지도 정치적이지도 않다. 노래는 서정적인 발라드로 내가 좋아하는 곡이라 종종 첫 노래로 부르곤 한다.

오크스는 대개 작곡과 작사를 모두 하지만 이 노래는 작곡만 하고 가사는 애드거 앨런 포의 시 〈종소리〉에서 인용했다. 시는 4행시로 다양한 경우의 종소리를 묘사한다. 행복한 사교 행사, 결혼, 비극, 마지막으로 장례식까지. 첫 연은 이렇게 마무리된다.

태고의 운율로
딸랑딸랑 박자를 맞추며
너무도 아름답게 쏟아지는 종소리

종소리, 종소리, 종소리, 종소리
종소리, 종소리, 종소리
짤랑짤랑, 찰랑찰랑 종소리.

〈종소리〉가 포의 최고 시냐고? 그렇지는 않다. 시는 가벼운 소품으로 특유의 통찰력과 깊이가 결여되어 있다. 그럼 큰 소리로 읽거나 연주하는 재미는 클까? 물론이다. 노래가 끝날 때쯤이면 관객들도 하나가 되어 함께 노래한다.

내가 정말로 좋아하는 건 포의 산문 소설이다. 큰 영향을 받기도 했다. 내 글에 섬뜩한 말투를 부여하고, 플롯의 반전과 충격적인 결말이라는 영감을 준 것도 바로 그였다. 하지만 소설가가 되기 전, 나는 시인이자 작곡가였기에 먼저 그의 서정적 글에 매료되었다. 글쓰기에 있어서 어느 정도 과유불급의 원리를 믿으며, 또한 잘 쓴 시야말로 글을 통한 의사소통 중 정서적으로 가장 직접적인 형식임을 믿는다. 계관 시인 출신의 리처드 윌버는 시에 대해 어떤 비유를 내놓았는데 그 얘기를 풀어 쓰자면 다음과 같다. 병의 협소함이야말로 램프의 지니가 가진 힘의 원천이다. 그의 의미는 바로 그 간결함이며, 통제된 리듬, 각운, 비유가 무절제한 토로보다 훨씬 강력한 표현을 창출해 낸다.

포의 작품에서 이러한 통제미와 특유의 테마, 즉 범죄, 열정, 죽음, 정신의 어두운 측면들이 강렬한 마법을 만들어 낸다.

이 두 요소를 음악과 섞어 보라… 정신 문명이 어찌 더 많은 것을 바라겠는가?

필 오크스는 시에 곡을 붙였지만, 포의 산문에도 음악곡으로 부활한 작품이 적지 않다. 셰익스피어를 예외로 한다면, 그렇게 많은 음악적 영감에 씨앗을 제공한 작가는 흔치 않다.

〈달빛〉과 〈목신의 오후에의 전주곡〉를 작곡한 클로드 드뷔시는 포를 영감의 주요한 원천으로 인용한 바 있었다. 그는 포의 영향 하에 오페라 두 곡을 시작했는데, 하나는 〈어셔 가의 몰락〉, 다른 하나는 〈종루의 악마〉에 기초한 곡이었다. 두 곡 다 완성하지는 못했지만, 그나마 〈어셔 가〉 버전은 1970년대에 복원되어 공연까지 마쳤다. 미니멀리스트 작곡가 필립 글라스 또한 〈어셔 가〉를 각색한 성공적인 오페라를 작곡했고 그 점에서는 영국의 싱어송라이터 피터 해밀도 마찬가지다.

현재 영국 극단 펀치드렁크가 런던의 배터시 아츠센터에서 〈붉은 죽음의 가면〉을 각색한 연극을 공연 중에 있다. '공간 맞춤형' 쌍방향 작품으로(최근의 연극 트렌드라고 한다) 환상적인 안무, 고전 음악, 그리고 가면을 쓴 채 배우들과 함께 촛불 밝힌 정교한 무대 공간을 어슬렁대는 관객들이 특징이다. 비평가들이 호평 일색은 아니나, 그래도 영국 무대에서 가장 인기 있는 작품에 속한다. 소문에 의하면 뉴욕에 진출할 계획도 있단다.

세르게이 라흐마니노프는 〈종소리〉의 러시아어 번역을 합창 교향곡으로 만들었다. 20세기 영국 작곡가이자 지휘자 조지프 홀브룩은 교향곡 〈까마귀〉와 〈종소리〉을 비롯, 포를 각색한 여러 곡을 만들었으며 〈붉은 죽음의 가면〉에 기초한 발레곡도 작곡했다. 뉴욕 시 안무가인 데이비드 페르난데스는 〈까마귀〉를 기초로 짧은 발레곡을 썼다.

오랫동안 포를 찬미해 온 루 리드는 〈까마귀〉라는 타이틀의 두 장짜리 시디 세트를 제작했다. 몇 년 만에 나온 앨범에는 모두 포의 영향을 받은 곡들로 구성되었는데, 대표곡은 리드가 연주하고, 데이비드 보위, 오넷 콜맨, 스티브 부세미, 윌렘 데포도 참여하고 있다.

존 바에즈, 주디 콜린스, 스티비 닉스는 모두 〈애너벨 리〉를 포크송으로 만들어 불렀다. 유명한 영국 아트록 그룹 앨런 파슨스 프로젝트는 앨범 〈미스터리와 상상의 이야기〉를 발표했다. 물론 모두 포에 기초한 곡들로 채워졌는데, 내가 알기에, 적어도 한 곡은 톱 40에 진입하기도 했다. 딜런에서 마릴린 맨슨, 아이언 메이든까지, 포에게 영향을 받았거나 그의 작품을 바탕으로 창작 작업을 했다고 주장한 예술가들은 얼마든지 있다.

아, 좋다. 또 다른 각색 하나를 언급하겠다. 포에 대한 내 자신의 음악적 각색, 〈꿈속의 꿈〉. 나는 그 곡을 20대에 작곡했으며 자기기만적 사회에 경종을 울려 주고 싶었다. (이해는 가지 않지만 그 노래는 톱 40에 오르지도 못했다. 그러니 아이튠즈나 라임와이어에서 다운로드하기 위해 검색해 봐야 아무 소용없다)

이렇듯 엄청난 각색사를 보면서, 필경 포가 왜 그렇게 많은 음악가들, 그것도 스타일과 형식이 너무도 다른 음악가들의(예를 들어, 드뷔시와 루 리드?) 관심을 끌었는지 궁금하지 않을 수가 없으리라.

내 판단에, 대답은 포의 작품이 본질적으로 음악적이기 때문이다.

그의 이야기들은 오페라로 가득하다. 고전적 도입부와 전개, 결말 구조, 만연한 범죄, 폭력, 고딕, 열정, 죽음. 종종 멜로드라마

의 한계를 넘어서기는 하지만 그렇다고 우리가 치밀함을 위해
오페라를 찾는 건 아니지 않는가.

그의 시들은 가장 정서적인 노래들에나 가능한 서정성과 기교
를 드러낸다. 곡조를 붙이든 않든, 포의 글은 콧노래가 가능하다.

결국 그렇게 중독성의 운율과 이미지들로 사랑, 비극, 죽음을
포괄할 뿐 아니라, 백 년이나 지난 후에까지 콘서트장과 녹음 스
튜디오를 정복하는 시를 쓰는 통속 작가가 또 어디 있겠는가.

그래, 맞다. 딱 한 사람이 있다. 윌리엄 셰익스피어.

T. Jefferson Parker

Jan Burke

Lawrence Block

P. J. Parrish

Lisa Scottoline

Laura Lippman

Michael Connelly

Laurie R. King

Tess Gerritsen

Stephen King

Steve Hamilton

Edward D. Hoch

Peter Robinson

S. J. Rozan

Nelson Demille

Sara Paretsky

Joseph Wambaugh

Thomas H. Cook

Jeffery Deaver

Sue Grafton

IN THE SHADOW
OF THE MASTER

낸터킷의
아서 고든 핌 이야기

The Narrative of Arthur Gordon Pym of Nantucket

✳

서문(序文)

　몇 개월 전, 남양 등지에서 일련의 특별한 모험을 겪고(이제부
터 그 얘기를 할 참이다) 미국으로 돌아왔을 때, 버지니아 리치먼드
의 몇몇 신사들과 만났다. 그들은 내가 방문한 지역에 대해 깊은
관심을 표하며, 내 모험담을 사람들에게 알리는 게 신사의 도리
라고 끈질기게 설득했다. 사실 몇 가지 이유로 인해 고사해 오던
터였다. 그중 일부는 완전히 사적인 사건이라 다른 사람이 관심
을 가질 바가 아니었고, 다른 이유가 있기도 했다. 내가 망설인
이유 중 하나는, 떠나 있는 동안 대부분 일기를 쓰지 않은 탓에,
실제 사실을 담아야 할 세세하고 복잡하게 얽힌 이야기들을 순
전히 기억에 의존해 쓸 자신이 없어서였다. 상상력을 크게 자극
할 사건들을 서술할 때면 어차피 피치 못할 과장들이 자연스럽
게 끼어드는 법이 아닌가. 또 다른 이유는, 이야기들이 너무도 놀
라운 사건인지라, 이런 식으로 주장에 대한 뒷받침이 결여될 경
우(단 한 사람의 증언은 가능하지만 불행하게도 혼혈 인디언이다), 나를
믿어 줄 사람들이라고는 지금껏 평생 동안 내가 정직하게 사는

모습을 보아 온 가족들과 친구들밖에 없을 것이다. 당연히 대부분의 대중들은 내가 뻔뻔하고도 교활한 거짓말을 지어내고 있다고 여길 것이다. 그뿐 아니라 내 스스로가 작가로서의 능력을 불신하고 있다는 점도, 조언자들의 제안을 받아들이지 못한 이유였다.

버지니아 신사들 중에 내 이야기, 특히 남극해 관련 사건에 깊은 관심을 표했던 미스터 포라는 이가 있었는데, 리치먼드 시의 토머스 W. 화이트가 발행하는 월간지 〈남부 문예통신〉의 현 편집장이었다. 그는 누구보다 열렬하게 내가 보고 겪은 사건들을 모두 기록해 독자의 이성과 상식에 판단을 맡겨야 한다고 설득했다. 더군다나, 단순한 필력 문제라면, 다소 문체가 거칠다 할지라도, 바로 그 거친 글 솜씨 때문에 진실로 받아들일 가능성이 커질 거라는 묘한 논리를 내놓기까지 했다.

이런 상황에도 불구하고 그의 제안을 받아들이지 않았었다. 내가 꿈쩍도 하지 않자 그는 후에 이런 제안까지 내놓았다. 내게 들은 사실들을 기반으로 모험의 전반부를 자신이 대신 작성할 터이니 소설로 가장해 〈문예통신〉에 싣도록 해 달라는 얘기였다. 그 제안엔 반대할 이유가 없는 탓에, 나는 실명을 밝히지 않는다는 조건만 달아 동의했다. 그리하여 픽션을 가장한 이야기가 1837년 〈문예통신〉 정월과 2월호에 잇따라 게재되었고, 소설로 여겨지도록 잡지 목차 란에는 대신 미스터 포의 이름을 내세웠다.

이 계략에 대한 일반 독자들의 반응을 본 후, 마침내 나는 문제의 모험담을 직접 편집해 정기 출간하기로 마음을 정했다. 〈문예통신〉에 실린 내 얘기들이 (단 하나의 사실도 바꾸거나 왜곡하지 않은 채) 기발하게 허구의 분위기를 내고는 있지만 독자들은 여전히 허구로 받아들이지 않았다. 심지어 미스터 포 앞으로 몇 통의 서한이 날아와 실화임을 강력히 주장했다는 얘기까지 들었다. 결국 나는 모험담의 사건들이 본질적으로 실화의 증거를 충분히 내포하고 있으며, 따라서 세상의 불신을 걱정할 필요가 없다고 결론지었다.

이렇게 고백하면, 당장 다음 얘기 중 어디까지가 내가 직접 쓴 글인지 표가 날 것이다. 허나, 미스터 포가 쓴 처음 몇 페이지 또한 왜곡된 사실은 전혀 없다. 〈문예통신〉을 읽지 않은 독자라 하더라도, 그의 이야기가 어디에서 끝나고 내 글은 또 어디부터인지 굳이 따질 필요는 없을 것이다. 문체의 차이가 쉽게 드러나기 때문이다.

A. G. PYM
1838년 7월, 뉴욕

제10장

그로부터 얼마 되지 않아 사건이 일어났다. 내게는 보다 강렬한 감정을 자극한 사건이었다. 또한 훨씬 더 극단적인 환희와 그로 인한 공포를 불러일으킨 사건이기도 했다. 그로부터 9년이라는 오랜 세월, 매우 충격적이면서도 (어느 모로 보나) 전대미문의 사건들을 겪었으나 그중 어느 것도 이번 사건에 비할 바는 아니었다. 우리는 승강구 옆 갑판에 누워 어떻게 저장실에 침투할지 논의 중이었다. 그때 문득 마주 누운 어거스터스를 돌아보았는 데, 갑자기 얼굴이 송장처럼 질리고 입술이 기기묘묘하게 경련을 일으켰다. 내가 깜짝 놀라 물어도 대답조차 없었다. 나는 급체라 도 걸린 모양이라고 생각하다가 불현듯 그의 눈을 보았다. 두 눈 은 분명 내 등 뒤의 무언가를 노려보고 있었다. 나는 황급히 고개 를 돌렸다. 그리고 나 또한 내 온몸을 헤집는 듯한 절정의 환희를 느꼈다. 결코 잊지 못할 감정이었다. 불과 3킬로미터도 채 안 되 는 거리에서 거대한 브리그 범선이 우리를 향해 달려오는 것이 아닌가! 나는 소총 탄환에 심장이라도 꿴 사람처럼 벌떡 자리에 서 일어났다. 그리고 두 팔을 선박을 향해 내민 채 말 한 마디 내 뱉지 못하고 그렇게 서 있기만 했다. 피터스와 파커도 반응만 다 를 뿐 사정은 마찬가지였다. 피터스는 미친놈처럼 갑판을 뛰어다 니며 고함을 쳐 대고 큰 소리로 웃고 욕설을 퍼부었다. 반면 파커 는 펑펑 눈물을 터뜨리더니, 몇 분 동안 계속 아이처럼 훌쩍거리 며 울었다.

갑자기 등장한 범선은 네덜란드 산의 대형 쌍돛대 선박으로 선체는 검은색이었으며 번드르르한 금박 선수상(船首像)을 매달 았다. 한눈에도 오랫동안 거친 악천후와 싸운 배였다. 우리를 이 지경으로 만든 가공할 돌풍에 크게 당했는지, 앞돛대 톱슬과 우 현 파도막 일부가 떨어져 나간 터였다. 우리가 처음 봤을 때는, 얘기한 대로 3킬로미터 거리에서 바람받이로 접근하는 중이었 다. 바람은 아주 잔잔했다. 무엇보다 놀라운 건, 앞돛대, 주돛, 그 리고 뱃머리 삼각돛밖에 없었다는 사실이다. 당연히 짜증이 날 정도로 느린 속도였다. 우리도 크게 흥분했지만 선박의 조타 솜씨가 섣부른 것도 알 수 있었다. 아니면 선체가 크게 요동치는 탓에 한두 번 우리를 시야에서 놓쳤을 수도 있겠다. 행여 우리 갑판에 아무도 없다고 판단해 침로를 바꾸어 다른 곳으로 가 버리나 싶어, 우리는 목이 터져라 비명과 함성을 질러 댔다. 그러자 괴선은 생각을 바꾼 듯 다시 우리를 향해 다가왔다. 문제는 이런 기이한 행동이 두세 번 되풀이되는 바람에, 우리도 결국 키잡이가 술에 잔뜩 취한 모양이라고 생각하기로 했다. 아니면 달리 어찌 설명하겠는가.

배가 500미터 내로 접근할 때까지 갑판에 아무도 보이지 않았다. 그 이후 세 사람이 나타났는데 복장으로 보아 네덜란드인 같았다. 그중 둘은 앞간판 근처의 낡은 닻에 누워 있고 세 번째는 우현 제1사장(斜檣) 밖으로 상체를 내민 채 우리를 열심히 지켜보는 듯했다. 건장하고 키가 큰 사나이였고 피부색이 무척이나 짙게 그을었다. 그의 태도로 보아 우리한테 조금 더 참으라고 격려하는 듯했다. 어딘가 이상하기는 했지만, 우리를 향해 경쾌하게 고개를 끄덕이고 새하얀 치아가 온통 드러날 정도로 계속 미소를 짓는 것만은 분명했다. 배가 더 가까이 접근하면서 플란넬 모자가 물속에 빠지기도 했지만, 그는 개의치 않고 계속해서 기이한 미소와 동작만 되풀이했다. 이런 모습과 상황을 자세히 기록하는 건, 그들이 당시 우리에게 어떻게 보였는지 이해할 필요가 있기 때문이다.

범선은 여전히 느렸지만 그래도 전보다 흔들림은 덜했다. 반면에 우리 가슴은 크게 고동치기 시작했다. 이토록 뜻밖의 완벽한 은혜와 구원이 이렇게 손에 닿을 듯 가깝다는 사실에 우리는 혼신을 다해 소리치고 감사 기도를 했다. 아, 당시의 기분을 어찌 차분히 적는단 말인가…. 순간 바로 곁에까지 접근한 괴선에서 냄새, 아니 지독한 악취가 나기 시작했다. 참는 건 고사하고 상상조차 불가능한 악취, 이 질식할 듯한 악취가 결코 이 세상의 것일 수는 없었다. 나는 헉 하고 숨을 삼켰다. 동료들을 돌아보니 다들 대리석보다 창백했다. 하지만 지금은 의혹이나 억측의 여유가 없었다. 배는 15미터까지 접근했는데, 선미의 돌출부에 붙여 보트를 내지 않고 옮겨 타게 할 심산인 모양이었다. 우리가 고물을 향해 달려가는데 그때 갑자기 그 배가 크게 흔들리더니 5~6도 정도 경로를 벗어나 불과 몇 미터 차이로 고물을 비껴 지나가고 말았다. 우리는 이제 괴선의 갑판을 한눈에 보았다. 아, 어찌 그 참혹한 광경을 어찌 잊을 수 있겠는가. 선미와 취사실 사이에 여자들까지 섞인 25~30명의 시신이 완전히 썩어 문드러진 채 여기저기 널브러져 있었다. 저 저주의 배엔 살아 있는 사람이 아무도 없었다! 하지만 우리는 시체들을 향해 살려 달라고 외쳐야 했다! 그렇다, 우리는 그 고통스러운 순간에도, 무심하고 역겨운 주검들을 향해, 제발 떠나지 말라고, 우리도 그들처럼 죽게 내버려 두지 말라고, 제발 함께 데려가 달라고! 고래고래 외쳐야 했다. 우리는 두려움과 절망에 몸부림치고 있었다. 이 기막힌 좌절과 고통에 모두 미치고 만 것이다.

우리 중에서 처음 공포의 비명 소리가 터져 나왔을 때 괴선의 제1사장 부근에서 무언가 대답을 했다. 인간의 비명 소리와 너무도 흡사한 대답이라 아무리 예민한 귀라 해도 속지 않을 수 없었다. 그 순간 배가 다시 기우뚱하면서 잠시 앞갑판이 시야에 들어왔고 우리는 소리의 진원지를 확인할 수 있었다. 우현에 상체를 내밀고 있던 키 크고 건장한 선원은 여전히 고개를 앞뒤로 끄덕였는데, 지금은 다른 쪽을 향한 탓에 얼굴을 볼 수는 없었다. 그는 손바닥을 밖으로 향하고 두 팔은 난간 너머로 늘어뜨렸으며, 무릎은 제1사장에서 닻걸이까지 팽팽하게 매어 둔 굵은 로프에 의지했다. 셔츠 한쪽이 찢겨 등의 맨살이 드러났는데 그곳에 거대한 바다갈매기 한 마리가 앉아 열심히 썩은 살을 파먹고 있었다. 새는 부리와 발톱을 깊게 파묻고 있었으며 하얀 깃털이 온통 피 범벅이었다. 범선이 돌아와 식별이 보다 용이해지자, 새는 마지못해 피 묻은 머리를 들어 잠시 멍한 눈으로 우리를 보고는, 만찬용 시신에서 느릿느릿 떠오르기 시작했다. 놈은 곧바로 우리 갑판 위로 날아들어 잠시 그곳을 맴돌았는데 부리엔 간 비슷한 핏덩어리가 매달려 있었다. 이윽고 역겨운 고깃덩어리가 파커의 발 바로 옆에 철퍼덕 소리를 내며 떨어졌다. 오, 신이여 용서하소서! 순간 생전 처음으로 어떤 역겨운 생각이 들었으나 이곳에 적지는 않겠다. 나는 부지불식간에 핏덩이를 향해 한 걸음 내디뎠다. 그때 문득 고개를 들자 어거스터스의 눈도 바로 그곳에 있었다. 강렬한 갈망의 시선… 퍼뜩 정신이 들고 말았다. 나는 재빨리 달려 나가, 온몸을 부르르 떨고는 저 끔찍한 고깃덩어리를 바다에 집어던졌다.

지금껏 살점을 빼앗긴 시신이 로프에 걸린 채 육식조(肉食鳥)가 쪼는 힘에 따라 이리저리 흔들렸다. 처음에 그가 살아 있다는 인상을 받은 것도 바로 그 때문이었다. 갈매기가 날아가자 시체가 살짝 뒤집히더니 얼굴을 완전히 드러냈다. 맙소사, 그렇게 끔찍한 광경이 또 어디 있다는 말인가! 두 눈은 뽑혀 나가고 입 주변의 살점이 모두 떨어져 치아가 완전히 드러났다. 우리의 희망을 부추긴 바로 그 미소였다. 이는 실로… 아니, 그만하련다. 이미 말했듯 범선은 우리 선미 아래를 지나 느리지만 꾸준한 속도로 바람받이로 떠내려갔다. 범선과 끔찍한 선원들과 함께, 구조에 대한 기대와 기쁨도 사라졌다. 배가 느린 속도로 지나갔기에, 행여 예기치 못한 절망과 그에 잇따른 끔찍한 상황으로 심신이 완전히 무기력하게 되지만 않았던들, 어쩌면 우리는 어떻게든 그배에 옮겨 탔을지도 모르겠다. 보고 듣기는 했으되 아무도 생각도 행동도 하지 못했다. 정신을 차렸을 때는, 아아, 이미 배는 떠난 후가 아닌가! 그 사건으로 사고력이 거의 마비된 탓에, 헤엄이라도 쳐서 배를 따라잡을걸 하고 후회한 건, 이미 선체가 절반밖에 보이지 않을 만큼 멀리 떠난 후였다!

그때부터 괴선의 운명을 둘러싼 끔찍한 수수께끼를 풀려고 애썼으나 모두 허사였다. 전술했듯이, 구조와 외형으로 보아 네덜란드 상선이 분명했다. 선원들의 복장도 이를 뒷받침해 주었다. 사실 선미에 적은 배 이름을 포함해 이런저런 특징들을 눈여겨봤다면 범선의 정체를 아는 데 도움이 되었을 테지만 당시엔 너무 흥분한 탓에 아무 생각도 못했다. 송장이 누리끼리한 것으로 보아 아직 완전히 부패되지는 않았을 것이다. 또 모두 황열병 같은 악성 질환에 당했다고 결론을 내리기는 했다. 하지만 그게 사실이라 해도(달리 생각할 방법이 없기에) 시신들의 위치로 보아 죽음은 너무도 급작스럽고 치명적이었을 것이다. 그 정도면 인류에게 알려진 가장 치명적인 페스트보다 훨씬 더 지독해야 했다. 우연히 그들의 저장 식량에 스며든 독이 재앙을 초래했거나, 아니면 맹독성이 있는 신비의 물고기, 해양 동물, 바다 새 때문일 수도 있겠지만, 어차피 무의미한 억측에 불과하다. 분명한 것은, 그들 모두 가장 처참한 수수께끼에 연루되었다는 사실이다. 영원히 풀리지 않을 수수께끼.

제11장

우리는 거의 넋을 잃은 채 떠나가는 배를 멍하니 바라보았다. 어느 정도 정신을 차린 건, 하루가 저물고 어둠이 범선을 삼켜 버린 후였다. 굶주림과 갈증의 고통도 돌아와 다른 걱정과 생각을 모두 삼켜 버렸다. 어쨌든 아침까지 할 수 있는 일이 없기에 가능한 한 안전한 곳에서 약간의 휴식이나마 취해야 했다. 나는 예상밖으로 깊이 잠들어, 새벽에 잠을 설친 동료들이 깨워서야 일어났다. 선체에서 식량을 건져 내기 위한 도전을 재개할 때였다.

배는 죽은 듯 고요했다. 바다 또한 어느 때보다 잠잠했으며 날씨는 맑고 따뜻했다. 범선은 보이지 않았다. 우리는 어렵사리 다른 선수사슬을 비틀어 끊어 피터스의 두 발에 묶었다. 저장실 문에 재도전할 참이었다. 빠른 시간에 도착할 수 있다면 문을 뜯어낼 수 있다는 게 그의 생각이었다. 선체가 훨씬 더 안정된 상태이므로 가능성도 충분했다.

문까지는 재빨리 도착했다. 그는 한쪽 발목의 사슬을 풀어 그

것으로 통로를 만들려 했으나 아무리 애를 써도 결과는 허사였다. 객실 문틀이 생각보다 훨씬 튼튼했다. 이제 물속에 오래 머무느라 지친 그를 대신해 누군가 교대를 해 주어야 했다. 이번엔 파커가 곧바로 지원했으나 세 번의 시도에도 문 가까이에 접근조차 하지 못했다. 어거스터스는 팔의 부상 때문에 물속에 내려가는 것조차 무의미했다. 도착한다 해도 그 꼴로 객실 문을 열 수는 없었다. 이제 구출 시도는 온전히 내가 떠맡을 수밖에 없었다.

피터스가 통로에 사슬 하나를 놓아두었다. 내가 물속에 뛰어들고 보니 바다에 중심을 잡고 설 만큼 균형을 잡기가 어려웠다. 첫 번째 시도엔 다른 사슬을 확보하는 데 만족하기로 했다. 사슬을 찾기 위해 통로 바닥을 더듬거리던 중 우연히 딱딱한 물건이 손에 닿았는데, 그 순간 숨이 차는 통에 내용을 확인할 틈도 없이 즉시 몸을 돌려 수면으로 떠올랐다. 전리품은 병이었다. 그리고 포트와인이 가득 찬 병이라고 말할 때의 기쁨은 가히 짐작할 수 있으리라. 이렇듯 시의적절하고 기분 좋은 은혜를 내려주신 신께 감사 기도를 올린 다음, 주머니칼로 코르크를 뽑아 한 모금씩 돌려 마셨다. 술기운 덕에 열기와 힘과 사기가 채워지자 형용할 수 없는 위안을 얻을 수 있었다. 우리는 조심스럽게 코르크를 막은 다음 깨지지 않도록 손수건으로 단단히 싸맸다.

조촐한 축제를 마치고 잠시 휴식을 취한 다음 나는 다시 내려가 사슬을 찾아 곧바로 올라왔다. 그리고 사슬을 묶고 세 번째 잠수를 했으나 그 상황에서 어떤 수로도 저장실 문을 열 수 없다는 사실만 확인해야 했다. 나는 크게 낙담한 채 돌아올 수밖에 없었다.

이제 더 이상 희망의 여지는 보이지 않았다. 동료들의 표정에서도 죽음의 각오를 엿볼 수 있었다. 다들 술기운에 일종의 망상 증세까지 보였는데, 나는 술을 마신 후 곧바로 잠수를 한 터라 술기운에서 벗어날 수 있었다. 동료들이 횡설수설하기 시작했다. 그것도 현 상황과 전혀 관계가 없는 얘기들이었다. 피터스는 내게 계속 낸터킷에 대해 질문을 해 댔으며, 어거스터스는 심각한 표정으로 접근해 느닷없이 주머니빗을 빌려달라고 했다. 머리에 물고기 비늘을 뒤집어썼는데 배에서 내리기 전에 떼어내고 싶다는 얘기였다. 파커는 취기가 덜한 듯, 틈틈이 객실에 내려가 닥치는 대로 집어올 것을 제안했다. 그 얘기엔 나도 동의했다. 그리하여 첫 번째 시도에 1분 정도 물속에 머물며 바나드 선장의 작은 가죽 트렁크를 건져 냈다. 먹거리나 마실 거리가 있을지 모른다는 막연한 기대감에 곧바로 열어 보았으나 겨우 면도칼 케이스와 리넨 셔츠 두 장뿐이었다. 나는 다시 내려갔다가 빈손으로 돌아왔다. 그런데 고개를 물 밖으로 내밀자마자 갑판에서 뭔가 깨지는 소리가 들렸다. 갑판으로 올라와 알아보니, 동료들이 비겁하게 내가 없는 틈을 타서 남은 와인을 모두 마셔 버렸다. 그러고는 내가 오기 전에 황급히 되돌려 놓으려다가 그만 떨어뜨리고 만 것이었다. 내가 그들의 박정한 행동을 비난하는데 이번엔 어거스터스가 울음을 터뜨렸다. 다른 둘은 농담으로 상황을 얼버무리려 했지만, 다시는 보고 싶지 않은 종류의 웃음이었다. 일그러진 표정이 너무도 끔찍했던 것이다. 공복에 마신 술이 즉시 격렬한 효과를 가한 모양이었다. 실제로 동료들 모두 크게 취한 상태였다. 나는 간신히 그들을 자리에 눕혔다. 다들 곧바로 코까지 골며 깊은 잠에 곯아떨어졌다. 이제 혼자 남았다. 물론 끔찍하면서도 암울한 상념에 빠져들 수밖에 없었다. 머릿속에 떠오르는 장면도 굶어죽는 모습 아니면, 기껏해야 다음 돌풍에 휩쓸리는 광경뿐이었다. 지금처럼 탈진한 상태로 또다시 강풍을 이겨 낼 가능성은 전혀 없었다.

위를 쏟아 낼 듯한 허기는 도저히 참을 수가 없었다. 허기를 달랠 수만 있다면 뭐든 하겠다는 심정이었다. 나는 칼로 가죽 트렁크를 조금 잘라 씹어 보았으나 삼키는 건 애초에 불가능했다. 그나마 작은 조각들을 씹어 뱉는 행위만으로도 고통이 다소 줄어드는 기분이기는 했다. 해가 저물 무렵 동료들이 하나씩 깨어났지만 다들 극도로 무기력한 데다 공포에 절어 있는 처지였다. 술기는 가셨지만 후유증은 커서 다들 지독한 학질에라도 걸린 듯 몸을 떨면서 애절한 목소리로 물을 찾았다. 그들의 상태는 내게도 극도의 충격이었다. 반면에 요행히 와인을 마실 수 없었던 덕에 궁극적으로 저들의 암울하고 처절한 기분에 동참하지 않게 되었다는 데 안도하기도 했다. 동료들의 행동은 불편할 뿐 아니라 불길하기까지 했다. 상황이 호전되지 않을 경우, 저들이 우리 공통의 안전을 위해 아무런 도움이 되지 못한다는 사실만은 확실했다. 저 아래에서 뭐든 건져 낼 생각까지 포기한 건 아니지만, 저들 중 누군가 기운을 차려 로프 끝을 잡아 주지 않는 한 더 이상의 잠수 시도는 없을 것이다. 다른 동료들보다 파커가 조금 더 제정신인 듯 보여 나는 갖은 수단을 다해 그를 일으켜 세웠다. 바닷물에 빠뜨리는 것도 도움이 되겠다는 생각에 로프로 그의 몸을 묶어 승강구로 데려간 다음(그는 아주 고분고분했다) 물속으로 밀어 넣었다가 곧바로 끌어내기도 했다. 실험은 대성공이었다.

파커는 크게 정신을 차리고 원기도 회복한 것 같았다. 그는 물에서 나오자마자 무슨 짓인지 따져 물었지만, 내가 목적을 알려 주자 보다 안정된 목소리로 물에 빠진 덕에 정신을 차렸다며 고마워했다. 우리는 현 상황에 대해 대화를 나누었다. 어거스터스와 피터스도 깨우기로 하고 곧바로 물에 빠뜨렸는데 충격 요법은 두 사람 모두에게 효과가 컸다. 물에 빠뜨리는 생각을 한 건, 언젠가 의학서에서 '마니아 아 포투', 즉 음주 후 광증 환자에게 샤워가 최고라는 글을 읽은 덕분이었다.

동료들에게 로프를 맡길 수 있겠다는 판단에, 나는 다시 서너 번 정도 객실을 탐험했다. 아주 어두워진 데다 북쪽에서 가벼운 놀이 계속 밀려오는 탓에 선체도 다소 불안정했으나, 그래도 접이칼 두 개, 11리터들이 주전자, 담요를 꺼낼 수 있었다. 먹거리는 하나도 찾지 못했다. 그 후에도 완전히 탈진할 때까지 잠수를 이어 갔으나 건진 건 없었다. 그날 밤 파커와 피터스도 교대로 잠수를 했지만 역시 소득은 없었다. 우리는 아쉽지만 괜히 지치기만 하겠다고 결론을 내리고 수중 탐험을 중지하기로 했다.

우리는 정신적, 육체적으로 상상 이상의 극심한 고통 속에서 그날 밤을 지새웠다. 마침내 열여섯 번째 동이 텄다. 우리는 열심히 수평선 주변을 살폈으나 보이는 건 아무것도 없었다. 바다는 잔잔했다. 다만 어제처럼 북쪽에서 커다란 놀이 넘실거리기는 했다. 포트와인 한 병을 예외로 하면 아무것도 먹거나 마시지 못한 지 벌써 엿새째였다. 뭐든 찾아내지 못하면 더 이상 버틸 여력이 없다는 것만은 분명했다. 피터스와 어거스터스만큼 말라 빠진 인간은 전에도 본 적 없고 다시 보고 싶지도 않다. 현 상태로 해변에서 만난다면, 분명 처음 본 사람들이라고 생각했을 것이다. 표정도 완전히 변해 불과 며칠 전에 동료였다는 사실조차 믿기가 어려울 지경이었다. 파커 역시 크게 수척해진 데다 고개조차 들지 못할 정도로 기운이 없었다. 그나마 다른 두 동료만큼 심하지 않은 편이기는 했다. 인내심이 강한 친구라 불평 한 마디 하지 않고, 오히려 어떻게든 우리가 희망을 잃지 않도록 하기 위해 애를 썼다. 나로 말하자면, 원래 약체인 데다 항해 초부터 건강이 좋지 않았음에도 불구하고, 다른 사람들보다 상대적으로 피해가 적었다. 그다지 수척해지지도 않고 정신력도 여전히 놀라울 정도로 강했다. 다른 사람들은 의지력을 잃고 다시 어린 아이로 돌아간 듯 보였다. 얼빠진 표정으로 히죽거렸고 하는 말도 유치하기가 이를 데 없었다. 이따금 갑자기 정신을 차리기도 했다. 그럴 때면 현 상황에 충격이라도 받은 듯, 호기롭게 벌떡 일어나서는 자신의 견해를 밝혔다. 극심한 절망감에 젖은 채이기는 해도 상당히 조리 있는 말투였다. 하지만 내가 나 자신을 평가하듯, 동료들도 자신들한테 별 문제가 없다고 생각할 수도 있겠다. 따라서 느끼지 못할 뿐이지 나 역시 그들처럼 얼빠진 상태로 터무니없는 생각을 하는 중일지 모를 일이다…. 솔직히 그걸 누가 알겠는가.

정오쯤, 파커가 좌현 고물 방향에서 육지를 보았다며 그곳까지 헤엄쳐 가겠다고 설치는 바람에 바다에 뛰어들지 못하게 하느라 무진 애를 써야 했다. 피터스와 어거스터스는 깊은 생각에 빠졌는지 그의 말은 개의치도 않는 분위기였다. 나도 그가 가리킨 방향을 보았지만 해안 같은 건 없었다. 그런 허망한 희망에 매달리기엔 우리가 망망대해에 갇혀 있음을 너무 잘 알고 있기도

했다. 파커에게 오해임을 이해시키는 데까지는 꽤 많은 시간이
필요했다. 그러자 그가 어린 아이처럼 펑펑 눈물을 터뜨리며 장
장 두세 시간이나 울고불고 하더니, 결국 지쳐 잠들고 말았다.

피터스와 어거스터스는 가죽 쪼가리를 삼키겠다며 몇 차례
헛수고를 했다. 씹어 뱉으라고 충고도 해 주었으나 둘 다 너무 쇠
약해진 탓에 내 말을 제대로 이해하지 못했다. 나도 이따금 씹었
지만 왠지 묘한 위안이 되기 때문이었다. 내 주된 고통은 물이었
다. 바닷물을 마시지 않는 이유는 오로지 우리와 비슷한 처지에
처해 있던 이들이 당한 처참한 결과를 아직 기억하고 있기 때문
이었다.

그런 식으로 하루가 흘러가는데 갑자기 동쪽, 그러니까 좌현
고물 방향에서 돛이 나타났다. 대형 선박으로 보였는데 분명 곧
바로 우리를 향하고 있으며 거리는 20~25킬로미터 정도였다.
동료들은 아직 배를 보지 못했지만 아직은 얘기하지 않을 생각
이었다. 그러다 실망하면 더 큰일이기 때문이다. 마침내 배가 더
욱 가까이 접근해서야 그 배가 경돛을 세우고 곧바로 우리 쪽으
로 접근한다는 확신이 들었다. 나는 더 이상 참지 못하고 동료들
에게 배를 가리켜 보였다. 동료들은 벌떡 일어나 다시 광인들처
럼 웃고 울고 히죽거렸으며, 갑판 위에서 발을 구르고 머리카락
을 뜯고 기도와 저주를 번갈아 퍼부었다. 나 또한 이번에는 구조
에 대한 확신이 든 데다 동료들의 행동에 고무되어, 결국 참지 못
하고 그들의 광기에 합류해 갑판을 데굴데굴 구르고 손뼉을 치
고 고함을 지르는 식으로 감사와 흥분을 표했다. 그러다가 마침
내 정신을 차렸을 때 또다시 극한의 불행과 절망에 내던져지고

말았다. 갑자기 배의 선미가 우리를 향하고 있었기 때문이다. 처음에 배를 보았을 때와 거의 반대 방향으로 달아나는 게 아닌가!

우리의 기대가 완전히 물거품이 되었다는 사실을 불쌍한 동료들에게 납득시키는 데는 다시 한참의 시간이 필요했다. 그들은 모두 그런 식의 농담에 누가 속을 줄 아느냐는 식의 눈빛과 몸짓으로 나를 대했다. 어거스터스의 행동이 제일 충격적이었다. 내가 무슨 말과 행동을 하든, 배가 빠른 속도로 접근 중이니 옮겨 탈 준비를 하라며 생고집을 부렸다. 배 옆으로 떠다니는 해초를 가리키고는 그 배가 보트를 보냈다며 그 위로 뛰어내리려고까지 했다. 나는 너무도 애처롭게 울부짖으며 바다로 뛰어들려는 동료를 막기 위해 이번에도 진땀을 빼야 했다.

어느 정도 진정이 된 후, 우리는 배가 완전히 사라질 때까지 지켜보았다. 안개가 끼고 바람이 일기 시작했다. 배가 완전히 사라지자 파커가 갑자기 나를 돌아보았다. 정말로 소름끼치는 표정이었다. 그때까지 그렇게 차가운 눈빛은 일찍이 본 적이 없었다. 그리고 그가 입을 열기 전에 난 그가 무슨 말을 하려는지 깨달았다. 다른 사람들을 위해 우리 중 하나가 죽어야 한다는 얘기였다.

제12장

얼마 전부터 이 지경까지 곤두박질칠 것을 우려해, 차라리 어떤 방식, 어떤 상황으로든 죽는 게 낫겠다는 생각도 했었다. 사실 그 결심은 이 처절한 굶주림 속에서도 전혀 수그러들지 않았다.

아직 피터스와 어거스터스는 파커의 제안을 듣지 못했다. 그래서 난 그를 옆으로 데려가 오랫동안 타일렀다. 그 끔찍한 제안을 막게 해 달라고 내내 신께 기도도 했다. 나는 파커가 터부시하는 대상을 닥치는 대로 들먹이고, 또 그런 극단적인 상황이 초래할 온갖 가능성을 나열하며, 제발 그러지 말라고, 다른 두 사람에게 입도 뻥긋하지 말아 달라고, 설득하고 매달리고 협박도 해 보았다.

파커가 반박 한 마디 없이 끝까지 들어주었기에, 어쩌면 내 바람대로 따라 줄지 모른다는 생각도 했건만 내가 말을 마치자 마침내 그가 입을 열었다. 내 얘기가 모두 맞으며, 인간으로서 그런 제안을 하는 게 얼마나 끔찍한 일인지도 너무나 잘 알고 있다. 하지만 이미 인간의 본성이 허락하는 한계까지 버텼다. 우리 모두가 죽을 필요는 없지 않는가. 한 사람만 죽으면 나머지 사람들은 끝까지 버틸 수 있다. 그는 자신을 설득하려 해 봐야 소용없다는 말까지 덧붙였다. 예전부터 그 문제를 고심했는데 배가 나타나지 않았더라면 이미 자신의 의도를 얘기했을 거란다.

그래서 계획을 포기할 수 없다면 구조선이 올지도 모르니 하루만이라도 미뤄 달라고 애원했다. 그의 선택에 영향을 미칠 법한 논리도 있는 대로 끌어들였으나 그는 일언지하에 거절했다. 지금 그 말을 한 것도 더 이상 미루는 게 불가능하기 때문이란다. 지금 당장 뭐든 먹어야 했다. 하루를 더 미룰 경우, 다른 사람은 몰라도, 적어도 그에겐 더 이상의 제안이 무의미해질 것이라고도 했다.

좋은 말로 타일러도 소용없다는 판단에 나는 태도를 바꾸어 이 재난에서 가장 손상이 적은 사람이 나라는 사실을 잊지 말라고 경고했다. 실제로 내 건강과 힘은 그는 물론, 피터스와 어거스터스보다 좋았다. 요컨대, 필요하다면 힘으로 얼마든지 내 의지를 관철할 수 있었다. 그러니 어떤 식으로든 그의 식육 계획을 다른 사람에게 알릴 경우 가차 없이 바다에 던져 버리겠다는 협박도 덧붙였다. 이 말을 듣자, 그는 곧바로 내 멱살을 잡더니 칼을 꺼내 몇 차례 내 배를 찌르려고 했다. 물론 실패였다. 그런 식의 폭력을 휘두르기엔 너무나 쇠약했다. 나도 울화가 치밀어 그를 배 옆으로 끌고 갔다. 정말로 배 밖으로 집어던질 생각이었으나 그때 피터스가 끼어들었다. 그는 우리를 뜯어 말린 다음 도대체 무슨 일인지 물었다. 그리고 파커는 내가 미처 말리기도 전에 자기 의도를 떠벌리고 말았다.

결과는 내가 예상했던 것보다 훨씬 끔찍했다. 어거스터스와 피터스 역시 오래전부터 그 생각을 했다. 파커는 다만 먼저 발설한 데 불과했다. 둘은 파커의 계획에 찬성하며 당장 실행에 옮길 것을 주장했다. 최소한 피터스와 어거스터스 둘 중 한 사람은 어느 정도 의지가 남아 있어, 나와 함께 추악한 범죄를 막아 줄 거라 믿었건만. 한 명만 도와준다면 얼마든지 실행을 막을 수 있겠지만, 일이 이렇게 된 이상 내 자신의 안전을 도모할 수밖에 없었다. 더 이상 반발할 경우, 저 정신 나간 인간들은 그걸 빌미로 나부터 공격할 것이다. 그럼 걷잡을 수 없는 비극에 휘말리고 만다.

그래서 나도 제안을 받겠으나 그러기 전에 한 시간만 더 기다리자고 제안했다. 주변을 에워싼 안개가 걷히면 조금 전의 배가 다시 보일지도 모른다는 게 이유였다. 나는 어렵사리 그 정도의 유예를 얻어 냈다. 그리고 예상대로(바람이 빠르고 불었기에) 한 시

†

445

†

간이 채 지나기 전에 안개가 걷혔다. 배는 보이지 않았다. 우리는 제비뽑기를 준비했다.

그 이후의 소름끼치는 장면은 생각조차 하기 싫다. 하지만 그 이후 수많은 사건이 있었음에도 불구하고 당시의 추악한 기억은 세세한 부분까지 남아 내 삶의 순간순간을 혹독하게 만들어 놓았다. 건너뛸 수는 없겠지만 어쨌든 이 일화만큼은 되도록 빨리 해치우기로 하자. 우리가 죽음의 제비뽑기를 위해 이용할 수 있는 건 나무 쪼가리뿐이었다. 작은 지저깨비들을 용도에 맞게 자르고, 합의하에 내가 들고 있기로 했다. 나는 선체의 한쪽 끝으로 가고 불쌍한 동료들은 내게 등을 돌린 채 조용히 자리를 지켰다. 이 공포의 드라마가 진행되는 동안 내가 감내해야 할 가장 처참한 순간은 뽑는 순서를 정할 때였다. 자신의 생존에 관심을 잃는 경우란 거의 없다. 더욱이 생존 기간이 짧으면 짧을수록 관심도 강화될 수밖에 없다. 하지만 나를 포함한 이 혹독하고 엄정한 선택으로(이는 시끌벅적한 태풍의 위험이나 조금씩 숨을 조여 오는 굶주림의 공포와도 달랐다) 가장 끔찍한 죽음, 가장 섬뜩한 의도에서 비롯된 죽음을 피할 일말의 기회를 더듬게 되면서, 지금껏 나를 지탱해 준 에너지는 마치 바람 앞의 깃털처럼 완전히 휩쓸려 날아가고 이 비열하고 처참한 공포 앞에 무기력한 제물로 만들어 버렸다. 처음에는 작은 지저깨비들을 뜯어내고 손에 쥘 힘조차 불러낼 수가 없었다. 손가락은 지시를 거부하고 두 무릎은 바들바들 떨며 서로 부딪쳤다. 이 무시무시한 내기에서 빠져나가기 위한 수많은 계획이 주마등처럼 뇌리를 휩쓸고 지나갔다. 동료들 앞에 무릎을 꿇고 제발 이 일에서 빼 달라고 사정할까 하는 생각도 했고, 저들 중 하나를 죽여 제비뽑기 자체를 무용지물로 만들까 하는 생각도 들었다. 내 손에 든 이 나무 쪼가리에서 벗어날 수 있다면 뭐든 하고 싶었다. 마침내 이 어리석은 준비에 오랜 시간을 허비한 후, 파커의 목소리에 간신히 현실로 돌아왔다. 그는 어서 빨리 지금의 끔찍한 불안감에서 해방시켜 달라고 재촉했다. 그럼에도 불구하고 지저깨비들을 제대로 간추리는 대신, 나는 다른 동료가 짧은 제비를 뽑게 만들 술책만 열심히 궁리했다. 가장 짧은 제비를 뽑은 사람이 우리를 위해 희생하기로 약조가 된 터였다. 이 비열한 술책을 비난하기 전에, 부디 나처럼 지금과 같은 처지에 처해 보기를 바란다.

이제 더 이상 늦출 수가 없었다. 나는 터질 듯한 가슴을 안고 동료들이 기다리는 앞갑판으로 돌아갔다. 내가 제비 든 손을 내밀자 피터스가 곧바로 뽑았다. 그는 살아남았다. 적어도 제일 짧은 제비는 아니었다. 물론 내 생존 가능성도 줄어들었다. 나는 있는 힘을 다해 제비를 어거스터스에게 넘겼다. 그도 곧바로 뽑았으나 역시 운이 좋았다. 이제 생존의 확률도 50퍼센트뿐이었다. 그 순간 야수의 분노가 내 가슴을 휩쓸었다. 나는 마지막 상대인 파커를 향해 지독한 악마의 증오를 느꼈다. 그리고 나는 발작적인 경련에 온몸을 부르르 떨며 두 눈을 꼭 감은 채 남은 지저깨비 두 개를 내밀었다. 가슴이 찢어질 듯한 두려움에 도무지 눈을 뜰 수가 없었다. 이윽고 제비 하나가 내 손에서 빠져나갔다. 결정은 끝났으나 결과가 내게 유리한지 아닌지는 알지 못했다. 말해 주는 사람은 없었고 내 손의 제비를 볼 용기가 없었다. 마침내 피터스가 내 손을 잡아 할 수 없이 눈을 떴는데, 파커의 표정을 보고

447

곧바로 내가 살아남았음을 알 수 있었다. 저주를 받은 것은 그였다. 나는 숨을 헐떡이며 그만 의식을 잃고 갑판 위에 쓰러졌다.

내가 의식을 회복했을 때 상황은 이 비극에 앞장섰던 장본인의 죽음으로 절정에 이른 터였다. 피터스의 칼에 등을 맞고 즉사할 때까지 파커는 아무 저항도 하지 않았다. 그 후의 끔찍한 식사에 대해서는 생각하고 싶지 않다. 그런 일을 상상할 수야 있겠지만 언어라는 매체로 당시의 실체가 보여 준 극단의 공포를 그대로 전달하는 건 불가능하다. 우리는 희생자의 피로 격심한 갈증을 어느 정도 해소한 다음, 합의에 따라 손, 발, 머리를 잘라 내장과 함께 바닷물에 버리고 17, 18, 19, 20일까지 잊지 못할 나흘간을 남은 몸으로 연명했다.

19일, 강한 소나기가 15~20분간 지속되었다. 우리는 돌풍 직후 써레를 이용해 객실에서 건져 낸 시트를 이용해 물을 받아 두었다. 양은 2리터에도 미치지 못했지만 그것만으로도 상당한 힘과 희망을 회복할 수 있었다.

21일, 다시 곤경에 처했다. 날씨는 여전히 따뜻하고 맑았다. 때때로 안개가 끼기도 했고 바람은 주로 북쪽과 서쪽에서 불어왔다.

22일, 옹기종기 모여 앉아 비참한 현 상황에 대해 고민하고 있을 때 희망의 섬광 같은 생각이 번쩍 하고 뇌리를 때렸다. 앞돛대를 잘라 낸 후 피터스가 도끼 하나를 건네며 가급적 안전한 곳에 보관하라고 부탁한 적이 있었다. 그래서 마지막 대형 파도가 범선을 휩쓸기 몇 분 전 앞갑판 좌현 간부 선원실에 두었었다. 그 도끼만 확보하면 저장실 위쪽의 갑판을 부수고 쉽사리 식량을 확보할 수 있으리라.

동료들에게 계획을 설명하자 그들도 맥없이 환호를 보냈다. 우리는 모두 앞갑판으로 향했다. 이쪽은 입구가 훨씬 좁기 때문에 객실보다 위험도 컸다. 객실의 승강구 해치 주변이 완전히 휩쓸려 간 반면 앞갑판 입구는 폭이 1미터도 채 되지 않고 손상도 없었다. 그래도 나는 망설이지 않고 내려갔다. 전처럼 몸에 로프를 묶고 선 채로 뛰어든 다음 빠른 속도로 선원실로 걸어가 첫 번째 시도에 도끼를 회수했다. 동료들도 크게 기뻐하며 환호를 보냈다. 도끼를 쉽사리 손에 넣은 것 또한 좋은 징조로 여겼다.

우리는 희망의 에너지를 모두 동원해 갑판을 부수기 시작했다. 피터와 내가 교대로 도끼질을 했다. 어거스터스는 팔을 다친 터라 도움이 되지 못했다. 우리 모두 부축 없이 서 있기 힘들 정도로 쇠약한 지경이라 1~2분 작업 후엔 반드시 휴식을 취해야 했다. 그 바람에 일을 끝내기까지, 그러니까 저장실에 마음대로 드나들 정도로 커다란 구멍을 뚫기까지 몇 시간이 소요되겠지만 그렇다고 기세를 꺾을 수는 없었다. 우리는 달빛의 도움으로 밤새도록 일해 23일 새벽이 열릴 때쯤엔 목표를 달성할 수 있었다.

이번에는 피터스가 내려가겠다고 자원했다. 그는 전처럼 만반의 준비를 갖추고 내려가더니 곧바로 작은 단지를 들고 올라왔다. 고맙게도 올리브가 가득 들어 있었다. 우리는 올리브를 나눠 미친 듯이 집어삼킨 다음 그를 다시 내려 보냈다. 이번에는 기대 이상의 수확이었다. 커다란 햄과 마데이라 와인. 와인은 적당량만 마시기로 했다 과음의 치명적인 결과라면 이미 호되게 겪은 바가 있다. 햄은 뼈 근처의 1킬로그램을 제외하고 완전히 소금물

449

에 절어 먹을 수가 없었다. 우리는 성한 부분을 나눴다. 피터스와 어거스터스는 식욕을 억제하지 못해 그 자리에서 모두 해치웠으나 나는 조금만 먹기로 했다. 짠 음식을 과식한 후의 갈증이 두려웠다. 심한 노동 후에는 한동안 휴식을 취했다.

정오경, 다소 기운을 차리고 원기도 회복했다. 식량을 건지는 작업을 재개해 피터스와 내가 번갈아 드나들며 해가 질 녘까지 이어 갔다. 잠수해서 빈손으로 돌아오는 경우는 없었다. 그동안 우리가 건진 보물은 보다 작은 올리브 단지 넷, 햄 하나, 케이프 마데이라 고급 와인이 가득 담긴 11리터짜리 대형 유리병, 그리고 무엇보다 기쁜 건 갈리파고 종의 작은 거북이 한 마리였다. 그 램퍼스 호가 항구를 떠날 때, 태평양 바다표범 항해에서 막 돌아온 스쿠너 메리 피츠 호에서 바나드 선장이 몇 마리를 받아 배에 실었었다.

앞으로 이야기를 진행하면서 이 거북이를 언급할 기회가 많을 것이다. 여러분도 알다시피, 그 종은 갈리파고스 군도에서 주로 발견된다. 그 이름 또한 거북이로부터 비롯된 것으로 갈리파고는 민물 거북이를 뜻하는 스페인어이다. 독특한 모양과 몸짓 때문에 이따금 코끼리거북이라 불리기도 하는데, 실제로 엄청나게 큰 거북이가 발견되기도 했다. 나 자신도 600~700킬로그램급을 몇 마리 보았으나 그래도 4,000킬로그램 이상을 봤다는 얘기는 아직 들어 본 적이 없다. 모양은 특이한 정도를 넘어 추하기까지 했다. 걸음은 무척 느리고 꾸준하고 무거우며 동체는 땅에서 30센티미터 높이로 움직인다. 목은 길고 놀랍도록 가늘었다. 목 길이는 50~60센티미터가 일반적이나 내가 죽인 거북이는 어깨에서 머리끝까지의 길이가 1미터나 되었다. 머리는 뱀 머리와 놀랍도록 똑같이 닮았다. 아무것도 먹지 않고도 믿을 수 없을 만큼 오래 사는 동물이라, 선창에 넣고 아무것도 주지 않아도 2년 후에 꺼내 보면 처음에 들어갔을 때만큼이나 뚱뚱하고 튼튼했다는 예는 얼마든지 있다. 이 특별한 동물이 사막의 낙타와 닮은 점이 하나 있다. 목 뿌리 주머니에 항상 물을 담고 다닌다는 사실이다. 일례로 1년 동안 아무것도 주지 않았다가 죽여 보니 주머니에 너무나 달콤하고 신선한 물이 10리터 이상 들어 있었단다. 갈리파고 거북이의 먹이는 주로 야생 파슬리, 셀러리, 쇠비름, 바닷말, 부채선인장 등인데, 부채선인장이라면 거북이가 서식하는 해변 인근의 언덕 지대 어디에서나 볼 수 있다. 부채선인장은 매우 영양가 높은 식량으로 태평양 일대의 수많은 고래잡이 및 다른 어부들의 생명을 지켜 주는 식량으로 활용된 바 있다.

우리가 저장실에서 건져 낸 거북이는 30킬로그램 정도로 작은 축에 속했다. 암컷으로 상태도 좋고 살도 통통했으며 주머니엔 1리터 이상의 맑고 달콤한 물이 들어 있었다. 우리에겐 진짜 보물이었다. 우리는 하나같이 무릎을 꿇고 이토록 감미로운 은혜를 주신 데 대해 신께 열렬한 감사 기도를 올렸다.

거북이를 구멍 밖으로 끌어내는 일은 무척이나 어려웠다. 놈의 저항이 격렬한 데다 힘도 장사였다. 놈이 피터스의 손에서 미끄러져 물속으로 달아나려는 찰나 어거스터스가 올가미를 던져 목에 걸어 붙들었고 내가 피터스 옆으로 뛰어 들어가 함께 놈을 들어 올렸다.

주머니의 물은 객실에서 건져 낸 주전자에 조심스레 옮겨 담았다. 그러고는 병목을 깨뜨려 코르크와 함께 0.1리터 정도의 잔을 만들어 한 잔씩 나눠 마셨고, 그때부터는 하루에 한 잔으로 양을 제한하기로 했다.

지난 2~3일간 건조하고 쾌청한 날씨가 이어진 덕분에 선실에서 획득한 침대와 의복이 완전히 말랐다. 우리는 올리브와 햄을 배불리 먹고 약간의 와인을 마신 후 23일째 밤을 비교적 편안하게 보냈다. 밤사이에 바람이 강해지면 갑판의 식량들을 잃을 수 있으므로 밧줄을 이용해 깨진 양묘기(揚錨機)들에 안전하게 묶어 두었다. 거북이는 최대한 오래 살려 두어야 했기에 거꾸로 뒤집거나 그렇지 않으면 조심스럽게 묶어 두었다.

수 그래프턴
Sue Grafton

수 그래프턴은 1982년 《알리바이의 A "A" is for Alibi》으로 미스터리계에 첫발을 내디뎠다. 캘리포니아의 어느 가상 마을, 산타 테레사(또는 산타바버러)를 무대로 중심으로 활약하는 하드보일드 여성 사립 탐정 킨제이 밀혼이 등장하는 시리즈로, 1985년 《도둑의 B "B" is for Burglar》이 발표된 후 지금까지, '알파벳 미스터리'로 불리는 이 시리즈에 열여덟 권의 소설을 더했다. 이 정도 속도라면 2020년쯤 《제로의 Z "Z" is for Zero》을 출간할 것이며, 그로부터 10년 후면 지금보다 훨씬 늙을 것이다.

나는 어떻게
에드거 앨런 포 광신자가 되었나

수 그래프턴

고등학교 이후로 에드거 앨런 포를 읽어 본 적이 없었다. 그래서 마이클 코넬리로부터, 포의 탄생 200주년을 기념하는 이 선집에 찬사 몇 마디 보태 달라는 청탁을 받았을 때 나는 그저 생각해 보겠다고만 대답했다. 분명 실제로 하겠다는 대답은 아니었다. 그러던 중 문득 가벼운 호기심이 생겨 마이클한테 최선을 다해 보겠다는 의사를 다시 밝혔다. 결국, 못할 건 또 뭔가? 지금은 2007년 10월 후반이고 내 글이 실리는 건 2008년 2월 말이나 되어야 할 것이다. 3개월이라면 얼마든지 내가 피살될 수도 있는 시간이 아닌가.

"가외"의 글을 거의 써 본 적이 없다는 사실 외에 내가 망설인 이유는 두 가지다.

1. 나는 어느 면으로도 학자와 거리가 멀다. 더욱이 내가 쓰는 글이라는 게 거의 획일적으로 고양이 얘기뿐이다.
2. 최근에 《"U" is for…》의 집필을 시작했기에, 당면한 작업에 집중해야 했다.

그럼에도 불구하고 마이클 코넬리의 팬인 까닭에(특히 그가 나한테 아무것도 부탁하지 않게 된 이후로), 나는 기억을 더듬기 위해 《에드거 앨런 포 걸작선 Great Tales and Poems of Edgar Allan Poe》을 구입한 다음, 서론을 읽고 '에드거 앨런 포의 생애와 작품'이라는 장을 읽었다. 지금까지는 좋다. 열세 살짜리 폐병쟁이 사촌과 결혼했을 때는 그의 정신이 의심스럽기도 했지만 사내아이들이 다 그렇지 않은가? 게다가 불쌍한 포는 타락한 술꾼으로 유명하다.

나는 빠른 속도로 〈함정과 진자〉, 〈잃어버린 편지〉, 〈병 속에 든 편지〉, 〈모르그 가의 살인〉을 읽어 내려갔다. 오, 맙소사. 그놈의 '오랑우탄' 얘기는 솔직히 받아들이기가 어렵다. 〈황금 벌레〉에 대해서도 거론하지 말자. 그 단편을 읽고 나니 불쾌하고 불편하기만 했으니, 원. 포는 특유의 감탄사를 남발하는 경향이 있고 들뜬 산문은 이해 불가의 불어 구문으로 윤색되었다. 그뿐이 아니다. 부사를 너무 좋아하는 데다 대화는 편집자의 엄격한 교정이 필요하다며 비명을 질러 댈 지경이다. 몽듀(맙소사)!! 도무지 받아들이기 어려운 창작 습관들 투성이니!!! 그러고도 더 읽었지만 내 판단은 변하지 않았다. 이를 어쩌지? 그 남자에게 해 줄 칭찬은 없고 그렇다고 꾸며 낼 수도 없었다.

나는 마이클 코넬리에게 편지를 보내 의무에서 해방시켜 줄

것을 애원했다. 그는 우아한 답신으로 내 부담을 덜어 주었다. 만
세!! 나는 《"U" is for…》으로 돌아갔다. 포 선집에 대해선 더 이
상 고민하지 않았다. 그러기를 두 달, 죄의식이 간신히 가라앉을
즈음, 마이클 코넬리가 다시 편지를 보냈다. 행여 내 마음이 변하
지는 않았는지, 그럴 리야 없겠지만 청탁을 받아들일 경우 내 숙
제 마감은 예상과 달리 2월 중순경이 아니라 2월 1일에 가깝다
는 내용이었다.

나는 마음이 흔들렸다. 내가 도와줄 방법이 있기는 한 걸까?
아무튼 완전히 문을 닫기 전 다시 한 번 노력해 보기로 결심했다.
마감이 코앞에 닥쳤기에 언뜻 머릿속에 떠오르는 유일하고도 합
리적인 방법을 택할 수밖에 없었다. 에드거 앨런 포 인터넷 검색.
학술 논문이라도 훔쳐 내가 쓴 것처럼 고쳐 볼 심산이었다.

†
†

이 마구잡이식 검색 와중에 우연히 《낸터깃의 아서 고든 핌
이야기》에 대한 참고 자료 하나를 보게 되었다. 내가 구입한 선
집에 들어 있지 않은 장편이었다. 내 관심을 끈 것은 코넬 대학
고문서실에서 발굴한 주석이었다. 《고 에드거 앨런 포의 작품 세
계(루퍼스 윌멋 그리스월드의 주석)과 그의 생애 및 천재성 비평(N. P.
윌리스와 J. R. 로웰)》전 4권(뉴욕: 레드필드, 1856). (그중 몇 권인지는
모르지만) 434페이지에 그리스월드, N. P. 윌리스, 아니면 J. R. 로
웰이 쓴 글이 있었다. "이 '이야기'가 만족스럽거나 심지어 개연
성 있는 결론을 맺었다면 '아서 고든 핌'은 (포의) 상상력과 구성
력이 만들어 낸 가장 완벽한 예가 되었을 것이다."

음… 살짝 호기심이 동했다.

다시 쉰 번의 클릭. 나는 온라인에서 그 긴 이야기를 찾아내

용지가 닿는 데까지 인쇄를 했다. 그리고 몇 문단 읽지 않아 나도 모르게 완전히 빠져들고 말았다. 산문은 명료하고 가독성도 높았으며, 과도한 감탄부호(!!!)도 눈에 띄지 않았다. 하지만 나를 매료시킨 건 포 자신이 감행한 모험이었다. 《아서 고든 핌》은 1836년 후반 버지니아 리치먼드의 어느 신사 클럽에서 아서 고든 핌이라는 남자가 들려주는, 아주 특별한 (그리고 완전히 조작된) 남극해 횡단 여행의 경험담이다. 그의 놀라운 모험 얘기를 들은 사람들은 핌에게 출판을 권유하지만, 핌은 떠나 있는 동안 대부분 일기를 쓰지 않은 탓에, "실제 사실을 담아야 할 세세하고 복잡하게 얽힌 이야기들을 순전히 기억에 의존해 쓸 자신이 없다"는 이유로 고사한다. 게다가 너무도 놀라운 사건들인지라, 대중들은 그 이야기가 "뻔뻔하고도 교활한 거짓말"에 불과하다고 여길 것이다.

운이 좋은 덕에 클럽에 온 사람들 중에 에드거 앨런 포가 있다. 그는 〈남부 문예통신〉의 편집장으로 핌에게 얘기를 들려주면, 자신(포)의 이름에 소설 형식으로 잡지에 실어 주겠다는 제안을 했다. 그 아이디어에 핌은 염려를 덜고 이야기를 모두 발표하기로 한다.

1837년 정월과 2월, 신대륙의 발견으로 이어질 남태평양 항해 중 스물다섯 개 챕터가 잡지에 수록되는데, 기후, 경관, 물, 새로운 식물과 기이한 동물들, 기존의 인류와 완전히 다른 원주민들 얘기 등이 아주 상세한 설명까지 곁들여 이어진다.

반응은 기대 이상이다.

작가(포)가 단순히 꾸민 이야기라고 확실하게 선을 그었음에도 불구하고 "강력하게 실화임을 주장하는" 편지들이 그의 주소

로 날아든다. 독자들이 모험담을 허구로 보지 않고 실화로 받아
들인 것이다. 에드거 앨런 포는 결국 자기 이야기가 아니라, 아서
고든 핌에게 일어난 실제 사건을, 삭제나 왜곡 없이 그대로 수록
했음을 고백해야 했다. 그에 따라 아서 고든 핌은 전면에 나서서
자신의 모험담임을 고백해도 되겠다고 확신한다. 그는 더 나아가
자신의 경험을 사실로 받아들이도록 단호한 어투로 글을 쓰기
시작하며, 마침내 런던의 한 출판사가 그 작품을 실화로 재출판
하기 위한 절차에 착수한다.

이 당혹스러운 반전을 소개한 후, 포는 이제 어떻게 껄끄러운
과학적 분석을 피하면서, 이야기를 결론으로 이끌어갈 것인가에
대한 난해한 문제에 직면한다. 허구의 진실성을 유지하려면(다시
말해서 핌 대신에 가상의 허구를 그리고, 다시 그 여행을 실화로 드러냄으
로써 핌이 작가이자 등장 인물로서의 역할을 떠맡도록 전화하고… 유후!!)
포는 음모를 들키지 않고 이야기를 완성해 낼 수단을 찾아야 한다.

잠시 나는 포의 입장이 되어 가능성을 고민해 보았다. 나라면
플롯과 등장 인물의 반란을 진압하기 위해서라도 계획 전체를
파기해 버렸을 것이다.

그의 해결 방안은 다음과 같이 선언하는 것이었다.

최근 미스터 핌의 갑작스럽고 당혹스러운 죽음을 둘러싼 상
황은 이미 신문 지상을 통해 사람들에게 알려진 바 있다. 안타
깝게도 교정을 위해 그에게 보낸 마지막 원고들 또한 그의 자
살과 함께 영원히 소실된 것으로 보인다. 하지만 이는 사실이
아닐 수도 있으며, 행여 원고를 찾을 수 있다면 당연히 독자들

에게 제공할 것이다. 두세 챕터로 구성된 마지막 원고들은, 남극이나 최소한 그 인근 지역과 관련된 문제를 포함할 것이기에 더욱 안타깝기만 하다. 그리고 이 지역들과 관련된 저자의 언급은 머지않아 현재 준비 중인 남극해 정부 탐사대에 의해 입증되거나 반박될 것이다.

이를 강화하기 위해 포는 모든 에피소드에 수많은 주석을 달아 핌의 주장을 입증하고 해명한다.

(거침없이 단호하게 기술된) 이 이야기의 정교하면서도 독창적인 착상은… 최소한 포의 기술에 대한 이 단 하나의 놀라운 증거만으로도… 내 감탄을 불러일으키고 에드거 앨런 포에 대한 과거의 견해를 재고하도록 만들기에 충분했다. 《낸터킷의 아서 고든 핌 이야기》를 포의 독창성에 대한 예로 제시할 수 있어서 기쁘다. 나는 깨끗한 양심으로 이 추천사를 썼으며, 그의 작품을 기리기 위한 이 선집을 전적으로 지지하는 바다. 사적인 인격을 차치한다면 이제 남은 문제는 단 한 가지뿐이다. 마이클, 나한테 빚진 겁니다.

　　호러, 스릴러 등 장르 소설을 전문으로 번역한 지 10년, 드디어 모든 장르 소설의 고전이자 아버지, 에드거 앨런 포의 단편선을 맡았다. 그것도 그의 탄생 200주년 기념집으로 스티븐 킹, 마이클 코넬리, 제프리 디버 등 세계 최고의 장르 소설가들이 선정하고, 짧은 감상문까지 더한 특선이다. 물론 이와 같은 고전 및 대형 작가의 작품을 접할 때마다 어김없이 드는 기분은, "영예로운 동시에 두렵다"이다.

　　어쨌든 모든 작업이 끝났다. 교정까지 마친 후에는 어김없이 작품과 관련된 후기를 준비해야 하건만, 이번에는 세계적인 거장들이 에드거 앨런 포를 소개하고 각 작품마다 기막힌 덧글들을 실었기에 사실 하찮은 번역쟁이가 덧붙일 말이 남았을 리가 없다. 다만, 이번 번역과 관련해 몇 가지 부연 설명을 할 필요는 있겠다. 에드거 앨런 포의 단편집은 전집《우울과 몽상》을 비롯해, 이미 많은 번역서가 출간되었다고 알고 있다(물론 앞으로도 영원히 번역될 것이다). 요컨대, 수많은 역서 중 또 한 점을 찍은 데 불과할 수도 있겠으나 굳이 번역 의의를 둔다면 최대한 가독성을 높이려 애썼다고 말하고 싶다. 에드거 앨런 포의 문체가 워낙에 난해한 데다 마치 17세기 밀턴의 영어를 읽는 듯하다는 건 잘 알려진 사실이다. 물론 그렇다고 있는 구문을 빼거나 없는 얘기를 더했다는 뜻은 아니다. 그보다는 우리 말 특성과 의미 구조에 맞게 어휘를 선택하고 배열했으며, 그리하여 우리나라 독자들이 보다 편하게 포의 이야기가 전하고자 하는 의미와 분위기를 접할 수 있도록 노력했다는 뜻이다.

또한 이 단편선에는 시가 몇 편 들어있는데, 시의 번역은 아무래도 한계가 있을 수밖에 없다. 나로서는 그의 시를 최대한 시답게 읽을 수 있도록 노력했다지만 그 판단과 선택은 아무래도 독자들의 몫이 될 것이다. 시의 번역에 있어선 과거 시를 썼던 경험(몇 차례 문학 잡지에 발표된 바도 있다)과《2006 미국 올해의 가장 좋은 시》(주한 미국 대사관 공보과, 2007)를 번역, 출간했던 경험에 도움을 받았다고 말하고 싶다. 무엇보다, 〈The Raven〉의 제목 선정에서 고민이 컸다. 기존 번역 시들은 거의 일률적으로 〈갈가마귀〉를 고수했지만, 'Raven'의 원뜻이

갈가마귀도 아니거니와, 가장 색이 여린 종류인 갈가마귀가 작품 분위기에 아무래도 어울리지 않다는 판단에 결국 〈까마귀〉로 정하기로 했다. 물론 '갈가마귀'라는 이름이 훨씬 시어답다는 점에서 아쉬움이 없지는 않았다.

에드거 앨런 포를 처음 알게 된 건, 대학 시절 19세기 미문학 강의를 들으면서였다. 그 후 주로 장르 소설을 번역하는 일을 하면서 늘 함께 회자되는 이름이었다. 처음 말머리에 "영예로운 동시에 두렵다"라고 한 이유는 그래서이다. 장르 소설가 중에서도 역사상 가장 위대한 이름 에드거 앨런 포, 내게는 그만큼 특별한 이름일 수밖에 없다. 부디, 이 보잘것없는 번역서가 완벽하지는 못하다 하더라도, 우리나라 포 번역의 발전에 조금이나마 밑거름이 되었기를 조심스레 바라고 싶다. 에드거 앨런 포, 저도 당신을 사랑한답니다.

2012년 여름

남양주에서 역자 조영학

Copyright Information

옮긴이 조영학

한양대 영문학 박사 과정을 수료하고 현재 영문학 영어 관련 강의를 하고 있다. 주요 번역 소설로는 《윈터 킹》,《에너미 오브 갓》,《엑스칼리버》,《임페리움》,《루스트룸》,《이니그마》,《아크엔젤》,《고스트라이터》,《숨은 강》,《링컨 차를 타는 변호사》,《히스토리언》,《나는 전설이다》,《스켈레톤 크루》,《가라, 아이야, 가라》 등이 있다.

더 레이븐

1판 1쇄 발행 2012년 6월 22일
1판 3쇄 발행 2017년 1월 30일

지은이 에드거 앨런 포
엮은이 마이클 코넬리
옮긴이 조영학

발행인 양원석
편집장 김지연
해외저작권 황지현
제작 문태일
영업마케팅 최창규, 김용환, 이영인, 정주호, 양정길, 이선미, 이규진, 김보영, 임도진

펴낸 곳 ㈜알에이치코리아
주소 서울시 금천구 가산동 345-90 한라시그마밸리 20층
편집문의 02-6443-8846 **구입문의** 02-6443-8838
홈페이지 http://rhk.co.kr
등록 2004년 1월 15일 제2-3726호

ISBN 978-89-255-4718-3 (03840)